Wer zweimal stirbt, dem glaubt man nicht

Mehr über Karin Köster:
www.karin-koester.de
www.facebook.com/koester.karin

Weitere Romane von Karin Köster:

Kein Mord wie jeder andere
Männer unerwünscht
Lass beim Sex die Socken an
Schnittenfänger
Spürnase

Karin Köster

Wer zweimal stirbt, dem glaubt man nicht

Bibliografische Information der Deutschen Nationalbibliothek:
Die Deutsche Nationalbibliothek verzeichnet diese Publikation in der Deutschen Nationalbibliografie; detaillierte bibliografische Daten sind im Internet über http://dnb.dnb.de abrufbar.

© 2016 Karin Köster
2. überarbeitete Auflage
1. Auflage 2009 Schardt Verlag

Cover: Marcus Friedeberg nach einer Vorlage von Svetlana Kail

Herstellung und Verlag: BoD – Books on Demand, Norderstedt

ISBN: 978-3-734-75487-6

1

Das Unheil begann, als am frühen Morgen ein großer, weißer Mond vor meinem Schlafzimmerfenster auftauchte. Er klebte direkt vor der Scheibe und grinste mich an. Verwirrt zwinkerte ich den Rest Schlaf aus meinen Augen, sah erneut hin und erkannte meinen Irrtum: Das war kein Mond, sondern ein nackter, weißer Hintern. Er war schwammig und kein bisschen sexy.

Es war eine dieser Situationen, in denen man etwas Unglaubliches sieht, der Verstand das Gesehene jedoch als absolut unmöglich wertet und unter Irrtum verbucht. Schließlich wohnte ich in der zweiten Etage, und da hingen keine Hinterteile vor den Fenstern.

Ich schloss die Augen und zählte langsam bis drei. Wenn ich sie wieder öffnete, würde der Spuk hoffentlich vorbei sein. Sicherheitshalber zählte ich bis vier und guckte erst bei fünf wieder hin. Leider hatte sich die Lage überhaupt nicht verändert.

Den Besitzer des Hinterns hatte ich bis heute nur im bekleideten Zustand gesehen. Er hieß Werner Wollschlägel, war Rentner und lebte mit seiner Frau Waltraud im Seniorenwohnheim Eichengrund, wo auch ich in Folge einer Verkettung unglücklicher Umstände wohnte. Der Mann wog mehr, als eine handelsübliche Personenwaage anzeigen konnte, und sein Kopf hatte die Form einer Boje. Ich schätzte Werner auf Anfang siebzig und fragte mich, wie um alles in der Welt er auf die Idee kam, nackt vor meinem Fenster herumzuturnen. Zumal sich meine Wohnung im zweiten Stockwerk befand.

Mit einem Ruck saß ich aufrecht im Bett. Der Mann war in Lebensgefahr! Entweder war er nicht zurechnungsfähig, oder er wollte Selbstmord begehen, oder beides gleichzeitig! Ich musste ihn retten, koste es, was es wolle.

Was sollte ich nur tun? Werner schien sich nicht das Leben nehmen zu wollen, sonst hätte er längst das Ziergitter losgelassen und wäre in die Tiefe gesprungen. Doch er befand sich in höchster Gefahr, denn wenn er bei dieser Zirkusnummer von dem schmalen Mauervorsprung abrutschte, runterfiel und unten auf den Gehwegplatten aufschlug, war's aus und vorbei mit ihm.

Ich sprang aus dem Bett, war mit einem Satz beim Fenster, öffnete den Flügel und umklammerte die fleischigen Oberschenkel des Mannes. Dazu beugte ich mich so weit wie möglich vor und zerrte mit aller Kraft wie ein DLRG-Rettungsschwimmer an einem Ertrinkenden. Seine Haut fühlte sich kalt und rutschig an. Plötzlich ließ Werner das Ziergitter los und fiel rückwärts über den Kunststoffrahmen und die Fensterbank in mein Schlafzimmer. Mit einem dumpfen Rumms landete er auf dem Fußboden. Ich stand schweißgebadet und keuchend daneben.

Erst jetzt fiel mir die Menschenmenge auf. Sie winkten, applaudierten und jubelten mir zu. Ein paar Frauen weinten. Trotz der frühen Stunde hatten sich die Bewohner auf der Rasenfläche vor dem Gebäude versammelt. Sie trugen Nachthemden und Schlafanzüge aus Flanell oder Baumwolle, Frotteebademäntel und an den Füßen kunstlederne Pantoffeln oder Plüschhausschuhe.

Diejenigen, die es nicht so schnell nach draußen geschafft hatten, guckten von den Wohnungen aus zu. Sie hatten ihre Gardinen zur Seite geschoben, die Fenster weit geöffnet und nahmen sozusagen von der Tribüne aus am Geschehen teil.

Die dicke Ursel von gegenüber, die über eine Riesenoberweite verfügte und den lieben langen Tag nichts anderes tat, als aus dem Fenster zu gucken, hing bis zur Hüfte über der Brüstung. Sie klärte eine eben auf dem Rasen eingetroffene Rentnerin über die haarsträubenden Geschehnisse auf und unterstrich ihren Bericht mit ausholenden Gesten. Hoffentlich verlor sie vor lauter Aufregung nicht das Gleichgewicht.

Ich schloss das Fenster und wandte mich meinem Gast zu. Der hockte im Schneidersitz auf dem Schlafzimmerfußboden wie eine Buddha-Statue. Ich biss mir auf die Unterlippe, um nicht laut loszulachen, und suchte im Schrank nach einem Kleidungsstück. In der Ferne kündeten Sirenen von einem nahenden Rettungstrupp.

Werner warf den Kopf herum zum Fenster. „Komm'n die etwa meinetwegen? Die woll'n mich doch wohl nicht mitnehmen?" rief er. „Denen werd ich's zeigen! Nix da, sag ich, gar nix spielt sich da ab! Ich geh nirgendwo mit hin, nicht ins Krankenhaus und zur Polizeiwache schon überhaupt gar nicht." Werner verschränkte die kurzen Arme vorm Bauch und schob trotzig das Kinn vor. Obwohl er seine Dritten nicht im Mund hatte, konnte er sich erstaunlich gut artikulieren.

„Willst du einen Sitzstreik veranstalten?" fragte ich glucksend und warf ihm ein paar Klamotten zu.

„Das ist überhaupt nicht lustig", beschwerte sich Werner und fügte hinzu: „Ich kann schließlich nix dafür."

„Was ist denn passiert?" wollte ich wissen.

Werner drapierte die lindgrüne Häkelstola meiner vor langer Zeit verstorbenen Mutter über seinen breiten Schultern.

„Waltraud hat mich vor die Tür gesetzt, das muss man sich nur mal vorstellen! Rausgeworfen hat sie mich und dann rucki-zucki zweimal den Schlüssel umgedreht. Heute Morgen um fünf!"

„Und warum bist du nackt?" hakte ich nach. Diesen Umstand hatte er bei seinem Bericht ja bisher ausgeklammert.

Er sah an sich hinab, hob dann den Blick und schaute mich statt einer Antwort durchdringend an. Das ging schätzungsweise zwei Minuten so, dann seufzte er auf.

„Wann hat man kein Zeug an, hä? Wenn man, na du weißt schon! Aber Waltraud wollte nicht. Partout wollt sie nicht. Am Ende hat sie mich aus der Wohnung gejagt."

Waltraud stand ihrem Gatten im Gewicht nichts nach und war einen halben Kopf größer als er. Das erklärte die ungleichen Kräfteverhältnisse.

„Habt ihr öfter solche ... ähem ... Meinungsverschiedenheiten?" fragte ich, während ich mich verzweifelt bemühte, nicht erneut loszuprusten.

„Da sind die neuen Kopfschmerztabletten dran schuld. Seit ich die nehm, bin ich nicht mehr zu halten. Waltraud meint, ich bin ne regelrechte Plage geworden."

„Aber wieso kletterst du an der Außenwand hoch? Hat das auch mit den Tabletten zu tun?" fragte ich.

„Weil Waltraud trotz Sturmklingeln nicht aufgemacht hat. Da wollte ich durchs Fenster."

„Ihr wohnt in der dritten Etage!" erinnerte ich ihn.

Jemand klopfte energisch gegen meine Wohnungstür, gleichzeitig wurde der Klingelknopf gedrückt. Ich befürchtete, dass Werner kopfüber aus dem Fenster springen würde, wenn er ahnte, wer da vor der Tür stand.

„Das wird deine Waltraud sein! Sie will sich bestimmt mit dir versöhnen!" flötete ich.

„Meinst du?" fragte er zögernd. Ich nickte überzeugend, und das Gesicht meines Gastes erhellte sich. Schon war er auf den Beinen und machte sich, eingehüllt in die löchrige Stola, eilends auf den Weg zur Tür. Mit einem breiten Grinsen drückte er die Klinke hinunter – und prallte entsetzt zurück. Auf dem Flur standen zwei Polizisten, zwei Sanitäter und zwei Pflegekräfte. Sie wurden umringt von Senioren in Schlafanzügen.

Mit dem Aufschrei eines angeschossenen Tieres schmiss Werner die

Tür zu, doch die Polizisten hatten sich bereits im Rahmen aufgebaut und traten zügig ein. Leider nicht zügig genug, denn sonst hätten sie Werner zu fassen gekriegt. Der sauste jetzt nämlich wie ein Wirbelwind durch meine Bude.

Die grüne Stola, die eben noch einen Teil seines Körpers bedeckt hatte, wehte wie eine Fahne hinter ihm her, bevor sie auf dem Fußboden zu liegen kam. Wiederum unbekleidet hopste Werner über die Sofas, überquerte behände meinen niedrigen Couchtisch, rollte sich in Einzelkämpfermanier über eine Sessellehne, landete bäuchlings auf dem Teppich und war unglaublich schnell wieder auf den Beinen. Ich sah ihm mit einer Mischung aus Faszination und Entsetzen zu.

Einer der Polizisten, ein stiernackiger Dunkelhaariger mit struppigem Oberlippenbart, übernahm das Kommando. Er bildete mit seinem Kollegen, den beiden Sanitätern und den Angestellten des Hauses einen Kreis, so dass der Flüchtling umzingelt war. Ich hielt mich abseits und beobachtete gespannt das Spektakel. Nicht so die Bewohner. Obwohl die Polizisten ihnen den Zutritt untersagt hatten, drängten sie zum Ort des Geschehens und liefen wie eine Horde aufgescheuchter Gänse in meiner Wohnung umher.

Werner rettete sich auf den Wohnzimmertisch. Hockte wie ein Frosch auf der blanken Tischplatte und warf den Kopf hin und her, Auge in Auge mit seinen Gegnern. Er saß in der Falle, aber er dachte nicht daran, aufzugeben. Der Countdown lief. Plötzlich schrie der Schnauzbärtige: „Jetzt!", gleichzeitig stürmten die Gladiatoren voran und unzählige Hände griffen nach dem Ausreißer. Ihm blieb nur ein einziger Fluchtweg: nach oben. Mit einem gewaltigen Satz sprang er auf, ergriff die Hängelampe und schwang sich daran empor. Sportlich war der Mann, das musste man ihm lassen!

Ein Raunen ging durch die Seniorenschar, die sich inzwischen in sämtliche Räume meiner Wohnung ergoss. Man reckte die Hälse, drängelte und schubste, um das Schauspiel verfolgen zu können. Gunda Freier und Magda Pott hatten meine Küchenstühle ins Wohnzimmer getragen und sich auf die Polster gestellt. Von ihren Logenplätzen aus hatten sie die beste Sicht.

„Ist das Tarzan da an deiner Lampe?" drang plötzlich eine raue, vertraute Stimme an mein Ohr. Meine Beine wurden weich wie Knetmasse, ich bekam Herzrasen, und meine Handflächen waren auf einmal schweißnass. Elvis!

Ich spürte, wie eine heiße Röte mein Gesicht überzog. Wie oberpeinlich! Ich trug nur ein armeegrünes Shirt und einen knappen Slip, und an meiner Wohnzimmerlampe hing ein nackter Mann. Elvis blähte die Nasenlöcher und sah mich stirnrunzelnd an. Ich fühlte mich genötigt, die Situation zu erklären.

„Er wollte was von seiner Frau, und sie hat ihn vor die Tür gesetzt", begann ich.

„Ich verstehe." Seine Miene strafte die Worte Lügen. Elvis war einer der aufregendsten Männer auf diesem Planeten, und es gab Momente, wo ich in seiner Gegenwart die Welt um mich herum vergaß. Ich betrachtete sein unverkennbar südländisches, gut geschnittenes Gesicht. Malte mir aus, was passiert wäre, wenn er mich heute Morgen geweckt hätte. Ein ohrenbetäubendes Krachen riss mich aus meinen Phantasien. Die Menge kreischte entsetzt auf.

Die Lampe war mitsamt Befestigungsmaterial und Kabel aus der Zimmerdecke gerissen. Werner lag wie ein Käfer auf dem Rücken am Boden und schnappte nach Luft, umringt von den sechs Jägern. Margot Lamar, Altenpflegerin in unserer Wohnanlage und im benachbarten Pflegeheim, trat dem Schnauzbart in den Weg.

„Lassen Sie mich das machen, bitte!" sagte sie mit sanfter Stimme. Sie hatte ein ovales, ebenmäßiges Gesicht mit vollen Lippen und war mit üppigen Rundungen an den richtigen Stellen gesegnet.

Schon kniete sie neben Werner nieder, strich die wirren, grauen Fransen aus seinem Gesicht und redete beruhigend auf ihn ein. Ihre Hände waren schmal mit gepflegten, unlackierten Nägeln, der weiße Kittel spannte sich über ihrem Busen.

„Donnerlüttjen, watt'n Ausblick, da leg ich mich gleich daneben!" polterte Rudi Spierling. Rudi war so groß wie Rübezahl, seine Oberarme hatten mindestens den Durchmesser meiner Oberschenkel. Er war vor kurzem mit seinem Rauhaardackel Heiner in die Wohnung nebenan eingezogen. Dessen garstiges Knurren und Zähnefletschen hatte ihm einen Platz in der ersten Reihe verschafft, und er machte Stielaugen in Richtung Margots Ausschnitt.

Klaus-Jürgen, mein Übernachbar, stand neben Rudi in vorderster Front. Für diesen begehrten Platz hatte er lediglich drohend die Fäuste gehoben. Wegen seiner lang zurückliegenden, aber nichtsdestotrotz erfolgreichen, regionalen Box-Karriere und den damit verbundenen allseits bekannten Helden-Stories legte sich niemand mit ihm an. Klaus-Jürgen, nur unwesentlich kleiner als Rudi und mit einem stattlichen Bauch gesegnet, zwinkerte seinem neuen Freund mit seinem gesunden Auge zu, sein Glasauge starrte stur geradeaus. Vor Rudis Einzug war Klaus-Jürgen in mich verliebt gewesen und hatte durch seine Annäherungsversuche das ganze Wohnheim in Aufruhr versetzt. Ich hoffte sehr, dass er meine Abfuhr mittlerweile geschluckt hatte.

„Ich möcht der Knopf an deinem Kittel sein, dann könnt ich nah nah nah nah nah an deinem Busen sein ...", trällerte Klaus-Jürgen in einer hohen Stimmlage. Er hielt sich für einen Künstler und sang und dichtete für sein Leben gern. Leider nahm er dabei keine Rücksicht auf seine Mitmenschen.

Margots Begleitung hockte sich nun ebenfalls hin und half mit, Werner auf die Füße zu stellen. Es handelte sich um einen jungen Mann, der sein glattes, dunkles Haar zu einem Zopf zusammengefasst hatte. Er trug einen fransigen Backenbart und den weiß-blauen Pflegedress unseres Hauses. Aus seiner Brusttasche guckte eine Marlboro-Schachtel heraus.

„Das ist Steven Petzold, ein ganz übler Bursche!" erklärte Hannelore Guggenfink den Umstehenden halblaut. Hannelore war zweiundneunzig und bildete eine tragende Säule der Gerüchteküche unserer Wohnanlage. Heute hatte sie sich ihre schwarze Mireille-Matthieu-Perücke tief ins Gesicht gezogen, so dass von ihrer runzeligen Gesichtshaut nicht viel zu sehen war. In Wilhelmine Germascheck, die Neuigkeiten ebenfalls sehr aufgeschlossen gegenüberstand, hatte sie die ideale Gesprächspartnerin gefunden. Wilhelmine litt an Parkinson und schüttelte nahezu fortwährend den Kopf.

„Er sieht so harmlos aus, was hat er denn getan?" wollte sie wissen. Sie vergaß, ihre Stimme zu senken, und zog damit die Aufmerksamkeit der Polizisten auf sich. Erstaunt betrachteten sie die weißhaarige, kleine Dame im marineblauen Rüschen-Nachthemd, das wie ein Abendkleid bis zum Boden reichte. An diesem turbulenten Morgen sah man ihre weißen Pudellöckchen nur so fliegen.

„Autos hat er geknackt, frag nicht nach Sonnenschein! Und als der Besitzer eines Wagens ihn auf frischer Tat ertappte, hat er ihm ins Gesicht geschlagen. Mit der Faust! Der arme Mann kam ins Krankenhaus!"

„Huuh!" machte Rudi gespielt erschrocken und wich zurück, als hätte er auch gerade eine verpasst bekommen. Heiner knurrte bedrohlich und zeigte dabei dunkles Zahnfleisch und braun-gelbe, spitze Zähne.

„Aber was macht er dann hier bei uns?" wollte Berta Koppstein aus einer der hinteren Reihen wissen.

„Waaas?" rief Heiderose Engelke, meine schwerhörige Wohnungsnachbarin.

„Er muss hundertzwanzig Tage gemeinnützige Arbeit leisten. Dazu wurde er vom Richter verdonnert", wusste Hannelore zu berichten.

„Das wird ja immer schöner!" wetterte Gunda Freier. Sie stand nach wie vor auf meinem Küchenstuhl, so dass sämtliche Senioren zu ihr aufsehen mussten. „Jetzt lassen sie schon Kriminelle auf uns los! Die gehören eingesperrt, und wenn sie irgendwann wieder draußen sind, können sie die städtischen Grünanlagen pflegen und den Müll in den Straßen einsammeln. Doch stattdessen werden sie uns auf den Hals gehetzt. Mit uns können sie's ja machen!"

Magda Pott schaltete sich ein und rief über die Köpfe der Bewohner hinweg: „Wenn hier in den nächsten hundertzwanzig Tagen ein Verbrechen geschieht, dann wissen wir ja, wer's gewesen ist."

Ich warf einen Blick auf den Jungen. Er war nicht älter als neunzehn, hatte eine Körpergröße von knapp zwei Metern, breite Schultern und pralle Oberarmmuskeln. Sein Gesicht hätte wie das eines ganz normalen Jugendlichen ausgesehen, wenn nicht der harte Ausdruck in seinen dunklen Augen gewesen wäre. Mit unbewegter Miene stützte er Werners Unterarm, während der Sanitäter diesem eine graue Wolldecke um die Schultern legten. Dabei starrte er an die Zimmerdecke und tat, als hätte er nichts gehört.

Margot nickte den Polizisten und den Sanitätern zu und fasste unter Werners Ellenbogen. Dieser setzte sich, nun rechts und links gestützt, schwerfällig in Bewegung. Ich bemerkte, dass er die Menschenschar absuchte, doch seine Waltraud war nirgends zu sehen. Die Menge teilte sich wie beim Auftritt eines Superstars, man wich zurück und bildete eine Gasse. Aufgeregt krähten die Bewohner durcheinander, als würde eine lange Anspannung aus ihren Leibern weichen.

Berta Koppstein tauchte neben mir auf. Sie schlang schützend die Arme um ihren Körper, der mit einem Bademantel aus weinrotem, synthetischem Material bekleidet war. „Das war sehr mutig von dir, Martha", sagte sie ehrfürchtig. „Ich hätte es mir dreimal überlegt, einen nackten Mann zu mir in die Wohnung zu holen."

Scherzbold Rudi klinkte sich glucksend ein: „Ich auch! Bei ner Frau hätt ich allerdings nicht lange gefackelt!"

„Waaas?" fragte Heiderose, wurde jedoch ignoriert.

„Was willst du denn mit ner Frau? Du bist doch mit deinem Dackel verheiratet", rief Gunda. Alle anwesenden Männer lachten – alle, bis auf einen. Elvis stand mit vor der Brust verschränkten Armen und unergründlichem Gesichtsausdruck auf dem Flur allein vor meiner Wohnung. Bis zu diesem Tag hatte er mich erst zwei- oder dreimal im Seniorenwohnheim besucht, deshalb war er mit den Gegebenheiten nicht vertraut.

Klaus-Jürgen kriegte sich gar nicht wieder ein. „Ne nackte Frau frühmorgens vorm Schlafzimmerfenster? Das ist ja besser als 'n Sechser im Lotto! Wer da dreimal überlegt, ist selbst schuld", wieherte er.

„Was gibt's da lange zu überlegen?" meinte Angelika Unruh, die den inoffiziellen Spitznamen Geili trug, weil sie angeblich auf alle Männer scharf war, und zwinkerte ihrem Gatten Hubert neckisch zu. Der war seit seinen Hüftoperationen nicht mehr gut zu Fuß, deshalb stützte er sich auf einen Gehstock. Statt einer Entgegnung kniff er seiner Frau mit der freien Hand in den Hintern. Angelika quietschte und kicherte wie eine Fünfzehnjährige. Sie war an diesem Morgen die einzige Frau, die bereits perfekt geschminkt und frisiert war. Die übliche Anzahl goldener Ringe, Armreifen und Kettchen zierten ihre gebräunte Haut. Statt Baumwollnachthemd oder gestreiftem Schlafanzug trug sie ein Negligé aus rosafarbener Seide. Ihre Füße steckten in offenen, kirschroten Sandalen mit meterhohen Absätzen.

Endlich kamen die Polizisten auf die Idee, die Bewohner aus meinen Räumen zu vertreiben. Murrend und laut protestierend zogen sie einer nach dem anderen an mir vorbei wie Kinobesucher, die vor Ende des Films den Saal räumen müssen. Eben verließ der dicke Ernst meine Wohnung. Dessen knöchellange, weiße Feinrippunterhose hatte rund um den Eingriff eine gelbe und auf der Hinterseite eine braune Färbung angenommen. Elvis sah ihm mit einem Ausdruck ungläubigen Entsetzens nach.

„Du wohnst in einem Irrenhaus", stellte er sichtlich erschüttert fest, als der letzte Bewohner das Feld geräumt hatte. Zögernd betrat er meine Wohnung, und ich schloss aufatmend die Tür hinter uns.

„Wie hältst du das nur aus?" stöhnte er. Seine Stimme hörte sich irgendwie brüchig an.

„Och, da mach dir mal keine Gedanken, man gewöhnt sich ganz schnell daran", erwiderte ich munter. Ich wollte Elvis nicht gestehen, dass ich vor einem Jahr den größten Fehler meines Lebens gemacht hatte, als ich ohne über die Folgen nachzudenken die Wohnung im neu errichteten

Senioren-Wohnkomplex Eichengrund kaufte. Damals war mein Häuschen wegen eines detonierten Fernsehers abgebrannt, und weil ich unbedingt weiterhin in Bremerhavens beschaulichem Stadtteil Altwulsdorf wohnen wollte, hatte ich diesen schnellen Kauf getätigt. Die Alternative wäre die Abstellkammer im Hause meiner Schwiegertochter und meines Sohnes gewesen.

„Es gibt ein 24-Stunden-Notruf-Telefon, einen Müllschlucker und eine barrierefreie Dusche. Sämtliche Pflege- und Betreuungsdienste kann man sich wie ein Menü zusammenstellen, wenn einem der Sinn und der Geldbeutel danach steht", pries ich meine Behausung an und fügte verteidigend hinzu: „Schließlich bin ich siebenundsechzig."

„Der Kram ist für dich doch völlig überflüssig. Du würdest dir eher die Zunge abbeißen, als eine Pflegerin zu ordern", stellte Elvis ganz richtig fest.

Er öffnete ein Fenster und fächelte sich Luft zu.

„Puh, was für ein widerwärtiger Gestank! Als hätte einer von diesen Leuten in Klosterfrau Melissengeist gebadet."

„Ich tippe auf japanisches Heilöl. Damit reiben sie sich jetzt alle ein seit dem Vortrag über alternative Heilmethoden."

„Warst du da etwa auch, bei dem Vortrag?" fragte Elvis.

„Nee, ich beteilige mich niemals an irgendwelchen Veranstaltungen im Seniorentreffpunkt", entgegnete ich, hob die Stola auf und trug sie zurück ins Schlafzimmer. Elvis schien sich wieder gefangen zu haben, denn er folgte mir und stand mit scheelem Grinsen im Türrahmen. Vermutlich in dem Ansinnen, mir beim Ankleiden zuzugucken. Ich tat, als würde ich ihn nicht bemerken.

Schnell entschied ich mich für eine verwaschene Jeans, ein hellblaues Fan-Shirt meiner Lieblingsbasketballmannschaft, die Eisbären Bremerhaven, Ringelsocken und schlichte, sportliche Unterwäsche. Schloss energisch die Schranktür, klemmte mir die Sachen unter den Arm und drängelte mich an Elvis vorbei Richtung Bad. Er wich keinen Zentimeter zur Seite. Sein unverwechselbarer Duft stieg mir in die Nase, ich spürte seine Körperwärme an meinem rechten Arm. In meinem Inneren blies eine biochemische Fraktion aus Hormonen zum sofortigen Angriff. Sie drängte mich, Elvis zum ungemachten Bett zu zerren und ihm die Klamotten vom Leib zu reißen. Ich war auf Entzug. Ich kannte Liebesszenen seit Monaten nur noch aus dem Fernsehen. Ich hatte mit niemandem Körperkontakt außer mit meiner Friseurin Anke, die mir regelmäßig die Haare tönte. Ich hungerte nach Zuneigung.

Mein Stolz verbot mir, meinen Gefühlen nachzugeben. Elvis sollte sich nicht einbilden, dass er unangemeldet bei mir aufkreuzte und ich liebeshungrig über ihn herfiel, als hätte ich nur auf ihn gewartet. Er war schließlich nicht der einzige attraktive Mann auf der Welt. Sollte er sich mal schön ins Zeug legen, um mich rumzukriegen, jawohl! Wenn nur meine Beine nicht plötzlich zu Pudding geworden wären ...

Seine warme Hand streifte wie zufällig meinen nackten Oberschenkel. Mir wurde ein wenig schwindelig. Ich schluckte hart, hob den Kopf und bemühte mich um einen entschlossenen Gang zum Badezimmer. Konzentrierte mich auf jeden verdammten Schritt meiner wackeligen Beine und verdonnerte die Hormonfraktion zum sofortigen Schweigen. Um jedwede Sinnesänderung meinerseits auszuschließen, drehte ich den Schlüssel zweimal herum.

Ich putzte meine Zähne, duschte abwechselnd heiß und kalt und benutzte ein nach Kokosnüssen duftendes Duschgel. Dann föhnte ich meine schulterlangen, hellbraunen Haare, warf einen abschließenden Blick in den Spiegel und war zufrieden. Die für April ungewöhnlich sonnigen Tage hatten mir eine frische, gesunde Gesichtsfarbe beschert, und ich konnte auf Make-up verzichten.

Elvis hatte Kaffee gekocht und Tassen auf den Küchentisch gestellt. Sämtliche Schranktüren standen offen.

„Du hast nichts Essbares im Haus", maulte er und schloss den Kühlschrank.

„Das passiert mir öfter."

„Dann lass uns zu mir fahren. Im Bistro gibt's zum Büffet heute fangfrische Krabben."

Mein Magen knurrte zustimmend. Elvis' Bistro war das Beste seiner Zunft in ganz Bremerhaven, und Krabben konnte ich pfundweise verdrücken. Ich nippte an meinem Kaffee, warf einen Blick auf die Uhr über dem Herd und erschrak. Durch die Werner-Wollschlägel-Aktion war meine Vormittagsplanung komplett durcheinandergeraten. Noch bevor ich den Mund aufmachte, ahnte ich, dass einer von uns beiden gleich sehr wütend werden würde. Ich wusste auch schon, wer.

„Nee, tut mir leid, ich hab keine Zeit", sagte ich. Mein Tonfall klang betrübt, und ich warf Elvis einen verzeihungsheischenden Blick zu. Doch der Krach hing bereits im Raum wie eine drohende Gewitterwolke. Schon schoben sich Elvis' Brauen zusammen, seine Augen verdunkelten sich.

„Verdammt, Martha, heute ist mein erster und einziger freier Tag seit Wochen, und den würde ich gern mit dir verbringen! Was hast du denn so Dringendes vor?"

Egal, wie ich es sagte, Elvis würde sowieso gleich explodieren. Deshalb bemühte ich mich gar nicht erst um sanfte Töne, sondern verkündete geradeheraus: „Irmgard Fischer ist gestorben. Sie liegt in Knuths Bestattungsinstitut und wartet auf mich."

Fluchend knallte Elvis eine der Schranktüren zu. Dann noch eine und noch eine. Den unteren Türen verpasste er Fußtritte. Ich fühlte mich an ein Feuerwerk erinnert, allerdings mit einer einzigen Sorte Böller. Als alle Türen geschlossen waren, drehte er sich zu mir um, die Nasenlöcher aufgebläht wie ein schnaubender Stier. Ich trank meinen Kaffee aus.

„Wenn dir die Toten wichtiger sind als die Lebenden – bitte sehr. Deine Marotten werde ich niemals verstehen, und soll ich dir was sagen: ich will es auch gar nicht! Entweder, du schmierst Schminke in die Gesichter Verstorbener oder du jagst Mördern hinterher und begibst dich selbst in Lebensgefahr. Warum gehst du nicht shoppen, wie andere Frauen? Oder zum Kaffeeklatsch?"

„Du hörst dich an wie mein Sohn Bernd", beschwerte ich mich.

„Dein Sohn hat mein vollstes Mitgefühl. Kein Wunder, dass er durchdreht, wenn du ihm ins Handwerk pfuschst. Statt Miss Marple zu spielen solltest du die Polizeiarbeit ihm und seinen Kollegen überlassen", spie Elvis.

Ich richtete mich auf und entgegnete würdevoll: „In den vergangenen Jahren habe ich fünf Mörder überführt. Eine ansehnliche Quote, und es gibt Menschen, die mir dankbar dafür sind. Als ich meinen letzten Fall löste, haben alle Frauen in Bremerhaven aufgeatmet, und der Oberbürgermeister höchstpersönlich hat mir eine Anstecknadel überreicht." Damit erhob ich mich und schob nachdrücklich den Stuhl unter den Tisch.

„‚... meinen letzten Fall!' äffte Elvis mich böse nach, tippte sich an die Stirn und ging mit langen Schritten durchs Wohnzimmer zur Wohnungstür. Ich sah ihm nach und starrte auf seinen knackigen Hintern in der engen, schwarzen Jeans irgendeines italienischen Modedesigners. Dabei stellte ich mir vor, ich würde an seinem harten Brustkorb lehnen, während seine Hände sanft meinen Körper erkundeten. Ein Schauer der Erregung prickelte auf meiner Haut, wurde jedoch abgelöst von einem schmerzhaften Stich ins Herz, als die Tür plötzlich ins Schloss fiel und ich allein in der Wohnung war.

Bevor mich eine depressive Stimmung übermannen konnte, versicherte ich mir laut, wie viel unbeschwerter mein Leben ohne Mann verlief. Ich nahm mir vor, zukünftig meine Tage glücklich allein zu verbringen und jede Sekunde meines Solo-Daseins ganz bewusst zu genießen.

Um mich restlos zu überzeugen, zählte ich die Vorteile meines Plans auf: Ich konnte tun und lassen, was ich wollte und war niemandem Rechenschaft schuldig. Keiner machte abfällige Bemerkungen, wenn ich mit dicken Socken und Wärmflasche bewaffnet ins Bett ging und bis Sendeschluss alte Cary-Grant-Filme guckte. Zukünftig konnte ich darauf verzichten, mir die Beine zu rasieren und die Achselhaare zu entfernen. Nicht mal die Augenbrauen brauchte ich mir mehr zu zupfen.

Drei kurze Donnerschläge beförderten mich zurück ins Hier und Jetzt. Rudi war mit den Renovierungsarbeiten immer noch nicht fertig. Er hatte die Räume von Gretlis Eberling übernommen, die dort nur höchstens zehn Nächte geschlafen hatte. Die übrige Zeit hatte sie bei ihrer Tochter in Bremen verbracht, und nun war sie komplett dort hingezogen. Die Wohnung musste wie neu sein, und ich fragte mich, was Rudi dort wochenlang zu reißen hatte. Vielleicht war er Tischler und baute sich alle Möbel selbst. Oder er zimmerte eine Hütte für seinen Hund, überlegte ich. Weil die Wände in diesem Seniorenschloss in etwa so massiv wie Sperrholz waren, nahm man unweigerlich regen Anteil am Leben der Nachbarn. Seit Rudi nebenan wohnte, kam ich mir vor wie auf einer Baustelle.

Während ich meine Basketballstiefel schnürte, hämmerte Rudi nebenan unverdrossen weiter. Ich schnappte mir meine Handtasche und überprüfte kurz den Inhalt auf Vollständigkeit: K.-o.-Spray, Handy, Portemonnaie und allerlei unwichtige Dinge, die sich ansammeln, wenn man nicht hin und wieder ausmistet. Wie immer nahm ich die Treppe, den Fahrstuhl würde ich mein Lebtag nicht benutzen.

Unten im Eingangsbereich waren noch einige Stühle frei. Sie würden besetzt sein, wenn die Belegschaft mit dem Frühstück durch war. Der Frauenclan, bestehend aus Hannelore Guggenfink, Wilhelmine Germascheck, Heiderose Engelke, Berta Koppstein, Magda Pott und Gunda Freier hatte sich bereits die besten Plätze gesichert. Gunda Freier war die Ausgeburt des Teufels. In ihr vereinten sich sämtliche grässlichen Charaktereigenschaften, die Menschen haben können. Sie hatte Magda Pott, die erst seit einer Woche im Wohnheim lebte, unter ihre Fittiche genommen und mit ihrem negativen Bann belegt.

„Hallo Martha, wohin willst du so eilig?" rief Wilhelmine meiner vorbeihastenden Gestalt zu.
„Bestimmt rennt sie ihrem Kerl hinterher!" zischte Gunda.
„Waaas?" krähte Heiderose.
„Das ist ein sympathischer Mann", fand Berta.
„Aber reinweg deutsch ist er nicht", schaltete sich Magda ein.
„Deshalb sieht er ja auch so gut aus", konterte Berta.
Ich sparte mir einen Kommentar und flitzte zur gläsernen Eingangstür. Der Himmel war strahlend blau, mit kleinen weißen Wölkchen betupft. Ein seichter Nordwest-Wind trug die würzige Seeluft herüber und bewegte sanft die leuchtend hellgrünen Blätter der Birken. Auf der Rasenfläche und in den Beeten blühten Osterglocken und Narzissen. Die uralten Kastanien und Eichen trugen jetzt dicke Knospen.

Ich folgte dem Plattenweg zu der Ansammlung grüner Geräteschuppen, in denen sich neben Ersatz-Rollstühlen, Dreirädern und Rollatoren auch mein Fahrrad befand. Auf meinem Weg sah ich rüber zum Pflegeheim. In den Fenstern hingen, wie in einem Kindergarten, aus buntem Tonkarton mehr oder weniger akkurat ausgeschnittene Ostereier, Osterhasen und Küken. Margot Lamar war in einem der Zimmer beschäftigt, sie fing meinen Blick auf und hob grüßend die Hand.

Mein Fahrrad befand sich im zweiten Schuppen ganz vorn vor dem übrigen abgestellten Krempel. Ich schob es hinaus, schloss die Tür und stieg auf. Meine Fahrt führte quer durch Wulsdorf über Kopfsteinpflaster an alten, reetgedeckten Bauernhäusern vorbei. Die Straßen waren gesäumt von knorrigen Eichen und Kastanien, rund um die Grünflächen blühten Primeln und Hornveilchen. Ich traf meinen langjährigen Zahnarzt, Dr. Herbert Müller, und kurz darauf Gerda, die Tochter von Gernot Hübenthal, dem Hausmeister der Altwulsdorfer Schule.

Gellermanns Bestattungsinstitut befand sich in einer Seitenstraße der Weserstraße nahe des Wulsdorfer Friedhofs. Das Geschäft war seit über hundert Jahren in Familienbesitz, und Knuth war in dieser Tradition das letzte Glied. Er war der einzige Nachkomme und hatte noch nie was mit einer Frau gehabt. Als ich eintrat, war er gerade dabei, das Messinggitter der Kaminattrappe mit einem Wolltuch und einer Politur zu wienern. Eine weiße Haarsträhne hing ihm ins Gesicht.

„Großreinemachen?" fragte ich statt einer Begrüßung. In der Luft hing der Duft von Meister Proper, und mir fiel auf, dass das Fenster zur Straße geputzt und die dazugehörige Gardine frisch gewaschen war.

Knuth hielt in der Bewegung inne und wandte mir sein von der Anstrengung gerötetes Gesicht zu. Es war von tiefen Falten durchzogen, und seine Augen hinter der randlosen Brille hatten den gewohnt melancholischen Ausdruck.

„Henning Prigge ist im Sonnenraum aufgebahrt. Er war ein hohes Tier in der Stadtverwaltung und zudem Vorsitzender von ich weiß nicht wie vielen Vereinen", erklärte er.

„Und all seine Kollegen und Vereinskameraden kommen, um ihn anzugucken? Das ist aber ungewöhnlich."

„Nein, natürlich nicht. Wir sind ja nicht in Amerika. Aber seine Familie erscheint um zehn Uhr. Es ist eine große Familie."

„Und deshalb putzt du alles blank?" fragte ich und wies auf das Messinggitter.

„Ich habe den Besucheransturm als Anlass genommen, um mal wieder richtig klar Schiff zu machen. Willst du dir Herrn Prigge anschauen?"

„Gerne", erwiderte ich.

Knuth legte den Lappen auf den Kaminsims und folgte mir in den sonnengelb gestrichenen Abschiedsraum. Dort empfing uns verhaltene Orgelmusik vom Band. Die dicken, weißen Stumpenkerzen würde Knuth erst anzünden, wenn die Besucher eintrafen.

In einer Ecke des Zimmers befand sich eine Stehlampe mit vergilbtem Schirm hinter blassgrünen Sesseln mit fadenscheinigen Sitzflächen. Ebenfalls aus den Fünfzigern bis frühen Sechzigern stammte das dunkelbraune, glänzende Tischchen mit streichholzdünnen Beinen. Dort standen ein Schälchen mit Gebäck, eine Flasche Apfelsaft, Mineralwasser und Gläser bereit. Drei künstliche, kugelförmige Margeritenbüsche in braunen Übertöpfen sorgten für die nötige Dekoration.

Ich strebte auf den offenen Sarg in der Mitte des Raumes zu. Henning Prigge war nur knappe fünfzig geworden. Der Mann sah aus wie ein Bodybuilder, ich schätzte sein Gewicht auf hundertdreißig Kilo.

„Hast du Alfons zur Hilfe geholt?" fragte ich Knuth. Alfons war das Urgestein im Hause Gellermann. Er war an die hundert und ungefähr ebenso lange hier beschäftigt.

Er nickte. „Das hätte ich allein nicht geschafft. Wie gefällt er dir?"

Ich begutachtete den toten Mann. Knuth hatte ihn ordentlich rasiert und seine Lider vorschriftsmäßig verschlossen, so dass das Oberlid zwei Drittel der Augenfläche bedeckte und das Unterlid ein Drittel. Dies hatte er durch Einführen einer Augenklappe mittels einer Pinzette erreicht.

Beim Schließen und Formen des Mundes hatte er auf ein natürliches Aussehen geachtet. Die Einstich- und Nahtstellen hatte er mit Massagecreme und Make-up bedeckt. Das von grauen Strähnen durchzogene dunkelblonde Haar war ordentlich frisiert.

Ich wusste, dass Knuth die Verstorbenen sehr sorgfältig massierte, um die Leichenstarre aufzuheben, die Elastizität zu fördern und Falten zu glätten. Nach der Massage hatte er nacheinander die beiden Arme gebeugt und die Unterarme über den Rumpf gelegt, die Hände übereinander. Die Fingernägel waren sorgfältig maniküürt.

Der Verstorbene trug einen grauen Anzug aus teurem Stoff, ein weißes Seidenhemd, einen dunkelroten Schlips, schwarze Socken und Schlangenlederschuhe, die vorn spitz zuliefen.

Alles in allem hatte Knuth gute Arbeit geleistet, aber ich fand wie immer, dass er das Make-up zu dunkel gewählt und zu dick aufgetragen hatte. Weil jetzt sowieso nichts mehr zu ändern war, setzte ich ein anerkennendes Lächeln auf und nickte ihm zu. Knuth seufzte.

„Dir gefällt das Make-up nicht, habe ich recht?" Er rang die Hände. „Ich habe mir solche Mühe gegeben. Wenn ich nur dein Geschick im Umgang mit den Farben hätte."

„Männer haben eben nicht das Händchen für so was, mach dir nichts draus. Die Angehörigen werden deine Arbeit bestimmt zu schätzen wissen."

Wir verließen den Abschiedsraum, und Knuth machte sich wieder über das Messinggitter her.

„Irmgard Fischers Ehemann Artur hat sich für vierzehn Uhr angekündigt. Das schaffst du doch, oder? Wenn du Hilfe brauchst, weißt du ja, wo du mich findest."

Der Vorbereitungsraum für die Versorgung der Verstorbenen befand sich im rückwärtigen Teil des Hauses und war spärlich eingerichtet: ein schmuckloser, grauer, viertüriger Metallschrank, zwei Tische auf Rollen und ein Nirosta-Spülbecken. Ich betätigte den Lichtschalter, und die an der Decke montierten weißen Leuchtstoffröhren flammten auf. Der Fußboden war mit PVC ausgelegt, im Bereich der Laufflächen war die ehemals dunkelgraue Farbe verblasst und wies ein paar Löcher auf. Es war kühl in diesem Raum, und in der Luft hing der Duft nach X-O, einem Geruchsumwandlungsmittel. Artur Fischer hatte für seine Frau einen schlichten hellbraunen Kiefernsarg mit silberfarbenen Beschlägen ausgesucht, ein Modell aus der unteren Preiskategorie. Das Sarginnere war von

Knuth bereits mit Streudesinfektionsmittel behandelt worden.

Ich kannte Irmgard Fischer aus der Schulzeit, doch obwohl wir einige Jahre im selben Klassenzimmer verbracht hatten, waren wir keine Freundinnen geworden. Wenn wir uns hin und wieder in der Stadt begegnet waren, hatten wir uns nie zu mehr als einem „Hallo" durchgerungen. Ihr Mann Artur hatte bis zur Rente als Hemdenverkäufer bei C&A gearbeitet.

Ich öffnete zwei Schranktüren, rollte einen der Tische heran und stellte die Utensilien bereit, die ich gleich für die Herrichtung der gestern Abend verstorbenen Neunundsechzigjährigen benötigen würde: den Kleber Lapofix zum Verschließen des Mundes, Elbamol-Leichenspray, Blutgerinnungsmittel, ein umfangreiches Sortiment Schminke, Cremes, Kinnstützen, Eisspray, Nadeln, Tücher, Reinigungs- und Desinfektionsmittel, verschiedenes Werkzeug, Scheren sowie Kamm und Bürste. Dann streifte ich weiße Einweg-Latexhandschuhe über und öffnete die Tür zum Leichenaufbewahrungsraum, der an eine Garage erinnerte und vor Urzeiten an das Gebäude angebaut worden war.

Als Erstes nahm ich wahr, dass das große Holztor klapperte. Der rechte Flügel wurde vom Wind erfasst und öffnete sich etwa zwanzig Zentimeter. Das Sonnenlicht warf einen schmalen Streifen auf den Betonfußboden des stockdunklen Kabuffs. Kurz darauf fiel es scheppernd zu, und schon öffnete es sich wieder.

Das war merkwürdig. Und sehr unangenehm. Das Tor zeigte zwar nach hinten zum Hof hin, aber mir drängte sich der schauderhafte Gedanke an spielende Kinder auf, die neugierig einen Blick in den Anbau warfen. Ich konnte mich an keinen Tag meiner mehr als fünfzigjährigen Bekanntschaft mit Knuth erinnern, an dem das Tor außer zur An- und Abreise der Verstorbenen offen gestanden hatte. Ich fragte mich, ob Knuth dieses Missgeschick passiert war, tippte jedoch auf Alfons.

Ich tastete am verputzten Mauerwerk nach dem Lichtschalter, das Neonlicht flackerte auf. Das konnte nicht wahr sein, durfte nicht wahr sein! Gleich hinter dem klappernden Tor stand die metallene Rollbahre – und sie war leer.

Atemlos trat ich auf das Gefährt zu, strich mit der Handfläche über das kalte Aluminium und starrte auf die freie Liegefläche, als könnte ich damit ungeschehen machen, was ich mit eigenen Augen sah: Irmgard Fischers Leiche war weg.

Ich drehte mich zweimal um die eigene Achse – keine Spur. Das Leinentuch, mit dem die Verstorbene zugedeckt gewesen war, lag auf dem

Fußboden. Ich hob es auf und legte es auf die Bahre. Wie betäubt ging ich zum Tor, öffnete es ein Stück und sah hinaus. Auf dem gepflasterten Hof befand sich niemand, und schon gar keine Leiche. Ich trat hinaus, und weil mir nichts Schlaueres einfiel, warf ich einen Blick in die Garage. Knuths anthrazitfarbener Mercedes-Leichenwagen parkte auf seinem Platz, der Laderaum war leer. Ich sah auch im Müllkübel nach. Darin befand sich eine matschige Dreckschicht aus undefinierbaren Abfällen, die sich beim Ausleeren nicht vom Boden gelöst hatte. Ich umrundete das Gebäude, verließ den Hinterhof und folgte der Auffahrt bis zur Straße. Nirgends fand ich einen Anhaltspunkt.

Unglücklicherweise waren soeben Henning Prigges Angehörige eingetroffen – eine ungezählte Schar schwarzgekleideter Menschen mit mehr oder minder verweinten Augen. Sie stiegen aus ihren Autos, und ich vernahm gedämpftes Murmeln. Noch bevor ich verschwinden konnte, erblickten sie mich. Wie auf einen stummen Befehl hin hielten sie in der Bewegung inne, als seien sie schlagartig versteinert, und glotzten mich mit geweiteten Augen an. Mich, die Mitarbeiterin in Kittel und Polyhandschuhen.

Plötzlich löste sich eine Frau mittleren Alters aus der Erstarrung, zeigte mit dem Finger auf mich und kreischte hysterisch. Sie hörte gar nicht wieder auf zu kreischen, bis ihr Begleiter den Arm um ihre Schultern legte und in meine Richtung brüllte: „So weit sind wir schon in Deutschland: Alle müssen zum Rauchen vor die Tür, auch die Leichenwäscher!"

Schleunigst machte ich kehrt und spurtete die Auffahrt zurück, gefolgt von den flatternden Enden meines Kittels. Das letzte bisschen Resthoffnung schwand, als ich erneut vor der leeren Rollbahre stand. Leider war inzwischen kein Wunder geschehen – Irmgard Fischer war nicht an ihrem Platz, definitiv nicht. Ich hatte ein unangenehmes Ziehen im Bauch beim Gedanken daran, Knuth die Schreckensnachricht zu überbringen. Er gehörte nicht zu der Kategorie belastbarer Menschen. Er hatte einen nervösen Magen, ein schwaches Herz und neigte zu Depressionen.

Im Vorbereitungsraum zog ich Handschuhe und Kittel aus, öffnete die braune Stahltür und betrat Gellermanns Hausflur. Schummriges Licht fiel durch das Fenster. Der Flur war vollgestopft mit alten, klobigen Möbeln, die Auslegeware war seit Jahrzehnten nicht erneuert worden. An der vergilbten Tapete, die sich in den Ecken unter der Decke löste, hingen dunkel gerahmte Ölgemälde. Ich rief nach Knuth, bekam aber keine Antwort.

Die große Standuhr im Flur tickte laut und gleichmäßig, sie zeigte auf kurz nach neun. In Wirklichkeit war es schon nach zehn, die Uhr war noch auf Winterzeit eingestellt. In vier Stunden würde der Witwer eintreffen.

Knuths alte Katze lag zusammengerollt auf dem Sitzpolster der Eckbank nahe dem Rippenheizkörper in der Küche. Sie besaß nur noch etwa die Hälfte ihres rotbraunen Fells, und ich sah ihre hellrosafarbene Haut durch die dünnen Flusen schimmern. Auf dem Tisch lag die Nordsee-Zeitung vom heutigen Tag, sie war bei der Doppelseite Todesanzeigen aufgeschlagen.

Als ich die feuerhemmende Tür zum Institut, die sich gleich neben dem Hauswirtschaftsraum befand, ein Stückchen öffnete und hindurchspähte, entdeckte ich Knuth. Die Hände auf dem Rücken gefaltet stand er da und hörte geduldig einem älteren Herrn zu, der sich mit vergrämter Miene auf einen Handstock stützte. Hin und wieder nickte Knuth, und es hatte den Anschein, als könne das Gespräch noch Stunden dauern. Ich wollte Henning Prigges Angehörigen nicht noch mal über den Weg laufen, musste Knuth jedoch unbedingt und schleunigst von dem Trauergast weglotsen. Aber wie?

Schon hatte ich eine Idee, wog innerhalb von zwei Sekunden die Nachteile gegen die Vorteile ab, und schritt zur Tat. Dies war nicht der beste Einfall meines Lebens, aber in Anbetracht der Lage und der Dringlichkeit akzeptabel. Ich schloss die Tür und zog mich in den Hauswirtschaftsraum zurück. Hier waren sämtliche Versorgungseinrichtungen für das Gebäude untergebracht: Gas- und Wasseranschluss samt Zähler und der Schaltschrank für Strom. Auf einem in Kopfhöhe montierten Regal über der Waschmaschine stand meine Komplizin: die silberne Mini-Kompaktanlage eines japanischen Herstellers, auf der Knuth die leise Orgelmusik im Institut per Dauer-Wiederholungstaste abspielte. Ich schob den Lautstärkeregler ganz nach rechts und konnte das Orgelspiel jetzt trotz der geschlossenen Feuerschutztür hören. Es war durchsetzt von einem grausamen Knirschen und Krachen. Wie ich erwartet hatte, stand Knuth nur Augenblicke später neben mir. Er hatte rote Flecken auf den Wangen, als er den Regler wieder in die richtige Position brachte.

„Die Witwe hat fast einen Herzanfall ge...", keuchte er wütend.

„Irmgard Fischer ist weg", fiel ich ihm ins Wort.

„Martha, ich weiß nicht, was heute mit dir los ist. Die Trauergäste haben sich beschwert, dass du sie auf der Straße in Kittel und Handschuhen empfangen hast. Dann drehst du die Musik auf, dass die Lautsprecher fast rausfliegen, und anschließend machst du auch noch schlechte Witze!"

Statt langatmiger Erklärungen zog ich an seinem Jackettärmel und lotste ihn in den hinteren Gebäudetrakt. Wir passierten die im Vorbereitungsraum bereitgestellten Utensilien und betraten den beleuchteten Anbau. Knuth folgte mir widerwillig und schimpfend, hörte jedoch schlagartig mit dem Gezeter auf, als wir bei der leeren Rollbahre anlangten. Er blieb wie festgenagelt stehen. Seine Haut wurde aschfahl, Schweißperlen glänzten auf seiner Stirn. Mit steifen Bewegungen nahm er das Tuch in die Hand und starrte es wortlos an. Er wirkte ferngesteuert, als er es zusammenfaltete und auf die Bahre legte. Mit offenem Mund und flackerndem Blick sah er abwechselnd auf die leere Liegefläche und das klappernde Tor. Meine Anwesenheit hatte er ausgeblendet. Als ich sprach, zuckte er zusammen, als erwachte er aus einem Traum.

„Das Tor war offen", erklärte ich.

„Unmöglich! Ich habe es gestern Abend eigenhändig geschlossen." Knuth schoss auf den Eingang zu und betrachtete ungläubig erst die Innen- und dann die Außenseite des dunkelbraunen Holztores. Ich folgte ihm. Das Tor verfügte über kein abschließbares Schloss, sondern wurde, wie es früher bei Scheunentoren üblich war, mit einem Fallriegel von innen verriegelt. Kein sonderlich guter Schutz gegen unerwünschte Eindringlinge.

„Ein halbwegs geschickter Mensch drückt die beiden Torflügel etwa einen Zentimeter auseinander, schiebt einen längeren, starren Gegenstand wie zum Beispiel einen Schraubendreher hindurch und haut damit unter den Fallriegel. Zack bumm – schon ist das Tor auf!" sagte ich.

„Aber ... wer macht denn so was?" erwiderte Knuth mit tonloser Stimme.

„Derjenige, der Irmgard Fischer mitgenommen hat. Es sei denn, sie ist gar nicht tot und hat das Tor selbst aufgemacht."

„Unsinn, natürlich ist sie tot. Sonst wäre sie schließlich nicht hier gelandet."

„Wer hat denn den Tod festgestellt?" wollte ich wissen.

Knuth wollte von meiner Theorie nichts wissen. Unwirsch antwortete er: „Doktor Schimanno. Irmgard ist an plötzlichem Herzversagen gestorben, zu Hause vorm Fernseher. Ihr Mann saß neben ihr auf dem Sofa. Schimanno hat den Totenschein ausgestellt, wir haben sie mitgenommen, also ist sie auch tot."

„Okay, dann müssen wir herausfinden, wer das Tor geöffnet und Irmgard entführt hat", schlug ich vor.

„Wer entführt denn die Leiche einer neunundsechzigjährigen Frau?" fragte Knuth, während er mit beiden Händen durch seine ohnehin schon wirren Haare fuhr. Seine Brille war bis auf die Nasenspitze gerutscht.

„Ein Verrückter oder ein Perverser. Oder ein verrückter Perverser. Wie er sie wohl transportiert haben mag? Sie ist doch steif", überlegte ich.

Knuth schloss stöhnend die Augen. Dann riss er sie plötzlich wieder auf.

„Um vierzehn Uhr kommt der Witwer zur AbschieDNShme! Bis dahin muss seine Frau fertig vorbereitet sein!" rief er.

„Ruf die Polizei an und erstatte Anzeige wegen Leichenraubs", riet ich.

„Kommt überhaupt nicht in Frage! Wenn das rauskommt, kann ich dichtmachen! Es ist sowieso schon schwer genug, über die Runden zu kommen. Die Bestattungsinstitute schießen ja wie Pilze aus dem Boden."

Eine starke Übertreibung. Zu den seit Jahren in Bremerhaven ansässigen Beerdigungsunternehmen war nur ein einziges neu hinzugekommen: Vinnisch-Bestattungen. Das war ein modernes Institut mit neuen Ideen. Dort konnten Angehörige den Sarg anmalen oder den Verstorbenen frisieren.

„Auf keinen Fall, wirklich auf gar keinen Fall darf die Trauergesellschaft Prigge von diesem Vorfall erfahren. Das sind einflussreiche Leute, ich werde nie wieder einen Auftrag kriegen!" sagte er aufgebracht. Wie ein Orientierungsloser lief er im Anbau auf und ab. „Nein, keine Polizei, wie sieht das aus, wenn hier Polizeiwagen vorfahren und Beamte durchs Institut stürmen! Und zu allem Überfluss melden die's der Presse, und morgen steht's in der Zeitung. Dann spricht alle Welt über mich, die Konkurrenz hält sich lachend die Bäuche, und ich mach den Laden zu."

Schweigend setzte er seinen Irrweg durch den Anbau fort, bis er plötzlich direkt vor mir stehen blieb. Er legte den Zeigefinger an die Lippen und blickte mich konzentriert an. Ich ahnte Fürchterliches.

„Du musst sie suchen, Martha!"

„Ich?" rief ich. „Wie stellst du dir das denn vor? Soll ich durch die Straßen laufen und sämtliche Passanten ansprechen: ‚Entschuldigung, haben Sie vielleicht irgendwo eine tote Frau gesehen? Ende sechzig, hellbraune, schulterlange Haare, einsfünfundsechzig groß und ...'?"

„Du klärst Mordfälle auf, also kannst du auch eine verschwundene Leiche finden", entgegnete Knuth.

„Das ist ganz was anderes ...", wandte ich ein, doch mir war schon klar, dass ich mit meinem Protest auf taube Ohren stieß. Knuth hatte recht: Wenn er nicht riskieren wollte, dass der Leichenklau morgen in aller Munde war, dann galt es, ihn geheim zu halten. Die Verstorbene musste schnellstmöglich heimlich wieder hergeschafft werden. Der Haken bei der Sache war nur: Wie um alles in der Welt sollte ich das anstellen?

„Was soll ich bloß dem Witwer sagen, wenn er nachher von seiner Frau Abschied nehmen will?" jammerte Knuth.

„Sag ihm, ich bin noch nicht fertig mit der Vorbereitung. Er soll später wiederkommen. Oder bis zur Beerdigung warten. Wann ist die?"

„Steht noch nicht fest, ich muss das noch mit Pastor Schmitz klären. Spätestens am Freitag wird's soweit sein, dann sind die fünf Tage um. So lange darf Irmgard aber nicht verschwunden bleiben, auf keinen Fall! Du musst sie ganz schnell zurückbringen, heute noch!"

Knuth legte seine Hand auf meine Schulter und sah mich mit einem Blick an, aus dem die pure Verzweiflung sprach.

„Bitte Martha! Du kannst Alfons als Verstärkung mitnehmen."

Ich seufzte ergeben. „Okay, ich versuch's. Aber Alfons lass mal lieber in seinem Fernsehsessel sitzen, ohne ihn bin ich flexibler." Gellermanns Gehilfe besaß nur noch einen Bruchteil seiner Sehkraft und zog extrem das rechte Bein nach.

„Puh, was würde ich nur ohne dich machen?" atmete Knuth erleichtert auf.

„Erzähl mir, was du über die Verstorbene weißt. Alles, was mit ihrem Verschwinden zu tun haben könnte", sagte ich und nahm auf der leeren Rollbahre Platz.

Knuth strich nachdenklich über seinen fransigen Kinnbart.

„Was soll ich dir sagen? Ich kenne die Familie gar nicht. Ihn habe ich gestern Abend zum ersten Mal gesehen, und sie ging wohl als Kind in Wulsdorf zur Schule, aber das weiß ich auch nur von der Nachbarin. Sie wohnen in Geestemünde, und ich habe mich gefragt, warum Artur Fischer nicht Traugott Kümmel genommen hat, der ist doch viel näher dran."

„Kümmel ist ein Halsabschneider", erwiderte ich.

„Stimmt, aber die Kunden wissen das nicht. Unser Gewerbe lebt nun mal nicht von Mundpropaganda."

Knuth verschränkte die Hände vor der Brust, als wolle er ein Gebet sprechen.

„Die Fischers haben einen Sohn und sollen zurückgezogen gelebt haben. Er war, glaube ich, Verkäufer und sie Hausfrau. Das hat mir alles die Nachbarin erzählt."

„In welcher Straße wohnen sie denn?"

„An der Mühle. Die Nachbarin sagte, das Mehrfamilienhaus gehörte bis vor kurzem den Fischers. Sie haben es verkauft und wohnen dort jetzt zur Miete. Die Wohnung liegt Hochparterre. Artur hat nicht viel von sich gegeben: Er und seine Frau hätten ihr Leben lang alles gemeinsam gemacht, sie waren so gut wie keinen Tag getrennt. Nächstes Jahr hätten sie Goldene Hochzeit gehabt."

Knuth nahm die Brille ab, wischte mit dem Handrücken über die Augen und hielt kurz in der Bewegung inne, bevor er die Brille wieder aufsetzte.

„Der Teddy!" rief er aus und sah sich suchend um. „Der ist auch weg. Irmgard hatte einen Teddy dabei."

„Sie hatte einen Teddy dabei?" wiederholte ich.

„Ja. Einen von diesen alten, steifen Bären. Die hat sie gesammelt, die ganze Wohnung ist voller Puppen und Teddys. Artur sagte, das sei ihr Lieblingsteddy, und sie solle damit beerdigt werden."

„Welchen Eindruck machte der Witwer auf dich?" wollte ich wissen.

„Nun, du weißt, dass ein Trauerfall grundsätzlich eine Ausnahmesituation darstellt." Knuth nahm wieder seinen Marsch durch den Raum auf. „Der Mann schien fest entschlossen, keine Gefühle zu zeigen. Seine Stimme klang emotionslos, als sei er gar nicht wirklich beteiligt."

„Könnte es sein, dass er es war, der Irmgard geklaut hat?" fragte ich.

„Wozu das denn?" entgegnete Knuth.

„Wenn sie nie getrennt voneinander waren, dann will er sich jetzt vielleicht auch nicht von ihr trennen. Ich hab schon öfter von Menschen gehört, die jahrelang mit ihren verstorbenen Angehörigen unter einem Dach gelebt haben."

Knuth hob in einer hilflosen Geste die Achseln.

„Ich weiß nicht ... Alfons und ich haben die Verstorbene aus der Wohnung getragen, ohne dass ihr Mann irgendwas getan oder gesagt hat, um es zu verhindern. Er stand einfach nur da und guckte zu. Die Nachbarin war gelinde gesagt eine Plage. Sie heftete sich an unsere Fersen und redete die ganze Zeit, bis wir wegfuhren."

„Um wie viel Uhr war das?"

„Gegen halb zehn gestern Abend. Gestorben ist sie kurz nach sieben." Er hielt kurz inne. „Mir fällt gerade noch etwas ein. Als wir die Formalitäten erledigten, fragte Herr Fischer, wann die Beerdigung sein wird und drängte darauf, dass sie so bald wie möglich stattfindet. Am liebsten hätte er seine Frau schon heute beerdigt. Ich erklärte ihm, dass ich den Termin erst mit dem Pastor abstimmen muss."

„Okay. Ihr habt die Leiche eingeladen und seid auf direktem Weg hierher gefahren, richtig?"

„Selbstverständlich, was denn sonst?"

„Auf die Rollbahre gelegt und hier abgestellt?" vergewisserte ich mich.

„Wie immer."

„Dann hast du das Tor geschlossen?"

„Ja, ganz sicher. Das muss gegen zehn gewesen sein. Vielleicht auch etwas später."

„Hast du danach noch einmal in diesen Raum gesehen?"

„Natürlich, ich habe doch Henning Prigge geholt und ihn vorbereitet. Heute früh um halb sechs, da war alles in bester Ordnung."

„Und das Tor war zu?"

Statt einer Antwort blieb Knuth stehen und sah mich vorwurfsvoll an.

„Schon gut. Also ist sie heute Morgen zwischen halb sechs und kurz vor zehn verschwunden. Das muss doch jemand gesehen haben! Eine tote Frau klemmt man sich nicht einfach unter den Arm", rief ich.

„Der Leichendieb, oder wie immer wir ihn nennen wollen, wird mit dem Auto vorgefahren sein. Anders ist es kaum möglich, schließlich ist es um kurz nach sechs schon hell", überlegte Knuth laut und fügte nachdenklich hinzu: „Zum Tor kann ich leider nur vom Wohnzimmerfenster aus hingucken. Ich hab weder was gehört noch gesehen."

„Ist dir heute Morgen irgendetwas aufgefallen? Denk genau nach."

„Alles war wie immer. Alfons kam um Viertel nach fünf, wir haben eine Tasse Kaffee getrunken und uns dann an die Arbeit gemacht. Um kurz vor neun ist er rausgegangen. Durch die Vordertür. Hat die Zeitung aus dem Kasten geholt, den Müllkübel an die Straße geschoben und eine Zigarre geraucht. Dann kam er wieder rein."

Plötzlich jagte ein Gedanke wie ein Blitz durch mein Gehirn. Ich sprang mit einem Satz von der Rollbahre.

„Ich hab's!" rief ich aus. „Wer könnte ein Interesse daran haben, dir zu schaden? Überleg mal: Wenn der Leichenklau rauskäme, müsstest du dichtmachen. Und wessen Vorteil wäre das? Wer würde sich mächtig darüber freuen?"

„Du meinst ... ein anderes Bestattungsunternehmen? Das kann nicht dein Ernst sein!" entrüstete sich Knuth.

„Dein Konkurrent ist mit seinem Leichenwagen vorgefahren und hat Irmgard schwuppdiwupps mitgenommen", phantasierte ich weiter.

„Martha!" schimpfte Knuth.

„Und Irmgard zu beherbergen wär für ihn auch ganz einfach: Eine Leiche mehr oder weniger fällt doch im Beerdigungsinstitut gar nicht auf."

„Schluss jetzt! Schlimm genug, dass die anderen Kollegen für sich Werbung betreiben, aber zu solchen Mitteln würde keiner von ihnen greifen. Schlag dir den Unsinn aus dem Kopf", sagte Knuth.

„Ich dachte, ich soll deine Leiche finden", gab ich zurück und trat nach draußen.

Die Trauergesellschaft befand sich in Aufbruchstimmung. Man stand auf dem Gehweg, hielt den Kopf gesenkt oder schnäuzte sich die Nase. Ein paar Leute standen in einer Gruppe zusammen und rauchten.

Um die Angehörigen nicht passieren zu müssen, drückte ich mich auf dem Hof herum und schaute mir das verschlossene Tor von außen an. Dann stellte ich mich mit dem Rücken zum Tor und sah mich um.

Das Grundstück war von hohen Koniferen umgeben, so dass man die Nachbarn nur erahnen konnte. Zusätzlich gab es rundherum einen maroden Sichtschutzzaun, der mit Grünspan besetzt war. Knuths Eltern hatten vor langer Zeit dafür gesorgt, dass niemand einen neugierigen Blick auf ihren Hinterhof werfen konnte.

Gedankenverloren sah ich zur Garage hinüber. Das mit Moos bewachsene Dach bestand aus alten Asbest-Wellplatten, die an manchen Stellen gebrochen waren. Die Regenrinne war aus Zink und zur Hälfte aus ihrer Halterung gefallen. Hin und wieder fiel ein Tropfen mit einem dumpfen Plopp auf den schwarzen Müllkübel.

Müllkübel! Heute Morgen war Müllabfuhr, und Alfons hatte die Tonne zur Entleerung an die Straße geschoben. Der Behälter war so groß, dass drinnen ohne Weiteres drei Menschen, ob nun lebendig oder nicht, Platz fanden. Warum das Risiko eines Transports auf sich nehmen? Wenn jemand Knuth eins auswischen wollte, dann hätte er Irmgard einfach in den Kübel werfen können. Und sich ins Fäustchen gelacht, wenn sie kurz darauf unterwegs zur Müllbeseitigungsanlage war. Schauderhafter Gedanke, aber durchaus möglich.

Ein Blick um die Hausecke – die Trauergäste waren abgereist, der Gehweg frei. Ich startete meine Suche in der direkten Nachbarschaft. Zur Linken befand sich ein hellgelb gestrichenes Siedlungshaus aus den Fünfzigern. Dort wohnte Roswitha Zittlau, die pensionierte Handarbeitslehrerin der Altwulsdorfer Schule.

Frau Zittlau war über neunzig. Sie trug Stützstrümpfe und war nicht mehr gut zu Fuß, deshalb dauerte es eine Weile, bis sie die Haustür öffnete. Missbilligend blickte sie mich über den Rand ihrer goldenen Brille hinweg an, und sofort fühlte ich mich zurückversetzt in meine Schulzeit. Während des Handarbeitsunterrichts war Roswitha Zittlau schnell klar geworden, dass meine Fähigkeiten auf anderem Gebiet liegen mussten, und sie hatte mir ihre Erkenntnis unmissverständlich mitgeteilt.

„Martha Millers? Was führt Sie zu mir?" bellte sie mit tiefer Stimme. Frau Zittlau gehörte zu den Menschen, die sich nicht mit belanglosem Geplänkel aufhalten. Sie machte keine Anstalten, mich hereinzubitten.

Ich trat von einem Fuß auf den anderen wie ein Kind, das sich eine glaubhafte Schwindelei fürs Schwänzen überlegt. Dummerweise hatte ich mir noch keine Gedanken gemacht, unter welchem Vorwand ich meinen Kreuzzug durch die Nachbarschaft führen sollte.

„Knuth Gellermann schickt mich. Sie wissen vermutlich, dass ich ihm hin und wieder bei der Arbeit helfe?" begann ich und bemühte mich um ein entwaffnendes Lächeln.

„Sie ziehen den Toten ihren Sonntagsstaat an, ja, ich weiß", entgegnete sie knapp.

„Die Sache ist die", holte ich aus. „Herr Gellermann möchte sich bei den Nachbarn entschuldigen, weil heute früh so viel Betrieb bei ihm war. Er hofft, dass Sie sich nicht gestört fühlten."

„Deshalb klingeln Sie bei mir? Ich sehe Knuth beinah täglich, und er hat sich noch nie für irgendwas bei mir entschuldigt. Warum sollte er auch?"

„Nun, heute Morgen war nebenan besonders viel los!" beharrte ich. „Haben Sie davon denn gar nichts mitbekommen?" Ich sah bereits meine Felle wegschwimmen.

„Natürlich höre ich zuweilen sein Auto die Auffahrt entlang fahren, und manchmal parkt ein Trauergast vor meinem Gartenzaun. Aber meine Güte, das geht schon so, seit ich hier wohne." Sie schickte sich an, die Tür zu schließen.

„Haben Sie heute in der Früh auch das andere Auto über die Auffahrt fahren hören?" hakte ich schnell nach.

Frau Zittlau sah mich an, als hätte ich nicht alle Tassen im Schrank.

„Wenn Knuth ein Problem hat, dann soll er bitteschön selbst rüberkommen. Und wenn Sie ein Problem haben, dann wenden Sie sich an jemanden, der Ihnen hilft." Damit schloss sie energisch die Tür.

Ich ließ mich nicht beirren, sondern überquerte die Straße, um mein Glück in dem Zweifamilienhaus direkt gegenüber zu versuchen. Möglicherweise hatte jemand aus dem Fenster etwas Merkwürdiges beobachtet. Das Haus war vor kurzem verkauft worden, und ich wusste nicht, wer hier jetzt wohnte. Vor den Eingangsstufen stapelten sich leere Farbeimer und blaue Müllsäcke, aus denen abgerissene Tapeten quollen. Das Klingelschild war nicht beschriftet.

Vier große braune Augen sahen mich erstaunt an, als sich die Tür öffnete. Aus dem Hausinnern war Hämmern, orientalische Musik und Kindergeschrei zu hören.

Die Frau trug ein orangefarbenes Gewand aus glänzendem Material, das perfekt mit ihrer dunklen Hautfarbe harmonierte. Sie hatte einen aufgemalten schwarzen Punkt auf der Stirn und trug ein Baby auf dem Arm.

„Allo?" sagte sie.

„Guten Tag, ich heiße Martha Millers und arbeite gegenüber bei der Firma Gellermann", stellte ich mich vor.

„Allo?" wiederholte sie im gleichen Tonfall. Das Kind auf ihrem Arm begann zu krähen, und sie wiegte es sanft hin und her.

„Weil es heute Morgen so laut war, möchte ich mich bei Ihnen entschuldigen!" sagte ich.

„Allo?"

Ich nickte freundlich zum Abschied und verließ das Grundstück. Wenn ich mit den Ermittlungen weiter so flott vorankam, hatte ich Irmgard sicher bald gefunden.

Rechts vom Bestattungsinstitut wohnte Familie Grundmann. Dummerweise befand sich Knuths Einfahrt zum Hof auf der anderen Seite an der Grenze zu Frau Zittlaus Anwesen, und ich bezweifelte, dass man von hier aus irgendetwas gesehen oder gehört hatte. Trotzdem – ich wollte nichts unversucht lassen.

Ich hörte Herrn Grundmann, bevor ich ihn sah. Das große Fenster im Erdgeschoss war weit geöffnet, und ein gutaussehender Mann Mitte vierzig blies in ein Saxophon. Er hatte die Augen geschlossen und machte kreisende, erotisch anmutende Bewegungen mit seinem Becken. Ich hätte an das Fenster treten und ihn rufen können, doch ich wollte ihn nicht stören. Deshalb zog ich an der altmodischen Klingel. Drinnen ertönte der Gong vom London Tower.

Ein etwa fünfzehnjähriger Junge öffnete. Er hatte einen schwarzen, flaumigen Schnurrbart, trug eine blaue Strickmütze und weit geschnittene, moderne Skater-Klamotten. In den Ohren steckten die Stöpsel seines MP3-Players. Zur Begrüßung hob er wortlos die dunklen Augenbrauen. Ich seufzte innerlich auf. Es erschien mir absolut sinnlos, die Leier zum dritten Mal vorzutragen.

„Hast du vielleicht heute Morgen zwischen halb sechs und zehn nebenan etwas Außergewöhnliches bemerkt?" fragte ich ihn direkt und zeigte auf Knuths Haus.

„Was Außergewöhnliches?" wiederholte er mit dunkler Stimme und hob wiederum die Augenbrauen.

„Ein fremdes Auto beispielsweise oder eine fremde Person."

Der Junge überlegte sekundenlang.

„Yo", machte er dann. Mein Herz tat einen Sprung, ich konnte mein Glück kaum fassen. Damit hatte ich nicht gerechnet! Was lernen wir daraus: Man soll nie vorzeitig den Kopf in den Sand stecken. Endlich ein Hinweis!

„Da war so'n Typ. Dunkle Haare, Dreitagebart, Klamotten von H&M, Sie wissen schon, so'n Möchtegern-Cooler. Total daneben, der Typ!"

„Was hat er denn gemacht?" hauchte ich gespannt.

„Rollte an mit seiner Karre. Blauer Kombi, Opel irgendwas. Opel ist sowieso der letzte Scheiß, da merk ich mir die Modelle nicht."

„Bremerhavener Kennzeichen?"

„Yo. HB-K-irgendwas. Ich hab's nicht so mit Zahlen."

„Okay. Er kommt mit seinem Auto angefahren und dann?"

„Steigt aus, guckt zweimal nach rechts und links, ob ihn keiner sieht und dann ..."

Ich wagte kaum noch zu atmen.

„Dann pisst das Schwein in unseren Vorgarten! Holt sein verdammtes Ding aus der Hose und strullt in unseren Vorgarten!"

Ich sank in mir zusammen. Die Enttäuschung fuhr mir wie ein Messer ins Herz.

„Und sonst hat er nichts gemacht?" fragte ich leise.

„Reicht das nicht? 'N Unding ist das! So'n Pisser! Der gehörte zu irgend so ner Truppe. Kurz danach kamen die anderen und stellten ihre Karren ab, er gab ihnen seine vollgepisste Hand und wünschte herzliches Beileid. Dann gingen alle rein."

Ich atmete hörbar aus.

„Ist dir außerdem noch etwas aufgefallen?" fragte ich matt.
Der Junge sah mich neugierig an.
„Was is'n da drüben passiert, dass Sie so genau nachfragen?"
„Auf dem Hinterhof wurde ein Paket abgestellt, und es steht kein Absender drauf. Hätt ja sein können, dass du gesehen hast, wer's gebracht hat", sog ich mir aus den Fingern.
Gelangweilt wandte er sich ab, machte mit Zeige- und Mittelfinger das Peace-Zeichen und schlug die Tür zu. Sein Vater gab sich nach wie vor der Musik hin, als ich das Fenster passierte.
Zwei Straßen weiter wohnte Alfons. Sein Haus war nicht größer als eine Hutschachtel und in einem scheußlichen Violett-Ton gestrichen. Im Vorgarten tummelten sich an die tausend Gartenzwerge. Weil die Gehwegplatten zur Eingangstür teilweise gesackt und damit zu Stolperfallen geworden waren, musste man höllisch aufpassen, wohin man trat. Ich stieß die einfach verglaste Eingangstür auf und trat ein. Eine Klingel gab es nicht, und abgeschlossen wurde auch nie.
Alfons saß wie immer, wenn er nicht bei Gellermanns war, auf seinem braunen Kunstleder-Fernsehsessel, nuckelte an einer Zigarre und starrte auf den Fernseher. Dort lief ein Animationsfilm mit grünen Schildkröten, die ein Wettrennen veranstalteten. Es roch nach abgestandenem Essen, Zigarre und Schweißfüßen. Ich ließ die Haustür offen.
„Martha, schönes Kind, was verschafft mir die Ehre?" krächzte Alfons, als ich neben ihn trat, und entblößte seine braunen Stummelzähne. Er war ein kleines, dünnes Männlein mit lederner Haut und schlichtem Gemüt. Seine Ehefrau war vor zwanzig Jahren gestorben, und seitdem hatte er keinen Spaß mehr am Leben.
„Du hast doch heute den Müllkübel an die Straße gebracht, nicht wahr?" begann ich.
„Jawoll, warum?" Die Zigarre wanderte von einem Mundwinkel zum anderen.
„War er vielleicht besonders schwer? Schwerer als sonst?"
Er runzelte seine ohnehin runzlige Stirn. „Nö, ist mir nicht aufgefallen. Wieso?"
Alfons würde es ohnehin von Knuth erfahren.
„Irmgard Fischer ist verschwunden", erklärte ich.
Alfons schlug sich mit der flachen Hand auf den Oberschenkel. „Nee?!?"
„Zwischen halb sechs und zehn heute Morgen. Ist dir was aufgefallen?

Das Tor zum Hof stand offen."

„Nee?!? Das gibt's jawohl nicht! Ne gestohlene Leiche! Und ich hab nix mitgekriegt!"

Der letzte Satz ging in einem Hustenanfall unter. Das hörte sich an, als hätte er nicht mehr lange zu leben. Die Zigarre flog im hohen Bogen durchs Zimmer. Als er wieder zu Atem gekommen war, keuchte er: „Wenn die man nicht ihr Mann geholt hat."

„Wie kommst du darauf?"

„Ich wollt mich von meiner Paula auch nicht trennen, aber ich weiß ja, wie's ist mit den Toten. Bei mir zu Hause hab ich sie nicht mehr behalten können, damit musste ich mich abfinden."

Ich sammelte den ekligen braunen Stumpen vom Fußboden, und Alfons steckte ihn wieder in den Mund.

„Und du meinst, Artur Fischer ging's ähnlich wie dir?" fragte ich.

„Er wirkte sehr gefasst, aber vielleicht stand er unter Schock. Wer weiß, was er ein paar Stunden später gedacht oder gemacht hat?"

„Ich hatte überlegt, ob jemand von der Konkurrenz Knuth eins auswischen will, damit er Pleite geht."

Alfons runzelte erneut die Stirn und kaute auf dem Ende seiner Zigarre herum.

„Das trau ich höchstens Traugott Kümmel zu. Die anderen würden so was nicht machen. Außerdem ham die sowieso ihre Schäfchen im Trockenen. Aber Traugott ... Der kann doch den Hals nicht voll kriegen. Könnt mir vorstellen, dass er's war."

„Weil sich die Einzugsgebiete überschneiden, kriegt er vermutlich nicht so viele Aufträge, wie er gern hätte. Und wenn jemand die Preise vergleicht, geht er sowieso zu Knuth", überlegte ich laut.

„Nun, die wenigsten Menschen vergleichen die Preise, wenn ein Angehöriger stirbt. Zumal Kümmel da ne Menge Schmu macht mit den versteckten Kosten."

„Das machen andere Bestatter auch", wandte ich ein.

„Stimmt, und Knuth ist dafür zu ehrlich. Darum hat er auch einen besseren Ruf als Traugott Kümmel", erwiderte er stolz.

„Was weißt du über Kümmel?" fragte ich.

„Wahrscheinlich nicht mehr als du. Das ist'n aalglatter, gerissener Hund, der die Leute um den Finger wickelt, um sie hinterher abzuzocken."

„Er hat den Laden schon vor Jahren übernommen, warum jetzt der

Leichenklau?" fuhr ich mit meinen Überlegungen fort.

„Weil er ein schlechter Mensch ist", konstatierte Alfons.

„Knuth will von meiner Idee nichts wissen", berichtete ich.

„Der is' sowieso zu gut für diese Welt", beschied Alfons.

„Ich hab mir überlegt, dass Irmgard in der Mülltonne gelandet sein könnte", sagte ich. Alfons guckte entsetzt aus der Wäsche.

„Du meinst, Kümmel hat sie da rein geworfen, und ich hab sie im Kübel an die Straße geschoben?"

„Möglich wär's doch."

„Wenn's so war, kann ich nix dafür. Hat mir keiner gesagt, dass ich die Mülltonnen kontrollieren soll", schnappte er, presste die Lippen aufeinander und tat, als konzentriere er sich auf die grünen Schildkröten.

„Natürlich nicht. War nur so ein spontaner Einfall", lenkte ich ein und ging zur Haustür.

„Ziemlich blöder Einfall", krächzte er.

Trotz seiner Vorbehalte machte ich mich als Nächstes auf den Weg zur Müllbeseitigungsanlage, kurz MBA, die sich an der Autobahnausfahrt Mitte befand. Von Wulsdorf aus über Surheide und Schiffdorf zwanzig Minuten mit dem Fahrrad, wenn man so flott unterwegs war wie ich.

Auf der Zufahrtsstraße Zur Hexenbrücke kamen mir zwei Müllfahrzeuge entgegen, und ich wurde von dreien überholt. Ich war gespannt, wo der Wulsdorfer Müll von heute früh gelandet war.

Das kleine Gebäude sah wie eine Pförtnerbude aus, war von allen Seiten mit Fensterscheiben bestückt und stand am Tor zwischen Ein- und Ausfahrt des Geländes. Im Hintergrund, auf einer Anhöhe, befand sich das Werk, dessen riesiger Schornstein hellgraue Schwaden in den Himmel spuckte.

Auf beiden Seiten des Pförtnerhauses waren in den Asphalt Wiegevorrichtungen eingelassen. Drinnen saß ein rothaariger Mann über Papiere gebeugt. Auf seinem Schreibtisch standen ein überquellender Aschenbecher, eine dampfende Kaffeetasse und eine Zettelbox mit einem Gute-Laune-Aufkleber neben einem Bildschirm und einer Computertastatur. An dem einzigen, schmalen Stück fensterloser Wand hingen ein Pin-up-Kalender und eine DIN-A4-Kopie, auf der ein mäßig witziger Bürospruch zu lesen stand. Als ich eintrat, hob der Mann den Kopf.

„Was kann ich für Sie tun?" fragte er. Seine grünen Augen musterten mich freundlich.

„Ich habe ein Problem. Ein großes Problem", seufzte ich.

Die grünen Augen blickten erschrocken drein.

„Wollen Sie darüber sprechen?" fragte er mit ernsthaftem Mitgefühl, als sei er mein Psychiater und nicht Büroangestellter der Müllbeseitigungsanlage.

Ich ließ mich auf dem einzigen Besucherstuhl nieder und wischte mir eine imaginäre Träne aus dem Augenwinkel. „Ich hab was in die Mülltonne geworfen, was dort nicht hinein sollte. Heute Morgen kam die Müllabfuhr, und nun ... ist es weg!" jammerte ich.

Der Mann atmete erleichtert auf.

„Ach ja, das kommt öfter mal vor. Ist natürlich ärgerlich, denn kleine Teile sind in den allermeisten Fällen unwiederbringlich verloren. Schmuck zum Beispiel oder Geld. Bei größeren Sachen kann man mal Glück haben. Was war's denn?"

„Eine Schaufensterpuppe", antwortete ich.

„Eine Schaufensterpuppe? Die haben Sie in den Müll geworfen und wollen sie nun wiederhaben?" wunderte er sich.

„Ja. Sie gehört meinem Mann Willi. Ich mochte das langbeinige, blonde Ding einfach nicht mehr im Haus haben. Immer hat sie mich so frech angegrinst, die olle Babsi. Aber mein Willi ist jetzt dermaßen wütend, dass er droht, alle meine Sammeltassen wegzuschmeißen, wenn ich ihm seine Babsi nicht wiederbringe." Ich schluchzte auf. „Die Tassen sind mein kostbarster Besitz. Sie stammen von meiner Großmutter aus Ostpreußen."

Mein Gegenüber schluckte sprachlos.

„Ob ich Willis Babsi wohl bei Ihnen suchen darf?" fragte ich kleinlaut.

Der Mann zog ein Bündel bedruckter Papiere mit grün und gelb markierten Spalten aus dem Stapel auf seinem Schreibtisch. Er atmete hörbar aus.

„In welchem Stadtteil wohnen Sie denn?" wollte er wissen. Er wirkte jetzt sehr steif, wie man es oft bei Menschen erlebt, die sich nicht sicher sind, ob ihr Gegenüber alle Tassen im Schrank hat.

„In Wulsdorf."

Er fuhr mit dem Finger über die grün markierte Spalte.

„Rampe sechs. Da haben aber heute schon ein paar mehr Wagen ihre Fracht reingekippt. Ich würde mich sehr wundern, wenn Sie, ähem, Babsi entdecken. Aber nur zu, versuchen Sie Ihr Glück! Seien Sie jedoch äußerst vorsichtig, und treten Sie auf keinen Fall zu dicht an die Kante, sonst fallen Sie in den Schacht."

„Danke für den Rat und danke für Ihre Hilfe!" sagte ich, erhob mich vom Stuhl und trat ins Freie. Ich stieg auf mein Rad und fuhr die Anhöhe hinauf, folgte den Schildern zur Anlieferung und langte kurz darauf bei den Schächten an. Ein Lieferwagen parkte rückwärts vor der zweiten Rampe. Aus der geöffneten Hecktür flogen Müllsäcke im Sekundentakt in den Schacht.

Ein südländisch aussehender Mann im orangefarbenen Overall fegte mit einem Straßenbesen den Asphalt. Er unterbrach seine Tätigkeit und rief mir zu: „Was Sie wollen?"

„Ich will nur in Schacht sechs gucken. Ich hab was verloren!" rief ich zurück und stand bereits an der Kante. Ich blickte in einen riesigen, ekligen, stinkenden Keller voller Abfall. Essensreste, Babywindeln und Verpackungsmüll verbanden sich zu einer undefinierbaren Masse. Von Irmgard Fischer keine Spur.

Der Arbeiter hatte seinen Besen beiseite gestellt und tauchte neben mir auf.

„Was Sie suchen?" fragte er und machte energische Zeichen mit dem Daumen, um mich vom Grubenrand wegzuscheuchen.

„Eine Puppe", antwortete ich, während ich weiter auf den Müll starrte.

„Ein Pupe? Oh, Sie nicht werden finden Pupe hier. Müll wird gepresst in Auto, und dann wird gekippt hier hinein. Viele Male an Tag. Unmöglich finden Pupe."

„Was passiert mit dem Müll in dieser Grube?" fragte ich den mitteilsamen Herrn.

„Müll wird geschoben hinein." Er zeigte auf das Gebäude. „Da wird genommen mit Greifarm von Kran die Müll und wird getan in Ofen. Dort wird verbrannt."

Ich nickte verstehend. Vermutlich war Irmgard längst automatisch weitergeschoben worden und hing jetzt in den Klauen eines Krans. Oder sie brannte bereits lichterloh.

„Kann ich mir den Kran ansehen?" bat ich.

Der Mann schüttelte vehement den Kopf.

„Oh nein, nicht Kran ansehen wegen Pupe. Niemand darf rein und kuken. Zu gefährlich! Wenn Polizei etwas suchen – jaaaa – dann halten an Kran und können kuken."

An der Oberfläche des Mülls in diesem Schacht war keine Leiche zu sehen. Auch keine Leichenteile. Ich löste mich vom Anblick des Grubeninhalts und schenkte dem Mann ein Lächeln. Dann stieg ich auf mein Rad.

„Kaufen einfach neue Pupe!" rief er mir hinterher.

Ich sauste den Abhang hinunter, passierte den rothaarigen Mann in seiner Glasbude und verließ das Gelände. Ein unangenehmes Ziehen in der Magengegend begleitete meinen Gedanken an die bevorstehende, unvermeidbare Begegnung. Irmgard lag nicht im Müll, dann war sie also doch bei Traugott Kümmel.

2

Das Bestattungsinstitut Kümmel befand sich am Südende der Georgstraße, einer vierspurig ausgebauten Verbindung zwischen Wulsdorf und Geeste-münde. Es war in einem grauen Flachdachklotz untergebracht, der das Flair eines Discounters ausstrahlte. Über der dunkel getönten Eingangstür befand sich eine Leuchtreklame in geschwungenen Buchstaben. Auch die Fensterscheiben waren getönt, so dass ich nicht hindurchsehen konnte. Ein überdimensionaler Aufkleber auf einer der Scheiben zeigte eine goldene Zwanzig umgeben von einem Lorbeerkranz, darunter stand zu lesen: Zwanzig Jahre Kümmel-Bestattungen. Ihr seriöser, kompetenter Ansprechpartner im Trauerfall.

Autos, Busse und Lastwagen rauschten in einem nicht enden wollenden Strom vorbei. Ich hörte keinen einzigen Vogel zwitschern und sah weder Bäume noch Frühlingsblumen. Eine trostlose Gegend. Eigentlich der perfekte Standort für ein Beerdigungsunternehmen. Ich lehnte mein Rad an die Hauswand und ließ das Schloss zuschnappen. Dann machte ich mich auf die Suche nach Irmgard.

Bestattungsinstitute haben meistens einen Hintereingang, durch den die Verstorbenen ins Gebäudeinnere transportiert werden. Das war bei Kümmel nicht anders: Rechts am Gebäude vorbei führte eine Zufahrt auf den Hinterhof. Die gestohlene Leiche musste irgendwo dort hinten sein – und ebendort würde ich sie suchen. Dummerweise versperrte mir ein etwa drei Meter hohes, elektrisch angetriebenes Tor den Weg. Ich rüttelte an den dicken, senkrechten Eisenstäben, doch das Tor war verschlossen.

Auf der linken Seite schloss das Institut an das Nachbarhaus, ein Fachgeschäft für Radio- und Fernsehgeräte, an. Die Schaufensterscheibe, hinter der chromglänzende und mattschwarze Technik aufgereiht stand, war von innen mit einem Stahlgitter gesichert. Ich ging zurück und entdeckte einen schmalen Kiesweg, der rechts an Kümmels Gebäude vorbei verlief. Er bildete eine Trennlinie zwischen dem Institut und dem daneben gelegenen Gebrauchtwagenhändler. Langsam ging ich den Weg entlang und ließ das rückwärtige Gelände des Bestatters nicht aus den Augen. Irgendwo musste es doch eine Möglichkeit geben, auf den Hof zu gelangen! Ein breiter, dunkelbraun gestrichener Holzschuppen und zwei große Fertiggaragen verwehrten mir jeden Blick. An der hinteren Grundstücksgrenze verließ ich den Weg und kämpfte mich durch stechendes Brombeergestrüpp – nichts. Der Hof war komplett umbaut. Ich kehrte zurück zum Tor und stand unschlüssig davor. Um nach hinten zu gelangen, brauchte man eine Fernbedienung. Ich hatte keine und wollte trotzdem durch.

Beherzt schulterte ich meine Handtasche, setzte einen Basketballstiefel auf den unteren, waagerechten Rahmen und streckte meine Arme nach oben. Jährlich gewinne ich die Bremerhavener Seemeile in meiner Altersgruppe und war auch schon beim Bremerhavener Marathon ein paarmal vorn, deshalb kann ich mich durchaus als sportlich bezeichnen, aber dieses Bollwerk konnte ich unmöglich überwinden. Frustriert ließ ich die Arme sinken und trat einen Schritt zurück. Plötzlich tippte mir jemand auf die Schulter.

„Suchen Sie wen?" hörte ich eine schnarrende Stimme. Vor mir stand Traugott Kümmel höchstpersönlich.

„Schon gefunden!" erwiderte ich munter. „Genau Sie habe ich gesucht."

„Ach tatsächlich, Gnädigste? Sie suchen mich hier draußen?" schnarrte er. „Warum sind Sie nicht durch die Tür eingetreten?" Er setzte ein gewinnendes Lächeln auf, das eine Reihe viel zu großer dritter Zähne entblößte, sein Atem roch nach Pfefferminz. Irgendwie machte sein Gesicht beim Lächeln nicht mit, denn es blieb starr und ließ auch seine eng stehenden Augen kalt. Leichendieb!

Er machte eine tiefe Verbeugung, als hätte er ein Seminar in morgenländischer Etikette absolviert.

„Bitte verzeihen Sie, meine Liebe, wie unhöflich von mir! Womöglich habe ich Sie eingeschüchtert statt Sie zu fragen, womit ich Ihnen dienen kann?"

Der Mann zog eine meterdicke Schleimspur hinter sich her. Er erschien mir wie eine Witzfigur. Eine skurrile Mischung aus E.T. und Prinz Charles plus Pferdegebiss. Unter seinem feinen Nadelstreifenanzug trug er eine glänzend schwarze Weste, aus deren Tasche eine goldene Uhrenkette hing. Seine Manschettenknöpfe waren ebenfalls aus Gold und mit kleinen, tropfenförmigen Brillanten besetzt. An den Ringfingern seiner bleichen, weiblich anmutenden Hände glänzten schwere Siegelringe.

Traugott Kümmel benutzte einen blitzenden 66er Cadillac-Leichenwagen und kurvte in seiner Freizeit mit einem Ferrari F50, der mehr als vierhunderttausend Euro gekostet hatte, in Bremerhaven herum. Ich glaube nicht, dass es in der Stadt jemanden gab, der Traugott und seine knallrote Brüllkarre noch nicht gesehen hatte. Er besaß anscheinend alles, was das Männerherz begehrt. Nur eine Frau hatte er nicht. Jetzt hakte er mich unvermittelt mit seinem dünnen Arm unter und führte mich zur Eingangstür.

„Sie erlauben, Werteste?" Er öffnete und ließ mich vorangehen. Ein intensiver Duft nach Salbei und Weihrauch hüllte mich ein. Aus unsichtbaren Lautsprechern ertönte Meditationsmusik, die an Wellness-Abteilungen in Kureinrichtungen erinnerte. Der Fußboden bestand aus glänzend weißem Marmor; die mit Struktur verputzten, weißen Wände waren kunstvoll mit Engelsfiguren in blassen Aquarelltönen bemalt. Überall standen bauchige Vasen mit frischen Blumen und silberne Kerzenleuchter herum, in denen dunkelrote, schlanke Kerzen brannten. Ich dachte an Knuths altmodische und muffige Räume und fand, er könnte sich in punkto Raumgestaltung von Traugott eine dicke Scheibe abschneiden.

„Nun, meine Teuerste, schickt Sie der liebe Kollege Knuth Gellermann?"

Konnte Kümmel Gedanken lesen?

„Wie kommen Sie denn darauf?" fragte ich erstaunt.

Der dünne Mann neben mir verzog die Lippen zu einem breiten Lächeln. Wiederum sah ich seine großen, cremefarbenen Dritten. Irgendetwas war verkehrt gelaufen bei der Sanierung seines Gebisses. Die Zähne waren nicht nur zu groß, der Zahnarzt hatte zu viele eingebaut.

„Liebe Frau Millers, ich weiß alles über Sie! Da staunen Sie, nicht wahr?" Seine Stimme klang jetzt sanft schmeichelnd. Er hielt meinen Blick fest. Ich gebe es nur ungern zu, aber dieser Kerl brachte mich irgendwie aus dem Konzept. Mühsam löste ich mich von seinen kleinen, stechenden Augen und konzentrierte mich auf das liebliche Antlitz des blond gelockten Engels an der Wand hinter Traugott.

„Sie wissen alles über mich?" fragte ich ungläubig. „Dann schießen Sie mal los!"

Der Bestattungsunternehmer wies auf eine mächtige, cognacfarbene Ledergarnitur und wartete, bis ich Platz genommen hatte. Ich sank in die viel zu weichen Polster und stellte die Handtasche wie ein Schutzschild auf meinen Schoß. Kümmel setzte sich mir so dicht gegenüber, dass zwischen unsere Knie maximal ein Blatt Papier passte.

„Martha Millers, siebenundsechzig Jahre jung, ledig, ein Sohn. Sie hätten Ende der Sechziger beinah den amerikanischen Militärpolizisten John

Tylor geheiratet, den Vater ihres Sohnes. Doch leider wurde der gute Jonny kurz vor der Hochzeit während eines Einsatzes erschossen, nicht wahr?"

Traugotts Stimme troff vor geheucheltem Mitgefühl. Ein Grollen breitete sich in meiner Bauchgegend aus, gleichzeitig wurde ich von einem unheimlichen Grauen erfasst. Ich spürte, wie sich die Härchen in meinem Nacken aufstellten.

„Um Ihren Lebensunterhalt zu verdienen, trugen Sie die Post aus, als erste weibliche Briefträgerin in Bremerhaven. Seit drei Jahren sind Sie pensioniert. Sie sind eine ausdauernde Läuferin und bei den hiesigen Veranstaltungen immer vorn mit dabei. Nachdem Ihr bescheidenes Häuschen in Wulsdorf abbrannte, zogen Sie in eine Seniorenwohnung im Eichengrund. Dort fühlen Sie sich gar nicht wohl unter all den Tattergreisen."

Eine plötzliche Welle der Solidarität mit meinen Mitbewohnern erfasste mich, und ich hatte das dringende Bedürfnis, sie vehement zu verteidigen, bremste mich aber im letzten Moment. Erst wollte ich Traugotts Monolog zu Ende hören.

„Am liebsten spielen Sie Detektiv in Mordfällen. Sehr zum Missfallen Ihres Sohnes, der bekanntlich Kriminaloberkommissar ist. Phasenweise schlafen Sie mit diesem Möchtegern-Italiener Elvis Castello, dem ein Bistro in der Weserstraße gehört. Und Ihrem alten Freund, dem stockschwulen, oh Verzeihung", er kicherte in sich hinein, „Knuth Gellermann helfen Sie bei der Versorgung der Verstorbenen, seit seine verschrobene Mutter nicht mehr unter uns weilt."

Unsere Knie berührten sich jetzt, obwohl ich mich nicht einen Millimeter bewegt hatte.

„Sie fragen sich vermutlich, warum ich all diese persönlichen Dinge über Sie zusammengetragen habe, nicht wahr?" flüsterte er. Eine Gänsehaut überzog meine Arme, mir war plötzlich eiskalt. Er rutschte nah an mich heran, ich roch Pfefferminz, und mir wurde übel.

„Ich würde Sie gern ...", sein Flüstern war nur noch ein Hauchen. Ich schielte auf den Abstand zwischen seinem besten Stück und meinem Knie und nahm schon mal Maß.

„Ich würde Sie gern ...", wiederholte er. Ich spannte meine Muskeln und Sehnen an, war bereit zum Verteidigungsschlag.

„Ich würde Sie gern abwerben! Sie leisten hervorragende Arbeit, und ich zahle Ihnen ein entsprechendes Gehalt."

Puh! Im Geiste wischte ich mir den Schweiß von der Stirn. Er malte sich also nicht aus, dass ich unanständige Dinge mit ihm tun würde. Mit einer rosafarbenen Zungenspitze fuhr er über seine schmalen Lippen, während er auf meine Antwort wartete. Ich stieß den angehaltenen Atem aus und richtete mich auf, so gut es in dem tiefen Polster möglich war.

„Nein", entgegnete ich fest und setzte gerade zu einer knappen und deutlichen Absage an, da hörte ich plötzlich eine warnende Stimme in meinem Kopf. Verwirrt hielt ich inne. Und verstand endlich: Hier offenbarte sich gerade die perfekte Chance, Irmgard zu finden.

„Nein ... Das ist ja eine Überraschung!" rief ich aus. „Sie haben sich die Ergebnisse meiner Arbeit angesehen?"

„Mehrfach, meine Liebe, mehrfach! Ihre Leistungen sind hervorragend, und das, obwohl Sie gar keine Ausbildung in dieser Richtung haben! Ich verneige mich und zolle Ihnen Respekt, großen Respekt." Ich fragte mich, wie er es angestellt hatte, einen Blick auf die von mir hergerichteten Verstorbenen zu werfen. Am offenen Sarg waren nur die engsten Angehörigen zugegen.

„Nun, die wenigsten Bestatter haben eine Ausbildung in ihrem Beruf, für ein Bestattungsunternehmen braucht man bekanntlich nur einen Gewerbeschein. Sie sind da eine vorbildliche Ausnahme", entgegnete ich. Seine gerahmten Zertifikate „Fachgeprüfter Bestatter" waren mir beim Betreten des Gebäudes aufgefallen.

Kümmel rückte gar noch dichter an mich heran, so als seien wir Verbündete in einer geheimen Mission. Sein Oberschenkel ruhte an meinem. Ich kämpfte mit einem Würgereiz.

„Nun, meine Liebe, wie stehen Sie zu meinem Vorschlag?" raunte er. In seinen Mundwinkeln hatte sich Speichel gesammelt.

„Eine glückliche Fügung des Schicksals! Da kommen Sie mir ja glatt zuvor!" tönte ich. Ich senkte die Stimme und fuhr fort: „Ganz im Vertrauen, lieber Herr Kümmel ..."

Traugott bleckte die Zähne. „Ich kann schweigen wie ein Grab!"

Ich lächelte milde über den vermeintlich originellen Scherz, bevor ich wieder ernst wurde.

„Ich habe mich mit Herrn Gellermann überworfen." Ich schluckte und tat, als sei ich zutiefst bekümmert.

„Oh, wunderbar, ähem, ich meine, ich verstehe Ihre Situation voll und ganz. Darf ich fragen, was der Grund Ihrer, sagen wir, Meinungsverschiedenheit war?"

„Selbstverständlich dürfen Sie fragen, aber ich möchte nicht darüber sprechen", erwiderte ich.

„Das ist Ihr gutes Recht, meine Teuerste. Wenn ich richtig informiert bin, wird Knuth Gellermann sowieso bald sein Geschäft schließen. Sie müssen sich also ohnehin nach einem neuen Betätigungsfeld umschauen. Ihr Talent darf auf keinen Fall brachliegen", schnarrte Kümmel.

„Er macht zu?" rief ich aus und setzte ein triumphierendes Lächeln auf. Ich bat Knuth im Stillen um Verzeihung, als ich zischte: „Geschieht ihm recht. Der Idiot hat's nicht besser verdient."

„Gellermanns Pech, mein Glück", entgegnete der Bestatter zufrieden. „Dann kann ich wohl hoffen, dass Sie zukünftig für mich arbeiten?"

Zu allem Überfluss legte sich jetzt seine schmale Hand auf mein Knie. Sie fühlte sich sehr warm an. Über den Rand meiner Handtasche hinweg sah ich die Siegelringe blitzen und feine Härchen auf seinen bleichen Fingern. Das ging mir entschieden zu weit – Knuth und seine Not wegen Irmgard hin oder her! Mit einem Satz sprang ich auf.

„Bevor wir uns handelseinig werden, würde ich mir gern meinen Arbeitsplatz ansehen", sagte ich.

„Aber ja, selbstverständlich!" stimmte Traugott ergeben zu und erhob sich ebenfalls. Er wies auf die rückwärtigen Räume. „Erlauben Sie, dass ich vorangehe?" Seine förmliche Fragerei ging mir entsetzlich auf die Nerven.

„Sie dürfen", erwiderte ich liebenswürdig.

Kümmel führte mich durch dezent und geschmackvoll ausgestattete Abschiedsräume. Ein Saal bot Platz für außerkirchliche Trauerfeiern und war mit Kanzel, Kinoleinwand, Heimorgel, Beamer und einer kleinen Bühne ausgerüstet. Wir passierten ein schickes Büro mit hohen, abschließbaren Schränken, Flachbildschirm und Computertastatur.

Hinter der nächsten Tür verbarg sich ein Ausstellungsraum. Die drei Särge im Hintergrund nahm ich kaum wahr, denn die Halogenstrahler setzten den extravaganten Sarg mitten im Raum mit gleißend weißem Licht in Szene. Der dunkle Mahagonisarg stand auf einem Glassockel und kostete über fünftausend Euro. Mehr als fünfmal so viel wie der teuerste Sarg bei Gellermanns. Er war mit leuchtend rotem Samt ausgeschlagen und kleine Deko-Porzellan-Engel hockten rundherum auf dem oberen Rand.

„Das hier sind die Luxus-Särge", erklärte Kümmel stolz. „Handgefertigt, bis ins Detail. Sehen Sie nur die wunderschönen Schnitzereien! Wo gibt es so was noch im Zeitalter der industriellen Massenproduktion? Ich habe noch einige weitere handgefertigte Särge im Angebot, allerdings nicht ganz so aufwändig gestaltet. Dafür sind sie auch etwas preisgünstiger."

Er drückte mir einen Hochglanz-Katalog in die Hand. Ich dachte an Knuth, dessen Särge tatsächlich Massenproduktionen waren, die er von einem ostdeutschen Lieferanten bezog.

„Ich bediene sämtliche Käuferschichten: Die Wohlhabenden, denen nichts für ihren Verstorbenen zu teuer ist, bis hin zu den armen Schluckern. Letzteren biete ich Qualitäts-Bestattungen zu unschlagbar günstigen Sonderangeboten an", prahlte Kümmel, während wir einen weiteren Raum betraten. Hier wurden auf mit meerblauem Samt ausgelegten Glasregalen verschiedene Urnen zur Auswahl angeboten. Zwischen den Urnen sorgten kleine Jesusfiguren, goldene Kreuze und zarte Seidenblumen für eine scheinbar zufällige, doch sehr geschmackvolle Dekoration.

„Und was ist mit den Menschen, die weder reich noch arm sind?" wollte ich wissen, während ich eine Broschüre überflog, in der Blumen- und Sargschmuck angeboten wurde. Ich entdeckte weiteres Werbematerial mit Stoffmustern für Sargausschläge, Kissen und Decken, Traueranzeigen und Danksagungskarten.

„Die kommen sowieso zu mir", entgegnete Kümmel, schenkte mir das Lächeln eines Siegers und führte mich sodann durch einen schmalen Flur in den hinteren Gebäudeteil.

„Sie gehen in die Seniorenheime und schließen Verträge mit den Bewohnern ab, nicht wahr?"

Kümmel blieb stehen und wandte sich um. Er unterstrich seine Worte mit erhobenem Zeigefinger, eine Geste, die im Widerspruch stand zu seinem unterwürfigen Tonfall. „Daran ist nichts Verwerfliches, ganz im Gegenteil: Die Heimleitung braucht im Todesfall nichts weiter zu tun, als mich anzurufen. Auch die Hinterbliebenen müssen sich um nichts kümmern – alles ist bereits im Vorfeld geregelt. Es hat viele Vorteile, wenn man zu Lebzeiten die eigene Bestattung plant." Er setzte sich wieder in Bewegung.

Der Versorgungsraum erinnerte an einen hochmodernen Operationssaal. Wir waren nicht allein: Eine dunkelhaarige, magere Frau war damit beschäftigt, das Ornamentglas-Fenster zu wienern. Sie trug ein lose sitzendes Kleid aus billigem Stoff mit Blumenmuster, die streichholzdünnen Waden waren nackt. Ihre Füße steckten in ausgetretenen Gesundheitslatschen. Die Frau war in ihre Arbeit vertieft und sah nicht auf, doch als ich näher trat, zuckte sie zusammen und griff sich vor Schreck ans Herz. Dabei fiel ihr das Wischtuch aus der Hand und landete auf dem Fußboden. Ich sah ihren unsteten, flackernden Blick, bevor sie sich bückte und es schnell aufhob, ohne meinen Gruß zu erwidern. Mit fahrigen Bewegungen setzte sie die Fensterputzaktion fort.

„Rosina ist Russin, sie kann kaum Deutsch. Ist ja fürs Putzen auch nicht nötig, nicht wahr?" Traugott lachte scheppernd, und das schmale Gesicht der Frau lief rot an. Ich spürte einen betonharten Klumpen in meinem Magen.

„Haben Sie noch mehr Personal?" fragte ich und sah mich um. Eine große, schwenkbare OP-Lampe war unter der Decke montiert. Der weiße Marmorfußboden setzte sich hier fort, allerdings fehlten die Engel an den Wänden. Auch in diesem Raum roch es nach Salbei und Weihrauch. Hochglänzende Aluminiumschränke und -regale, ein unüberschaubares Sortiment an Behandlungsmitteln und eine blitzsaubere Waschkabine bildeten einen krassen Gegensatz zu Knuths jahrhundertealtem Inventar. Kümmel hatte sogar einen Sterilisator.

„Aber selbstverständlich, liebe Frau Millers, aber selbstverständlich: zwei russische Landsleute und einen Polen. Einfache, arbeitsame Männer, die mit wenig Lohn zufrieden sind. Ich kann die ganze Arbeit nicht allein bewältigen, schließlich muss auch ich mir hin und wieder ein wenig Freizeit und Vergnügen gönnen." Mit seinem dünnen Zeigefinger strich er prüfend über ein Regal und fand keinen Staub.

„Wie ich erwähnte, meine Liebe, werden hier alle Kunden nach ihren Bedürfnissen bedient. Das Herrichten der Verstorbenen aus gutsituierten Familien übernehme ich höchstpersönlich, und dabei wünsche ich mir Ihre Unterstützung. Wer viel Geld bezahlt, erwartet auch ein hervorragendes Ergebnis, nicht wahr? Die Vorbereitung der Billigverscharrungen übernehmen meine Hilfskräfte, da brauchen Sie sich nicht drum zu kümmern."

Mir wurde ganz elend. Ich dachte an Knuth, und welche Mühe er sich mit jedem einzelnen Verstorbenen gab. Für den arroganten Affen Kümmel hingegen waren Menschenwürde und Achtung vermutlich Fremdworte. Am liebsten hätte ich ihm den Hals umgedreht.

„Haben Sie momentan gar keine Aufträge?" wollte ich wissen und dachte bei mir: Komm schon, zeig mir deine Leichen im Keller! Während ich insgeheim über mein sinniges Wortspiel kicherte, stiegen wir tatsächlich eine Etage tiefer. Der Humor sollte mir bald vergehen.

Traugotts Cadillac-Leichenwagen und sein Ferrari parkten nebeneinander in der Tiefgarage. Beide Autos waren blankgewienert, und ich entdeckte nicht ein einziges Staubkorn auf dem hochglänzenden Lack.

Eine breite Tür führte in den fensterlosen Kühlraum. Kümmel schaltete das Licht ein. Weißes, grelles Neonlicht. In dem kalten, gefliesten Raum lag ein Junge auf einem Rolltisch aus rostfreiem Stahl. Er war nackt und sein weißer, kleiner Körper war von den Schnitten und Nähten entstellt, die ihm offensichtlich bei einer Autopsie zugefügt worden waren.

„Das gibt's jawohl nicht, warum liegt der hier offen rum?" schimpfte Traugott, nahm ein Laken vom Stapel im Regal und deckte es über die kleine Leiche.

„Wladimir kann was erleben, der soll mir nur unter die Augen treten! Entschuldigen Sie bitte die Aufregung, Gnädigste, aber ich habe meine Prinzipien."

Neben der Liege mit dem Jungen befanden sich zwei weitere Tote. Diese waren vorschriftsmäßig zugedeckt. Mein Herz klopfte bis zum Hals. Ich trat näher.

„Wenn Rosina fertig mit Saubermachen ist, wird der rechte Kandidat nach oben geschoben. Heute hat Kuno Dienst und wird mir assistieren." Wenn der Chef selbst Hand anlegte, gehörte dieser Verstorbene wohl zur gehobenen Kategorie. Der Bestatter legte eine kleine Pause ein und kam dann aufs Thema zurück: „Viel lieber würde ich allerdings mit Ihnen arbeiten."

„Sicher", erwiderte ich und lüpfte wie selbstverständlich das Laken vom Kopf der Leiche rechts neben mir. Ein vollbärtiger Mann starrte mich aus leblosen Augen an. Behutsam deckte ich sein Gesicht wieder zu und ging zur nächsten Liege.

„Und was ist mit dieser Person? Bin ich dafür auch zuständig?" fragte ich tatendurstig und schaute unter das nächste Laken. Mist! Schon wieder ein Mann! Wo, zum Donnerwetter, hatte er Irmgard versteckt? Die Tatsache, dass Kümmel mir so freimütig den Kühlraum präsentierte, hätte mich eigentlich gleich stutzig machen müssen.

Traugott staunte ob meines Schaffensdrangs. „Nein, meine Liebe, Herr Brumming ist ein Kandidat für Wladimir", antwortete er zögernd.

„Haben Sie noch mehr ‚Kandidaten'?" fragte ich munter, mich seinem Jargon bedienend. „Oder war's das für heute?"

„Drei Verstorbene reichen doch wohl für einen Tag, meinen Sie nicht?" fragte Kümmel perplex. „Oder hat Gellermann mehr? Nein, wo

sollte er die auch hernehmen! Wer was auf sich hält, geht zu Kümmel!"
Irgendwo in diesem verdammten Keller hielt er Irmgard versteckt.

„Zeigen Sie mir noch die übrigen Räume? Ich möchte mich gern gut in meinem neuen Betrieb auskennen", bat ich eifrig. Wenn Kümmel über mein Verhalten erstaunt war, dann ließ er es sich nicht anmerken. Er präsentierte mir wiederum seine unzähligen Zähne und ging dann voran, um eine Stahltür zu öffnen. Wir betraten eine gut ausgerüstete Holzwerkstatt, die vom Tageslicht, das durch ein Fenster zum Hof fiel, erhellt wurde. Verschiedene Sägen, Schleifmaschinen und Fräswerkzeuge waren ordentlich aufgereiht, der Fußboden sauber gefegt.

„Hier fertigt Heinz die Särge an", erklärte Kümmel. „Er war Schreiner in Polen, der Mann ist ein Meister seines Fachs. Das sag ich ihm selbstverständlich nicht, sonst wird er noch übermütig. Lieber 'n Tritt in den Hintern, als die Hand vor'n Ar... ähem, ist meine Devise." Er hüstelte. „Verzeihen Sie meine rüde Ausdrucksweise, Gnädigste." Kümmel grinste wie ein Plantagenbesitzer. Dann fing er meinen Blick auf, stellte augenblicklich das Grinsen ein und überschlug sich beinah vor Eifer.

„Missverstehen Sie mich bitte nicht, meine Liebe. Was ich gesagt habe, gilt natürlich nur für meine anderen Mitarbeiter. Sie haben doch wohl nicht angenommen, dass ich Ihnen ... Oh nein, meine Teuerste, Sie sind doch keine von denen. Sie sind eine qualifizierte Kraft, und ich würde mich überaus glücklich schätzen ..."

Ich ließ ihn stehen und betrat ein Holzlager, in dem sich auf langen Regalen wohlgeordnete Materialstapel befanden. Ich tat, als würde ich die Qualität der Bretter begutachten und sah hinter die Stapel Eichen- und Mahagoniholz. Keine versteckte Leiche.

Im Mitarbeiter-WC gab es ebenso wenig eine Überraschung wie im Aufenthaltsraum. Letzterer sah unbenutzt aus, die Kaffeemaschine war ein nagelneues Billigmodell, der Kühlschrank war leer, die Tür stand offen. Becher und Teller, die Kümmel wohl in Sonderpostenläden erstanden hatte, schienen ungebraucht. Bekamen Kümmels Angestellte keine Pause, oder verbrachten sie diese lieber anderswo?

Ein Abstellraum enthielt Putzutensilien, Vorräte an Arbeits- und Büromaterial, Toilettenpapier und mehrere Kartons der Kümmel-Bestattungs-Prospekte, die er vermutlich in hoher Auflage hatte drucken lassen. Ich schloss die Tür und befand mich wiederum in der Garage. An den Wänden hing ein Feuerlöscher neben Reserverädern, Überbrückungskabel und weiteren unspektakulären Dingen. Lag Irmgard etwa noch im

Laderaum? Ich warf einen Blick in das Wageninnere, durch das hellgrau getönte Glas konnte ich jedoch nichts erkennen.

„Ein wunderschönes Auto!" schwärmte ich. „Da würde ich zu gern einmal mitfahren!"

Traugott strahlte erfreut und trat auf den Wagen zu. Menschen wie er laufen zu voller Form auf, wenn man sich für ihr Lieblingsspielzeug interessiert. Schon öffnete er die Fahrertür.

„Schauen Sie ruhig hinein, meine Liebe! Das gute Stück ist in tadellosem Zustand, eine echte Augenweide!" rief er wie ein Händler auf dem Fischmarkt.

Ich beugte mich über den Fahrersitz und verrenkte mir fast den Hals, um durch das schmale Fenster in der Rückwand des Wagens auf die Transportfläche schauen zu können.

„Hinten befinden sich sogar Notsitze, möchten Sie die sehen?" fragte Traugott zuvorkommend.

„Nein, danke. Ein wirklich wunderschönes Auto", entgegnete ich matt. Irmgard befand sich nicht im Wagen. Ich schlug die Autotür zu.

„Gibt es von hier aus einen Ausgang nach draußen?" wollte ich wissen.

Traugott zwinkerte verwirrt. Er hätte mir zu gern noch ein paar Vorzüge seiner Fahrzeuge auseinandergesetzt, das sah ich ihm an.

„Auf den Hof gelangt man ausschließlich durch das Garagentor, und das funktioniert elektrisch." Er fischte die Fernbedienung aus seiner Jackettasche und trug sie vor sich her wie eine Präzisionswaffe.

„Übrigens verfügt das Institut über ein erstklassiges Sicherheitssystem", führte er aus, als das metallene Tor kippte und sich quietschend nach oben unter die Decke bewegte. „Hier ist eine Alarmanlage installiert, und draußen befindet sich eine hochmoderne Überwachungskamera. Nicht dass mir jemand eine Leiche klaut!" verkündete er, lachte laut und zwinkerte mir zu. Das metallische Quietschen verstummte, mein Blick fiel auf einen braun gestrichenen, breiten Holzschuppen und die Fertiggaragen. Diese Gebäude musste ich unbedingt von innen sehen. Das Klingeln des Handys in meiner Handtasche riss mich aus meinem Vorhaben.

„Martha? Um Himmels willen, wo steckst du? Romeo, Bernd und ich stehen vor deiner Wohnung, und du bist nicht da!" Meine Schwiegertochter Ruth. Sie schrie so laut ins Telefon, dass ich es zwanzig Zentimeter vom Ohr entfernt hielt.

„Wer ist Romeo?" fragte ich.

„Der Beo! Du hast versprochen, auf ihn aufzupassen, während wir im

Urlaub sind", erinnerte sie mich anklagend. Traugott Kümmel sah mich mit hochgezogenen Brauen an.

Jetzt fiel es mir wieder ein. Ruth hatte mich vor ein paar Tagen gefragt, ob ich mich ihrer Neuerrungenschaft annehmen würde, wenn sie Bernd zu einem Last-Minute-Urlaub überreden konnte. Die beiden waren in ihrer fünfzehnjährigen Ehe noch nie gemeinsam verreist, und bis gerade eben hatte ich bezweifelt, dass es jemals dazu kommen würde.

In den vergangenen zwei Wochen hatte Ruth sich die Haare abgeschnitten und blauschwarz gefärbt, einen Therapeuten aufgesucht und sich einen Vogel angeschafft. Und eine Reise gebucht.

„Beeil dich, Martha, wir müssen los zum Flughafen. Nicht auszudenken, dass wir den Flieger verpassen. Ich flehe dich an, Martha, oh mein Gott! ..." Plötzlich schluchzte sie herzzerreißend. Ihre Stimme klang tränenerstickt, als sie stockend weitersprach: „Wir werden das Flugzeug nur noch von hinten sehen. Es hebt ab in den Himmel – ohne uns. Die Fluggäste werden eine wunderschöne Reise erleben. Nur wir nicht, denn wir haben das Flugzeug verpasst. Wir werden mit dem Auto zurück nach Bremerhaven fahren und unsere Koffer wieder auspacken. Bernd wird den Fernseher einschalten und ..."

Ruth hatte einen Hang zur Dramatik und neuerdings zuweilen recht merkwürdige Visionen. Kümmel kriegte den Mund vor Staunen nicht mehr zu.

Vor meinem inneren Auge erschien mein Sohn Bernd. Ungezählte Male hatte ich ihn enttäuscht. Schamlos belogen. Ihm Kummer bereitet. Ihn auf die Palme gebracht. Meinetwegen hatten sich seine Kollegen über ihn kaputtgelacht. Ich war schuld, dass er beinah seinen Job verloren hatte. Wollte ich diejenige sein, die seiner Ehe den Todesstoß versetzte?

„Ich bin gleich da", versprach ich und unterdrückte ein Seufzen angesichts der verpatzten Gelegenheit, den Schuppen und die Garagen in Augenschein zu nehmen. Stattdessen flitzte ich zur Einfahrt, und das hohe Eisentor schwebte dank Kümmels Fernbedienung wie von Geisterhand zur Seite.

„Können Sie morgen anfangen?" rief er mir hinterher.

Ich hob die Handtasche zum Gruß und trat in die Pedale. So schnell ich konnte radelte ich über die Wulsdorfer Rampe am Fischereihafen vorbei. Ich sah den Abrissbagger am Gorch-Fock-Heim, einer Freizeitstätte, in der Bernd als kleiner Junge Fasching gefeiert hatte, raste weiter die Weserstraße entlang, wobei ich weder auf rote Ampeln noch auf andere Verkehrsteilnehmer achtete, und erreichte in Windeseile mein Viertel.

Ruths roter Fiat Panda parkte mit einem halben Vorderreifen auf dem Kantstein im Halteverbot der Feuerwehrzufahrt. Sie selbst lehnte am Heckteil des Wagens, zog an einer Zigarette und starrte geistesabwesend ins Leere.

„Huhu!" rief ich und sauste wie der Blitz an ihr vorbei zu den Fahrradschuppen. Damit riss ich sie jäh aus ihren Tagträumen, vor Schreck fiel ihre Zigarette auf den Gehweg und rollte unter das Auto. Ich stellte mein Rad in den Schuppen und beobachtete meine Schwiegertochter, wie sie auf allen Vieren kroch, unter den Wagen langte und die Kippe einsammelte. Als ich neben ihr auftauchte, rappelte sie sich auf die Füße.

Ruth war schon wieder beim Friseur gewesen. Die blauschwarzen Haare reichten bei unserer letzten Begegnung noch bis zum Kinn – jetzt waren sie raspelkurz. Ihre Kopfhaut schimmerte weiß. Schermaschine, zwei Millimeter. Ruth sah aus wie jemand, der gerade eine schlimme Krankheit hinter sich hatte. Ich war gespannt, ob Bernd ebenfalls sein Äußeres verändert hatte, aber noch sah ich ihn nirgendwo.

„Bernd ist mit Romeo oben vor deiner Wohnungstür. Wir haben uns schon wieder gestritten, da bin ich runtergegangen, um in Ruhe eine zu rauchen", erklärte Ruth. Ihr längliches Gesicht war leichenblass, und ihre Augen lagen in dunklen Höhlen. Sie zündete sich eine neue Zigarette an und inhalierte mit hohlen Wangen den Rauch.

„Mit Bernd kann man sich doch gar nicht streiten", wunderte ich mich, „der zeigt doch nie irgendwelche Emotionen."

Ruth lachte freudlos auf. „Außer, wenn du dich in seine Ermittlungen einmischst."

Sie zog erneut an ihrer Zigarette. Begleitet von einer Rauchwolke stieß sie hervor: „Dieser ewige Gleichmut, dieses Gemaule – ich halte das nicht mehr aus. Ein Tag ist wie der andere mit ihm – sterbenslangweilig. Wenn er abends nach Hause kommt, zieht er sich die Schuhe aus und die Pantoffeln an, er gibt mir einen Kuss auf die Wange, und dann setzt er sich vor den Fernseher. Er rastet nicht aus, er beleidigt niemanden oder boxt vor Wut ins Kopfkissen, nichts! Der Mann ist eine Mumie!"

Ich lehnte mich neben sie an die Heckscheibe des Autos. Die Sonne schien mir warm ins Gesicht, und ich schloss für einen Moment die Augen. In den Birkenzweigen über uns zwitscherten die Vögel.

„Warum wünschst du dir so unbedingt einen Mann, der Wutanfälle bekommt?" wollte ich wissen.

„Weil einer, der wütend wird, auch leidenschaftlich ist. Ich meine ..."
Sie warf mir einen scheuen Blick zu.

„Ach so, dir ist langweilig mit ihm im Bett", sagte ich.

Ruth fühlte sich sichtlich unwohl dabei, mit der Mutter ihres Mannes über das eheliche Sexualleben zu sprechen. Eine feine Röte überzog ihr Gesicht.

„Auf Mallorca wird bestimmt alles besser", sagte sie schnell. „Das wird ein Jungbrunnen für unsere Ehe. Unser Hotel liegt direkt am Meer, und einen Pool haben wir auch. Man kann Tennis spielen oder in die Disco gehen. Hach, das wird lustig, mal so richtig abzurocken! Uns kennt da ja keiner."

Ich konnte mir Bernd beim besten Willen nicht rockend auf der Tanzfläche vorstellen, wollte aber Ruth die Vorfreude nicht verderben.

„Unser erster gemeinsamer Urlaub! Nicht mal in die Flitterwochen sind wir gefahren, stattdessen hat Bernd am Angelteich gesessen, und ich hab ihm die Butterbrote gereicht."

„Das hat dir aber damals gut gefallen", erinnerte ich sie, „du hattest da deine Ich-bin-eins-mit-der-Natur-Phase und hast stundenlang Bäume umarmt."

Ruth schnippte den Zigarettenstummel auf den Gehweg und trat mit ihrem lilafarbenen Pumps darauf. Sie stieß sich vom Auto ab und marschierte Richtung Eingangstür.

„Du hältst natürlich zu Bernd", schnappte sie, lenkte jedoch sofort wieder ein: „Ich bin dir aber trotzdem dankbar, dass du auf Romeo aufpasst. Er ist einfach wunderbar, du wirst dich in ihn verlieben!"

Der Mief in der Eingangshalle verschlug mir nach der herrlichen Frühlingsluft den Atem. Neun Mitbewohner hockten auf den Kunstledersitzflächen der Stühle und schauten uns erwartungsvoll entgegen.

„Ist das deine Schwiegertochter, Martha? Na, die hat sich aber verändert!" eröffnete Hannelore Guggenfink den Reigen.

„Waas?" rief Heiderose Engelke.

„Es gab mal so eine Auslandsreporterin, die wurde in der Tagesschau aus Moskau zugeschaltet. Die hatte auch so kurze Haare!" erinnerte sich Berta Koppstein.

„Waas?" krähte Heiderose erneut.

„Martha, du hast Besuch. Eine nette Frau. Ich hab sie reingelassen", rief mir Klaus-Jürgen hinterher, aber ich war schon auf der Treppe. Leider registrierte ich das Gesagte überhaupt nicht. Deshalb konnte das Schicksal seinen grausamen Lauf nehmen.

„Martha, kommst du morgen auch zum Treffen wegen des Basars?" schrie jemand.

„Warum antwortest du den netten Leutchen denn nicht?" fragte Ruth verwundert.

„Weil wir dann morgen früh noch da unten stehen, und da willst du mit Bernd ja in der Sonne liegen." Ich nahm immer zwei Stufen auf einmal und war schon im zweiten Stockwerk angekommen. Ruth stöckelte hinter mir her.

Bernd hockte im halbdunklen Flur auf dem Teppichboden, den Rücken an meine Wohnungstür gelehnt, und schnarchte leise. Neben ihm standen ein Vogelkäfig und ein riesiger Koffer.

„Dauernd ist er müde und schläft!" schimpfte Ruth hinter mir. „Bernd!" rief sie streng, als wir bei ihm angekommen waren. Er stieß einen erschreckten Schnarcher aus und öffnete die Augen.

„Na endlich", begrüßte er mich und stemmte sich vom Fußboden hoch. Bernd stand kurz vor seinem einundvierzigsten Geburtstag. Mit seinen breiten Schultern wirkte er wie ein Schrank, er hatte braune Haare, die sich in keine Frisur pressen ließen, und gutmütige braune Augen. In den letzten Jahren hatte er etwa zwanzig Kilo zugelegt.

„Was macht Romeo? Hast du auch gut auf ihn aufgepasst?" fragte Ruth besorgt und ging in die Knie, um in den Käfig hineinzusehen.

„Warum hab ich wohl sonst auf dem Boden gesessen?" gab Bernd zurück.

„Romeo, Schätzchen, du bist jetzt zu Besuch bei Oma Martha!" trällerte Ruth. Bernd verzog gequält das Gesicht. Ich schloss schnell die Wohnungstür auf. Nebenan fing Heiner an zu bellen. Rudi steckte den Kopf zur Tür hinaus.

„Hallo, hallo! Was ist denn das, Martha? Hast du jetzt einen Vogel?" Er gackerte glucksend.

„Nur für eine Woche", erklärte Ruth meinem Nachbarn und dem Beo gleichzeitig, „so lange sind Mama und Papa auf Mallorca. Danach holen wir das Schätzchen wieder ab!"

Die Anschaffung des Vogels war keine schlechte Idee, wenn Ruth sich so dringend wünschte, dass Bernd der Kragen platzte. Auf kurz oder lang musste das geschehen, und mit etwas Glück mutierte Bernd dann gleichzeitig zum leidenschaftlichen Bettgefährten. Ich an Bernds Stelle wäre jedenfalls längst durchgedreht.

Ruth trug den Vogelkäfig ins Wohnzimmer und stellte ihn behutsam auf dem Tisch ab. Bernd schleppte den Koffer, und ich schloss die Tür.

„Das ist Romeo!" machte Ruth mich jetzt offiziell mit dem Vogel bekannt. Ich guckte in den Käfig und sah einen schwarzen Rücken und ebensolche Schwanzfedern. Im Nacken und am Hintern war er weiß. Romeo hatte sich demonstrativ umgedreht. Meinen Segen hatte er.

„Romeo!" tadelte Ruth das Tier liebevoll, „nun sei doch nicht so unhöflich. Sag Oma Martha guten Tag!"

„Er benimmt sich sonst nie so", erklärte sie. Ich winkte ab.

Bernd ließ sich aufs Sofa fallen und gähnte herzhaft. Dann warf er einen Blick auf seine Armbanduhr.

„Wann geht noch mal der Flieger?" fragte er seine Frau.

„Um neunzehn Uhr zehn", antwortete sie, den Blick nicht von dem beleidigten Vogel abwendend.

„In vier Stunden also", stellte er fest.

„Was?" kreischte Ruth, „ist es schon so spät? Ich hab noch nicht mal alles gepackt, und wir sollen zwei Stunden vor Abflug am Bremer Flughafen sein. Das schaffen wir nie, Bernd!"

„Dann müssen wir wohl hierbleiben", entgegnete er trocken.

Ruth hatte es plötzlich sehr eilig.

„Da in dem Koffer ist alles drin, was der liebe Junge braucht. Ich habe dir ganz genau aufgeschrieben, was er wann isst, wie sein Tagesablauf aussieht und welche Gewohnheiten er hat. Du musst ihn auf jeden Fall mindestens fünf Stunden täglich frei fliegen lassen!" schärfte sie mir ein.

„Hier in meiner Wohnung?" fragte ich.

„Der kackt dir alles voll, und das stinkt wie Menschenscheiße", machte mir Bernd Mut. Ich starrte ihn ungläubig an, und er nickte mir mit einem schiefen Grinsen zu.

„Und genauso wichtig ist es, dass du seine Fortschritte aufzeichnest", fuhr Ruth mit den Anweisungen fort, als hätte ihr Mann nichts gesagt.

„Achtung, jetzt kommt's", sagte Bernd zu mir. Ich verstand nur Bahnhof.

„Romeo kann sehr gut sprechen. Er sagt Mama, Papa, Romeo, dallidalli, Pups, Heia, Kuckuck und hallo. Seit vorgestern übe ich mit ihm Oma. Würdest du bitte mit ihm weiterüben? Du kannst ihm auch neue Wörter beibringen! Im Koffer findest du einen digitalen Voice-Recorder ..."

„Einen was?" fragte ich erschüttert. Mich beschlich die leise Ahnung, dass da in der kommenden Woche viel mehr auf mich zukam, als ich mir bei meiner leichtfertigen Zusage erträumt hatte.

„Früher nannte man das Ding Diktiergerät", erklärte Bernd. „Hat nur achthundertfünfzig Euro gekostet."

„Du kannst damit siebenundachtzig Stunden aufnehmen. Das sind pro Tag etwa zehn Stunden", sagte Ruth.

„Wozu?" fragte ich fassungslos.

„Damit ich mir zu Hause anhören kann, was mein Schätzchen gesagt hat, als er bei Oma in den Ferien war."

Ich begann jetzt ernsthaft an Ruths Zurechnungsfähigkeit zu zweifeln. Kann ein Vogel einen Menschen dermaßen verändern?

„Ich glaube, sie ist zu oft allein", wandte ich mich an Bernd.

„Als sie ihre Schminkseminare hatte und die Treffen mit den Hobby-Archäologen war's einfacher", gestand er. Ruth hatte schon unzählige Möglichkeiten der Freizeitgestaltung ausprobiert.

„Wenn ich dich von Mallorca aus anrufe, dann spiel mir bitte die besten Stellen vor! Lies dir einfach die Bedienungsanleitung durch, dann weißt du, wie du was wo speichern kannst. So, jetzt müssen wir aber los!" ermahnte sie Bernd, als hätte dieser die Zeit vertrödelt.

Als die beiden Urlauber aus der Tür waren, ließ ich die Schlösser des Koffers aufschnappen. Der Deckel klappte hoch, ich erblickte Romeos Zubehör und stöhnte entsetzt auf. Die Pflege des Vogels war ein Vollzeitjob. Vor Beginn des ersten Arbeitstages würde ich schätzungsweise fünf Stunden benötigen, um den Katalog an Fütterungs-, Pflege-, Säuberungs-, Flug-, Spiel-, Sprech- und Schlafgewohnheiten durchzuarbeiten. Von der fünfundzwanzig Seiten langen Bedienungsanleitung für den Recorder ganz zu schweigen. Ein weniger belastbarer Mensch hätte auf der Stelle angefangen zu weinen.

Ich sah zu Romeo hinüber, aber der starrte immer noch die Wand an. Dann machte er ein dünnflüssiges Geschäft. Der Klecks landete auf dem Dach der kleinen Holzhütte, die sich auf dem Käfigfußboden befand. Ich erschrak. Hatte er Durchfall? Er wurde doch hoffentlich nicht krank?! Und starb womöglich an Darmverschlingung! Um nichts in der Welt wollte ich Ruth erklären müssen, warum ihr Beo den Ferienaufenthalt bei mir nicht überlebt hatte.

Ich beobachtete die bewegungslose Rückseite des Vogels, und konnte keine Anzeichen von Schüttelfrost erkennen. Ich stieß erleichtert den angehaltenen Atem aus. Manchen Menschen schlägt ein Ortswechsel auf den Magen, das wird bei Vögeln nicht anders sein, beruhigte ich mich, und beschloss, noch eine Weile abzuwarten, bevor ich mir Sorgen um seine Gesundheit machte.

Je schneller er sich einlebte, umso wohler würde er sich fühlen. Deshalb wollte ich ihm sozusagen die Hand reichen und ihn meine grenzenlose Gastfreundschaft spüren lassen. In dem Ansinnen, damit den Grundstein für unser harmonisches Zusammenleben zu legen, öffnete ich seine Käfigtür. Der Vogel würde mir sicher dankbar für die Befreiung aus dem Gefängnis sein.

Kaum stand die Gittertür offen, kam Bewegung in den Vogel. Er flatterte auf die Öffnung zu, und ich sah ihn kurzzeitig von vorn: Er hatte einen orangeroten Schnabel, weiße Wangen und schwarze Augen. Schon spreizte er seine Flügel und flog eine Runde durch das Wohnzimmer. Und noch eine. Dann machte er eine Pause auf meinem Fernsehapparat. Mir wurde warm ums Herz in meiner selbstlosen Tierliebe – hatte ich dem armen, kleinen Tropf doch die Freiheit geschenkt!

Leider hatte Romeo immer noch Durchfall. Der Klecks rann über das Gehäuse des Fernsehers den Bildschirm hinunter. Igitt. Ich durchforstete den Schrankkoffer nach einem antiseptischen Vogelkot-Entferner, fand aber keinen. Stattdessen fiel mir eine Plastikdose mit undefinierbarem Inhalt in die Hände. Neugierig öffnete ich den mit winzigen Löchern versehenen Deckel und entdeckte hautfarbene und bräunliche Würmer. Sie krabbelten durch Haferflocken. Schnell machte ich die Dose wieder zu. Was hatten Bernds Angelköder in dem Koffer zu suchen?

Ich ging in die Küche und holte eine Rolle Wisch-und-Weg-Tücher und eine Flasche Glasreiniger. Romeo flatterte indes auf den Bilderrahmen meines heißgeliebten Gemäldes, das die Schlacht von Waterloo darstellte. Just als ich zurück ins Wohnzimmer kam, klingelte an der Tür. Mit einem spitzen Schrei, stieß sich der Vogel vom Bilderrahmen ab und fegte wie ein Verrückter durch die Bude. In seiner Panik sauste er knapp an meinem Kopf vorbei und nahm Kurs auf die Fensterscheibe. Ich sah das Unglück kommen, doch ich konnte nichts dagegen tun. Denn schon Sekundenbruchteile später geschah es: Wie ein Selbstmordattentäter hielt der Vogel auf die Fensterscheibe zu und mit einem grausam-dumpfen „Buff" knallte er ungebremst dagegen. Er fiel wie ein Stein zu Boden und blieb regungslos auf dem Teppich liegen. Mein Herzschlag setzte aus, ich vergaß zu atmen. Bernd und Ruth waren noch keine Stunde weg, und schon war der Vogel tot! Dabei hatte ich es doch nur gut gemeint. Es klingelte erneut.

Ich rannte zur Tür, öffnete sie, ohne zu schauen, wer da war, und flitzte zurück zu meinem auf dem Fußboden liegenden Gast. Ich war wie von Sinnen vor Sorge, deshalb registrierte ich gar nicht, dass ich auf dem Weg zum Fenster von einem kleinen, schwarzbraunen Blitz überholt wurde. Rudis Rauhaardackel Heiner kam vor mir bei Romeo an und versenkte neugierig seine Hundenase in die schwarzen Federn.

„Nein, nicht essen! Aus! Pfui!" kreischte ich und trat mit dem Fuß nach dem Hund. Wenn Heiner Romeo verspeiste, konnte Ruth ihren verstorbenen Freund nicht mal beerdigen. Das würde sie mir niemals verzeihen.

„Heiner!" rief Rudi und klopfte auf seinen massigen Oberschenkel. Gott sei Dank ließ der Hund von Romeo ab, drehte sich auf dem Absatz um und trottete zurück zu seinem Herrn. Vielleicht bildete ich es mir nur ein, aber ich meinte, dass er mir im Vorbeigehen einen vernichtenden Blick zuwarf. Rudi hockte sich hin, tätschelte seinen Dackel überschwänglich und ließ sich von ihm das Gesicht ablecken, bis es vor Feuchtigkeit glänzte. Doch damit nicht genug: Quasi als Gegenleistung gab Rudi seinem Hund einen Kuss. Einen richtig satten Kuss auf die nasse, schwarze Ledernase. Nun war der Dackel wieder dran und schleckte Rudi über Wange und Mund. Während ich diesem Schauspiel zusah, verdrängte ich für einen Augenblick sogar das Schicksal meines verunglückten Feriengasts.

„Heiner und ich sind neugierig auf deinen Besuch", erklärte Rudi den Grund seines Überfalls und ließ endlich von dem Hund ab.

„Er ist gegen die Scheibe gedonnert, und nun ist er tot!" jammerte ich.

„Ach was, so schnell stirbt sich das nicht. Wahrscheinlich hat er bloß nen Schock oder so was. Heiner, du legst dich hier brav hin, und ich guck mir den Piepmatz mal an." Er lachte.

Heiner knickte in den kurzen Beinen ein, gab einen verhaltenen Seufzer von sich und legte sich bäuchlings auf den Teppich. Er ließ seinen Meister nicht aus den Augen. Dieser ging die paar Schritte bis zum Fenster, kniete sich hin und nahm das kleine Federteil in die Hände. Während er den Vogel begutachtete, schickte ich ein Gebet gen Himmel, in dem ich Gott Dinge versprach, von denen er, was mich anging, bisher nur geträumt hatte.

„Der kann noch kacken, also ist er nicht tot!" rief Rudi plötzlich triumphierend aus, als hätte er einen tagelang Verschütteten aus einem Haufen Trümmern geborgen. Das dünnflüssige Zeugs an seinem Handballen und Ärmel schien ihn nicht zu stören.

„Und atmen tut er auch noch. Wart noch zwei Minuten, dann fliegt er wieder fröhlich durch deine Bude, als wär nichts gewesen."

Ich war so erleichtert, dass ich mit den Tränen kämpfen musste. Doch bereits Sekunden später war ich wieder klar im Kopf.

„Halt! Lass Romeo bloß nicht frei, der ist am besten in seinem Käfig aufgehoben. Wenn ich ihn fliegen lasse, kommt da nichts Gutes bei raus."

„Romeo", kicherte Rudi, „so einen heldenhaften Namen hätt ich auch gern. Dann hätt ich vielleicht auch mehr Chancen bei den Frauen, nicht wahr, Heiner?" Der Hund hielt Blickkontakt und klopfte zustimmend mit dem Schwanz auf den Boden.

Rudis Faust passte so gerade eben durch die Käfigöffnung. Er stellte den Vogel behutsam auf dem Dach des Nistkastens ab, zog seine Hand zurück und hakte die Gittertür zu. Romeo schwankte benommen, blieb aber stehen. Er war tatsächlich noch am Leben.

„Ein Glück, dass du rübergekommen bist!" seufzte ich zutiefst erleichtert, obwohl ich Besuche innerhalb der Hausgemeinschaft normalerweise überhaupt nicht schätzte.

Rudi wischte seine schmutzigen Hände an den Einweg-Tüchern ab.

„Ich kenn mich aus mit Beos. Meine Ex hatte gleich vier von der Sorte."

„Vier? Das muss ja furchtbar sein!" rief ich aus.

„Ach was, das sind wirklich nette Tierchen, aber man braucht viel Zeit dafür. Vor allem, wenn man sie artgerecht halten will. Dieser kleine Käfig hier taugt schon mal gar nichts, und so ganz allein fühlt sich der Vogel auch nicht wohl."

„Da soll Ruth sich drum kümmern, bei mir bleibt Romeo nur eine Woche."

Rudi machte sich über den Inhalt des Koffers her.

„Na, Zubehör hat der Junge ja genug", staunte er.

„Wenn du dich so gut mit Vögeln auskennst ...", begann ich.

Rudi brach in lautes Gelächter aus. Ich kapierte die Zweideutigkeit erst im übernächsten Anlauf, fand sie aber nicht so komisch, dass ich mitlachen wollte. Stattdessen sah ich auf die Uhr und dachte an Knuth und die verschwundene Irmgard. Ich hatte schon viel zu viel Zeit vertrödelt!

„Wenn du nun schon mal hier bist, dann erklär mir doch mal im Schnelldurchlauf, was ich mit dem Vogel anstellen soll", sagte ich, als Rudi sich wieder eingekriegt hatte. Ich warf einen Blick zu Romeo hinüber. Er hatte mir den Rücken zugedreht und machte sein Geschäft.

„Der Vogel braucht viel Licht, deshalb stell ihn in die Nähe des Fensters. Du musst zweimal am Tag seinen Käfig gründlich saubermachen, seine Kacke stinkt wie sonst was. Da ist'n Hundehaufen nichts dagegen, stimmt's, Heiner?" Der Dackel zwinkerte. „Ein Beo macht alle paar Minuten sein Geschäft, und das stinkt so doll, weil er ein Fleischfresser ist."

„Alle paar Minuten? Und ich dachte schon, er hätte einen Magen-Darm-Infekt."

„Nee, hat er nicht. Du musst ihm Mehlwürmer füttern und Heimchen und Grillen. Apfelsinen, Bananen und anderes Obst mag er auch gern."

„Mehlwürmer, Grillen? So was isst der? Das ist ja eklig!" Ich schüttelte mich.

„Morgens und abends macht er Radau, frag nicht nach Sonnenschein! Beos brauchen viel Bewegung und sind sehr sensibel. Ortswechsel und Abwesenheit der Bezugspersonen vertragen sie nicht gut."

„Tolle Voraussetzungen für eine Woche Pflegschaft", murrte ich.

Glucksend schickte Rudi sich zum Gehen an, hielt jedoch kurz inne und erklärte feierlich: „Du wirst sehen: Wenn Romeo wieder abgeholt wird, willst du ihn gar nicht wiederhergeben!" Er beugte sich hinab zu seinem Hund. Stille trat ein, während derer sich Hund und Herr in die Augen sahen. Rudis Stimme klang belegt, als er sagte: „Ich würde lieber sterben, als mich von Heiner zu trennen." Er schluckte hörbar, richtete sich auf und öffnete die Tür. Der Dackel preschte hinaus und kläffte. Wenig später verklang das Bellen und wurde vom Jaulen einer Säge abgelöst.

„Dann muss ich ja nur noch die Bedienungsanleitung des Recorders durchlesen und bin gerüstet", murmelte ich und ließ mich mit der Lektüre auf dem Sofa nieder. Das Telefon klingelte, just als ich die ersten drei Seiten überflogen hatte. Meine Freundin Elfriede war dran. Sie ist das komplette Gegenteil von mir: durch und durch eine gute Seele.

„Wir müssen heute Abend gar nicht mit dem Bus fahren. Heino bringt uns hin. Er holt dich um halb acht ab", verkündete sie.

„Hä?" Wovon sprach sie?

„Unser Klassentreffen. Du hast versprochen, mit mir zusammen hinzugehen. Heino ist so lieb und fährt uns hin."

Ich schlug mir mit der flachen Hand vor die Stirn. Das Klassentreffen hatte ich total vergessen – und es passte überhaupt nicht in meinen Plan.

Ich musste Irmgard finden.

„Tut mir leid, aber ich habe gar keine Zeit. Wichtiger Auftrag ...", erklärte ich.

Elfriede stieß einen weinerlichen Seufzer aus. „Martha, bitte, du hast es mir versprochen! Allein traue ich mich nicht, du musst mit!"

„Du kennst doch alle dort, du hast die Schulzeit mit ihnen verbracht. Also kannst du ohne mich hingehen", bemühte ich mich, sie zu überzeugen.

„Weißt du, wie lange das her ist? Fünfzig Jahre! Da erkennt man doch niemanden wieder! Das sind Fremde!"

„Bertold Biermann und Marion Schimmelpfennig wohnen nach wie vor in Bremerhaven. Da hast du schon mal zwei bekannte Gesichter", beharrte ich.

„Bertold Biermann ist ein Frauenheld, und Marion Schimmelpfennig kommt nicht. Sie hat wegen einer Bandscheiben-Operation abgesagt. Du hast bei deiner Aufzählung Irmgard Fischer vergessen, die wohnt auch in der Stadt. Aber zu der hatte ich nie einen Draht."

Ich rang die Hände.

„Dann nimm deinen Mann mit rein, er bringt dich doch sowieso hin", schlug ich verzweifelt vor.

„Der war nicht in unserer Klasse, also gehört er nicht dazu. Bitte, Martha, tu mir den einen Gefallen!"

Eine Beerdigung muss laut Paragraph vier der Verordnung für das Leichenwesen innerhalb von fünf Tagen erfolgen. Mir blieben noch maximal vier Tage, um Irmgard zu finden. Ich atmete tief ein und wieder aus.

„Okay, ich komme mit", seufzte ich und rang mir ein „Nett, dass Heino mich abholt" ab.

Ich klappte die Bedienungsanleitung zu, drückte die rote Record-Taste des Diktiergeräts und platzierte es neben dem Vogelkäfig. Wenn Rudi recht hatte, würde Romeo irgendwann gegen Abend anfangen zu kreischen, und dann hatte ich eine Dokumentation für Ruth. Ich nahm die Plastikdose mit den ekligen Mehlwürmern aus dem Koffer, schraubte den Deckel ab und stellte den Behälter mit spitzen Fingern auf den Fußboden des Käfigs. Der Vogel reagierte nicht.

Als ich bei Knuth ankam, war es kurz vor siebzehn Uhr. Er stürzte mir entgegen.

„Gott sei Dank, du bist zurück. Wo ist die Verstorbene?"

„Sie ist also nicht wieder aufgetaucht?" Mein winziger Hoffnungsschimmer schwand.

„Was? Du hast sie nicht mitgebracht?" rief Knuth aus.

Ich schluckte meinen aufsteigenden Unmut hinunter. „Tut mir leid, ich bemühe mich weiterhin."

„Was soll ich nur mit dem Witwer machen? Ich hab ihm erzählt, du seiest mit den Vorbereitungen noch nicht fertig. Er will um Viertel nach fünf wiederkommen", jammerte er und raufte sich die Haare.

„Stell ihm den geschlossenen Sarg hin und sag, Irmgard liegt drin, und jetzt klemmt der Deckel, und du kriegst ihn nicht auf", schlug ich vor.

„Aber der Deckel klemmt doch gar nicht."

„Dann sorgst du eben dafür! Schraub ihn fest. Du hast doch bestimmt einen Akku-Schrauber und ein paar Spax-Schrauben?"

„Selbstverständlich habe ich Werkzeug ... Du meinst wirklich ...?"

„Was bleibt dir anderes übrig? Ich mache mich jetzt wieder auf die Suche, damit die Beerdigung rechtzeitig stattfinden kann."

„Frau Fischer muss allerspätestens übermorgen wieder hier sein. Allerspätestens! Die Beerdigung ist in drei Tagen vormittags um zehn."

„Drei Tage", murmelte ich und radelte davon. Doch wohin?

Bei Traugott Kümmel wollte ich nicht schon wieder aufkreuzen. Zumal mir überhaupt keine Erklärung für eine Besichtigungstour durch seine Nebengebäude einfiel. Ich verschob dieses vielversprechende Unternehmen auf einen späteren Zeitpunkt, wenn Kümmel Feierabend hatte. Statt bis dahin untätig herumzusitzen, würde ich außerhalb des Instituts nach Anhaltspunkten suchen. Für den äußerst unwahrscheinlichen Fall, dass jemand anderes als Kümmel hinter dem Irmgard-Klau steckte. Dessen Privatanschrift hatte ich vorhin im Telefonbuch gefunden, und es reizte mich, seine Wohnung zu inspizieren. Doch für diesen Moment war es schlauer, bei Artur Fischer nachzuschauen. In zehn Minuten war er mit Knuth verabredet, also hatte ich sturmfreie Bude.

Zum zweiten Mal an diesem Tag fuhr ich die Weserstraße stadteinwärts, die Wulsdorfer Rampe hinauf, und folgte der Georgstraße, bis ich nach rechts in die Straße An der Mühle einbog. Fischers Wohnung befand sich in der Nachbarschaft des alten Wasserturms im Erdgeschoss eines dreistöckigen, kastenförmigen Gebäudes.

Das Haus war vor nicht allzu langer Zeit saniert worden. Es hatte eine Styropordämmung und einen hellgelben Anstrich erhalten. Die Kunststofffenster waren weiß umrandet und von innen mit schweren Gardinen bestückt. Ein akkurates, eckiges Gebäude mit null Ausstrahlung. Die Eingangstür bestand aus rostfreiem Stahl mit einem V-förmigen Sicherheitsglas-Einsatz. Die Klingelschilder und Briefkästen trugen Namensschildern aus Plastik. Ich drückte auf den Knopf von Fischer und wartete. Wie ich gehofft hatte, passierte nichts. Ich klingelte noch einmal. Wieder kein Summen des Türöffners oder Knacken in der Gegensprechanlage. Stattdessen wurde ein Fenster schräg links über meinem Kopf geöffnet.

„Wollen Sie zu Artur Fischer?" Eine beleibte Frau mittleren Alters beugte sich hinaus. Sie erinnerte mich an Busen-Ursel aus meinem Viertel mit dem Unterschied, dass diese Dame eine lilafarbene Brille in Schmetterlingsform trug und ihre Dauerwelle sehr kraus geraten war.

„Ganz recht!" rief ich zu ihr hinauf. „Ist er wohl zu Hause?"

„Nein, er ist jetzt im Bestattungsinstitut. Seine Frau ist gestern gestorben."

„Ja, davon weiß ich. Ein tragischer Schicksalsschlag, nicht wahr?" Ich legte eine andächtige Pause ein, bevor ich fragte: „Sie haben doch bestimmt einen Schlüssel für seine Wohnung?" Wachsame Nachbarn wie diese Frau haben meistens einen Zweitschlüssel. Tatsächlich nickte sie, wenn auch mit einem misstrauischen Gesichtsausdruck. Ich kam ihrer Frage zuvor.

„Ich komme im Auftrag der sozialtherapeutischen medizinisch-psycho-logischen Dienststelle." Ich kramte mein Portemonnaie hervor, klappte es auf, hielt kurz die Visitenkarte meines Freundes Harry, dem Sparkassenfilialleiter, in die Luft und steckte sie wieder ein. Aus der Entfernung konnten selbst Adleraugen nicht die Schrift auf der Pappe erkennen. Gleichzeitig zerbrach ich mir den Kopf darüber, wie ich die Nachbarin rumkriegen konnte, mich in Fischers Wohnung zu lassen.

„Und Sie wünschen?" fragte die Frau ehrfürchtig angesichts der hochtrabenden Bezeichnung meines vermeintlichen Arbeitgebers.

„Ich muss die Wohnung von Herrn Fischer untersuchen. Unsere Dienststelle geht davon aus, dass ..." Ich stockte und betete um einen Geistesblitz. Die Frau beugte sich noch weiter über die Fensterbank und blickte mich erwartungsvoll an. Ein Mann mittleren Alters ging den Gehweg entlang, an mir vorbei, musste zweimal niesen und schnäuzte sich dann lautstark die Nase. Das brachte mich auf eine Idee.

„... sich dort Viren eingenistet haben." Ein äußerst wackeliger Vorwand, der kritischen und halbwegs fachkundigen Nachfragen niemals Stand halten würde.

„Viren?" quietschte die Frau, als hätte ich ihr offenbart, dass ich auf der Suche nach einem Terroristennest sei. Ihre Gesichtsfarbe wechselte von Apfelbäckchenrot zu Bettlakenweiß. Ich blickte mich um, als hüte ich ein Geheimnis, und machte mir ihre offensichtliche Angst vor Bedrohung zunutze, indem ich noch einen draufsetzte.

„Es könnte sich um den sehr gefährlichen Virus Typ XC768 handeln, oder auch einen ganz ähnlichen, nämlich PB885. Beide sind noch nicht endgültig erforscht, aber wir wissen schon jetzt, dass sie absolut tödlich sind. Nicht mal Antibiotika helfen dagegen."

Die Frau schwankte. Ich machte mir Sorgen, dass sie aus dem Fenster fiel.

„Und wie kommen Sie darauf, dass sich solche schrecklichen Dinge in Arturs Wohnung befinden?" keuchte sie.

„Weil seine Frau möglicherweise an einem dieser beiden Viren gestorben ist."

Die Frau kämpfte mit den Tränen.

„Weiß Artur davon?" schluchzte sie.

„Nein. Ich hatte gehofft, eine verständnisvolle Nachbarin wie Sie zu treffen, die mich kurz die Wohnung durchchecken lässt. Wir wünschen uns alle, dass es sich um falschen Alarm handelt, und möchten den Witwer nicht unnötig in Aufruhr versetzen."

Sie schluckte und wischte sich mit dem Handrücken über die Augen.

„Ich komme runter und lasse Sie rein. Aber erwarten Sie nicht, dass ich mit in die Wohnung gehe. Ich will mich nicht anstecken." Sie schloss das Fenster und erschien zwei Minuten später an der Haustür. Das Klingelschild unten rechts wies sie als Christa Schüddekopp aus.

„Wie finden Sie denn raus, ob die Bakterien in Arturs Räumen sind?" fragte sie über die Schulter, während sie auf dem mit glänzenden, schwarzweißen Fliesen belegten Hausflur voranging. Unsere Schritte hallten von den nackten, weiß gestrichenen Betonwänden wider.

„Ich habe ein kleines, hochsensibles Prüfgerät dabei. Eine wunderbare Erfindung und zu hundert Prozent zuverlässig", erklärte ich.

Mit spitzen Fingern drehte die Nachbarin den Schlüssel im Schloss, zog ihn wieder heraus und gab der Tür einen Stoß mit dem Ellenbogen. Schnell trat sie ein paar Schritte zurück und machte mir den Weg frei.

„Dauert allerhöchstens fünf Minuten!" rief ich und betrat die Wohnung.

Fischers Räume waren sehr sauber und rochen nach chemischem Reinigungsmittel. An den Wänden hingen Setzkästen mit kleinen Figürchen, Regale mit Sammeltellern und jede Menge Bilder, auf denen Segelschiffe zu sehen waren. Die Möbel stammten aus einem renommierten Möbelhaus, sie waren massiv und teuer. Die Sitzflächen der Polstergarnitur und der Stühle waren mit Porzellanpuppen und Teddybären belegt, die selbstgestrickte Kleidung anhatten.

Für Leichen gibt es in einer Wohnung nicht allzu viele Verstecke, so dass sich die Suche recht einfach gestaltete. Ich schaute unterm Bett nach, im Kleiderschrank und in der Wäschetruhe – eben überall dort, wo Platz genug war. Auf einem Nachtschrank stand eine goldgerahmte Fotografie des Ehepaars. Beide starrten in die Kamera, als stünde ein Erschießungskommando vor ihnen.

Die Speisekammer war ein fensterloser Raum und deshalb stockdunkel. Ich ging hinein und tastete rund um den Türrahmen nach einem Lichtschalter. Hinter dem Türblatt wurde ich fündig und knipste die Beleuchtung an. Der Raum war nur etwa sechs Quadratmeter groß und mit Konservendosen und Einweckgläsern gefüllt. Eine mittelgroße Kühltruhe brummte vor sich hin. Beherzt öffnete ich den Deckel, innerlich gewappnet für den Anblick einer tiefgefrorenen Irmgard – und machte ihn enttäuscht angesichts gekühlter Schweinshaxen, Himbeeren und Rinderbraten wieder zu. Ich schaltete das Licht wieder aus und trat hinter der Tür hervor aus dem Halbdunkeln in die Küche.

Auch das Badezimmer war fensterlos. Als ich das Licht einschaltete, sprang ein Lüfter an. Irmgard lag nicht in der Badewanne und war auch sonst nirgends zu sehen. Also doch Kümmel – hatte ich's doch gewusst! Seufzend ging ich zurück zur Wohnungstür.

Auf dem Treppenabsatz stand Christa Schüddekopp, schwer aufs Geländer gestützt, und beobachtete den Eingang ihres Nachbarn. Als sie mich sah, legte sie beide Hände übereinander auf ihr Herz, als würde sie diesem damit mehr Kraft verleihen.

„Und? Haben Sie den Todes-Virus gefunden?" hauchte sie.

„Nein, nein, der Verdacht war völlig unbegründet. Dem Himmel sei Dank, kann man da nur sagen! Am besten, Sie erzählen Herrn Fischer gar nichts von meinem Besuch. Sperren Sie die Tür wieder ab, und tun Sie so, als sei nichts gewesen." Ich nickte der Nachbarin zum Abschied zu und machte mich schleunigst vom Acker, bevor sie weitere Fragen stellte.

3

Das Klassentreffen fand in einem Bistro am Neuen Hafen statt. Elfriedes Mann Heino, die Personifizierung eines Seebären, parkte seinen mit maritimem Schnickschnack ausgestatteten Mercedes auf dem Parkplatz am Deich vor dem Zoo am Meer und drehte das Radio leiser. Während der gesamten Fahrt war eine Unterhaltung unmöglich gewesen, weil der mitreißende Gesang rauer Seemannskehlen aus den Boxen dröhnte.

„Schüss, miene söde Piepmaus! Un datt du mi jo nich irjendso'n Kerl den Kopp verdreihst!"

Die beiden verabschiedeten sich mit innigen Küssen und Umarmungen, als würde ihnen eine jahrzehntelange Trennung bevorstehen. Von Heinos ostfriesischem Plattdeutsch verstand ich mal wieder kein Wort.

„Heino macht sich Sorgen, dass ich einem anderen Mann den Kopf verdrehen könnte!" kicherte Elfriede mädchenhaft, als sie neben mir über das rustikale Pflaster die Kaje entlangging. Abends waren die festgemachten Schiffe und Boote beleuchtet – ein romantischer Anblick. Seichte Wellen schwappten gegen den hölzernen Bug eines russischen Großseglers, ein paar Meter weiter hatte ein holländisches Plattschiff festgemacht, und ich sah die Besatzung geschäftig an Deck herumlaufen. Die funkelnden Lichter des Deutschen Auswandererhauses spiegelten sich auf der dunklen Wasseroberfläche der Weser, und der hundert Meter hohe gläserne Turm des Atlantic Hotels Sail City erstrahlte am Abendhimmel. Ein lauer Wind strich meine Haare aus dem Gesicht, und das salzige Meeraroma prickelte auf meiner Zunge. Viele Menschen waren unterwegs an diesem Abend. Paare flanierten Arm in Arm am Alten und Neuen Hafen entlang, andere saßen auf den Bänken und schauten gedankenverloren aufs Wasser. Ich kenne keinen schöneren Ort auf der Erde als die Havenwelten.

Wir verließen die Promenade, und ich öffnete die Tür des Bistros, das ich bis dato noch nicht von innen gesehen hatte. Schon beim Betreten stellte ich fest, dass dieser Schuppen die Bezeichnung Bistro nicht verdient hatte. Elvis' Bistro, das beste der Stadt, war in warmen, mediterranen Tönen eingerichtet und der Jahreszeit entsprechend dekoriert. Die Gerichte, eine bunte Mischung aus italienischen Spezialitäten und heimischen Fischgerichten, wurden stets frisch zubereitet. Dieses Lokal, eingebettet in das einzigartige, maritime Panorama, erinnerte mich an das Wartezimmer einer Arztpraxis. Der schlauchförmige, weiß getünchte Raum war mit Stahlrohrtischen, einem Jackenständer und einem Tresen bestückt. Die Stühle hatten orangefarbene Sitzflächen aus Kunststoff. Helles Licht aus Aluminiumstrahlern sorgte dafür, dass hier niemals auch nur annähernd eine stimmungsvolle Atmosphäre aufkommen würde. Inmitten des Tourismusressorts wirkte der Laden wie eine Glasscherbe in einem Haufen Goldstücke. Ich gab dem Inhaber maximal ein halbes Jahr, bevor er die Tür für immer abschloss.

An der Theke lehnte ein schwarzhaariger junger Mann und beobachtete mit unbewegter Miene das Eintreffen der Gäste. Man hatte anlässlich des Klassentreffens ein paar Tische zusammengeschoben, so dass eine lange Reihe entstanden war. Dort saßen Menschen reiferen Jahrgangs, die Teilnehmer einer Senioren-Kaffeefahrt mit anschließendem Schafwolldeckenverkauf hätten sein können. Ich musste mir erst deutlich in Erinnerung rufen, dass dies meine Klassenkameraden waren und ich demzufolge ebenso alt war wie sie. Diese Erkenntnis stürzte mich kurzfristig in ein depressives Tief, und noch ehe ich mich erholen konnte, erhielt ich den Todesstoß: Ich entdeckte meine Erzfeindin Rosemarie.

Sie trug ein apricotfarbenes Kleid mit zahllosen winzigen Perlmuttknöpfen, weiße Handschuhe, die bis über die Ellenbogen reichten, ein weißes Hütchen keck auf die blonden Locken gesetzt und dermaßen hohe Schuhe, dass mir allein vom Hinsehen schwindlig wurde. Dezenter Lippenstift, Urlaubs- oder Sonnenstudiobräune, Puder, breiter Lidstrich und Wimperntusche. An ihren Ohrläppchen baumelten Diamantengehänge. Rosemarie setzte ein breites Lächeln auf und entblößte dabei schneeweiße Zähne. Alle Männer am Tisch sahen ihr hinterher, als sie uns in Gastgeberin-Manier entgegenstöckelte. Elfriede ließ sich gern von Rosemarie aus dem Mantel helfen. Ich hingegen schlüpfte aus meiner Sweatjacke und hängte sie über die nächstbeste Stuhllehne. Der Kleiderständer stand bereits kurz vor dem Zusammenbruch.

Ich setzte mich zu meiner Jacke und blickte unauffällig an mir hinab: Wegen meiner Irmgard-Suche hatte ich keine Zeit mehr gehabt, mich umzuziehen und trug noch immer das Eisbären-Fan-Shirt und eine ausgeblichene Jeans. Meine Füße steckten in Basketballstiefeln. Ich hatte noch nicht mal in den Spiegel gesehen, bevor ich aufbrach.

Ein Blick in die Runde sagte mir, dass ausnahmslos jeder am Tisch für diesen Anlass gekleidet war, als besuchte er die Wiener Opernfestspiele. Ich ging davon aus, dass zumindest meine Haare gut saßen, denn ich war erst vorgestern beim Friseur gewesen und hatte ihnen eine neue goldbraune „Naturtönung" verpassen lassen.

Der distinguiert wirkende Mann neben mir verzog die vollen Lippen zu einem Grinsen und beugte sich zu mir rüber. Sein dunkles Haar war von breiten, silbergrauen Strähnen durchzogen und straff aus dem Gesicht gebürstet. Er hatte eine hohe Stirn und trug eine moderne, eckige Brille auf der Adlernase. Seine Lippen berührten jetzt beinah mein linkes Ohrläppchen, ich spürte seinen warmen Atem an meinem Hals. Ich hatte keine Ahnung, wer er war.

„Na, Lust auf Doktorspiele?" flüsterte er.

„Fred!" entfuhr es mir, während gleichzeitig eine heiße Röte mein Gesicht überzog. Ich merkte, dass meine Handflächen feucht wurden.

„Wir könnten weitermachen, wo wir damals aufgehört haben", schlug er gutgelaunt vor.

Im Laufe der Jahre hatte ich meine Erinnerungen an Fred und die Doktorspiele komplett verdrängt, doch jetzt kehrten sie mit einem Schlag zurück. Hätte ich bloß auf meine innere Stimme gehört, und nicht an diesem dämlichen Treffen teilgenommen!

„Verheiratet?" raunte er. Ich kam nicht dazu, etwas zu antworten. Das blonde Lockenköpfchen mit dem schrägen Hut schwebte über Freds und meinem Kopf und schaltete sich ein.

„Martha hat nie geheiratet, aber einen Sohn hat sie! Einen unehelichen!" Sie blickte zufrieden in die Runde, jeder hing an ihren Lippen. Gleich darauf wendete sie sich ab, um sich ins nächste Gespräch einzumischen. Ihr liebliches Parfum hielt sich wie eine Wolke über unseren Köpfen.

Alle Augen am Tisch waren jetzt auf mich gerichtet. Uneheliche Kinder waren in meiner Generation noch nichts Alltägliches. Man stieß sich unauffällig in die Seiten und steckte die Köpfe zusammen. Jemand zeigte mit dem Finger auf mich und schüttelte mit entrüsteter Miene das weise Haupt.

Auf ihren hohen Absätzen klackerte Rosemarie in Richtung Tresen, um den dösenden Angestellten zu mobilisieren. Elfriede kehrte von der Toilette zurück und ließ sich mit einem Seufzer rechts neben mir nieder.

„Ich weiß gar nicht, wer wer ist, du etwa?" fragte sie mich. Erneut entledigte Rosemarie mich einer Antwort.

„Wir machen gleich eine Vorstellungsrunde!" zwitscherte sie. Der Kellner schlurfte heran, kramte einen Block aus der Tasche seiner Weste und notierte die Bestellungen. Ich orderte einen doppelten Whisky, Fred einen Campari auf Eis und Elfriede ein Glas Leitungswasser.

Die Tür ging auf, und ein weiterer Schwung Ehemaliger strömte herein. Mit großem Hallo wurden sie von Rosemarie empfangen.

Eine angespannt wirkende, etwa einsneunzig große Frau und das Gegenstück, eine kleine, kichernde Kugelrunde setzten sich an unseren Tisch. Die Lange war Astrid Kanngießer, ehemalige Sparkassenangestellte, jetzt wohnhaft in Mülheim an der Ruhr. Die kleine Dicke war Traute Ficken. Sie hieß jetzt Holschen, und ich nahm an, dass sie ihrem Geburtsnamen keine Träne hinterhergeweint hatte. Niemand in unserer Schule war so heftig geärgert worden wie Traute. Trotzdem schien sie ihren Humor nicht verloren zu haben, denn sie hörte nicht auf zu gackern. Ich konnte mir nicht erklären warum, denn es gab absolut keinen Anlass.

„Ich bin ebenfalls solo", flüsterte mir Fred ins Ohr. Astrid machte einen langen Hals, um an der Vertraulichkeit teilzuhaben, doch ihre Sitznachbarin Traute schüttete sich schier aus vor Lachen und das in einer Lautstärke, die Lauschaktionen unmöglich machten.

„Schön für dich", erwiderte ich knapp. Was für ein vergeudeter Abend. Ich nahm mir vor, so schnell wie möglich die Veranstaltung zu verlassen und weihte Elfriede in meinen Plan ein.

„Nun wart doch erst mal ab, Martha! Gleich stellt sich jeder vor, darauf freue ich mich schon. Ich möchte zu gerne wissen, wer die Dame dort drüben im grünen Kleid ist. Sie hat Ähnlichkeit mit Marianne Geier. Erinnerst du dich an Marianne Geier? Und der Herr am Ende des Tisches, den kann ich gar nicht zuordnen."

Mir waren die Gestalten an dieser Tafel herzlich egal, und der alleinstehende Fred mit seinen eindeutigen Absichten ging mir auf den Zwirn. Gereizt schüttete ich meinen Whisky hinunter. Oh, wie herrlich! Das Zeugs setzte meine Speiseröhre in Brand und entfachte ein Feuer in meinem Magen. Ich bestellte beim Kellner gleich noch eine Ladung.

Plötzlich klatschte Rosemarie in die Hände, und die Gespräche verebbten. Wie eine Grundschullehrerin legte sie den Zeigefinger an die gespitzten Lippen und machte: „Schschschttt." Als sie sich schließlich der ungeteilten Aufmerksamkeit sicher war, streckte sie den Busen raus, lächelte wie eine Handelsvertreterin in die Runde und hielt eine unspektakuläre Ansprache, die von allen Anwesenden außer mir mit Applaus quittiert wurde. Huldvoll nickend bedankte sie sich für die Lobpreisung und bat den ehemaligen Klassensprecher Hermann Schüssler, mit der Vorstellungsrunde zu beginnen. Ich nippte an meinem Whisky und lehnte mich seufzend zurück.

Hermann hatte sich recht gut gehalten. Er gab an, Vorsitzender eines Kaninchenzuchtverbandes zu sein und hatte früher als Marketingleiter einer Strumpfhosenfabrik gearbeitet. Seine Frau war ihm vor zwei Jahren weggelaufen, und er gab freimütig zu, jetzt auf der Suche nach einer neuen zu sein.

Liane ergriff das Wort, sie sprach mit einem nahezu unverständlichen bayerischen Dialekt. Sie war eine resolute, stämmige Frau mit einem auffallend roten Gesicht, und schwärmte von ihren sieben Söhnen, allesamt wohlgeratene, stattliche Burschen. Gemeinsam mit ihrem Mann hatte sie einen Bauernhof in Oberbayern bewirtschaftet, und diesen kürzlich an ihren Erstgeborenen übergeben. In breitem Bayrisch hielt sie eine Lobrede auf ihre Geburtsstadt Bremerhaven, die sich so unglaublich positiv verändert hatte. Ich gähnte unverhohlen. Elfriede rammte ihren spitzen Ellenbogen in meine Seite und warf mir einen tadelnden Blick zu.

„Mein Name ist Peter Poppe, ich bin achtundsechzig Jahre alt und Rentner. Ich bin seit fünfundvierzig Jahren verheiratet und wohne in Remscheid. Bis vor drei Jahren war ich bei der Firma Buhlmann als Hühnerschlachter tätig. Meine Hobbies sind Briefmarken sammeln und Kreuzworträtsel lösen." Ich scharrte mit den Füßen und hörte den folgenden fünf Personen nur mit halbem Ohr zu. Dann kam Fred an die Reihe.

„Ich hatte schon immer eine Schwäche für den menschlichen Körper", begann er, und ich horchte auf. Endlich mal ein origineller Einstieg. Gleichzeitig hoffte ich inständig, dass er unsere einstige Beschäftigung für sich behielt.

„Deshalb habe ich Medizin studiert. Die Arbeit als Arzt lag mir jedoch aus verschiedenen Gründen nicht, und deshalb wurde ich Pathologe."

„Was ist das?" fragte mich Elfriede im Flüsterton.

„Jemand, der Leichen untersucht", antwortete ich. Elfriede schüttelte sich angewidert.

„Ich hab mir damals schon gedacht, dass etwas mit dem nicht stimmt", erinnerte sie sich.

„Im Laufe meines Berufslebens bin ich zu einem der besten Spezialisten für Toxikologie Deutschlands geworden. Ich habe Beweise für die Verurteilung von unzähligen Mördern geliefert, und meine Fähigkeiten wurden bundesweit nachgefragt."

Plötzlich sah ich Fred in einem ganz anderen Licht. Was für einen interessanten Job er ausgeübt hatte! Ich würde diesen Abend nutzen, um möglichst viel über seine Arbeit zu erfahren.

„Weil ich viel auf Achse war in meinem Leben, ist das Private etwas zu kurz gekommen."

„Bist du etwa auch zu haben?" krähte eine Frau mit unglaublich faltigem Gesicht. „Dann können wir ja heute Abend glatt eine Partnerbörse aufmachen!" Allgemeines Gelächter.

Fred ging auf den Vorschlag nicht ein. Er beschrieb noch kurz die Villa, in der er wohnte und erwähnte, dass er Porsches sammelte. Mittlerweile besaß er elf, und er war mit seinem drittliebsten Wagen angereist.

Jetzt war ich an der Reihe. „Hatte jemand von euch Kontakt zu Irmgard Fischer?" fragte ich in die Runde. Verwirrt dreinblickende Gesichter, niemand sagte etwas, hatten sie doch meinen Lebenslauf erwartet. Erika Bollmann, eine stocksteif in hochgeschlossener Bluse auf ihrem Stuhl sitzende Krausgelockte, hatte sich als Erste gefangen. „Irmgard ... hieß sie nicht früher Schachmayer? Auf mich hat sie immer den Eindruck gemacht, als hielte sie sich für was Besseres."

„Wundert mich nicht, dass sie heute nicht hier ist. Die wollte mit keinem von uns was zu tun haben", erklärte die Frau mit dem Knitter-Gesicht. „Wir hatten den gleichen Nachhauseweg von der Schule, und sie ist immer ganz schnell gerannt, damit sie nicht mit mir gehen musste."

„Ich sehe sie hin und wieder beim Einkaufen, aber sie kennt mich nicht mehr", ließ sich Bertold Biermann in einem Ton vernehmen, als sei er tief getroffen angesichts Irmgards Ignoranz.

„Ich hab Irmgard ne Einladungskarte für den heutigen Abend geschickt, aber sie hat weder zu- noch abgesagt. Du übrigens auch nicht", wandte sich Klassensprecher Hermann Schüssler vorwurfsvoll an mich.

„Warum drum herumreden?" schaltete sich die lange Astrid Kanngießer ein. „Irmgard war ne hinterhältige Kuh. Die hat geklaut, was das Zeug hielt. Mir hat sie andauernd was weggenommen. Und ewig hat sie ohne Grund geflennt. Konnte einem richtig auf die Nerven gehen."

„Sie hat sich Popel aus der Nase gezogen und anschließend aufgegessen. Mitten im Unterricht. Könnt ihr euch noch dran erinnern, als der Lehrer sie erwischte und ihr welche mit dem Stock auf die Finger gegeben hat?" fragte Peter Poppe trocken. Ein paar Damen schüttelten sich angeekelt. Traute kicherte.

„Wieso fragst du überhaupt nach Irmgard?" wollte sie wissen.

„Sie ist tot", antwortete ich.

Kurzes, betretenes Schweigen.

„Soll vorkommen, wir sind ja alle nicht mehr die Jüngsten", ließ sich Peter Poppe vernehmen.

Bertold Biermann schaltete sich erneut ein: „Ihr Sohn wohnt in meiner Nachbarschaft. Mannomann, das ist vielleicht 'n komischer Kauz."

„Hast du bei der Mutter was anderes erwartet?" fragte Astrid.

„Was ist denn los mit dem Sohn?" hakte ich nach.

„Der ist nicht von dieser Welt. Hockt nur über seinen Büchern." Bertold tippte sich an die flache Stirn. „Studiert Dichter von anno schlagmichtot! Als ob einen so was heutzutage voranbringt." Er leerte sein Glas in einem Zug.

Rosemarie klatschte erneut in die Hände, noch dazu direkt neben meinem rechten Ohr. Sie stand direkt hinter mir, nun beugte sie sich runter und rief überdeutlich: „Wir sind in der Vorstellungsrunde, Martha, erinnerst du dich? Wer dran ist berichtet, wie er die vergangenen fünfzig Jahre verbracht hat. Alle sind ganz gespannt auf deinen Beitrag!" Jeder im Raum musste annehmen, ich sei eine entmündigte Demenzkranke und sie meine Betreuerin.

„Hast du keinen Stuhl abgekriegt, oder warum stehst du die ganze Zeit?" fragte ich sie, hielt ihrem giftsprühenden Blick stand und wartete so lange, bis sie sich verzog. Erst dann setzte ich meinen Beitrag fort. Ich wollte keine Spielverderberin sein, deshalb handelte ich meinen Werdegang ab, wenn auch nur in wenigen kurzen Sätzen. Gerade wollte ich das Wort an Elfriede weitergeben, da gab Rosemarie erneut ihren Senf dazu.

„Stellt euch nur mal vor: Marthas Hobby ist Mord. Sie hat durch ihre Ermittlungen schon fünf Mörder hinter Gitter gebracht. Beim letzten Fall wurde sie um ein Haar erschossen!" Ein Raunen ging durch die Menge.

„Dann sind wir ja das ideale Gespann!" freute sich Fred und prostete mir zu.

„Unsere liebe Martha ist sich für gar nichts zu schade. Nicht nur, dass sie es mit den übelsten Typen aufnimmt, nein: Sie arbeitet in dem scheußlichsten Beruf, den es gibt: Sie ist Leichenwäscherin."

„Respekt", meinte Fred grinsend.

„Igitt, wie kannst du nur?" sagte die Faltige gepresst. Auch der bayrischen Bäuerin war der Humor vergangen. Sie bekreuzigte sich.

Ich fragte mich, wieso Rosemarie so gut über mich Bescheid wusste. Schließlich lebte sie schon lange nicht mehr in Bremerhaven. Die Antwort kam prompt.

„Das hat mir mein geschiedener Mann Elvis Castello erzählt. Elvis betreibt ein schickes Bistro in Wulsdorf, vielleicht kennt das jemand?" Vereinzeltes Schulterzucken, manche nickten. Meine Atmung setzte aus, und ich fiel fast vom Stuhl. Elvis war Rosemaries Ex? Und erzählte ihr Geschichten über mich?

„Aber ich will dich nicht unterbrechen, Martha. Wenn ich dran bin mit meiner Vorstellung, dann erfahrt ihr Näheres über mich. Und ich verspreche euch: Das wird ganz, ganz heiß!"

Ein „Holla!" ging durch die Tischreihe, jemand pfiff auf den Fingern.

Mir hatte es die Sprache verschlagen, aber ich war ja ohnehin fertig gewesen mit meinem Beitrag. Dumpf starrte ich vor mich hin. Jetzt war Elfriede dran. Mir war aufgefallen, dass sie schon seit fünf Minuten unruhig auf ihrem Stuhl herumrutschte, sich räusperte und am Kragen ihrer Bluse nestelte. Sie kriegte vor lauter Nervosität nur ein heiseres Krächzen raus, und niemand verstand, was sie sagen wollte. Mit Tränen in den Augen brach sie ab.

Als Nächstes war die lange Astrid Kanngießer an der Reihe. Ihr gesamtes Leben war eine einzige Enttäuschung. Weder an ihrem Job noch an ihrem Mann oder an ihren Kindern ließ sie ein gutes Haar. Kollegen, Nachbarn, selbst die Verwandtschaft – alle hatten ihr übel mitgespielt. Ihre hängenden Schultern, die abwärts geneigten Mundwinkel und die von dort bis unters Kinn tief eingegrabenen Falten zeugten von ihrem Elend.

Traute Holschen war der krasse Gegensatz. Ihr kleiner, dicker Körper kam in Bewegung, als sie sich, quasi als Einleitung ihres Beitrags, ausschüttete vor Lachen. Niemand kannte den Grund dafür, aber nach Astrids trostlosem Vortrag lachten die meisten Gäste erleichtert mit.

Als sie sich wieder eingekriegt und die Lachtränen von ihren Wangen weggewischt hatte, erklärte Traute, dass sie eine Lach-Schule in Neustadt betrieb. In Kursen bot sie dort Lach-Meditationen und Lachen als Gesundheitssport an. Sie berichtete von Lach-Olympiaden und dem Versuch, mit ihren Schülern einen Rekord im Dauer-Lachen aufzustellen, um ins Guinness-Buch aufgenommen zu werden.

„Wie bist du denn auf die Idee gekommen, eine Lach-Schule zu eröffnen?" wunderte sich die Dame im grünen Kleid.

„Durch meine Krebserkrankung. Die hat mein ganzes Leben verändert. Seitdem mir klargeworden ist, warum ich Krebs bekam, änderte ich meine Lebens- und Denkweise radikal. Ich habe den Krebs sozusagen weggelacht und bin jetzt kerngesund!"

Stille im Saal. Ein Mann, dessen Namen ich schon wieder vergessen hatte, räusperte sich und sagte böse: „Das kann ich so nicht hinnehmen. Ich habe eine Prostata-OP hinter mir und weiß über Krebs Bescheid. Wenn man diese aggressive Krankheit mit Lachen kurieren könnte, bräuchten wir ja keine Ärzte mehr. Die Apotheken würden einfach Witzbücher verkaufen, und die Menschheit wäre geheilt. Das ist ja lachhaft!"

Er setzte das Bierglas an und stellte es nach ein paar Schlucken nachdrücklich auf die Tischplatte. Traute strahlte den Herrn treuherzig an.

„Es geht um deine innere Einstellung, deine eigene Realitätsgestaltung, Volker! Wir können uns nachher gern in Ruhe über die Kraft positiver Gedanken unterhalten, wenn du möchtest. Jetzt hören wir erst mal Thomas zu, was er so erlebt hat."

Meine Gedanken kreisten um Elvis und Rosemarie. Ich kannte seinen Körper fast so gut wie meinen eigenen, wusste, wie fest sich seine Muskeln anfühlten und liebte seinen eigenen, unverwechselbaren Geruch wie keinen anderen auf der Welt. Wie lange die Ehe mit Rosemarie wohl gehalten hatte? War Danilo etwa ihr Sohn? Ich mochte den fleißigen, dunkelhaarigen, etwas schüchternen Jungen gern und wünschte ihm eine bessere Mutter als das Miststück.

Endlich hatten sich alle bis auf Rosemarie vorgestellt. Sie lächelte geheimnisvoll in die Runde und hüllte sich in Schweigen. Ganz so, als würde ein Trommelwirbel die Spannung bis zum Höhepunkt steigern. Irgendwann wurde es einem Herrn zu bunt, ich glaube es war der, der vorhin auf den Fingern gepfiffen hatte.

„Was ist denn nun mit deinen pikanten Details?" hakte er nach und erntete ein zustimmendes „Hohoho!" von seinem Sitznachbarn.

Rosemarie hob ob der lautstarken Frechheiten mahnend den Zeigefinger, ein nachsichtiges Lächeln auf den Lippen. Dann endlich ließ sie sich zu ihrem heiß ersehnten Vortrag herab.

„Mein Leben ist ein einziges Abenteuer", stimmte sie ihre Zuhörer ein. „Ich war viermal verheiratet und wurde dreimal geschieden. Seit zehn Jahren wohne ich in Frankfurt am Main und betreibe dort eine exquisite Boutique. Meine Kundinnen landen mit Hubschraubern auf der Plattform des Hochhauses, in dem sich die Boutique befindet."

„Das ist ja unglaublich", hauchte die Faltige.

„Von meinem ersten Mann habe ich eine Apartmentanlage auf Korsika erhalten, mein zweiter Mann gab mir statt Unterhaltszahlungen hundertfünfzigtausend Euro in bar plus eine Gummifabrik. Von meinem dritten Mann trennte ich mich wegen Nummer vier. Als Dankeschön für die gemeinsame Zeit überschrieb er mir die Boutique. Tja, und mein vierter Mann ist vor einem halben Jahr gestorben."

Allgemeines gespanntes Schweigen. Ich glaube nicht, dass jemand Mitgefühl für die Witwe empfand. Stattdessen schwebte die Frage im Raum, welche Luxusgüter ihr wohl der Tod des letzten Gatten eingebracht haben mochten.

„Elvis Castello war übrigens mein erster Mann. Gott, waren wir jung und verliebt! Aber ich will euch was sagen: Liebe stirbt nicht. Niemals! Das habe ich heute am eigenen Leib erfahren!" Sie machte eine dramatische Pause, holte tief Luft und fuhr dann wie eine Märchentante fort: „Heute haben wir nämlich unsere Liebe neu entdeckt! Stellt euch das nur mal vor: Vierzig Jahre haben wir uns nicht gesehen und dann – Zack! In der Sekunde, als wir uns gegenüberstanden, war's um uns geschehen. Tja, und nun planen wir unsere gemeinsame Zukunft. Wir wollen niemals wieder auch nur einen einzigen Tag ohne den anderen verbringen."

Allgemeine Rührung. Ein paar Anwesende applaudierten, und eine Frau wischte sich verstohlen die Augenwinkel. Ich spürte, wie sich mein Nacken verspannte. Meine Hände zitterten, und um sie unterm Tisch ruhig zu halten, kniff ich so fest in meine Oberschenkel, dass ich blaue Flecken bekam. Den Schmerz spürte ich überhaupt nicht. Der Herr im braunen Sakko hatte noch nicht genug.

„Und wann hören wir die schlüpfrigen Delikatessen, die du vorhin angekündigt hast?" fragte er fordernd. Wiederum zustimmender Beifall aus der Männerriege, ich hörte Traute lauthals lachen, und mein Blick streifte Astrids verkniffenes Gesicht. Rosemarie war um eine Antwort nicht verlegen.

„Womit soll ich beginnen? Damit, dass ich mit Willi Brandt geschlafen habe? Oder möchtet ihr von meiner Tätigkeit als Designerin hören? In meiner Gummifabrik werden nämlich extravagante Präservative hergestellt, die ich selbst entwerfe. Oder soll ich von meiner Beziehung zu Marlene erzählen? Die süße Marlene war der Grund, weshalb ich mich von meinem zweiten Mann getrennt habe."

Aufkochende Emotionen, Gelächter und hitzige Diskussionen an den Tischen. Da hatte Rosemarie nicht zu viel versprochen! Wahnsinn, was sie alles erlebt hatte! Sogar die verdrießliche Astrid ließ sich zu einem auffordernden „Los jetzt!" hinreißen. Die Hauptperson selbst lächelte still in sich hinein und genoss den Aufruhr ihrer Fans im Saal.

Ich war die Einzige, die versteinert auf ihrem Stuhl saß. In meinem Kopf lief der Zeitlupenfilm von Elvis' und Rosemaries Versöhnung ab. Es war grausam, ihn anzusehen, doch er ließ sich nicht abschalten. Jetzt zog Elvis gerade seine hautenge schwarze Jeans, die er heute Morgen getragen hatte, für seine erste Exfrau aus. Elvis war kein Mann, der lange fackelte, und seine neue alte Liebe tickte vermutlich ganz genauso.

Ich war selbst Schuld. Wenn ich Knuth abgesagt und mir mit Elvis einen schönen Tag gemacht hätte, wäre alles ganz anders gekommen. Doch stattdessen hatte ich die Gegend erfolglos nach einer verschwundenen Leiche abgesucht.

Rosemaries Blick hakte sich an meinem fest, mit einem selbstgefälligen Zug um den Mund zwinkerte sie mir zu. Plötzlich befand ich mich wieder in meinem Elternhaus und stand im Türrahmen meines kleinen Zimmers unterm Dach. Und ertappte meine erste große Liebe Ferdinand dabei, wie er sich beim Ich-zeig-dir-mein-Würstchen-Spiel mit Rosemarie amüsierte. In meinem Bett!

Ich hoffte inständig, dass sich das Chaos in meinem Innern nicht in meiner Miene widerspiegelte, und hielt ihrem Blick stand. Wenn ich jetzt wegschaute, war's mit meiner Selbstachtung für alle Zeiten vorbei.

Der Mann im braunen Sakko übertönte die anderen Stimmen: „Wir haben uns für die Gummifabrik entschieden!" Zustimmendes Gemurmel. Fred neben mir murrte. Er hätte lieber die Story der lesbischen Marlene gehört.

„Was ist los? Du siehst blass aus", fragte er.

„Tatsächlich, du bist weiß wie eine Wand!" rief Elfriede aus. „Martha, du wirst doch wohl nicht krank? Martha ist sonst nie krank", erklärte sie den anderen.

„Das liegt am Whisky. Beim ersten Glas werde ich weiß und beim zweiten rot", entgegnete ich.

Rosemarie schürzte die Lippen. Ihr triumphierender Blick ruhte nach wie vor auf mir. Ich erwiderte ihn tapfer.

„Und was passiert nach dem dritten? Bist du dann blau?" rief Hermann, der Kaninchenzüchter. Nun brach ein nicht enden wollendes Gelächter am Tisch aus. Liane, die dralle Bäuerin, hatte eine kreischende Lache, die alle anderen übertönte: „Naaaa, des glaub I nett, naaaa, des glaub I nett, naaaa ...", schrie sie zwischen den Salven.

Lachtrainerin Traute formte ihre Hände zu einem Dach und hielt sie wie einen spitzen Hut über ihren Scheitel. Sie sprang auf, schubste ihren Stuhl mit den Kniekehlen zurück und tanzte bereits im nächsten Augenblick wie ein Brummkreisel durchs Lokal. Rosemaries Aufmerksamkeit wurde nun auf die durchgeknallte ehemalige Klassenkameradin gelenkt.

„Ham' se der den Krebs wegoperiert oder das Gehirn?" fragte mich Fred trocken. Er war außer mir der Einzige, der sich nicht von der allgemeinen Heiterkeit anstecken ließ. Damit wurde er mir zusehends sympathischer.

Er winkte dem nach wie vor gelangweilt am Tresen lehnenden Angestellten und orderte Nachschub. Der Rückweg zur Theke gestaltete sich recht schwierig für den Kellner: Er musste Traute ausweichen, die in Bebop-Manier mit ihrer ausladenden Hüfte gegen seinen Oberschenkel stieß.

„Was meinst du, Martha, woll'n wir auf ein Glas zu mir? Ich habe eine Suite im Atlantic Hotel Sail City gemietet, achter Stock, mit einem atemberaubenden Blick aufs Wasser. Hier halt ich's nicht mehr lange aus. Das ist kein Klassentreffen, das ist ne Zirkusaufführung im Albert-Schweitzer-Heim."

Ich grinste.

„Nee, lass mal, ich hab noch was vor." Zwar reizte es mich, mehr über seine pathologischen Kenntnisse zu erfahren, doch ich befürchtete, dass Fred sich lieber auf anderem Gebiet mit mir austauschen wollte. Außerdem hatte ich einen Auftrag zu erledigen.

Fred ignorierte meine Antwort und legte seinen Arm wie zufällig neben meinen. Unsere Unterarme berührten sich, ich spürte die Wärme unter seinem Seidenhemd und bemerkte, dass meine Haut von einem leichten Schweißfilm überzogen wurde.

„Ich wette, du bist noch schärfer als damals", murmelte er mit rauer Stimme und sah mich aus schmalen, dunklen Augen an. Ich hatte mit meiner Befürchtung richtig gelegen. Allerdings konnte ich nicht umhin mir einzugestehen, dass Fred ein verflucht attraktiver Mann war. Nicht so muskulös und geschmeidig wie Elvis, sondern eher kantig und stählern. Elvis war ein Puma und Fred eine Kreuzung aus Pierce Brosnan und Richard Chamberlain.

„Und ich hatte mich schon gefragt, warum du keine Frau hast. Das muss an deiner plumpen Anmache liegen", gab ich zurück.

Fred lachte und entblößte dabei eine gepflegte, gerade Zahnreihe.

„Du täuscht dich. Nur liegen in deinem Fall die Dinge anders: Du bist keine, die auf schmeichelnde Säuseleien steht, du kommst lieber direkt zur

Sache."

Er hatte recht mit seiner Einschätzung, doch lief unser Gespräch für meinen Geschmack in eine völlig verkehrte Richtung. Mein Leben war momentan kompliziert genug, da war für einen liebeshungrigen Pathologen kein Platz. Ich sah hinüber zu Rosemarie, die in ihrem winzigen Krokodilleder-Handtäschchen kramte und drei Kondome herausfischte. Geschickt entrollte sie eines nach dem anderen und ordnete sie auf der Tischplatte an wie einen Mercedes-Stern.

Elfriede schnappte nach Luft, friemelte ein spitzenumhäkeltes Taschentuch aus ihrer Rocktasche und presste es sich vor den Mund. Im Saal herrschte absolute Ruhe. Alle Blicke sprangen zwischen den Lümmeltüten und Rosemarie hin und her. Diese konnte sich nun der ungeteilten Aufmerksamkeit der Versammelten sicher sein.

„Das sind meine Lieblings-Tüterlies!" verkündete sie mit dem charmanten Lächeln einer Tupperwaren-Verkäuferin.

„Tüterlies?" wiederholte Fred laut. „Wie kommt man denn auf so einen bescheuerten Namen?"

„Verhüterlies klingt so abgedroschen, finde ich. Ich mag es lieblich und verspielt, so wie alle Frauen, und spreche ihnen mit meinen Kreationen aus der Seele. Durch mich hat eine Revolution in Sachen Verhütung stattgefunden. Kondome waren bislang ein rein männliches Utensil, Männer kauften sie in der Drogerie oder am Automaten ..."

Ein Raunen ging angesichts solch ungehemmter Offenheit durch die Reihe, Elfriede kämpfte mit einem Schluckauf.

„Tüterlies werden bevorzugt von Frauen gekauft. Denn nicht nur ihr Name spricht sie an, sondern vor allem das süße, originelle Design."

„Ich seh kein Design", stellte Hühnerschlachter Peter Poppe fest und rückte seine Brille zurecht.

„I aaa nett", bedauerte Liane. Zustimmendes Nicken von allen Seiten. Elfriede hielt beschämt den Blick gesenkt.

„Wartet nur einen Augenblick, dann werdet ihr was erleben!" beruhigte Rosemarie ihr Publikum. Simsalabim holte sie vier flaschengrüne Kunststoffteile aus ihrer Handtasche. Indem sie flink das jeweilige Ende des einen Teils in das Gewinde des nächsten schraubte, setzte sie ihre Requisite zusammen.

„Ein grüner Pimmel!" staunte Traute ehrfürchtig.

„Und was für 'n Riesending", hauchte Erika Bollmann, während sie am engen Kragen ihrer hochgeschlossenen Bluse fummelte.

„Der ist mit Batterieantrieb", stellte der Klassensprecher fachkundig fest.

Elfriede schob ihren Stuhl zurück und flüchtete hustend auf die Toilette.

„Donnerwetter!" lachte Fred neben mir. „Könnte das Ding von Kermit sein."

„Nur größer", grölte Bertold Biermann und haute begeistert mit der flachen Hand auf den Tisch, dass die Gläser klirrten.

Rosemarie stülpte indes das erste Kondom über den Ständer. Es schimmerte lila und war mit weißen Teddybären übersät.

„Wie niedlich!" jubelte Traute und stieß begeistert ihrer Sitznachbarin in die Rippen. Diese presste die Lippen hart aufeinander und verschränkte ihre mageren Arme vor dem Leib.

„Das ist das Bärchen-Tüterli", verkündete Rosemarie, „ist es nicht entzückend? Bärchen-Tüterli ist binnen weniger Monate zum Verkaufsschlager geworden."

Ein paar Anwesende applaudierten anerkennend.

„Zum Anbeißen", spottete Fred.

„Und jetzt kommt Schmusekätzchen." Rosemarie rollte die Bären runter und das nächste Modell rauf. Es handelte sich um ein neongelbes Exemplar mit schwarzen, glänzenden Katzengesichtern.

„Die Kätzchen sind aus Samt. Fühlt sie mal!" Schon drückte Rosemarie der völlig überrumpelten Astrid Kanngießer den Vibrator in die Hand. Als würde das Ding brennen oder unter Starkstrom stehen warf Astrid es schleunigst der gackernden Traute zu. Diese nahm die ganze Begebenheit gründlich in Augenschein und streichelte mit dem Zeigefinger zart über die schwarzen Motive.

„Da ist ja tatsächlich Stoff drauf. Rosemarie, du bist ein Genie! Ich wette, viele Frauen im Land sind dir dankbar für deine Erfindung."

Rosemarie lächelte geschmeichelt. Mir wurde übel.

„Ich seh mal nach Elfriede", murmelte ich und machte mich auf zum WC.

„Beeil dich!" sagte Fred.

Ich fand Elfriede völlig verstört auf dem geschlossenen Klodeckel hockend. „So ein netter Abend", schluchzte sie. „Wie kann man nur darüber Scherze machen? Und gar einen Beruf daraus ... Rosemarie sollte sich schämen."

„Momentan geht gerade der grüne Vibrator rum, und jeder streichelt die Kätzchen auf dem Frommi", goss ich Öl aufs Feuer.

Elfriedes magerer Körper wurde von einem Schütteln ergriffen. Aus dunklen Augenhöhlen schaute sie mich an. Sie erinnerte mich an ein hilfloses Kind. „Das ist ja abscheulich!"

„Sieht nicht danach aus, als würde Rosemarie ihre Show bald beenden. Komm, Elfriede, wir machen uns vom Acker!" drängte ich sie hoffnungsfroh.

„Heino holt uns erst um elf wieder ab. Das sind noch fast zwei Stunden. Was sollen wir bis dahin machen?"

Ich hatte sehr wohl einen Plan, nur konnte ich Elfriede bei der Ausführung nicht gebrauchen.

„Ruf ihn an, damit er eher kommt und dich holt. Ich hab ohnehin noch was anderes vor."

„Heino besucht einen alten Bekannten, den hat er ewig lange nicht gesehen. Da möchte ich ihn nicht stören."

„Mhhmpf", machte ich und rang mit mir, ob ich Elfriede einfach ihrem Schicksal überlassen oder mir noch zwei Stunden Aufenthalt im Irrenhaus ans Bein binden sollte. Da wurde die Tür aufgerissen, und ein Strom Menschen ergoss sich in die Damentoilette.

„Los, los, ihr beiden, was hockt ihr hier rum und blast Trübsal?" rief jemand.

„Kommt schon, wir wollen alte Fotos angucken", vernahm ich eine männliche Stimme, die, glaube ich, dem Hühnerschlachter gehörte.

„Und die Poesiealben!" frohlockte Liane mit glänzenden Augen. Elfriede sah auf. Ihre Wangen färbten sich rosa.

„Wie schön, da bin ich gern dabei. Ich hab mein Poesiealbum mitgebracht. Und auf die Fotos bin ich sehr gespannt." Sie erhob sich vom Klodeckel und schloss sich den anderen an. Die Damentoilette leerte sich, bis nur noch eine Person außer mir zurückblieb.

„Er ist noch immer unangefochtener Weltmeister im Küssen", säuselte eine zuckersüße Stimme an meinem Ohr. Weiße Perlmuttknöpfe grinsten mich hämisch an, und das modische kleine Hütchen wippte im Takt dazu.

„Manche Menschen haben außergewöhnliche Talente", stellte ich nüchtern fest, während es in meinem Innern gefährlich brodelte. In meinem Gehirn befindet sich eine Abteilung, die zu spontanen und oftmals unvernünftigen Reaktionen neigt. Wenn diese Abteilung das Kommando übernimmt, gerate ich unweigerlich in Schwierigkeiten. Leider habe ich keinerlei Macht über diesen Teil meines Gehirns.

Rosemarie sah in den Spiegel über dem Waschbecken und überprüfte mit kritischem Blick den Zustand ihres Make-ups. Sie holte einen Lippenstift aus ihrer Handtasche, anschließend legte sie Wimperntusche nach. Dann formte sie einen albernen Kussmund und tat, als würde sie ihr Spiegelbild küssen. Ich spürte Foltergelüste in mir aufsteigen, während ich dem Theater zusah. Doch ich schaffte es, den äußeren Anschein von Gleichmut zu bewahren. In meinem Kopf entstand gerade eine tolle Idee, und ich freute mich schon jetzt darauf, Rosemarie leiden zu sehen.

„Wow, der Mann ist die pure Lust. Ich glaube, das liegt am italienischen Blut in seinen Adern. Das macht ihn so unbändig, so feurig, so wahnsinnig leidenschaftlich! Aber warum erzähle ich dir das, du bist ja selbst in den Genuss gekommen. Obwohl ..." Rosemarie fuhr mit ihrer Zungenspitze über die geschminkten Lippen, während sie mich von Kopf bis Fuß musterte. „So richtig scharf ist er bei dir nicht geworden, fürchte ich."

„Du hast recht", erwiderte ich.

Sie wandte ihre Aufmerksamkeit wieder dem Spiegel zu und lachte hell auf. „Ich hätte nicht gedacht, dass ich noch mal heiraten würde, noch dazu meinen ersten Ehemann."

„Meine Gratulation", entgegnete ich leichthin, „ich hoffe nur, du bereust deinen schnellen Entschluss nicht."

Rosemaries katzenartige Augen schauten mich spöttisch an.

„Warum sollte ich?" fragte sie.

„Nun, der Grund, weshalb ich mit Elvis Schluss gemacht habe ...", begann ich.

„Du hast mit ihm Schluss gemacht? Da habe ich aber was ganz anderes gehört", unterbrach sie mich mit einem hochmütigen Auflachen. Unbeirrt fuhr ich fort.

„Elvis zieht heimlich Frauenkleider an", entgegnete ich ernst. Ich tat, als hätte ich mich von der schockierenden Entdeckung noch immer nicht ganz erholt.

„Er trägt was?"

„Slips, BHs, Strumpfhosen, Hackenschuhe. Nicht täglich, aber ... trotzdem ... Ich bin wirklich ein toleranter Mensch, aber als ich ihn in Stretchminirock und Spitzenbüstenhalter erwischt habe, war für mich Schluss. Es gibt glücklicherweise genug Männer ohne solche abartigen Marotten."

Rosemaries eben noch zur Schau gestellte Heiterkeit war verflogen.

„Ich glaub dir kein Wort", zischte sie, doch ihr Blick verriet einen leise aufkeimenden Zweifel.

„Glaub mir oder lass es bleiben. Das ist allein deine Entscheidung", erwiderte ich achselzuckend und tat, als wolle ich sie stehen lassen, indem ich lässig zur Tür ging.

„Er ..., nun, äh, Elvis hatte heute eine Boxershorts an, äh, glaube ich", stammelte Rosemarie, wobei ihr hoch erhobenes Haupt und ihre aufrechte, angespannte Haltung wohl Selbstsicherheit demonstrieren sollten.

„Mag sein", winkte ich gleichgültig ab, „guck einfach in seinen Kleiderschrank. Er hat den Kram im untersten Regal versteckt."

Rosemarie machte einen verstörten Eindruck, als ich die Damentoilette verließ, und ich grinste hämisch in mich hinein.

Auf dem langen Tisch wurden Fotos und Poesiebücher hin- und hergeschoben, Anekdoten und Erinnerungen ausgetauscht. Einzig Elfriede bemerkte, dass ich mich durch die Eingangstür davonstahl.

„Martha, wo willst du hin?" fragte sie und machte Anstalten, mir zu folgen.

„Bin gleich wieder da, keine Sorge", beruhigte ich sie, „ich gehe nur kurz an die frische Luft."

„Aber ..."

Ich deutete auf den Stuhl, über dessen Lehne meine Jacke als Beweis für meine Rückkehr hing.

„Halt meinen Platz für mich frei!" rief ich munter und war schon aus der Tür.

Draußen empfing mich ein kühler Seewind, mein dünnes Shirt war nicht die beste Wahl. Dass kurz nach mir ein weiterer Gast das Lokal verließ, bemerkte ich nicht.

Gegen Kälte hilft nur eines: Bewegung. Froh über meine Basketballstiefel anstelle damenhafter Schühchen joggte ich die Kaje entlang. Die Bänke waren leer, auch Spaziergänger sah ich nur noch vereinzelt. Vorm Lloyd's, einer beliebten Kneipe mit gehobenem Ambiente, stand eine Menschentraube. Ich sah hellgrauen Zigarettenrauch in die Luft steigen und hörte Gelächter.

Drei oder vier Taxen parkten hintereinander auf den markierten Stellflächen. Es war die Zeit zwischen den Fahrten zu Restaurants oder Kneipen und dem Rückweg nach Hause oder ins Hotel.

Im vordersten Taxi wartete ein Kaugummi kauender, untersetzter Mann auf Kundschaft. Er trug ein buntes Halstuch und eine Lederweste, deren Taschen mit einem Dutzend Kugelschreibern gefüllt waren. Ich ließ mich auf dem Sitz neben ihm nieder und schloss die Tür. Mit übertriebenem Schwung warf er seine Sportzeitschrift auf den Rücksitz und startete diensteifrig den Wagen. Das Taxi hinter uns schaltete ebenfalls seine Beleuchtung ein.

„Wo soll die Fahrt hingehen, gnäd'ge Frau?" fragte er, scherte auf die Straße und steuerte den Wagen Richtung Columbusstraße.

Ich nannte das Ziel unserer Reise, lehnte mich zurück und schloss für einen Moment die Augen. Was für einen Unsinn verzapfte ich da nur wieder? Hätte ich die Zeit nicht sinnvoller, beispielsweise mit der Suche nach Irmgard, nutzen können, anstatt der dämlichen Rosemarie eins auszuwischen?

Doch vor meinen geschlossenen Lidern erschienen Elvis und meine Erzfeindin, lustvoll ineinander verschlungen. Mit rhythmischen Bewegungen brachten sie das breite Wasserbett in Wallungen. Rosemarie hatte den Mund vor Verzückung geöffnet, ich beobachtete das Spiel von Elvis' angespannten Muskeln.

Der Wagen lief im Leerlauf. Ich öffnete die Augen, starrte in das leuchtend rote Licht einer Ampel, und das Liebesspiel verschwand. Ein gebückter Mann humpelte über die Straße, kurz darauf setzte mein Chauffeur die Fahrt fort.

„War'n herrlicher Tag heute, ich mein wettermäßig", startete der Taxifahrer den Versuch einer Unterhaltung.

„Hhmm", machte ich.

„Mein Opa ist Bauer, und er sagt: Kräht der Hahn um sechse im April, es ein heißer Sommer werden will."

„Und? Hat der Hahn Ihres Großvaters heute früh gekräht?" fragte ich mehr, um mich von meiner Rosemarie-Elvis-Horror-Vision abzulenken, als dass mich die Bauernregel interessierte.

„Mein Opa hat kein Geflügel, nur Schweine", sagte der Fahrer bedauernd.

„Hhmm", machte ich erneut.

Im Scheinwerferlicht tauchte das erste rote Backsteingebäude des Eichengrund-Komplexes auf. Die meisten Fenster im Wohnheim waren erleuchtet. Vom Pflegeheim nebenan drang nur das schwache Licht der langen Flure nach draußen; dort war bereits Nachtruhe. Wir parkten vorm Eingang meines Wohnblocks. Der Fahrer schaltete die Innenbeleuchtung an und fahndete auf dem Rücksitz nach seiner Zeitung.

„Bin gleich wieder da", versprach ich.

„Immer mit der Ruhe", entgegnete er. Ich warf einen Blick auf den Gebührenzähler, der fröhlich vor sich hinklickerte.

Wie üblich war die Eingangshalle um diese Zeit menschenleer. Man saß vor den Fernsehgeräten und informierte sich über die Vorkommnisse außerhalb der Seniorenwohnanlage.

Ich sprintete die Treppe hinauf, während ich im Geiste die Statur verschiedener Bewohnerinnen mit Elvis' Körpergröße abglich. Meine Wahl fiel auf Heiderose Engelke, meine schwerhörige Wohnungsnachbarin. Sie war eine stabil gebaute Frau mit ansehnlicher Oberweite und Schuhgröße 43.

Aus meiner Wohnung drang Romeos schrilles Kreischen bis auf den Flur. Ich klingelte nebenan Sturm und betete, dass Heiderose zu Hause war. Vorm Fernseher saß sie nicht, das hätte ich von draußen gehört. Ich klingelte erneut. Es dauerte geschlagene drei Minuten, bis sich die Tür öffnete. Heiderose kam vermutlich gerade aus dem Bad, ihre Haare waren kraus und nass. Sie trug ihren lilafarbenen Synthetik-Bademantel und war barfuß. Ich drängelte mich an ihr vorbei, schloss die Tür und bat sie um ihre Hilfe.

„Waaas?" fiel sie mir ins Wort. Egal, wie laut man mit ihr sprach, man musste jeden Satz mindestens einmal wiederholen.

„Ich will mir ein paar Kleidungsstücke von dir ausleihen", schrie ich sie an.

„Kleidungsstücke? Von mir? Warum das denn?" fragte sie.

„Oh ... äh ... es ...", ich zermarterte mir das Hirn auf der Suche nach einer plausiblen Erklärung. „Es geht um den Basar", sagte ich, so viel Überzeugung wie möglich in meine Stimme legend.

„Waaas?"

„Wegen des Basars!" Ich lächelte sie treuherzig an und zeigte auf die Unmengen Klimbim auf ihrem Wohnzimmertisch. Da stapelten sich selbstgestrickte Socken in allen Farben, aus bunter Pappe gefertigte Fensterbilder und geknüpfte Fußabtreter. An der Lampe hingen mehrere Mobiles aus Filz: Eulen, Küken, Blumen, Bälle und Clowngesichter.

„Du machst beim Basar mit? Großartig! Morgen Abend um sieben ist unser nächstes Treffen, wir müssen noch so viel planen, und jede weitere Hand ist eine große Hilfe."

„Leihst du mir nun ein paar Sachen aus?"

„Waaas?"

Ich wiederholte die Frage, obwohl meine Geduld auf eine Bewährungsprobe gestellt wurde.

„Ich verstehe nicht, warum. Was hat der Basar mit meiner Kleidung zu tun?"

„Nun, ich ... nähe doch so gern. Aber ich habe keine Schnittmuster. Und ich will nicht nur Sachen in meiner Größe anfertigen." Es gab nichts auf der Welt, das weniger meinen Begabungen entsprach als Nähen. Nun ja, Differentialrechnung vielleicht. Sicherheitshalber wiederholte ich das eben Gesagte gleich noch mal.

„Ja, wenn das so ist – selbstverständlich kannst du ein paar Sachen von mir als Muster verwenden. Woran hast du denn gedacht? Kleider, Hosen, Blusen?" Heiderose steuerte das Schlafzimmer an.

„Hauptsächlich Unterwäsche", murmelte ich. Laut sagte ich, während ich ihr dicht auf den Fersen folgte: „Lass mal sehen, was sich da so findet in deinem Schrank."

Heideroses Blusen hingen akkurat geplättet auf Bügeln, ihre Röcke und Hosen lagen Naht auf Naht, der Stapel Pullover bildete einen rechten Winkel mit dem Schrankboden. Mich interessierte allein das Fach mit der Wäsche. Heiderose hielt mit ihrer Verwunderung nicht hinterm Berg.

„Du willst Unterwäsche nähen? Ja geht das denn überhaupt? Ich glaube nicht, dass man Unterwäsche so einfach selbst anfertigen kann."

„Einfach ist es nicht, da hast du recht. Miederwaren bilden sozusagen die Königsklasse der Nähkunst. Blusen und Röcke sind Kinderkram, damit gebe ich mich nicht ab." Forsch zog ich ein paar Büstenhalter heraus, einer davon war aus dunkelrotem Samt, hatte eingearbeitete Push-up-Polster und war mit goldenen Pailletten besetzt. Es folgten Mieder, Unterhosen, Hemdchen mit Spitzeneinsatz, Perlonstrumpfhosen und ein pinkfarbener Badeanzug samt farblich passender Rüschenbadekappe. Ich warf die Sachen in die Handtasche, und als sie überquoll, klemmte ich mir noch ein paar Teile unter den Arm.

„Der BH mit den goldenen Perlen und den bunten Steinchen war nicht dabei, oder?" fragte Heiderose, die gar nicht so schnell gucken konnte, wie sich ihr Wäschefach leerte. „Den kann ich dir auf keinen Fall ausleihen. Den hat mein Mann mir aus Indien mitgebracht. Er ist sehr wertvoll."

Das verführerische Ding mit den Blech-Verzierungen lag ganz unten in meiner Tasche. Ich hatte weder Zeit noch Lust, es auszugraben.

„Keine Sorge, den habe ich nicht eingepackt", entgegnete ich unge-

83

rührt und warf die Schranktür zu.

„Wann gibst du mir die Sachen denn zurück?" fragte sie zaghaft.

„Bald", tönte ich, schnappte mir im Vorbeigehen vom Schuhregal ein Paar braune Riemchensandalen mit Keilabsatz und war schon aus der Tür.

Das Taxi stand nach wie vor an seinem Platz, im Leerlauf vor sich hintuckernd. Ich ließ mich auf den Beifahrersitz fallen und drapierte Heideroses Wäsche auf meinem Schoß. Der Fahrer warf einen Blick darauf, bevor er sich wieder seiner Aufgabe zuwandte und mich durch die Straßen kutschierte.

Wir hielten am Seitenstreifen, ein paar Meter von Elvis' Bistro entfernt, vor einem winzigen Fachgeschäft für asiatische Feinkostspezialitäten. Beim Aussteigen fiel ein BH runter, und der Taxifahrer reichte ihn mir, während er gutgelaunt versprach, wiederum auf mich zu warten.

Elvis' Bistro war an diesem Abend gut besucht. Warmes Licht schien durch die Glasfront auf den Gehweg. Im Vorbeigehen sah ich, dass fast alle Tische im Lokal besetzt waren. Ich betrat den schmalen Gang zwischen Bistro und dem Nachbarhaus, verharrte am Fensterrahmen und warf einen schnellen Blick in die Küche. Danilo stand nur einen Meter von mir entfernt an der Arbeitsplatte. Er knetete einen hellen Teig, tauchte seine Hände in einen Haufen Mehl und fuhr dann mit dem Kneten fort. Elvis wandte mir den Rücken zu, er rührte auf dem großen Herd in einem Topf. Ich tauchte ab und lief schnell in gebückter Haltung unter dem Fenster hindurch bis zur Hausecke. Elvis wohnte im rückwärtigen Teil des Gebäudes. Ich war schon oft genug hier gewesen, um mich mit den Gegebenheiten auszukennen.

Im Geräteschuppen unter der dritten Farbdose lag der Schlüssel für die Haustür. Elvis betrat seine Wohnung meist vom Bistro aus, hatte einen Hausschlüssel am Bund befestigt und einen Ersatzschlüssel für Notfälle im Schuppen versteckt.

Als ich die Tür aufgeschlossen hatte, stieg mir Rosemaries Parfum in die Nase. Die aufdringlichen Maiglöckchen überlagerten alle anderen Gerüche, sogar Elvis' herbes Aftershave und die appetitlichen Düfte, die normalerweise aus der Küche des Bistros in die Wohnung drangen. Vor meinem inneren Auge sah ich Rosemarie königinnengleich durch diese Räume schreiten.

Auch im Schlafzimmer roch ich ihr Parfum. Das Licht vom Flur fiel in einem breiten Keil durch die Tür direkt aufs breite Wasserbett. Die Decken und Laken auf beiden Seiten des Bettes waren zerwühlt, auf einem

Nachtschrank stand eine Flasche Sekt. Das Atmen fiel mir schwer, mir war, als laste ein tonnenschwerer Stein auf meiner Brust. Ich öffnete den Kleiderschrank, der in unordentlichen Stapeln Elvis' umfangreiche Garderobe beherbergte.

Niemand, der Neigungen derart verspürte, wie ich sie Elvis andichten wollte, platzierte sein Zubehör offen sichtbar. Dinge, die niemanden etwas angehen, versteckt man so, dass sie zwar neugierigen Blicken verborgen sind, man sie aber trotzdem bei Bedarf schnell zur Hand hat. Idealerweise im Kleiderschrank, ganz unten, ganz hinten. Da hatte meine Mutter früher auch die Weihnachtsgeschenke für die Familie versteckt.

Ich stopfte Heideroses Unterwäsche samt Badeanzug und Riemchensandalen hinter Elvis' Skianzug und den Stapel Winterpullover. Die fremden Sachen würden Elvis nicht auffallen, während sie für Rosemarie sozusagen auf dem Präsentierteller lagen. In ein paar Tagen würde ich Heiderose die Klamotten zurückgeben. Dann, so redete ich mir ein, war das Kapitel Rosemarie längst Geschichte.

Mit einer grimmigen Zufriedenheit richtete ich mich auf. Doch dann passierte es: Die Zwischentür zum Bistro wurde zugeschlagen, und ich hörte vertraute Schritte im Flur. Elvis! Verdammter Mist, um nichts in der Welt durfte er mich entdecken! Mein Herz klopfte mir bis zum Hals. Wohin so schnell? Ich ließ die Schranktüren offen und warf mich der Länge nach auf den Fußboden neben das Bett. Von der Tür war dieser Platz nicht einsehbar. Wenn Elvis allerdings zum Kleiderschrank ging, war ich geliefert. Was, wenn er ein neues T-Shirt oder eine frische Hose benötigte, weil er sich mit Tomatensoße vollgekleckert hatte? Am liebsten hätte ich mich unterm Bett versteckt, aber Wasserbetten haben einen festen Unterbaukasten. Ich drängte mich eng an das mit Stoff überzogene Holz, hielt die Luft an und lauschte.

Elvis machte sich in der Küche zu schaffen, riss ein paar Schranktüren auf und stieß dabei derbe Flüche aus. Irgendwas knallte auf die Bodenfliesen, und ich hörte Glas zerschellen. Die Flüche steigerten sich zu einem unverständlichen Crescendo. Eiligen Schrittes ging er nach nebenan ins Wohnzimmer, dort suchte er weiter. Ich hoffte inständig, dass er nicht auf die Idee kam, das Schlafzimmer auf den Kopf zu stellen. Doch er warf die Wohnzimmertür hinter sich zu und kurz darauf auch die Bistrotür. Ich stieß den angehaltenen Atem aus und kam hinterm Bett hervor.

Draußen legte ich den Schlüssel zurück unter die Farbdose und saß wenig später neben meinem treuen Fahrer.

„Und nun zurück zum Ausgangspunkt", forderte ich ihn auf, während ich den Sicherheitsgurt anlegte. Im Geiste klopfte ich mir selbst auf die Schulter für meinen gelungenen Coup.

In den Havenwelten angekommen, wurde ich den Betrag für drei Bus-Monatskarten plus Trinkgeld los. Der Taxifahrer verabschiedete sich überschwänglich und ernannte mich zu seiner Lieblingsbeifahrerin.

Als ich vorm sterilen Möchtegern-Bistro ankam, tauchte Fred neben mir auf.

„Darf ich?" Er drückte die Klinke runter und ließ mich vorangehen.

„Wo kommst du denn her?" fragte ich überrascht.

„Das Gleiche könnte ich dich fragen", antwortete er schmunzelnd, „wenn ich's nicht schon wüsste."

„Hallo ihr beiden, da seid ihr ja wieder!" freuten sich ein paar Ehemalige. Ich sah in glänzende Augen über geröteten Wangen. Man hatte das Wiedersehen anscheinend gebührend begossen. Ausgenommen Elfriede: Sie beteiligte sich nicht an Saufgelagen, und so war ihr schmales, kleines Gesicht so blass wie immer.

Rosemarie führte nach wie vor das große Wort, und als sie mich erblickte, warf sie mir einen vernichtenden Blick zu. Dann beehrte sie Fred mit ihrem ganzen Charme.

„Na, habt ihr eure ganz privaten Erinnerungen ausgetauscht?" schnurrte sie und schmiegte sich an ihn.

„Ausgetauscht und vertieft", entgegnete Fred mit samtweicher Stimme und rückte von ihr ab.

„Ja, ja, die Martha hat sich überhaupt nicht geändert: Umgarnt jeden Mann und hat immer mehrere Eisen im Feuer", verkündete Rosemarie der Runde.

„Aber selber. Wer im Glashaus sitzt, sollte nicht mit Steinen werfen!" dröhnte Peter Poppe. „Wie war das doch gleich mit Dieter Soundso und Hartmut Wasweißich? Obwohl du mit diesem steinreichen Opa verheiratet warst?" Zustimmendes Grölen aus der Versammlung. Ich warf einen Blick auf die Uhr an der Wand.

„Wann genau holt Heino uns ab?" wandte ich mich an Elfriede. Die verstaute gerade ihr Poesiebüchlein und ein paar Schwarzweißfotos mit gezackten Rändern in der Handtasche.

„Gegen elf."

„Noch eine halbe Stunde", stöhnte ich.

„Wir könnten auf einen Drink in mein Hotelzimmer gehen", schlug

Fred erneut vor.

„Nein, dann würde Heino sich furchtbar sorgen, wenn er uns abholen kommt und wir nicht hier sind. Mit einem fremden Mann im Hotelzimmer – das könnte er völlig falsch auffassen", wehrte Elfriede entschieden ab.

„Ich bin noch ein paar Tage in Bremerhaven", raunte Fred in mein Ohr. „Würd mich freuen, wenn du diese Zeit gemeinsam mit mir verbringst."

„Daraus wird wohl nichts", entgegnete ich, seinen intensiven Blick meidend.

„Du bist in den Kerl verknallt, dem du vorhin die Unterwäsche gebracht hast, nicht wahr?" fragte Fred leise.

Entgeistert starrte ich ihn an. Ich war sprachlos. Das kommt nicht oft vor.

„Ich bin dir gefolgt. Mit dem Taxi, ich war die ganze Zeit hinter dir. Wollte wissen, was du so Dringendes zu tun hast. Hier war's ohnehin viel zu langweilig."

„Du bist mir gefolgt?" rief ich. Sämtliche Köpfe drehten sich in meine Richtung. Rosemarie lächelte maliziös und spitzte die Ohren.

„Ja. Du warst daheim, hast einen Arm voll BHs geholt, die dir viel zu groß sind, und sie dem Typen gebracht. Was will der damit? Ist das 'n Perverser, oder was?" flüsterte Fred.

Ich hoffte inständig, dass niemand etwas von dem Gesagten mitbekommen hatte und sah in die Runde: Alle hatten ihre Gespräche wiederaufgenommen, scherzten und griffen nach den Gläsern. Alle außer Rosemarie. Sie runzelte die Stirn, legte den künstlichen Zeigefingernagel an die Lippen, und erweckte den Anschein, als sei sie hochkonzentriert.

„Ha! Jetzt hab ich's", lachte Fred plötzlich auf. „Das ist der Heini mit dem Bistro, von dem Rosemarie vorhin geschwärmt hat. Und du hast jetzt nen Haufen Damenwäsche in seine Bude geworfen, damit sie denkt, er hat ne andere!" Er kriegte sich gar nicht wieder ein vor Lachen. Glücklicherweise hatten der Geflügelschlachter und seine Freunde eben ein launiges Trinklied angestimmt und brüllten es im Chor. Bestandteil des Liedes war, die Gläser auf die Tischplatte zu donnern und dabei dreimal hintereinander „Prost" zu rufen. Ich hoffte, dass der Lärmpegel im Lokal Rosemaries Lauschaktion vereitelt hatte.

Von den meisten Gästen unbemerkt ging die Tür auf, und Heino erschien auf der Bildfläche. Elfriede sprang vom Stuhl.

„Oh, Heino, du bist ja früh dran. Schön, dann ..."

„Elli, du muss unbedingt mitkoom. Nu. Es is wat passeert." Heino machte einen fahrigen Eindruck, seine Unterlippe zitterte. Die grölende Versammlung am Tisch nahm er überhaupt nicht wahr.

„Passiert? Aber was denn?" rief Elfriede besorgt. Sie holte schnell ihren Mantel von der Garderobe.

„Dat vertell ick di unnerweejs."

Ich nahm meine Jacke vom Stuhl und war schon an der Tür. Endlich weg hier!

„Deit mi leed, Martha, aber du kunns nich met", bremste Heino mich aus.

„Du kannst nicht mit, sagt Heino", übersetzte Elfriede unglücklich.

„Na super", entgegnete ich trocken. Wegen Elfriede hatte ich so lange in dieser dämlichen Spelunke ausgeharrt, und nun musste ich schon wieder ein Taxi nehmen.

Elfriede sah gequält von mir zu ihrem Mann. Der fasste sie kurzerhand am Ellenbogen und dirigierte sie durch die Tür.

„Wi mööd!" rief er, als galt es, ein Rennen zu gewinnen.

Unschlüssig sah ich den beiden nach, als Fred sich neben mich schob. Er hatte seine Jacke an und klimperte mit einem Schlüsselbund.

„Ich bring dich nach Hause", bot er grinsend an. Ich wog das Risiko eines etwaigen Annäherungsversuches gegen die Kosten für eine weitere Taxifahrt ab, entschied mich für Sparsamkeit und schloss aufatmend die Bistro-Tür von außen.

Freds schwarzer Porsche 911 GT2RS stand in der Tiefgarage des Atlantic Hotels Sail City. Der Motor schnurrte, etliche Anzeigen am Armaturenbrett leuchteten auf, Peter Maffay gab ein Live-Konzert, und ich mühte mich mit dem komplizierten Anschnallsystem ab.

„Rosemarie scheint nicht besonders gut auf dich zu sprechen zu sein. Und das lange Elend Astrid auch nicht", bemerkte Fred, während wir durch die Straßen heizten, als befänden wir uns auf dem Nürburgring.

„Astrid? Die ist doch auf die ganze Welt sauer."

„Schon. Aber sie sagt, du wärest sehr gemein zu ihr gewesen."

„Ich war gemein zu ihr? Daran kann ich mich nicht mehr erinnern."

„Ich schon. Du hast eine lebendige Maus in ihre Büchertasche gesetzt. Sie sprang raus just in dem Moment, als Astrid die Tasche öffnete. Astrid fiel in Ohnmacht, und die ganze Klasse hielt sich die Bäuche vor Lachen."

„Das war nicht nett von mir", bekannte ich.

„Und was hast du Rosemarie angetan?"

„Nichts. Sie hat meine Jugendliebe Ferdinand in meinem Bett vernascht. Kein Grundstein für eine innige Freundschaft."

Fred kicherte, wandte den Blick von der Straße und zwinkerte mir zu. „Die kann sich noch so auftakeln, an dich kommt sie nie ran." Das klang wie eine Feststellung. Er blickte wieder geradeaus auf die Fahrbahn.

Ich musterte ihn verstohlen. Feine, aristokratische Gesichtszüge, charmantes Lächeln. Wäre ich nicht hinter Elvis her, hätte ich mich vielleicht in ihn verlieben können. Ganz vielleicht.

„Ich stell's mir schrecklich vor, in einem Seniorenwohnheim zu leben", meinte Fred.

„Ist es auch", bestätigte ich und starrte auf die nahezu ausgestorbene Straße.

„Passt überhaupt nicht zu dir."

„Nee."

Wir flogen auf der Gegenfahrbahn am Nachtbus vorbei. Fred scherte ein und fuhr bei Gelb über eine Ampel.

„Und warum wohnst du dann da?"

„Dumme Verkettung unglücklicher Ereignisse", erklärte ich, wurde jedoch vom Klingeln meines Handys unterbrochen. Elfriede war dran.

„Martha, es tut mir so leid, dass wir dich da haben stehen lassen. Heino hätte dich mitnehmen sollen, finde ich, aber er war total durcheinander. Sein alter Bekannter, Josef Bimmel, du weißt doch, den er heute Abend besucht hat, der ist direkt vor seinen Augen gestorben. Einfach so. Zusammengesackt und tot. Heino hat noch den Arzt angerufen, aber da war nichts mehr zu machen. Die Ehefrau ist vor Kummer zusammengebrochen, und Heino ist bei ihr geblieben, bis der Bestatter kam. Jetzt ist er völlig fertig."

„Welcher Bestatter denn?" fragte ich automatisch, in der Hoffnung, dass Knuth einen neuen Auftrag hatte.

„Traugott Kümmel. Heino sagt, dass Josef ..."

„Wo wohnt dieser Bimmel?" fiel ich ihr ins Wort. Ich hatte gerade eine hervorragende Idee. Fred sah mich fragend von der Seite an.

„Warum willst du das wissen, Martha?" fragte Elfriede verwundert, wartete jedoch nicht auf eine Antwort, sondern erklärte: „Die Bimmels wohnen in der Schillerstraße, da in der Ecke, wo früher mal der Handarbeitsladen war."

Mit der freien Hand stieß ich Fred in die Rippen und machte ihm ein

Zeichen, dass er umdrehen solle. Ich kam mir vor wie in einem Fernsehkrimi, als er nach einem kurzen Blick in den Spiegel den Wagen auf der breiten Weserstraße wendete, ohne dabei das Tempo wesentlich zu verringern. Die Reifen jaulten auf, und ich hielt mich am Sitz fest.

„Bitte, Martha, sei mir und Heino nicht böse", sagte Elfriede kleinlaut.

„I wo, mach dir keine Gedanken."

„Wir wollen zu Josef Bimmel, wer immer das sein mag, so viel hab ich mitgekriegt", meinte Fred, nachdem ich aufgelegt hatte.

„Fahr da hinten an der Ampel rechts, wir sind gleich da. Du kannst mich an der Straße rauslassen." Ich prüfte den Inhalt meiner Handtasche und dankte im Geiste Klaus-Jürgen, dem ich ein paar Tricks im widerrechtlichen Öffnen von Türen abgeguckt hatte.

Als ich Kümmels 66er Cadillac am Straßenrand entdeckte, machte mein Herz einen Sprung. Glücklicherweise war niemand zu sehen, Kümmel und sein Gehilfe waren vermutlich noch in der Wohnung der Witwe. Auch sonst war kein Mensch zu dieser späten Stunde unterwegs, ich sah auch niemanden aus dem Fenster schauen.

Fred steuerte eine freie Parkbucht an, und das Auto war noch nicht zum Stehen gekommen, da hatte ich die Tür schon aufgerissen. Ich musste mich beeilen, das Abtransportieren eines Verstorbenen dauert für gewöhnlich nicht die ganze Nacht.

„Tschüss, danke fürs Mitnehmen", rief ich und sprang aus dem Wagen. Eilig überquerte ich die Straße.

Fred stieg ebenfalls aus und flitzte hinter mir her. „Was hast du vor?"

„Ich will mich in Kümmels Bestattungsinstitut umsehen, und dies ist die Gelegenheit, unbemerkt dort hineinzukommen", flüsterte ich, während ich einen dünnen, gebogenen Draht aus meiner Handtasche fischte und diesen zwischen Hecktür und Rahmen des Leichenwagens schob.

„Bist du verrückt? Du knackst ein Auto und brichst in ein Beerdigungshaus ein?" fragte Fred völlig verdattert.

„Dient alles der Aufklärung einer viel schlimmeren Straftat", erklärte ich.

Konzentriert bewegte ich den Draht millimeterweise, bis ich den Türverschluss zu fassen hatte. Es war höchstens eine Minute vergangen, und schon war ein gedämpftes „Klick" zu hören.

„Alte Autos haben eine Menge Vorteile", sagte ich zufrieden und stieg ein.

„Mir ist überhaupt nicht wohl bei der Sache", stöhnte Fred, bevor die

Tür ins Schloss fiel. Ich verriegelte von innen, damit Kümmel nichts merkte, und krabbelte in mein Versteck.

Dieses befand sich direkt unterhalb der Ladefläche für den Sarg beziehungsweise die Bahre. Es handelte sich um ein geräumiges Fach, das als Stauraum genutzt werden konnte. Bis auf ein Paar Lederhandschuhe und zwei Seile war es leer. Ich passte ganz hinein, hatte jedoch kaum noch Platz zum Luftholen. Bewegen konnte ich mich auch nicht. Ein muffiger Geruch stieg mir in die Nase, und ich fing schon jetzt an zu schwitzen. Für Menschen mit Platzangst kein geeigneter Ort.

Eine gefühlte Ewigkeit später hörte ich Geräusche. Die hintere Wagentür wurde aufgeschlossen und geöffnet. Die Innenbeleuchtung ging an. Ich hörte auf zu atmen und betete, dass Kümmel nicht auf die Idee kam, aus irgendeinem Grund in sein Zubehörfach zu schauen. Doch die beiden Männer luden schweigend ihre Fracht ein, es rumpelte über mir und nun war ich eingesperrt. Kümmel und sein Gehilfe befestigten die Bahre an den dafür vorgesehenen Metallschienen und schlossen die Tür wieder. Wenig später hörte ich sie einsteigen, bevor der Motor gestartet wurde.

Ich vernahm ihre Stimmen nur gedämpft und konnte nicht verstehen, was sie sprachen. Das Radio wurde angeschaltet, und ich erkannte die Melodie von Herbert Grönemeyers „Mambo". Sekunden später hatte Kümmel zu einem Klassik-Sender gewechselt, und ich hörte Klaviergeklimper. Ich versuchte, mich in diesem scheußlich engen Verschlag zu entspannen, indem ich mich auf meine Atmung konzentrierte. Die Konzentration hielt nicht lange an, denn schon waren meine Gedanken wieder unterwegs. Knuth erschien vor meinem inneren Auge. Er lief vor lauter Verzweiflung die Wände in seinem Institut hoch.

Der Wagen wurde langsamer und hielt an. Die Musik erstarb, und ich hörte, wie sich das automatische Tor öffnete. Wir fuhren im Schritttempo hinab in die Tiefgarage, und hier öffnete sich das Garagentor.

Helles Licht fiel durch die Seitenfenster in den Laderaum. Die Autotüren wurden geöffnet und zugeschlagen. Dann machte sich jemand am hinteren Wagenschlag zu schaffen. Ich versuchte, mich noch kleiner in der engen Box zu machen, wenn dies überhaupt möglich war, und hielt wiederum den Atem an.

Schweigend lösten die beiden Männer die Bahre aus ihrer Verankerung. Ein Ruck ging durch den Kasten, in dem ich verborgen war. Ich hörte ein Ächzen.

„Verdammt, meine Bandscheiben. Hab's eben beim Runtertragen

schon gemerkt, irgendwas ist da faul. Sollte mir wohl mal wieder ne Spritze abholen", hörte ich Kümmel stöhnen. Sein Helfer brummte einen unverständlichen Kommentar.

„Nun mach schon, dass wir hier fertig werden", polterte Kümmel, „stellen wir ihn drüben ab, und dann ist Feierabend."

Die Stimmen entfernten sich. Wenig später warf jemand die Hecktür zu. Das Licht ging aus, weitere Türen schlugen zu. Ich hörte, wie neben mir der Ferrari gestartet wurde. Der Wagen setzte zurück, das Garagentor schloss sich, und schließlich verklang das Motorengeräusch. Obwohl es jetzt still war im Gebäude, blieb ich noch einige Minuten in meinem Versteck, um ganz sicher zu gehen.

Meine Glieder waren steif, jeder Knochen tat mir weh. Als ich mich im Dunkeln des Fahrzeugs aufrichtete, stieß ich mir zu allem Überfluss den Kopf irgendwo an. Auf allen Vieren krabbelte ich zur hinteren Wagentür, öffnete sie und kletterte hinaus. Ich verharrte und lauschte. Der Motor des Cadillacs gab knackende Geräusche von sich, während er abkühlte. Ansonsten war alles ruhig.

Ich ertastete meine Taschenlampe in der Handtasche und schaltete sie an. Nichts. Verdammt noch mal, die Batterien waren fast neu! Ich schaltete ein paar Mal vor und zurück, doch nichts geschah. Fluchend warf ich sie zurück in die Tasche. Langsam schob ich mich in der Dunkelheit voran, bis ich das Mauerwerk erreichte. Dort tastete ich nach einem Lichtschalter. Neonröhren flammten auf. Ich schlich nach nebenan zur Werkstatt. Der einfachste Weg, auf das Hofgelände zu gelangen, war durchs Fenster.

Ich knipste auch in der Werkstatt das Licht an. Ging über den Fußboden aus glattem, sauber gefegtem Beton. An der Wand oberhalb der massiven Werkbank hingen die kleineren Werkzeuge wie Schraubendreher, Zangen, Schraubenschlüssel und Hämmer ordentlich in ihren Halterungen. Hobel, Fräse, Stichsäge und weitere elektrische Gerätschaften befanden sich in offenen Regalen. Ich nahm eine Eisensäge vom Haken und warf sie in meine Handtasche. Auf dem Tisch der Kreissäge lag nicht ein einziger Krümel Sägespäne. Ob Kümmel tatsächlich alle Särge hier in dieser Werkstatt von seinem polnischen Tischler anfertigen ließ? Zwar hatte er sich damit gebrüstet, in dem Mann eine preisgünstige Arbeitskraft zu haben, trotzdem bezweifelte ich, dass die aufwändige Handarbeit sich gegenüber industriell hergestellten Särgen rechnete. Auf meinem Weg zum Fenster strich ich mit den Fingerspitzen über feines, glänzend lackiertes

Mahagoniholz und bewunderte die kunstvolle Fräsarbeit an einer Eichenplatte.

Das Licht aus der Werkstatt warf ein Rechteck auf den unbeleuchteten Hof. Als ich das Fenster öffnete, wehte mir eine kräftige Böe ins Gesicht. Ich schulterte meine Handtasche, hievte mich auf die Werkbank und kletterte durch den Fensterrahmen hinaus. Ich landete aufrecht und sah mich um. Stockfinstere Dunkelheit. Das wenige Licht aus der Werkstatt reichte nicht ansatzweise bis zu den Nebengebäuden.

Ich löste mich aus dem Lichtkegel und setzte einen Fuß vor den anderen in Richtung Holzschuppen. Plötzlich flammten Strahler auf, und es wurde taghell. Der Hinterhof war beleuchtet wie eine Fußballarena. Bewegungsmelder sind eine feine Erfindung!

Der Holzschuppen war mit einem schweren Vorhängeschloss gesichert, doch der Verschlussriegel müsste zu knacken sein. Ich ging weiter zu den Garagen. Hier hatte ich es mit den üblichen Billig-Drehknäufen aus der Kategorie „einfach zu öffnen" zu tun. Dank meiner „Ausbildung" bei Fachmann Klaus-Jürgen bekam ich das erste tatsächlich recht schnell auf.

Das Metalltor gab ein heiseres Quietschen von sich, als ich es hochschob. Ich machte mir keine Sorgen, dass jemand das Geräusch gehört haben könnte: Kümmels Hinterhof war absolut uneinsehbar. Das Geschäftshaus nebenan hatte keine Fenster zu dieser Seite, und von der Straße aus konnte man sowieso nicht hierher sehen.

Ich zitterte vor Aufregung, so gespannt war ich. Der Countdown lief. Gleich war meine Suche zu Ende, dann war es so weit: Ich hatte Irmgard gefunden. Ich stellte mir Kümmels belämmerten Gesichtsausdruck vor, wenn er den „Diebstahl" entdeckte und gackerte ausgelassen vor mich hin. Siegesgewiss trat ich näher – und war maßlos enttäuscht. In der Garage befanden sich Särge. Nichts als Särge. Sie waren bis unter die Decke aufeinander gestapelt.

Bei der zweiten Garage war ich nicht mehr ganz so euphorisch. Ich knackte das Schloss, schob das Tor hoch. Und siehe da: Auch dort nur Särge.

Nun blieb mir nur noch eine Hoffnung: Der Holzschuppen. Ich setzte die Eisensäge an und nach wenigen Minuten war der Riegel kaputt. Schon klappte ich die Tür auf – und erblickte eine Werkstatt. Eine langweilige, mit irgendwelchen Maschinen bestückte Werkstatt. Keine Spur von Irmgard.

Ich ließ die Säge aufs Pflaster fallen und wischte mir enttäuscht eine Haarsträhne aus dem Gesicht. Was nun? Mein Blick fiel auf die geöffneten Garagentore, und ich starrte trübsinnig auf den Riesenvorrat Särge. Und plötzlich erfasste ich, was ich hier vor mir hatte. Warum war ich nicht gleich darauf gekommen. Särge – gibt es eine bessere Unterbringung für eine Leiche? Ich hatte es doch schon geahnt, als ich das erste Garagentor aufschob! Irmgard war da drin. In einem der unzähligen, aufeinandergestapelten Särge.

Die unüberschaubare Menge stellte mich vor das nächste Problem: Wenn Irmgard nun in dem untersten ganz hinten lag, war ich geliefert. Ich konnte nicht abschätzen, wie viel Zeit ich benötigen würde, um nur eine von Kümmels Garagen komplett zu durchsuchen. Dazu musste ich alle Särge rausschaffen – konnte ich das überhaupt allein? Die Dinger waren bestimmt verteufelt schwer.

Waren sie nicht. Immer noch schwer genug, aber längst nicht so schwer wie ein massiver Holzsarg. Sie bestanden nämlich aus Presspappe. Auf den ersten und sicher auch auf den zweiten Blick war die Täuschung nicht sichtbar. Man hatte billige Spanplatten mit Furnier überzogen und die Schnitzereien einfach aufgeklebt.

Ich kam hinter Kümmels Geheimnis auch nur deshalb, weil ich den obersten Sarg vom zweitobersten herunterschob, um hineinsehen zu können. Der Sarg krachte auf die Erde und überstand den Absturz nicht unbeschadet. An den Ecken platzte das aufgeklebte Furnier in Stücken ab.

Särge aus Presspappe! Ich besah mir einen nach dem anderem genauer und stellte fest, dass sie täuschend echte Imitate der teuren Mustersärge waren. Die Modelle, die Kümmel als Luxus-Särge verkaufte, waren in Wirklichkeit aus minderwertigem Nadelholz gefertigt und von außen mit Furnier überzogen. Statt der angepriesenen 25 Millimeter Eichenholz hatte man nur halb so dickes, billiges Abfallholz verwendet. Als ich begann, das Ausmaß des Betruges zu erahnen, vergaß ich für einen Augenblick sogar, dass ich eigentlich aus einem ganz anderen Grund hier war. Kümmel verkaufte seinen Kunden teure Echtholzsärge und verwendete billigen Schund – eine sprudelnde Einnahmequelle. Wie lange er dieses Spiel wohl schon trieb? Jetzt ergab auch die zweite Werkstatt draußen im Holzschuppen einen Sinn: Im Keller befand sich die Vorzeige-Tischlerei für die „handgefertigten" Särge und draußen auf dem Hinterhof, vor neugierigen Blicken verborgen, wurden die Spanplatten zusammengeschraubt.

Als ich meine Suche nach Irmgard fortsetzte, litt die Optik weiterer

Särge. Schiebend und rangierend kämpfte ich mich durch das Lager; ich arbeitete mich systematisch durch, indem ich den jeweils oberen Sarg runterschmiss, damit ich in den darunter schauen konnte. Ich weiß nicht, ob überhaupt ein Exemplar unbeschädigt blieb bei dieser Aktion.

Als ich schließlich bis zur Rückwand der zweiten Garage vorgedrungen war, klebte mein Shirt nass vor Schweiß an meinem Rücken. In den Garagen und auf der hell erleuchteten Hoffläche herrschte das reinste Chaos. Die wild durcheinanderliegenden und aufgetürmten Särge erinnerten an einen großen Haufen Sperrmüll.

Ich war hundemüde, mir tat der Rücken weh, und ich war enttäuscht. Ich wischte mir den Schweiß von der Stirn und redete mir ein, dass ich Irmgard ganz bestimmt bald finden würde. In Kümmels Institut war sie nicht – dann musste ich sie eben woanders suchen. Ich gebe niemals auf, und ich würde auch in diesem Fall nicht klein beigeben. Erst mal nach Hause, sagte ich mir, ein paar Stunden schlafen, und morgen sieht die Welt schon ganz anders aus. Ich bahnte mir einen Weg aus der Garage und ging über den Hof zum Fenster der Keller-Werkstatt. Dabei sah ich rein zufällig hoch zum Dachüberstand – und entdeckte sie: Die Kamera. Sie war direkt auf mich gerichtet.

Hatte Kümmel etwas von einer Überwachungskamera erwähnt? Ja, hatte er. Das Tor zur Tiefgarage wird überwacht, hatte er gesagt. Und der Monitor steht bei ihm zu Hause. Von mehreren Kameras hatte er allerdings nichts gesagt.

Was, wenn Kümmel meinem Treiben daheim auf dem Bildschirm zugeschaut hatte? Vielleicht war er in diesem Augenblick unterwegs hierher. Oder er hatte die Polizei eingeschaltet. Das war Einbruch mit Sachbeschädigung – und zu allem Überfluss war Bernd, der meine Vergehen schon öfter ausgebügelt hatte, im Urlaub.

Verdammter Mist, ich musste ganz schnell verschwinden. Nur wie? Das hohe, automatische Tor konnte ich beim besten Willen nicht überwinden. Blieb nur der Weg durchs Gebäude, um durch ein vorderes Fenster zur Georgstraße zu gelangen. Ich sprang in die Fensteröffnung der Werkstatt und schlug mir dabei schmerzhaft das Schienbein an. Schon rannte ich durch den Keller, die Treppe hinauf, stürmte den dunklen Flur entlang, um die Ecke ... und prallte plötzlich gegen etwas Hartes. Ich stieß vor Schreck einen Schrei aus. Im nächsten Moment erstarrte ich, zu Tode erschrocken.

Riesige Zähne blitzten vor meinen Augen auf. Intensiver Pfefferminzgeruch stieg mir in die Nase. Kümmel! Im Gegensatz zu mir war er kein bisschen überrascht, ganz im Gegenteil.

„So spät noch so fleißig?" zischte er.

„Was du heute kannst besorgen, das verschiebe nicht auf morgen", keuchte ich, wobei ich mich vergeblich bemühte, einen unbeschwerten Ton anzuschlagen. Unauffällig spähte ich an ihm vorbei. Dort hinten war das Fenster zur Freiheit. Die Straßenbeleuchtung fiel hindurch und ließ mich Umrisse des Mobiliars erkennen. Ich musste das Fenster erreichen, koste es, was es wolle. Von Kümmel hoffentlich unbemerkt, kramte ich mit zitternden Fingern hinter meinem Rücken in meiner Handtasche. Ich ertastete tausend Dinge, vom Portemonnaie über eine Tüte Gummibären bis hin zur defekten Taschenlampe. Nur das K.-o.-Spray fand ich nicht.

„Wie sind Sie hier reingekommen?" Kümmels Tonfall glich einem aufziehenden Hurrikan. Er stand so dicht vor mir, dass ich einen Knie-Kick in seinen Unterleib erwog, wenn ich nicht gleich das Spray fand.

„Oh, äh ..., das war ganz leicht ...", plapperte ich. Wo war nur das verdammte Spray? Es würde ihn im Handumdrehen außer Gefecht setzen.

„WIE?" wiederholte er drohend. Seine Zähne befanden sich jetzt so dicht vor meinen Augen, dass er mir ohne weiteres in die Nase beißen konnte.

„Das erzähle ich Ihnen gern, wenn Sie einen Schritt zurücktreten", entgegnete ich liebenswürdig. Besser, er stand nicht ganz so dicht vor mir, wenn ich ihm die Ladung ins Gesicht sprühte.

Ich spürte einen kleinen Triumph, als er tatsächlich ein wenig zurückwich, doch dieses Überlegenheitsgefühl sollte nicht lange anhalten. Den Bruchteil einer Sekunde etwa. Ich sah die Siegelringe an seiner geballten Faust aufblitzen, aber da war es schon zu spät. Der Schlag traf mich an der Schläfe mit einer Wucht, dass mir schwarz vor Augen wurde. Kurz bevor ich die Besinnung verlor, versuchte ich den Sturz mit den Händen abzufangen, aber ich griff ins Leere. Und so stürzte ich geradewegs auf den glänzend weißen Marmorfußboden. Irgendetwas krachte, doch ich nahm nicht mehr viel wahr. Und dann überhaupt nichts mehr.

4

Ich erwachte langsam und verkrampft unter Schmerzen. Alles war still, ich hörte keinen Laut, nichts. Es war stockdunkel.

Ich konnte mich nicht mehr erinnern, wo ich war und was geschehen war. Bis ich den Kopf hob. Ein dumpfer, stechender Schmerz explodierte wie ein Geschoss in meinem Schädel. Ich nahm noch kurz das Rauschen meines Blutes in den Ohren wahr und das Durcheinander an Punkten und Figuren vor meinen geschlossenen Augen. Dann wurde es wieder schwarz.

Als ich erneut erwachte, lag ich still da, spürte das Feuerwerk in meinem Kopf und beschloss, mich einzig auf meinen Atem zu konzentrieren. Ich weiß nicht, wie lange ich so da lag und mich bemühte, bei Besinnung zu bleiben.

Der Untergrund war hart. Ich bewegte vorsichtig meine Arme und Schultern. Öffnete die Augen. Schmerzen. Ich konnte das linke Auge nicht öffnen. Sah mit dem rechten Auge nichts als Dunkelheit.

Langsam, ganz langsam hob ich die rechte Hand zum Gesicht. Und stieß gegen eine Wand. Dicht neben und über mir waren Wände, als befände ich mich in einem Kasten. Ich erreichte mit den Fingerspitzen mein Gesicht und tastete behutsam über Wangen, Nase, Mund und Kinn. Geronnenes Blut klebte auf der Haut. Die linke Gesichtshälfte war deutlich angeschwollen. Unterhalb des geschlossenen Auges befand sich eine Platzwunde. Leicht wie eine Feder fuhr ich mit den Fingern über die Wunde. Die zarte Berührung ließ mich vor Schmerz aufstöhnen.

Langsam, ganz langsam hob ich den Kopf. Ich sah nichts als tiefschwarze Dunkelheit. Hinter meiner Stirn ein Hämmern, am Hinterkopf eine dumpfe Schwellung, von meiner linken Schläfe bis zum Kiefer hinunter ein pochender Schmerz. Das Auge fühlte sich an, als würde ein Messer darin stecken. Ich legte den Kopf wieder auf den harten Boden.

Merkwürdig, diese absolute Dunkelheit. Kein Lichtstrahl, der durch ein Fenster oder einen Türspalt fiel. Keine Umrisse, nichts. Ich ertastete das Holz neben mir. Mit den Fingern fuhr ich daran entlang, nach links, nach rechts, da war keine Unebenheit, überall glatte Fläche. Der Schweiß brach mir aus, eine Hitzewelle schien aus dem Kragen meines Shirts herauszuströmen. Ich atmete langsam, blieb bewegungslos, bis sich das Gleichgewicht wieder stabilisiert hatte.

Ich erreichte das Ende der Wand, folgte dem Knick von etwa sechzig Grad, dann ein weiterer Knick. Weiter kam ich nicht. Ich legte den Arm ab und hob die andere Hand. Auch hier glattes Holz bis über meinen Kopf. Ich bewegte mein linkes Bein seitwärts, es stieß gegen eine Wand. Ebenso mein rechtes. Und dann hatte ich erfasst, wo ich mich befand: Ich lag in einem Sarg.

Ich schrie mit der Angst nackten Entsetzens auf. Merkte, wie mein Körper von einem panischen Zittern ergriffen wurde, plötzlich war ich unfähig, mich zu bewegen oder einen klaren Gedanken zu fassen. Irgendwann ebbte der Anfall ab, ich wurde ruhiger. Jeder Sarg ist mit einem Deckel versehen, den man öffnen kann. Mit beiden Händen tastete ich über das Holz, klopfte und drückte mit aller Kraft. Dann nahm ich die Füße zu Hilfe, trat und stemmte. Nichts bewegte sich.

Mir fielen die ungezählten Särge ein, die Kümmel in seinen Garagen beherbergte. Die nachgemachten Luxus-Särge mit den aufgeklebten Schnitzereien aus Nadelholz. Kümmel hatte mich in einen Sarg gelegt und meinem Schicksal überlassen. Mich sozusagen lebendig eingesargt. Vielleicht hatte er auch gedacht, ich sei tot. Wo befand sich dieser Sarg? In einer der Garagen, dort, wo ich Irmgard vermutet hatte?

Beim Gedanken an Irmgard fiel mir Knuth und seine Not wieder ein. Wenn ich hier nicht bald rauskam, musste er seinen Betrieb schließen. Das durfte nicht passieren! Ich spürte eine Welle Adrenalin durch meinen Körper rauschen und machte mich mit neugewonnener Kraft ans Werk. Hämmerte mit den Fäusten und trat mit den Füßen. Die Anstrengung ließ den Schmerz in meinem Kopf erneut explodieren. Auf einmal hatte ich keine Gewalt mehr über meine Gliedmaßen, ich spürte nur noch Schmerz. Es war furchtbar. Tränen rannen aus meinen Augen, auch aus dem zugeschwollenen. Ich wollte sterben. Jetzt und hier.

Ich spürte den harten Holzboden unter mir. Alles war gut. Eine angenehm schwere Müdigkeit lullte mich ein, ich fühlte mich leicht, so als würde ich schweben. Dann fühlte ich gar nichts mehr.

Ich träumte von einem quietschenden Geräusch und unverständlichen Männerstimmen. Es scharrte, raschelte und krachte. Die Männer riefen sich etwas zu. Plötzlich hörte ich meinen Namen.

„Martha, bist du hier irgendwo?"

Fred? Seine Stimme hörte sich fremd an.

„Martha?" wiederum Fred. Laute Geräusche, etwas wurde über rauen Betonfußboden geschoben.

„Hier ist sie nicht", vernahm ich eine andere Stimme. Der Lärm ging mir auf die Nerven. Ich wollte schlafen, nur schlafen.

Doch plötzlich, mit einem Schlag, wurde ich wach. Erinnerte mich, wo ich war und dass ich sterben würde, wenn mich niemand aus meinem Gefängnis befreite. Ich wollte schreien, so laut ich konnte. Sie mussten mich rausholen aus diesem verdammten Sarg. Aber ich bekam meinen Mund nicht auf. Er fühlte sich taub und staubtrocken an, die Lippen waren von Speichel und Blut zugeklebt. Ich musste auf mich aufmerksam machen, sonst war ich verloren.

Das bisschen verbliebene Energie konzentrierte ich auf meinen rechten Fuß. Ich trat so fest ich konnte gegen die Sargwand. Wieder und wieder. Die Stimmen entfernen sich. Tränen tiefster Verzweiflung traten in meine Augen, flossen die Wangen hinunter, ich riss die Lippen auseinander, schmeckte Blut und spürte, wie ein Rinnsal mein Kinn hinablief. Ich schrie, doch heraus kam nur ein heiseres Krächzen. Trat mit beiden Füßen, ballte die Fäuste und bearbeitete das Holz über meinem Kopf.

„He, Moment mal, habt ihr das auch gehört?" sagte jemand.
„Nö, was denn?" antwortete eine andere Stimme.
„Ich dachte, ich hätte was ..."
Wiederum Scharren auf dem Betonfußboden.
„Martha?"
Ich antwortete mit Fäusten, Füßen und einem Schluchzen.
„Sie ist hier! Irgendwo da hinten! Schnell, packt mit an!"
„Martha, wir helfen dir. Halt durch, gleich haben wir ..." Der Rest des Satzes ging im Lärm der beiseite geschobenen Särge unter. Ich schloss die Augen und dankte Gott.

Irgendwann öffnete sich der Deckel, und der gleißende Strahl einer Taschenlampe traf mich. Starke Arme hoben mich aus dem Sarg, als wäre ich eine Stoffpuppe, und wickelten mich in eine Decke. Ich war zumindest wieder so weit bei Sinnen, meine Retter daran zu hindern, mich auf eine Trage zu legen. Ich wusste, was dabei herauskam: Man hätte mich postwendend ins Krankenhaus transportiert. Ich hasse Krankenhäuser wie die Pest, und niemand bringt mich dorthin, solange ich noch bis zwei zählen kann.

Fred war mit zwei Polizisten angerückt, außerdem stand ein Rettungswagen samt Besatzung parat. Die Platzwunde an meinem Auge wurde fachmännisch behandelt, von meinen höllischen Kopfschmerzen, dem Schwindelgefühl und den verschiedenen Stellen an meinem Körper, die sich leblos oder äußerst schmerzhaft anfühlten, verriet ich den engagierten Sanitätern lieber nichts.

Ich hockte auf einem der Möchtegern-teuer-Särge auf dem Hof, eine Wolldecke um die Schultern, hielt einen Becher dampfenden Kaffee in der einen und ein Kühlpaket für mein Auge in der anderen Hand und war froh, wieder einmal mit dem Leben davongekommen zu sein. Meine Handtasche hatten die Polizisten in Kümmels Mülltonne gefunden. Ich drückte sie an mich – alles war gut.

Der federführende Polizist war ein dünner Mann Anfang dreißig. Seine weiße Haut war mit unzähligen Sommersprossen übersät, und er hatte eine mächtige Warze auf dem Kinn. Er gehörte nicht zu Bernds Gefolge, sonst hätte ich ihn schon mal gesehen.

„Wie sind Sie denn in diese ... äh ... missliche Lage geraten?" Er wies auf den geöffneten Sarg im hinteren Teil der Garage.

In knappen Sätzen schilderte ich, dass ich hinter Kümmels sprudelnde Einnahmequelle gekommen war und er mich daraufhin niedergeschlagen hatte. Wie ich in das Institut gelangt war und aus welchem Grund ich es eigentlich aufgesucht hatte, behielt ich wohlweislich für mich.

„Ich hab mir solche Sorgen um dich gemacht", entfuhr es Fred. „Als du in diesen Wagen ge..."

„Du machst dir immer viel zu viele Sorgen", unterbrach ich ihn schnell, als sei er mein überfürsorglicher Ehemann, „doch in diesem speziellen Fall war es angebracht. Ich konnte ja nicht ahnen, dass Traugott Kümmel in seiner Profitgier tatsächlich über Leichen geht."

„Den Kerl schnappen wir uns. Und Sie meinen tatsächlich, dass er den Leuten teure Särge verkauft und die Verstorbenen in diesen Schachteln begräbt?" hakte der Sommersprossige nach.

„Zur AbschieDNShme legt er die Verstorbenen in die massiven, handgefertigten Mustersärge, zur Beerdigung bettet er sie um. Überprüfen Sie seine Bücher, und zur Not öffnen Sie einfach ein paar frische Gräber. Dann haben Sie die Beweise."

Der Beamte schüttelte entsetzt den Kopf.

„Das ist ja abartig", murmelte er.

Das Funkgerät im Dienstwagen verlangte seine Aufmerksamkeit. Augenblicke später kehrte er mit triumphierendem Gesichtsausdruck zurück.

„Die Kollegen haben ihn! Er streitet alles ab, behauptet, nie von Ihnen gehört zu haben. Wetten, dass er seine Meinung bald ändern wird?"

Ich fand es wirklich schade, nicht im Mittelalter zu leben. Kümmel wäre genau der richtige Kandidat für eine fiese Foltermethode oder eine öffentliche Hinrichtung, und ich hätte liebend gern dabei zugesehen.

„Lassen Sie ihn bloß nicht gleich wieder laufen", sagte ich eindringlich, obgleich ich es besser wusste. Hoffentlich hielten sie ihn zumindest so lange fest, bis ich in seinem Wohnhaus nach Irmgard gesucht hatte. Doch bevor ich diese Mission anging, musste ich ins Bett, und zwar ganz dringend – Irmgard hin oder her.

„Fährst du mich nach Hause?" fragte ich Fred gähnend und stellte meinen Kaffeebecher zur Seite. Sofort war mein Klassenkamerad zur Stelle und klimperte mit dem Schlüssel. Die Polizisten kündigten eine ausführliche Aufnahme meiner Aussage für den kommenden Tag an, ich nickte ihnen träge zu und kletterte in die Potenzschleuder. Die Lichtkegel der Scheinwerfer streiften die minderwertigen Särge, als Fred auf dem Hof wendete. Ich lehnte mich zurück und war im Nu eingeschlafen.

Als das Motorengeräusch erstarb, wachte ich auf und erblickte den beleuchteten Eingang meines Wohnblocks. Ich hatte das Gefühl, aus einem Jahrhundertschlaf gerissen worden zu sein.

„Ich begleite dich rein", raunte Fred und sprang schon aus dem Wagen. Gentlemanlike öffnete er die Beifahrertür, wartete, bis ich ausgestiegen war, um sie dann zu schließen.

„Aber nur bis zur Wohnungstür", murmelte ich. Meine Dankbarkeit für seine Dienste schloss nicht das gemeinsame Betreten meines Schlafzimmers mit ein, und genau dort wollte ich jetzt schnurstracks hin.

Die Wärme der überheizten Eingangshalle empfing mich wie eine alte Freundin. Ich schlug den Weg zum Treppenhaus ein, Fred blieb mir dicht auf den Fersen. Gleich würde ich mein heiliges, friedliches Reich betreten. Keine verschwundenen Leichen, keine Särge, keine Gewalt – nur ich und meine kleine, stille, heimelige Wohnung.

Irgendetwas stimmte hier nicht. Die Eingangshalle und das Treppenhaus waren trotz der späten Stunde hell erleuchtet, aufgeregtes Stimmengewirr schallte durchs Treppenhaus.

Wir erreichten das zweite Stockwerk – es war voller Menschen. Ich sah in verweinte und verstörte Gesichter. Durch meine geschlossene Wohnungstür drang das schrille Schreien des Vogels. Eine Tür weiter hörte ich den Dackel bellen.

„Was ist mit deinem Auge passiert? Wer hat dich so zugerichtet?" Klaus-Jürgen stürzte mir entgegen und starrte entsetzt auf meine Verletzung. Dann fiel sein Blick auf meinen Begleiter. Er schob mich zur Seite und baute sich in Kämpferpose vor Fred auf. Sein intaktes Auge fixierte den vermeintlich Schuldigen, der erschrocken zwei Meter zurückwich.

„Ich schlag dir sämtliche Zähne aus, du Frauenschänder!" brüllte mein Nachbar.

„Lass ihn in Ruhe, Klaus-Jürgen. Er hat mich bloß nach Hause gefahren."

Fred nickte bekräftigend, doch Klaus-Jürgen war noch nicht überzeugt.

Durch Hannelore Guggenfink, die plötzlich unter Klaus-Jürgens Bizeps auftauchte, entspannte sich die Situation. Ihre Perücke saß nicht richtig, die Ponyfransen hingen ihr in die Augen. In Sturzbächen liefen die Tränen über ihre Wangen.

„Martha", schluchzte sie, „Heiderose ist tot."

„Tot?" stammelte ich ungläubig. „Aber ... das kann doch nicht ..." Es war nur wenige Stunden her, dass ich die Unterwäsche aus ihrem Schrank genommen hatte. Da war sie gerade aus der Dusche geklettert und hatte einen putzmunteren Eindruck gemacht.

„Herzversagen. Einfach so. Margot Lamar hat sie gefunden."

Wilhelmine Germascheck sprang herbei und schubste Hannelore beiseite.

„Sie hat versucht, sie wiederzubeleben. So bemüht hat sie sich. Heiderose war schon tot, aber Margot hat trotzdem nicht aufgegeben. Und als sie schließlich mit der Beatmung aufhörte, hat sie bitterlich geweint. Arme Margot und arme, arme Heiderose! Sie war meine Freundin." Wilhelmine hing an meinem Hals und verbarg ihr tränennasses Gesicht in meiner Jacke.

„Und wo ist sie jetzt?"

„Sie ist runter ins Pflegeheim. Völlig erschöpft war sie vom vielen Weinen, die Gute."

„Ich meine Heiderose."

„Die ist noch da drin. Knuth Gellermann kommt gleich und holt sie ab", antwortete Albert. Sein sonst so fröhliches Gesicht war zu einer Maske versteinert.

„War denn schon ein Arzt da?"

„Ja. Das ging ganz schnell. Er hat den Totenschein ausgeschrieben."

„Welcher Arzt war's denn?" fragte ich.

„Hillmann, oder Rillmann, oder so ähnlich. Habe ich noch nie gesehen."

„Pillmann? Heiliger Strohsack, das ist ein Gynäkologe."
„Ist das kein Arzt?" schaltete sich Klaus-Jürgen ein.
„Tote anzuschauen ist nicht jedermanns Sache", erklärte ich. „Es erfordert eine Menge Fachwissen und Erfahrung, auf die Todesursache zu schließen und eine Leiche auf Spuren von Fremdeinwirkung zu untersuchen. Viele Ärzte können zwar die Leiden ihrer lebenden Patienten kurieren, haben aber von der Leichenschau überhaupt keine Ahnung."

„Na, dann liegt die Unkenntnis bei einem Gynäkologen ja quasi auf der Hand", meinte Albert.

Fachmann Fred schaltete sich ein: „Das Gesetz schreibt vor, dass der zur Leichenschau gerufene Arzt die Verstorbenen entkleidet und genau betrachtet. Anschließend müssen sämtliche Körperöffnungen untersucht werden. An dieses Gesetz halten sich nur wenige Ärzte", sagte er.

„Aber was hat das Gesetz mit Heiderose zu tun?" rätselte Hannelore. Ihre Freundinnen nickten bekräftigend und baten ebenfalls um Aufklärung.

„Wenn in einem Seniorenheim ein Arzt zur Leichenschau gerufen wird, steht der Tod außer Frage, oder? Fachkundiges Personal hat sich schließlich um den Verstorbenen gekümmert, und alte Menschen sterben nun mal."

„Leider ist das so", bestätigte Berta meinen letzten Satz.

„Schluderige ‚Diagnosen' sind an der Tagesordnung, Senioren in Pflegeheimen werden in den seltensten Fällen gründlich untersucht. Obduktionen finden so gut wie nie statt, weil auf dem Totenschein grundsätzlich ein ‚natürlicher Tod' bescheinigt wird. Die Angehörigen werden informiert, der Leichnam vom Bestatter abgeholt, und das war's dann."

Plötzlich ging ein Aufschrei durch die Seniorenschar, die Menge teilte sich.

„Tatsächlich, jetzt kommt der Bestatter!" rief Wilhelmine ehrfürchtig und schaute mich an, als hätte ich sie soeben von meinen hellseherischen Fähigkeiten überzeugt.

Knuth und Alfons arbeiteten sich mit ihrer Bahre bis zur Wohnungstür meiner Nachbarin vor. Knuths unbewegte Miene wechselte zu Erschrecken, als er mir ins Gesicht sah. Schon wurde er von Alfons weitergeschoben.

Eine verstört wirkende Margot Lamar folgte den beiden. Ihre Lider waren geschwollen, die Nase glänzte, und sie hatte kleine, rote Punkte unter den Augen. Sie trug ihren Schlüsselbund wie ein Schutzschild vor sich her. Ihre Hände zitterten, als sie die Tür zu Heideroses Wohnung aufschloss.

Ich spürte, wie mein Hals eng wurde und sich die Härchen an meinem Körper aufstellten. Das Kribbeln unter meiner Haut wurde beinah unerträglich. Sämtliche Sinneswahrnehmungen schärften sich. Auf einmal hörte ich jeden Atemzug der umstehenden Menschen, sah Margots Gestalt scharf umrissen vor der hellen Tür und roch ... den Tod. Sie können es glauben oder nicht: Ich rieche Tote schon aus meterweiter Entfernung.

Schon geriet ich in den Ausnahmezustand. Eine Macht in mir übernahm das Kommando über mein Handeln. Ich musste Heiderose sehen und feststellen, wie und warum sie gestorben war. Koste es, was es wolle.

Rücksichtslos drängelte ich mich an Margot vorbei, als sie just die Tür aufgeschlossen hatte.

„Was ... zum Teufel haben Sie vor? Sie dürfen hier nicht hinein!" kreischte sie. Aber ich war schon unterwegs zu Heiderose.

Sie lag auf dem Fußboden im Wohnraum, unweit des Esstischs, als sei sie im Todeskampf vom Stuhl gerutscht. Ich hockte mich auf den Boden und öffnete mit flinken Fingern Heideroses Bademantel.

„Lassen Sie das!" fauchte Margot Lamar und riss an meiner Schulter. Ich fuhr unbeirrt fort und schaute mir Heideroses vordere Körperseite genau an. Knuth hielt sich diskret im Hintergrund und räusperte sich in ein gestreiftes Stofftaschentuch, Alfons trat von einem Bein aufs andere.

Jetzt machte sich außer mir noch jemand an der Toten zu schaffen. Fred kniete neben Heideroses Kopf und schob routiniert ihre Augenlider auseinander. Dann öffnete er ihren Mund und schaute hinein.

„Du musst immer am Kopf anfangen", belehrte er mich ernst, „von oben nach unten."

Margot Lamar hielt mit zitternder Hand ihr Handy ans Ohr und schrie regelrecht hinein. „Polizei, schnell, kommen Sie sofort! Eichengrund vier, zweite Etage. Hier sind Leichenfledderer am Werk." Sie war jetzt schneeweiß im Gesicht, die roten Punkte unter ihren Augen erinnerten an Windpocken.

Vorsichtig wendete ich mit Freds Hilfe Heideroses Körper. In dem Moment, als ich gerade den Bademantel von der rechten Schulter zog, konnte Margot nicht mehr an sich halten. Sie stürmte los, griff mit beiden Händen hinterrücks unter mein Kinn und warf mich, die ich auf diesen Angriff nicht vorbereitet war, hart auf den Rücken. Drohend ragte sie über mir auf.

„Wenn Sie Frau Engelke noch einmal zu nahe kommen, dann gnade Ihnen Gott!" stieß sie keuchend hervor.

„Und Sie lassen ebenfalls die Finger von ihr!" fauchte sie in Freds Richtung.

„Ich bin Arzt", erklärte dieser und fuhr fort, den Rücken der Verstorbenen zu untersuchen.

„Hier war schon ein Arzt, was Sie da tun ist völlig überflüssig", jammerte sie. Ihre Hysterie wich erschöpfter Verzweiflung. Nach Luft ringend stützte sie sich mit den Händen auf die Tischplatte. Unter halb geschlossenen Lidern beobachtete sie jede meiner Bewegungen, während ich mich vom Fußboden aufrappelte.

Die raunende Menge auf dem Flur kündigte die Polizei an. Zwei Beamte traten ein, schoben die Neugierigen, die gern gewusst hätten, was sich in Heideroses Wohnung abspielte, zurück, schlossen die Tür und näherten sich. Margot Lamar war so erleichtert über ihr Erscheinen, dass sie in Tränen ausbrach.

„Wie gut, dass Sie da sind", schluchzte sie. „Ich flehe Sie an: Verhaften Sie diese beiden Personen! Sie machen sich an einer Verstorbenen zu schaffen und hindern den Bestatter daran, seine Arbeit zu tun."

Einer der beiden Polizisten war sehr jung, ich hatte ihn noch nie gesehen. Den anderen kannte ich.

„Guten Abend, Herr Krummbiegel", sagte ich und reichte dem Älteren die Hand.

„Guten Abend, Frau Millers! Was ist mit Ihrem Auge passiert?"

„Nicht der Rede wert." Margot Lamars Tirade ignorierend zeigte ich auf Heiderose und erklärte: „Frau Engelke war meine Wohnungsnachbarin."

„Eine Leiche direkt nebenan! Sonnenklar, dass Sie davon nicht die Finger lassen können. Das ist ja wie 'n Sechser im Lotto für Sie", schmunzelte Krummbiegel. Er war nicht gerade Bernds Kumpel und hatte stets seine stille Freude an meinen Aktivitäten.

„Heute habe ich professionelle Hilfe dabei. Darf ich vorstellen? Professor Dr. Rumminga – Kommissar Krummbiegel."

Die beiden Männer reichten sich über Heideroses Leichnam hinweg die Hände und nickten sich einen kurzen Gruß zu.

„Mein Kollege, Polizeiobermeister Britzke", bezog Krummbiegel seinen Begleiter mit ein. Wiederum Händeschütteln.

Margot Lamar schaltete sich ein. „Ich bestehe darauf, dass Frau Engelke jetzt sofort vom Bestatter mitgenommen wird", erklärte sie mit zitternder Stimme.

„Warum ist das nicht längst geschehen? Spricht etwas gegen den Abtransport?" fragte Krummbiegel.

„Nein, gar nichts spricht dagegen! Der Totenschein wurde ordnungsgemäß ausgestellt, die Angehörigen informiert und Herr Gellermann angefordert. Wenn Frau Millers sich nicht widerrechtlich an der Verstorbenen zu schaffen gemacht hätte, wäre diese schon längst im Bestattungsinstitut." Margot hielt dem Beamten den Totenschein vor die Nase.

Krummbiegel warf einen Blick auf das Dokument, sein Kollege sah ihm dabei über die Schulter.

„Das war kein natürlicher Tod!" erklärte ich.

„Nee, schon klar!" sagte Krummbiegel und lachte glucksend.

„Ich schlage eine genauere Untersuchung vor, um Zweifel auszuräumen", meldete sich Fachmann Fred zu Wort.

„Und ich schlage vor, wir beenden den Zirkus jetzt mal ganz schnell", polterte Krummbiegel. Er wandte sich an Knuth: „Nehmen Sie die Verstorbene mit, na los, worauf warten Sie noch?"

„Ich habe Zeit ... wir ... äh ... haben es nicht eilig", sprang Knuth für mich in die Bresche. Alfons tippte sich an die Stirn und verdrehte die Augen.

„Frau Engelke sollte gründlich untersucht und möglicherweise obduziert werden. Es könnte sein, dass sie eines nichtnatürlichen Todes gestorben ist", beharrte Fred.

„Ich verstehe Ihre Sympathie für Frau Millers, muss Sie aber auffordern, sich meinen Anordnungen zu fügen. Der Leichnam wird abtransportiert, und Sie beide verschwinden jetzt, wenn Sie sich keinen Ärger mit uns einhandeln wollen", befahl Krummbiegel.

Ich baute mich dicht vor dem Kommissar auf und stemmte die Hände in die Hüften. Mit meinem verbliebenen Auge funkelte ich ihn wütend an.

„Heiderose Engelke war vor wenigen Stunden noch putzmunter. Sie hatte keine Herzprobleme und auch sonst keine schwerwiegenden Krankheiten. Meine Güte, die Frau hatte nicht mal Hornhaut an den Füßen! Es ist Ihre Pflicht, jegliche Zweifel an einem Mord auszuräumen. Leiten Sie die polizeilichen Ermittlungen ein, und sorgen Sie dafür, dass die Verstorbene obduziert wird!"

Krummbiegel schüttelte den Kopf. Seine anfänglich gutmütige Freundlichkeit war verflogen. Mit unerbittlicher Miene schnauzte er:

„Frau Millers, verlassen Sie die Wohnung! Und nehmen Sie Ihren Bekannten mit. Sofort! Ich kann auch anders, verlassen Sie sich drauf!"

Sein junger Kollege bestätigte das eben Gesagte mit heftigem, völlig überflüssigem Kopfnicken. Mein Blick ruhte nach wie vor auf Krummbiegel.

„Sie werden meinem Sohn Rechenschaft ablegen müssen. Das kostet Sie Ihren Job", schnaubte ich.

„Ihr Sohn ist im Urlaub. Und wenn er zurückkehrt, liegt Frau Engelke längst unter der Erde. Ich werde ihm wahrheitsgemäß berichten, dass Sie sich der würdigen Bestattung einer an Herzversagen verstorbenen, alten Dame in den Weg stellen wollten. Was meinen Sie, wem von uns beiden wird Ihr Sohn wohl glauben?"

Im Zeitlupentempo öffnete Knuth den grauen Transportsack. Er hielt inne und warf mir einen gequälten Blick zu. Alfons machte sich indes mit geübten Handgriffen an die Arbeit.

Ich drehte mich auf dem Absatz um und verließ wutschnaubend die Wohnung. Die Bewohner hatten sich nach unten in die Eingangshalle verzogen, wo jetzt sicher sämtliche Stühle besetzt waren. Sie warteten dort auf den schaurigen Augenblick, wenn Heiderose aus dem Haus getragen werden würde.

„Deine Meinung?" bellte ich Fred an, nachdem ich die Tür meiner verstorbenen Nachbarin zugeknallt hatte.

„Du könntest recht haben mit deinem Verdacht. Oder auch nicht. Vielleicht ist sie unglücklich gestürzt. Ich schließe auch Fremdeinwirkung nicht aus, Genaueres kann jedoch wirklich nur eine Sektion bringen."

„Vergiftung?" hakte ich nach.

„Die deutlich verengten Pupillen sprechen dafür, aber du weißt, dass dies kein hundertprozentiges Indiz ist. Sie verändern sich mit Einsetzen der Totenstarre."

„Sie ist nicht einfach so gestorben", beharrte ich.

Rudis Tür schwang auf, und er steckte den Kopf raus. Ihm schien schwindelig zu sein, denn er schwankte und hielt sich am Türrahmen fest. Hatte er getrunken?

„Watt is 'n hier los?" Seine Stimme klang belegt. Im gleichen Moment stürmte Heiner an seinem Herrchen vorbei und stürzte sich direkt auf Freds Hosenbein. Mit seinen kleinen, spitzen, gelben Zähnen zerrte er an dem edlen Stoff, bis er einen Fetzen abgerissen hatte. Fred brüllte und verpasste dem Dackel Fußtritte, doch das stachelte die kleine Kampfwurst nur noch mehr an. Schon startete er eine erneute Attacke und erwischte Freds Wade. Grub seine Zähne hinein und ließ nicht wieder los. Fred schrie auf, holte mit dem linken Fuß aus und trat so heftig gegen den Hund, dass dieser wie ein Ball beim Elfmeter durch den Flur flog. Er landete vor Klaus-Jürgens Wohnungstür. Rudi sah mich an. Sein Gesicht war kreidebleich. Seine Hand am Türrahmen zitterte.

Heiner stand schwerfällig auf und schüttelte sich. Er war Niederlagen nicht gewohnt und machte sich für den nächsten Angriff bereit. Senkte den Kopf und startete durch.

„Fangen Sie Ihren verdammten Köter ein, um Himmels willen!" schrie Fred. Doch Rudis Blick haftete auf meinem Gesicht. Seine Lider flatterten. Sah ich so schlimm zugerichtet aus, dass gestandene Männer bei meinem Anblick in Ohnmacht zu fallen drohten?

Endlich, kurz bevor Heiner erneut in Freds Unterschenkel hackte, erwachte Rudi aus seiner Lethargie und rief den Hund zu sich. Der stieß ein unwilliges Knurren aus, befolgte aber den Befehl und trollte sich. Fred war vom Kragen bis zur Stirn hochrot angelaufen, Schweißperlen glänzten auf seiner Stirn. Mit zusammengebissenen Zähnen sah er sich den Schaden an seinem Bein an. Die feine Hose war zerfranst, und in seiner Haut befanden sich Kerben. Rudi schloss wortlos die Tür.

„Sie können sich schon mal mit Ihrer Versicherung in Verbindung setzen! Und mit Ihrem Anwalt!" brüllte Fred und hämmerte mit der Faust gegen das Türblatt.

„Der ist jawohl nicht ganz dicht! Und so einer wohnt bei dir nebenan? Anzeigen werd ich den, jawohl! Der kann Schmerzensgeld bezahlen, bis er schwarz wird, der Schwachkopf." Wiederum nahm er mit herabgezogenen Mundwinkeln sein zerfetztes Hosenbein in Augenschein.

Es war still, als ich meine Wohnungstür öffnete, aber es stank wie der Teufel. Ich schaltete die Beleuchtung ein, und mein Blick fiel auf den Vogel. Vermutlich hatte ihn das Dauergeschrei erschöpft, und er gönnte sich ein Nickerchen. Nun schreckte er aus selbigem auf, zwinkerte mit kleinen Augen ins Licht und schüttelte verwirrt sein gefiedertes Haupt.

Fred, der nach mir eingetreten war, ließ sich nichts anmerken. Er war vermutlich üblere Gerüche gewöhnt. Ich schnappte mir das Telefon.

„Rufst du mir einen Krankenwagen?" fragte er heiser, während er zum Sofa humpelte. Ich hielt das für einen Scherz.

„Ich rufe Bernd an, der soll dem Krummbiegel den Kopf zurechtstutzen", erklärte ich, kramte Ruths Zettel hervor und wählte die Mobiltelefonnummer. Nach nur einmaligem Klingeln war Ruth dran.

„Ist was mit Romeo? Martha, bitte sag mir, dass es ihm gut geht", rief sie, statt sich mit Begrüßungsfloskeln aufzuhalten.

„Mit deinem Vogel ist alles in Ordnung. Wenn er nicht kackt, schreit er. Ich muss Bernd sprechen, es ist dringend", sagte ich.

„Wir sind übrigens gut angekommen, danke der Nachfrage", entgegnete Ruth beleidigt und reichte den Hörer weiter.

Ich hörte das Rascheln von Bettzeug. Bernds Stimme klang schlaftrunken. „Hast du eine Ahnung, wie spät es ist? Ich hatte einen anstrengenden Tag, der Flug und all das", beschwerte er sich.

„Meine Nachbarin ist tot."

„Na und?" fragte er.

„Bernd, meine Güte, verstehst du denn nicht? Heiderose Engelke ist tot. Vor ein paar Stunden war sie so fidel wie immer, und plötzlich soll sie an Herzversagen gestorben sein. Den Totenschein hat ein Gynäkologe ausgestellt, aus zehn Metern Entfernung. Krummbiegel war hier, der Idiot. Er will nichts unternehmen, gar nichts!" regte ich mich auf.

„Warum war er denn da?"

„Weil ich Heiderose angeguckt habe und die Pflegerin die Polizei angerufen hat", berichtete ich wahrheitsgemäß.

„Herrgott noch mal, du kannst es nicht lassen, oder? Musst du deine Nase immer in Angelegenheiten stecken, die dich nichts angehen", schimpfte Bernd. „Ein Glück, dass ich nicht da bin, können sich zur Abwechslung mal die Kollegen mit dir rumärgern."

„Ruf Krummbiegel an und befiehl ihm, dass sie die Ermittlungen aufnehmen sollen. Je mehr Zeit verstreicht, umso schwieriger wird ..."

„Gar nichts werde ich. Die Kollegen haben ganz richtig gehandelt", unterbrach er mich.

„Weißt du, wie hoch die Dunkelziffer der vertuschten Morde ist? Wenn nun jemand nachgeholfen hat, dass Heiderose stirbt, was dann? Das müssen wir ausschließen!" rief ich aufgebracht.

„Wir müssen schon mal gar nichts. Wie alt war deine Nachbarin denn?"

„Fünfundsiebzig, und sie war topfit."

„Ist doch ein Segen, wenn man fünfundsiebzig wird, gesund ist und dann von einem Moment auf den anderen tot umfällt. Ein Herzinfarkt passiert nun mal ganz plötzlich ohne Vorankündigung. Herzinfarkt ist bei Frauen die häufigste Todesursache vor Brustkrebs und Schlaganfall. Nur deine abartige Sensationsgier lässt dich sofort an Mord denken", wetterte Bernd. Dann gähnte er herzhaft. „So, nun leg dich ins Bett und lass mich in Ruhe schlafen, ich bin hundemüde. Ich hab bis spät in die Nacht das Fußball-Länderspiel geguckt, mit Verlängerung und Elfmeterschießen." Er legte auf. Einen Augenblick lang dachte ich an Ruth und ihre Hoffnungen auf neuen Schwung in der Ehe. Vor meinem inneren Auge sah ich Bernd im Fernsehsessel eines spanischen Hotelzimmers sitzen und bezweifelte, dass Ruths Wunsch nach hemmungslosem Sex unter Palmen in Erfüllung ging.

Dann stieg eine unbändige Wut in mir auf. Und während sie in mir aufstieg, verwandelte ich sie in eisenharte Entschlossenheit. Na schön, dachte ich, wenn die Polizei sich nicht kümmern will, dann tue ich es eben. Ich würde keine Nacht mehr ruhig schlafen, bevor ich nicht wusste, warum Heiderose gestorben war.

„Du musst sie aufmachen", erklärte ich Fred.

„Hä?" machte er, ohne von seinem zerfetzten Hosenbein aufzusehen.

„Du machst Heiderose auf. Guckst nach, woran sie gestorben ist", half ich ihm auf die Sprünge.

„Du meinst, ich soll deine Nachbarin sezieren? Damit mache ich mich strafbar", entgegnete er. Da war absolut keine Begeisterung in seiner Stimme zu hören.

„Keine Sorge, Knuth wird nichts verraten", nahm ich ihm etwaige Befürchtungen.

Fred ließ seine rechte Wade nicht aus den Augen. Er blieb stumm.

„Oh Fred, danke! Das ist wunderbar! Du kannst gleich anfangen!" jubelte ich begeistert.

„Nichts da. Ich werde jetzt ins Hotel fahren, den verdammten Hundebiss desinfizieren und mich aufs Ohr legen", stellte Fred klar.

Ich hielt mit meiner Enttäuschung nicht hinterm Berg. Warum krempelte er nicht sofort die Ärmel hoch und machte sich an die Arbeit? Je eher ich wusste, wie der Mord verübt worden war, umso besser. Andererseits hatte ich noch eine weitere dringende Angelegenheit zu erledigen. Vermutlich war es klüger, mich erst darauf zu konzentrieren. Wenn ich nur nicht so furchtbar müde wäre.

„Schwachsinn, diese Kampfhundeverordnung. Darin haben sie die kleinen Köter überhaupt nicht berücksichtigt. Das Vieh von deinem Nachbarn sollte Tag und Nacht einen Maulkorb tragen, und zwar ganz stramm geschnallt. Damit er dran erstickt!" schimpfte Fred, während er wie ein Kriegsversehrter zur Wohnungstür hinaus humpelte. Ich gähnte.

Obwohl meine Glieder unglaublich schwer waren und ich nicht mehr geradeaus laufen konnte, zog ich die Schublade aus dem Käfigboden und schüttete den Inhalt in einen Müllbeutel. Ein Teil ging daneben und landete auf dem Teppich. Ich öffnete den Riesenkoffer und kippte ein Paket frischen Sand in die Lade. Entnahm dem Koffer eine Büchse mit ekligen Würmern und stellte sie dem Vogel vor die Nase. Ich erinnerte mich, dass der Beo gern Obst mochte, holte einen Apfel aus der Küche und legte ihn quasi als Nachtisch neben die Würmer. Zum Abschluss füllte ich den Wasserbehälter aus dem Hahn in der Küche auf. Ich heftete mir einen imaginären Orden an die Brust und ernannte mich zur Pflegemutter des Monats.

Ich schleppte mich ins Bad, mein Blick streifte den Spiegel über dem Waschbecken. Ich sah aus wie Frankensteins Frau nach einem Boxkampf. Ein Duschbad würde sicher Wunder wirken, doch das musste warten, bis ich ausgeschlafen hatte. Dann, so sagte ich mir, würde ich mich wie neugeboren fühlen, ausgiebige Körperpflege betreiben und bereit sein für neue Abenteuer. Auf dem Weg zum Schlafzimmer ließ ich meine Klamotten fallen.

Ich öffnete die Schlafzimmertür, schaltete die Deckenbeleuchtung ein, tappte zu meinem heißersehnten Nachtlager – und schrie voller Entsetzen auf. Es dauerte eine Weile, doch als endlich durch meine Gehirnwindungen gelangt war, was ich da sah, konnte ich gar nicht mehr aufhören zu schreien.

In meinem Bett lag Irmgard Fischer.

Sie trug mein himmelblaues Eisbären-Fan-T-Shirt, es saß so eng an ihr wie eine zweite Haut. Dass es meines war erkannte ich an dem Autogramm. Jeff Gibbs hatte quer auf der Vorderseite mit schwarzem Edding unterschrieben. Ich taumelte gegen den Türrahmen und hielt mich nur mit Mühe aufrecht. Da lag eine Leiche in meinem Bett und hatte meine Klamotten an.

Doch es sollte noch schlimmer kommen. Ich schloss die Augen und redete mir gut zu. Ich litt unter Halluzinationen wegen Dauerstress und Übermüdung, keine große Sache. Erleichtert und einigermaßen beruhigt schlug ich die Augen wieder auf – und die Tote ebenfalls. Sie sah mich an und stieß nun ihrerseits einen gellenden Schrei aus. Das war Horror pur. So ein Gruselkabinett wünschte ich niemandem, auch nicht meinem ärgsten Feind. Nicht mal Rosemarie. Und das will was heißen.

Ich glitt am Türrahmen hinunter und plumpste auf den Fußboden. In meinem Kopf fuhr jemand Achterbahn, vor meinem verbliebenen Auge blinkten helle Sterne und Kreise auf schwarzem Grund. Ich hörte ein Stöhnen aus meiner Kehle, die nicht zu mir zu gehören schien.
„Was ist mit deinem Gesicht passiert? Du siehst aus wie ein Zombie!" kreischte Irmgard.
Es dauerte eine Weile, bis ich die Kontrolle über mein Sprechorgan wiedergewonnen hatte. Es gibt sicher klügere Sätze als den, den ich zustande brachte.
„Du hast mein Eisbären-Shirt an", hörte ich mich sagen.
„Du besitzt ja kaum was anderes als Fan-T-Shirts", beschwerte sie sich und machte eine abwinkende Geste in Richtung Kleiderschrank.
„Was machst du hier? Du bist doch tot!" stammelte ich.
Irmgard lachte humorlos auf, ohne dabei den Mund zu bewegen. Sie war eine attraktive Frau mit glatter Haut, eisblauen Augen und einem braunen Lockenkranz, der ihr bis fast auf die Schultern reichte. Merkwürdigerweise fehlten ihrem Gesicht die kleinen Fältchen um Augen und Mund. Es war, als hätte es am Alterungsprozess nicht teilgenommen. Doch der schlanke Hals und die geäderten Hände bezeugten die fortgeschrittenen Jahre.
„Quietschlebendig bin ich, das siehst du ja. Ich könnte mich damit rühmen, wiederauferstanden zu sein, aber ich bin kein gläubiger Mensch. Ich war eine Weile weggetreten und wachte auf einer harten Liege in einem kalten, sehr ungemütlichen Raum auf."
Sie zog einen braunen Teddybären unter der Bettdecke hervor. Er trug einen selbstgestrickten geringelten Pullover und eine blaue Latzhose. Irmgard streichelte sanft über seinen Kopf.
Ich schluckte. Es kam vereinzelt vor, dass Menschen, die sich in tiefer Bewusstlosigkeit befanden, für tot gehalten wurden. Ich selbst war noch keinem von ihnen begegnet. Bis heute.
„Weshalb ... ehmm ... bist du denn gestorben? Du machst nicht den Eindruck, als würdest du an einer tödlichen Krankheit leiden." Ich saß noch immer auf dem Teppichboden. Flüchtig dachte ich an Werner Wollschlägel. Vor noch nicht mal vierundzwanzig Stunden hatte er hier gehockt.
Irmgard sah mich regungslos an. Ihr Gesicht war eine bleiche Maske.
„Mein Mann hat mich vergiftet."
„Dein Mann hat dich vergiftet", wiederholte ich tonlos, um meinem

Gehirn Zeit zu geben, den Worten einen Sinn zu entnehmen.

„Mit seinen Herztabletten."

„Warum sollte er das getan haben?"

Irmgard richtete sich kerzengerade auf.

„Warum er das getan hat? Weil er mich hasst."

Die Überdosis eines herzleistungssteigernden Medikaments kann einen Menschen, vor allem einen älteren, umbringen. Oder ihn in tiefe Bewusstlosigkeit versetzen. Tiefe Bewusstlosigkeit – Knuth hatte den Scheintod beim Transport nicht bemerkt.

Ich stellte die Frage, die mir am meisten unter den Nägeln brannte: „Und weshalb bist du hier? In meinem Bett?"

„Nun, in der Leichenhalle wollte ich nicht bleiben. Und zurück zu Artur konnte ich aus verständlichen Gründen auch nicht. Sagen wir's mal so: Schlussendlich haben die Dinge sich wunderbar gefügt." Irmgard schnappte sich mein großes Lieblingskissen, stopfte es hinter ihren Rücken und versuchte ein Lächeln.

Ich verstand immer noch nichts. Schloss die Augen, besser gesagt, das Auge. War mit den Kräften am Ende. Und mit den Nerven erst recht.

„Und was habe ich damit zu tun?" fragte ich mit schwerer Zunge. Ich hielt die Augen geschlossen. Die Achterbahn in meinem Kopf war zu einem langsamen Karussell geworden, und ich wäre vermutlich im nächsten Moment auf dem Teppichboden sitzend eingeschlafen, wenn Irmgard nicht geantwortet hätte.

„Du wirst beweisen, dass er mich umbringen wollte", erwiderte sie mit einer Selbstverständlichkeit, als sprächen wir über das gestrige Wetter.

„Was?" rief ich und riss das Auge wieder auf. Irmgard thronte aufrecht, die Arme vorm wohlgeformten Busen verschränkt. Sie sah nicht wie eine Comedy-Queen aus, musste aber eine sein.

„Du entlockst ihm ein Geständnis. Ganz einfach", fügte sie hinzu. Genug gelacht.

„Ich werde deinem Mann überhaupt nichts entlocken, schlag dir das aus dem Kopf. Und jetzt verschwinde aus meinem Bett", schnauzte ich.

„Ich bleibe so lange hier, bis du Artur drangekriegt hast."

„Du bist ja völlig übergeschnappt! Ich werd die Polizei anrufen, die stecken dich in die Klapse." Ich mühte mich ab, vom Fußboden aufzustehen. Irmgard hob die Stimme. Sie kam mir vor wie eine Diktatorin wie sie da so kerzengerade in meinem Bett saß und mir Befehle erteilte.

„Du wirst niemanden anrufen. Oder willst du, dass dein lieber Freund

Knuth Gellermann seinen Laden dichtmacht? Er hat mich lebendig in einen Leichensack gesteckt. Ein Bestatter muss doch bemerken, ob ein Mensch tot ist oder nicht! Ich habe einflussreiche Bekannte, den Chefredakteur der Nordsee-Zeitung zum Beispiel. Er wird mir die Füße küssen für diese Geschichte."

Ich hielt in der Bewegung inne, saß nach wie vor auf dem Teppich.

„Bestimmt wird sich auch das Fernsehen für die Story interessieren. Ich sehe die Schlagzeile schon vor mir: ‚Tote befreit sich aus ihrem Sarg.' Na, wie hört sich das an? Die Privatsender sind doch ganz heiß auf solche Geschichten." Irmgard machte ein Geräusch, das ein Kichern hätte sein können, wenn sie denn ihre Lippen bewegt hätte.

Das eben Gehörte machte sich auf den beschwerlichen Weg durch meine verschlungenen Gehirnkanäle und ließ mich schließlich tonlos sagen: „Wenn ich dein Spiel mitmachen würde, dann käme deine Geschichte trotzdem an die Öffentlichkeit. Für Knuths Ruf würde das nichts ändern."

Ihre Entgegnung ließ nicht lange auf sich warten. Um ihren Worten den entsprechenden Nachdruck zu verleihen, hob sie den Zeigefinger.

„Falsch", belehrte sie mich. „Dein Freund wird sehr gut dastehen. Ich werde nämlich behaupten, er hätte sofort bemerkt, dass ich bewusstlos war, und mir durch seine beherzten Wiederbelebungsbemühungen das Leben gerettet. Er wird ein Held sein! Wohingegen dieser Versager von Arzt was aufs Dach kriegt. Und soll ich dir was sagen: Er hat's nicht besser verdient."

Ich fixierte Irmgard mit meinem Auge. Es war ihr tatsächlich ernst mit dem, was sie sagte. Und ich hatte die Wahl: Den Plan einer vermeintlich Toten ausführen, oder meinen Freund dem Verderben ausliefern. Hatte ich tatsächlich eine Wahl?

„Wie stellst du dir das vor? Du wirst bald beerdigt", rief ich ihr in Erinnerung.

„In ein paar Tagen, ganz recht. Solange hast du Zeit, meinem Mann das Geständnis zu entlocken und ihn der Polizei zu übergeben. Wenn er hinter Schloss und Riegel sitzt, trete ich in Erscheinung. Weil ich ja nicht tot bin, wird er zwar nur wegen versuchten Mordes angeklagt, aber immerhin."

Mein Verstand konnte die Ungeheuerlichkeit ihres Vorhabens und meine eigene Rolle darin noch immer nicht einsortieren.

„Warum ich? Du könntest einen Privatdetektiv engagieren."

Irmgard rückte das Kissen in ihrem Rücken zurecht. „Welcher Detektiv nimmt wohl den Auftrag einer Frau an, die eigentlich tot ist? Nein, nein, ich bleibe hier in deiner Wohnung, bis du die Sache erledigt hast. Stand nicht erst vor kurzem in der Zeitung, dass dein Hobby die Jagd auf Mörder ist?"

„Du bist verrückt", stellte ich erneut fest.

Irmgard gab wiederum dieses glucksende Geräusch von sich. „Möglich, aber glücklicherweise bin ich lebendig, nicht wahr?"

Man soll niemandem den Tod wünschen. Eigentlich. In meinem Fall lagen die Dinge allerdings anders. Mir wäre es lieber gewesen, Irmgards Körper würde in diesem Moment statt in meinem Bett in einem von Knuths Abschiedsräumen liegen. Steif, kalt, fertig geschminkt und für die Beerdigung vorbereitet.

Ich merkte, dass mein Kopf langsam klarer wurde. Das Denken fiel mir nicht mehr so schwer.

„Wie bist du überhaupt in die Wohnung gekommen?" wollte ich wissen.

„Dein Nachbar Klaus-Jürgen war so liebenswürdig, mich einzulassen."

Klaus-Jürgen hatte meine Tür schon des Öfteren ohne mein Einverständnis mit Werkzeugen aus seinem Einbruchköfferchen geöffnet.

„Klaus-Jürgen ist ne Klatschtante, vermutlich weiß schon der ganze Wohnblock, dass du hier bist."

„Er wird nichts sagen", war Irmgard überzeugt. „Ich habe ihm weisgemacht, dass ich deine Cousine bin und dich überraschen möchte. Er hat versprochen, niemandem ein Wort zu verraten."

„Und wenn er es doch tut?"

„Das solltest du verhindern."

Ich fühlte mich in die Ecke gedrängt. Eine Position, die ich überhaupt nicht mochte. Ich spürte eine glühend heiße Welle des Zorns durch meinen Körper rauschen.

„Warum bist du hier? Warum?" schrie ich sie an.

Ihre Antwort klang geduldig, als sei ich schwer von Begriff.

„Ich fand deine Kleidung im Schrank des Bestatters und hab sie mir ausgeliehen. Hab mir die Kapuze dieses albernen Sweatshirts aufgesetzt, und niemand hat mich erkannt."

„Schön, du hast meine Sachen angezogen. Das ist noch immer kein Grund ..."

„Ich sagte doch, schlussendlich hat sich alles gut gefügt. Deine Kleidung im Schrank brachte mich auf diese hinreißende Idee: Du trickst die Gauner aus und die Polizei noch dazu. Wenn jemand meinem Mann auf die Schliche kommt, dann du!"

Ihre Lobeshymne konnte sie sich sonst wohin stecken. Das sagte ich ihr auch, doch die unbewegte Maske veränderte sich nicht einen Augenblick. Ich rappelte mich vom Fußboden hoch.

„Kümmere dich um den Vogel, während ich weg bin. Dann hat es wenigstens ein Gutes, dass du hier bist", schnappte ich, holte ein paar Sachen aus dem Kleiderschrank, begab mich ins Bad und schloss die Tür hinter mir ab.

Ein feiner Silberstreif erschien am Horizont und kündigte den Tag an, als ich geduscht und angezogen war. Ich startete Kaffeemaschine und Toaster, stöpselte das Handy ans Ladegerät und lud neue Batterien in die Taschenlampe. Ich schlich zum Käfig, in dem Romeo den Schlaf der Gerechten schlief, nahm das Diktiergerät an mich, schaltete es aus und warf es in meine Handtasche. Wenn es so prima funktionierte, wie Ruth sagte, würde es mir heute gute Dienste leisten.

Ich durchwühlte ein paar Schubladen auf der Suche nach einer Sonnenbrille, die mich vor lästigen Fragen bewahren würde. Zwischen alten Ansichtskarten, Videofilmen und allerlei überflüssigem Papierkram fand ich ein fürchterlich unmodernes Ding mit gelbem Gestell und dunklen Gläsern, die etwa so groß wie Wagenräder waren. Ich setzte die Brille auf, ging zurück zur Küche und prallte gegen die angelehnte Tür. Mein verbliebenes Auge musste sich erst auf Nachtsicht umstellen.

Die Morgensonne schien durchs Fenster, als ich die Wohnung verließ. Ich sah Busen-Ursel von gegenüber wie üblich das ereignislose Geschehen auf dem Wohnheimgrundstück beobachten. Die Unterarme auf dem Fensterbrett, die üppige Oberweite darauf abgelegt, schaute sie Stund um Stund aus dem Fenster. Ich kriegte jedes Mal Gänsehaut, wenn ich mir ausmalte, ich müsste meine Freizeit auf diese Weise verbringen.

Allerdings konnte ich mir meine Freizeitgestaltung deutlich angenehmer vorstellen, als sie für heute geplant war. Die erste von vielen wenig erfreulichen Aufgaben bestand darin, Klaus-Jürgen das Schweigegelübde abzunehmen. Sofern er die Kunde von meinem Überraschungsbesuch noch nicht verbreitet hatte.

Als ich auf den Klingelknopf an seiner Wohnungstür drückte, erklang drinnen eine sehr schnelle, digitale Version von „O sole mio". Das Lied verklang, und Klaus-Jürgen riss die Tür auf. Dieser Mann machte bei allem was er tat unnötig viel Lärm. Ausgenommen seine Angewohnheit, sich in den unpassendsten Momenten anzuschleichen.

„Oh, wenn meine Liebste nur wüsst, wie gern ich sie geküsst", sang er zur Begrüßung. Sein Bass hallte von den Flurwänden wider und war gewiss weithin zu hören. Er setzte zur nächsten Strophe an.

„Halt!" rief ich streng. „Klaus-Jürgen, ich muss mit dir reden."

„Lass uns reden, singen, lachen und dann endlich Liebe machen", schlug er gutgelaunt vor. „Wie geht es deinem Auge? Darum trägst du doch die Sonnenbrille, nicht wahr?"

„Wer will hier Liebe machen?" Rudis Tür öffnete sich, und Dackel Heiner preschte hinaus. Er knurrte erst mich und dann Klaus-Jürgen an, bevor er ihm in die Ferse zwickte. Ich war froh über meine Basketballstiefel, Klaus-Jürgen hatte nur Pantoffeln an.

„Niemand", entgegnete ich kurz angebunden. Ich hoffte, Rudi würde wieder verschwinden. Er war noch immer blass, schien aber auf dem Wege der Besserung. Seine riesige Gestalt füllte den ganzen Türrahmen aus.

„Bei den Wollschlägels ging's wieder rund letzte Nacht, habt ihr das auch gehört?" wollte er wissen. Klaus-Jürgen lachte scheppernd. Ich sah von einem zum anderen. Beide waren viel zu dick und trugen Schlafanzüge. Rudi in verwaschenem grau-blauem Frottee, Klaus-Jürgen in braunbeigefarbenem Karomuster mit Knopfleiste.

„Yoo. Die haben Kriegen gespielt. In der ganzen Bude, rund um die Möbel. Jede Wette, dass sie nackig waren! Werner nimmt doch jetzt diese Potenz-Pillen."

Zu meinem Glück klingelte in Rudis Räumen das Telefon, und er zog samt Dackel ab. Klaus-Jürgen zwinkerte mir mit seinem gesunden Auge zu, das Glasauge starrte stur geradeaus.

„Willst du reinkommen?" fragte er einladend und hielt die Tür weit auf. Ich ignorierte diese Geste.

„Du hast gestern meine Wohnungstür aufgemacht. Mit deinem Werkzeug. Ohne mein Einverständnis."

„Ich wollte nur helfen", verteidigte er sich. „Was hätte ich machen sollen? Deine Cousine hier auf dem Flur warten lassen? Du warst ja ewig lange weg."

„Hättest sie ja mit in deine Wohnung nehmen können, statt meine widerrechtlich zu öffnen. Ich werde dich anzeigen, jawohl, das werde ich! Diesmal habe ich sogar eine Zeugin", wetterte ich.

„Sie wollte nicht mit zu mir, sie wollte dich überraschen", rechtfertigte er sich. „Martha, du wirst mich doch nicht tatsächlich ..., nein, das würdest du nicht tun." Er schien Zweifel an meiner Loyalität zu hegen. Durchaus berechtigte Zweifel.

Ich baute mich vor ihm auf, stemmte die Hände in die Hüften und funkelte ihn zornig durch die Sonnenbrille an.

„Doch, das werde ich! Damit ein für alle Mal Schluss ist. Wenn meine Tür zu ist, dann ist sie zu, kapierst du das endlich? Es sei denn, ich öffne sie! Mal stellst du Blumen in meine Wohnung, beim nächsten Mal Pralinen und einen Liebesbrief, und jetzt lässt du einfach Besuch hinein. Es reicht!"

Ich machte auf dem Absatz kehrt und ließ ihn stehen. So schnell es ihm möglich war in seinen Filzpantoffeln, lief er hinter mir her.

„Oh nein, beruhig dich doch. Bitte, sei nicht böse ... Ich mach das auch nie wieder, großes Ehrenwort!" Klaus-Jürgen hob die Finger der rechten Hand zum Schwur.

„Glaub ich dir nicht", behauptete ich.

„Was soll ich tun, damit du mir glaubst? Ich mach alles, sag mir nur, was", flehte er und fiel vor mir auf die Knie.

Ich atmete tief durch und tat, als wäge ich ab, ob ich ihm tatsächlich eine letzte Chance geben oder sofort die nächste Polizeiwache aufsuchen sollte.

„Bitte!" jammerte er erneut, die Hände zum Gebet aneinandergelegt.

Ich wartete noch ein paar Sekunden, dann sagte ich seufzend: „Also gut."

„Was immer du willst", kam es wie aus der Pistole geschossen.

„Du verrätst niemandem, dass meine Cousine in meiner Wohnung ist", flüsterte ich. Wir befanden uns im Treppenhaus, und trotz der frühen Stunde war es möglich, dass unten in der Eingangshalle der eine oder andere Bewohner herumlungerte.

„Nein, wenn ich nicht darüber sprechen soll ... wie du möchtest." Sein verwunderter Gesichtsausdruck drückte aus, dass ihm der Grund für das Stillschweigen nicht einleuchtete.

„Und du gehst nicht zur Polizei?" vergewisserte er sich.

„Nicht, wenn du dich an unsere Abmachung hältst."

„Du kannst dich auf mich verlassen!" versprach er und rappelte sich auf die Füße.

Ich ging zur Treppe und wollte gerade die erste Stufe hinabsteigen, da sah ich ihn durch das offene Geländer. Er war unten am Treppenabsatz. Im nächsten Moment war er verschwunden, und ich hörte Schritte. Er kam hoch. Mein Herz schlug mir bis zum Hals.

Panisch drehte ich mich um, riss an Klaus-Jürgens Schlafanzugjacke und zerrte ihn hinter mir her.

„Los, komm!" zischte ich und strebte zu seiner offenen Wohnungstür.

„Aber, was ...?" rief er laut.

„Halt die Klappe und komm mit!" Ich hörte die Schritte jetzt ganz deutlich. Er musste auf den letzten Stufen zum zweiten Stockwerk sein. Klaus-Jürgen folgte mir so schwerfällig wie ein Bulldozer. Als er endlich in der Wohnung war, schloss ich geräuschlos die Tür hinter uns. Aufatmend lehnte ich mich von innen dagegen.

„Ich würde ja gerne glauben, dass du meinetwegen ...", setzte er an. Ich hatte seine Wohnung noch nie betreten und bis eben auch nicht vorgehabt, es jemals zu tun. Mein Blick fiel auf den länglichen, schwarzen Boxsack, der an einer Kette von der Zimmerdecke baumelte.

„Du musst noch etwas für mich tun", flüsterte ich eindringlich. „Geh auf den Flur, da triffst du auf Kümmel."

„Kümmel?" wiederholte Klaus-Jürgen verständnislos.

„Der Bestattungsunternehmer. Er sucht mich. Sag ihm, ich sei in der Nacht nicht nach Hause gekommen und du machst dir große Sorgen um mich. Du weißt nicht, wo ich bin, klar?!"

„Aber ..."

„Es ist wichtig, Klaus Jürgen. Lebenswichtig. Los, geh raus zu ihm! Er steht vor meiner Tür." Ich flitzte zum Sofa und versteckte mich dahinter.

Klaus-Jürgen schüttelte verwirrt den Kopf, straffte dann jedoch die Schultern und trat auf den Flur.

„Sie wünschen bitte?" dröhnte er.

Ich hörte eine leisere Stimme und schnappte die Worte Millers und Besuch auf.

„Frau Millers ist nicht daheim, da können Sie klingeln, bis Sie schwarz werden. Sie ist letzte Nacht nicht nach Hause gekommen, und ich möchte wirklich gern wissen, wo sie steckt."

Eine gedämpfte Antwort.

„Dann haben Sie wohl Pech gehabt. Soll ich Martha was ausrichten, wenn sie wiederkommt?"

Einen Moment später war Klaus-Jürgen wieder drinnen und schloss energisch die Tür. Ich kam hinterm Sofa hervor.

„Ich hab jetzt einen gut bei dir: Du gehst heute Abend mit mir zum Basartreffen."

„Basartreffen?"

„Ja. Unser Basar findet bald statt, und wir treffen uns, um alles zu besprechen. Du musst dabei sein, ich hab nämlich eine Überraschung für dich."

Ich dachte an Heiderose und die Berge selbstgestrickter Socken auf ihrem Wohnzimmertisch und nickte abwesend. Klaus-Jürgen schlug sich übermütig auf die Schenkel, die Körpermassen unter seinem Pyjama gerieten außer Rand und Band. Ich schickte mich zum Gehen an.

„Soll ich dich begleiten? Ich zieh mir schnell was an – und simsalabim – bin ich an deiner Seite, den ganzen Tag. Den Kümmel hau ich aus den Latschen, wenn er dir zu nahe kommt, das ist gar kein Problem." Klaus-Jürgen wies auf die Vitrinen und Regale an seinen Wänden, die mit Pokalen und Medaillen seiner lange zurückliegenden Boxkarriere angefüllt waren.

„Nee, danke." Zwar hätte ich gern dabei zugesehen, wie Klaus-Jürgens rechter Haken Kümmel von den Füßen haut. Aus Erfahrung wusste ich aber, dass ein Tag mit Klaus-Jürgen einem Höllenritt gleichkam.

„Ich halt die Augen offen", raunte er wie ein Agent in einem schlechten Film.

Ich kam mir fies vor bei dem Gedanken, dass er ja maximal ein Auge offen halten konnte. Dann dachte ich daran, dass ich selbst momentan ebenfalls nur eines zur Verfügung hatte, und schämte mich noch mehr.

Ich spähte das Treppenhaus hinunter und sah aus dem Fenster am Treppenabsatz auf den Parkplatz hinaus. Weder ein Leichenwagen noch der Ferrari waren zu sehen. Ich hastete aus dem Haus, ohne einer Menschenseele zu begegnen.

Die Morgenluft war feucht und schwer. Ein nasskalter Film legte sich auf meine Haut, als ich durch Wulsdorfs Straßen radelte. Die Leute machten sich auf den Weg zur Arbeit, starteten ihre Autos, und die Abgase hingen in hellgrauen Wolken über dem Kopfsteinpflaster. Mütter brachten ihren Nachwuchs zum Kindergarten am Jedutenberg, der sich gleich neben unserer altehrwürdigen Kirche befand. Die Kinder der Altwulsdorfer Grundschule, bestückt mit reflektierenden Tornistern und bunten Turnbeuteln, trödelten den Bürgersteig entlang.

Ich stellte mein Fahrrad hinter Knuths Institut ab, umrundete das Gebäude und trat ein. Mein funktionierendes Auge brauchte eine Weile, bis es in dem ohnehin schummrigen Gebäude durch das nachtschwarze Glas irgendetwas erkennen konnte. Der Staubsauger, ein beige-grünes Ding von anno dazumal, machte einen Höllenlärm, und um Knuth nicht mit meinem plötzlichen Auftauchen zu erschrecken, zog ich den Stecker aus der Dose. Der Motor verstummte jaulend, und Knuth sah erst das Gerät, dann das Kabel und schließlich mich an. Schlagartig hellte sich seine Miene auf.

„Du hast sie endlich gefunden!" jubelte er, noch bevor ich einen Ton von mir gegeben hatte.

„Ich äh, nein, äh, ja", machte ich schlau.

„Nun sag schon, wo ist sie?" fragte er ungeduldig.

„Das kann ich dir nicht sagen. Nur so viel: Du brauchst dir keine Gedanken zu machen."

„Was soll das denn heißen? Da hinten steht ein leerer Sarg, in dem sollte eigentlich eine Verstorbene liegen, die übermorgen beerdigt wird. Und du sagst, ich soll mir keine Gedanken machen?" regte er sich auf.

„Ist es etwa meine Schuld, dass sie weg ist?"

„Nein, natürlich nicht. Entschuldige", erwiderte er. Schweigend sah er in mein Gesicht. Sein Tonfall klang wehmütig, als er sagte: „Erinnerst du dich an den Sommer 1972? Wir waren gemeinsam auf dem Jahrmarkt – da hattest du die Sonnenbrille auf."

„Donnerwetter, hast du ein Gedächtnis!" staunte ich.

„Das weiß ich deshalb so genau, weil uns dort eine Menge Leute zusammen sahen und meine Mutter tags darauf überall verkündete, unsere Verlobung stünde kurz bevor."

Er lächelte in Gedenken an die vergangene Zeit, was sein hageres, blasses Gesicht aufleben ließ und den sorgenvollen, blauen Augen einen leichten Glanz verlieh. Schon war er wieder bei seinem vordringlichen Problem.

„Und jetzt mal raus mit der Sprache: Wo ist Irmgard?" Er hakte mich mit einer leichten Berührung unter und führte mich in den Sonnenraum. Wir setzten uns auf die blassgrünen Sessel.

„Die Dinge haben sich, ehm ..., anders entwickelt. Ich weiß, wo sie ist, aber ich kann sie dir nicht bringen", erklärte ich.

„Das verstehe ich nicht. Was soll ich Artur sagen? Und was wird aus der Beerdigung?"

„Warte einfach ab. Bald hat sich alles geklärt."

„Martha, also ... Was soll das Theater? Vertraust du mir nicht?" Knuths Gesicht wirkte angespannt.

„Natürlich vertraue ich dir. Aber glaub mir, es ist besser, du weißt nichts. Wimmel Artur ab, sag ihm, er kann seine Frau kurz vor der Beerdigung angucken, wenn er unbedingt will. Erzähl ihm was von Ethik und Statistiken."

„Statistiken?" wiederholte Knuth.

„Ja. Erzähl ihm von Statistiken, die belegen, dass Hinterbliebene die Verstorbenen besser lebend in Erinnerung behalten. Andernfalls laufen sie Gefahr, Depressionen und Albträume zu bekommen. Oder sie drehen durch und kommen in die Geschlossene."

„Das ist doch totaler Blödsinn."

„Klar, aber das weiß Artur doch nicht. Du bist schließlich der Fachmann."

„Na, ob er mir das abnimmt?" zweifelte Knuth.

„Du musst nur selbst an das glauben, was du sagst. Dann wirkst du überzeugend."

„Hhmm", machte er nachdenklich. „Vielleicht will der Witwer seine Frau ja gar nicht mehr verabschieden. Als ich ihm erklärte, dass der Sargdeckel klemmt, hat er mich so merkwürdig angesehen."

„Was meinst du mit merkwürdig?"

„Er schien regelrecht erleichtert zu sein, und als er sich verabschiedete, lächelte er froh, nickte, schlug mir auf die Schulter und sagte: ‚Alles klar, mein Freund.'" Plötzlich richtete er sich in seinem Sessel auf. „Ist das nicht Traugott Kümmel da draußen?"

Ich sprang auf, stellte mich neben das Fenster und sah durch die Gardine nach draußen zur Straße. Tatsächlich: Dort parkte Kümmels roter Ferrari. Er selbst war vermutlich schon auf dem Weg ins Gebäude.

„Sag ihm bloß nicht, dass ich hier bin!" zischte ich, schubste ihn Richtung offener Tür und verbarg mich dahinter. An die Tapete gelehnt, atmete ich flach und hörte mein Herz klopfen.

„Herr Kümmel, was kann ich für Sie tun?" bereitete Knuth seinem Konkurrenten einen herzlichen Empfang.

„Lassen wir doch die Albernheiten. Sie freuen sich ebenso wenig mich zu sehen, wie umgekehrt. Ich bin auf der Suche nach Martha Millers. Ist sie hier bei Ihnen?" hörte ich Kümmels barsche Stimme.

„Aber nein. Ich habe die Gute schon seit geraumer Zeit nicht mehr gesehen. Was möchten Sie denn von ihr?"

„Das geht Sie gar nichts an." Ich hörte schwere Schritte im Vorraum.

„Herr Kümmel, ich muss doch sehr bitten! Wenn Sie meine Räumlichkeiten besichtigen möchten, dann werde ich sie Ihnen gern zeigen, wenn

Sie mich höflich fragen. Aber führen Sie sich in meinem Haus nicht auf, als würde es Ihnen gehören."

Die Stimmen entfernten sich, ich hörte eine Tür auf- und wieder zuschlagen.

„Herr Kümmel!" protestierte Knuth in hilfloser Verzweiflung. Er schien ungehört, denn weitere Türen wurden geöffnet und geschlossen. Schließlich näherten sich die Schritte wieder.

„Ihr Benehmen ist ungehörig!" schimpfte Knuth.

„Und Ihr Laden ist die letzte Bruchbude."

Er befand sich jetzt direkt vorm Sonnenraum und tat einen Schritt hinein. Ich hielt den Atem an und presste mich eng an die Wand hinter der Tür.

„Schon mal was von Modernisierung gehört?"

Gott sei Dank, er machte kehrt. Doch nun geschah etwas Furchtbares. In meiner Handtasche, die ich wie immer über der Schulter trug, klingelte das Handy.

Kümmel trat wieder ein.

„Woll'n Sie nicht rangehen? Oder haben Sie die Auftragsbücher voll?"

Er machte noch zwei schwere Schritte auf dem abgewetzten Holzfußboden. Ortete das Klingeln. Plötzlich schwenkte die Tür um, und ich stand ihm gegenüber.

„Na, wen haben wir denn da?" säuselte der Bestatter und packte mich grob am Arm. Das Handy klingelte unverdrossen weiter.

„Lassen Sie mich los!" kreischte ich. Doch Kümmel packte nur noch fester zu und zerrte mich von der Wand weg. Ich hatte furchtbare Angst.

„Herr Kümmel, Sie lassen jetzt sofort Frau Millers los, sonst rufe ich die Polizei!" rief Knuth mit hoher Stimme.

„Bitte schön, tun Sie sich keinen Zwang an. Bis die hier sind, bin ich längst über alle Berge. Und zwar in Begleitung Ihrer lieben Freundin." Er drehte mir schmerzhaft den Arm auf den Rücken und stieß mich vor sich her Richtung Ausgangstür.

„Herr Kümmel, ich warne Sie!" quiekte Knuth. Er hatte ein schwaches Herz, ich machte mir Sorgen um ihn.

Statt einer Antwort lachte Kümmel böse und versetzte mir einen weiteren Stoß, so dass ich stolperte.

„Du verlogene Ratte hast mein Leben ruiniert. Mein Geschäft ist hinüber, alle werden mit dem Finger auf mich zeigen. Und du bist schuld daran!"

Der Mann war wahnsinnig. Ich musste ihm entkommen, wenn ich weiterleben wollte. Ich versuchte, mich aus seinem Griff zu winden, aber vergeblich. Ich jaulte gepeinigt auf. Ein höllischer Schmerz in Arm, Schulter und Rücken verbot mir jeden weiteren Fluchtversuch. Wir waren jetzt an der Tür angekommen, gleich würde Kümmel mich in seinen Sportwagen verfrachten. Ich war dem Tode geweiht. Mit Tränen des Schmerzes in den Augen nahm ich Abschied. War nicht in der Lage, zu sprechen, sonst hätte ich Knuth ein paar aufmunternde Worte zugerufen.

Plötzlich erklang ein dumpfes Geräusch, und ich hörte Kümmel hinter mir stöhnen. Und dann ließ er mich los. Ich brauchte ein paar Sekunden, bis mir klar wurde, dass er mich nicht mehr in seiner Gewalt hatte. Hörte ihn erneut stöhnen, lauter als eben. Ich wandte mich um.

Kümmel lag auf dem Fußboden. Aus seinem Haar sickerte Blut in einem feinen Rinnsal auf den Teppichläufer, den Knuth vorhin mit dem Staubsauger bearbeitet hatte. Ich blickte Knuth an, der wortlos neben dem Verletzten stand. Er war leichenblass und zitterte am ganzen Leib, seine Zähne schlugen aufeinander. In seiner rechten Hand hielt er einen dreiarmigen, altmodischen Kerzenleuchter aus schwerem Metall.

Kümmel rührte sich wimmernd und griff sich an den Kopf. Er hielt die Augen geschlossen. Ich konnte meine Freude über seine Schmerzen nicht verbergen. Er hatte sie verdient.

„Ich habe noch nie einen Menschen geschlagen", hauchte Knuth.

„Einmal ist immer das erste Mal. Du hast richtig gut hingelangt", lobte ich ihn.

„Aber was machen wir nun? Sollen wir einen Krankenwagen rufen?"

Ich tippte die Nummer der Polizei ein. Während des Telefonats warf ich einen kurzen Blick auf Kümmel und prognostizierte, dass er an seiner Verletzung ebenso wenig sterben würde, wie ich an der, die er mir vergangene Nacht zugefügt hatte. Nach wie vor lag er am Boden, hielt sich die Rübe, und machte noch keine Anstalten, aufzustehen.

Mit Eintreffen des Einsatzfahrzeugs fing ich hysterisch an zu weinen. Ich nahm die Sonnenbrille ab als Beweis für Kümmels Brutalität. Gerade eben, so erklärte ich, hatte mich Kümmel erneut angegriffen, und diesmal hatte ich mich mit einem Kerzenleuchter zur Wehr gesetzt. Knuth lehnte mit bebenden Lippen an der Kaminattrappe und sah stumm zu, wie die Rettungskräfte seinen Berufskollegen auf eine Trage legten, die medizinische Erstversorgung vornahmen und ihn in den Rettungswagen verfrachteten. Als sich endlich alle vom Acker gemacht hatten, führte ich Knuth in die Küche, setzte ihn auf dem zerschlissenen Sofa ab, stopfte ein Kissen unter seinen Hinterkopf und legte ein weiteres unter seine Füße. Ich breitete eine Wolldecke über ihn und schenkte zwei Schnapsgläser voll klaren Korn.

Nach dem zweiten Glas ging es ihm wieder etwas besser. Seine Wangen schimmerten rosa und das Zittern verebbte.

„Ich verstehe das Ganze nicht", setzte Knuth an, „was wollte Traugott Kümmel von dir, warum war er so grob? Und diese scheußliche Verletzung an deinem Auge: War das wirklich er?"

Ich nickte.

„Bei meiner Suche nach Irmgard habe ich etwas entdeckt, das er lieber geheim gehalten hätte."

„Alles wegen der verschwundenen Leiche", murmelte Knuth. „Hast du sie tatsächlich bei Kümmel gefunden? Ich kann nicht glauben, dass er hier eingedrungen ist ..."

„Nein, Kümmel ist zwar ein Verbrecher, aber mit Irmgards Verschwinden hat er nichts zu tun. Hoffentlich hast du ihm mit deinem Kerzenständer den Schädel gebrochen, dann liegt er für ne Weile flach."

„Ich habe furchtbare Schuldgefühle", jammerte er. Ich ging darauf nicht ein.

„Und ich habe ein Anliegen: Fass Heiderose nicht an. Sie wird obduziert."

„Tatsächlich? Nun, dann bleibt sie einfach, wo sie ist, bis ..."

Die Zeit drängte. Ich ließ Knuth sitzen und ging ins winzige Büro nebenan. Dort fand ich das örtliche Telefonbuch, suchte die richtige Nummer raus und tippte sie in mein Handy. Nach zweimaligem Klingeln ging Artur Fischer ran.

„Hier ist Ihre Krankenkasse", meldete ich mich so fröhlich wie die Überbringerin eines Hauptgewinns.

„Lieber Herr Fischer, ich rufe wegen Ihrer Herztabletten an", fuhr ich im gleichen Singsang fort.

„Welche Herztabletten?"

„Sind Sie so lieb und helfen Sie mir auf die Sprünge, ich habe den Namen des Medikaments gerade nicht parat. Ihre Akte ist nebenan bei meiner Kollegin ..."

Fischer blieb stumm.

„Im Vertrauen gesagt: Ich habe mich heute Morgen mit besagter Kollegin böse gestritten. Da möchte ich ihr jetzt nur ungern gegenübertreten,

verstehen Sie? Also: Nur eine Frage zu Ihren Herztabletten."
„Welche Herztabletten?"
Ich stöhnte innerlich auf. „Die Sache ist die: Seit einem Monat gibt es in Deutschland ein neues Präparat für Menschen mit Herzrhythmusstörungen. Da sind exakt die gleichen Wirkstoffe drin wie in Ihren Tabletten, aber sie sind zweihundert Euro billiger im Vierteljahr, und wir als Ihre Krankenkasse geben Ihnen davon die Hälfte ab. Na, wie wäre das? Hundert Euro?"
„Ich weiß nicht, wovon Sie sprechen. Sind Sie falsch verbunden?"
„Sie heißen Artur Fischer und nehmen Herztabletten, richtig?" fragte ich langsam und deutlich.
„Ich heiße Artur Fischer und nehme überhaupt keine Tabletten."
„Sie nehmen keine Tabletten?"
„Nein, da können Sie mal sehen, wie viel Sie an mir sparen. Kriege ich jetzt hundert oder zweihundert Euro?"
„Sie sind herzkrank", beharrte ich.
„Nein. Das Beste wird sein, Sie vertragen sich mit Ihrer Kollegin und gucken in meine Akte. Schönen Tag noch."

Der Mann war nicht blöd. Wenn ich meinen Ehepartner vergiftet hätte, würde ich auch nicht zugeben, womit. Ich sprang auf und war schon wenige Minuten später unterwegs nach Geestemünde.

Christa Schüddekopp stand wiederum hinter der Gardine und beobachtete mich. Perfekt getarnt mit meiner riesigen Sonnenbrille hoffte ich, dass sie mich nicht wiedererkannte. Ich rechnete damit, dass sie das Fenster öffnete, doch stattdessen knackte die Gegensprechanlage. Artur Fischer persönlich.

Was sollte ich sagen? Dummerweise hatte ich mir noch überhaupt keinen Schlachtplan zurechtgelegt.

„Herr Fischer? Hier ist Bella Blupp. Kann ich reinkommen? Es geht um Ihre verstorbene Frau."

Ich betätigte die Aufnahmetaste des Diktiergeräts und platzierte es oben auf den anderen Kram in meiner Tasche.

Der Summer ertönte, und ich trat ein. Ging die paar Stufen hinauf bis zu Fischers Wohnung und bemerkte, dass die Tür der Nachbarin einen Spalt offen stand.

„Habe ich richtig verstanden? Bella Blupp?" Artur Fischer war ein verhuschtes Männchen in einem gutsitzenden, dunkelgrauen Anzug mit weißen, kurzgeschnittenen Haaren. Seine blassblauen, beinah durchsichtig wirkenden Augen waren zur Zimmerdecke gerichtet, als suche er dort oben etwas.

Der Fernseher lief. Eine brünette Frau interviewte einen Landwirt in seinem Stall. Ich schob einen Teddybären im lachsrosa Kleidchen beiseite und setzte mich auf den Brokatsessel. Artur suchte sich einen Platz auf einem der beiden Sofas inmitten einer Großfamilie Negerpuppen. Meine Handtasche stellte ich offen neben mich auf den Fußboden.

„Sie sagten, es ginge um meine Frau."

Sein Gesichtsausdruck wirkte angespannt, ich sah eine Ader an seinem Kiefer pochen. Sein unruhiger Blick hing noch immer an der Decke.

„Mein herzliches Beileid."

Er nickte kaum merklich. Wartete auf mein Anliegen.

„Als ehrenamtliche Mitarbeiterin von Terrapolus helfe ich Menschen, die kürzlich den Lebenspartner verloren haben. Ich bin heute bei Ihnen, um meine Unterstützung anzubieten."

„Unterstützung? Und was soll die kosten?" fragte er alarmiert.

„Das kostet Sie gar nichts", beruhigte ich ihn. „Ich erledige alles für Sie: Einkaufen, Behördengänge, Bügeln, Hausputz – was Sie möchten. Und was das Wichtigste ist: Wir beide führen Gespräche, damit Sie Ihren Schmerz verarbeiten können. Durch Terrapolus werden Sie die ersten Tage bewältigen und wieder ins Leben zurückfinden."

Die Fischaugen wurden gar noch unsteter. Sie streiften mich, suchten den Raum über mir ab, streiften mich und sahen wiederum ins Leere.

„Sie putzen die Wohnung und bügeln meine Hemden für umsonst?"

„Ja, neben der Trauerarbeit. Die ist viel wichtiger als glatte Hemden."

„Ich brauche keine Gespräche, aber das Badezimmer müsste dringend saubergemacht werden."

„Das hat sicher sonst Ihre Frau übernommen, nicht wahr?"

„Ja, einmal pro Woche, und heute wäre es wieder so weit gewesen."

„Sie haben sie sicher sehr geliebt", stellte ich fest.

Artur sagte eine Weile nichts. Sein Blick blieb einen Moment auf meinem Gesicht haften, bevor er wieder gen Zimmerdecke flüchtete. „Wissen Sie was?" sagte er. „Ihre dunkle Brille gefällt mir nicht. Ich kann ja Ihre Augen gar nicht sehen."

„Der Anblick ohne Brille wird Ihnen noch weniger gefallen." Ich hob kurz das Gestell an. In Sekundenbruchteilen flogen seine Augen über mein Gesicht.

„Donnerlüttjen", meinte er mit Blick nach oben, „da haben Sie sich ja schön einen eingefangen." Als hätte ich Artur in eine persönliche Vertraulichkeit eingeweiht, wirkte er nun etwas zugänglicher.

„Das mit meiner Frau, das war'n Schock. Sie hatte nichts, außer den kleinen Wehwehchen, mit denen sie zu Doktor Schiwago ging."

„Doktor Schiwago?"

Artur machte ein grunzendes Geräusch. „Eigentlich heißt er Schimanno, aber ich hab Schiwago draus gemacht."

„Ist das auch Ihr Hausarzt?"

„Nein. Ich war schon seit fünfzehn Jahren nicht mehr beim Arzt."

„Dann sind Sie ja topfit. Wie lautet Ihr Rezept?" fragte ich lächelnd.

„Alles in Maßen würde ich sagen."

„Haben Sie Dr. Schimanno angerufen, als Ihre Frau starb?" fragte ich, obwohl ich die Antwort bereits kannte.

Artur schluckte hörbar. „Ja. Aber ... er konnte leider nur noch den Totenschein ausfüllen." Mit den Händen strich er sanft über den Tischläufer, als wolle er ihn glätten.

„Es war furchtbar. Da sitzen wir nebeneinander auf diesem Sofa, ich ungefähr hier, wo ich jetzt sitze, und meine Frau da", er wies auf das Negerpuppenpärchen, „wir gucken Günter Jauch, da schnappt sie plötzlich nach Luft, und im nächsten Augenblick sackt sie zusammen." Trotz der Tränen, die in seinen blassen Augen schimmerten, war er ein grottenschlechter Schauspieler.

„Wie lange waren Sie verheiratet?"

Artur wischte sich mit dem Handrücken übers Gesicht und seufzte.

„Neunundvierzig Jahre. Eine lange Zeit. Ach, was war das schön damals. Arbeit satt, die Menschen waren freundlich und die Natur intakt. Statt am Computer hat man mit den Händen gearbeitet. Heute zählt nur noch, was man hat und was man ist."

„Wo haben Sie sich denn kennengelernt?"

Artur sah auf einen Punkt oberhalb des Fernsehers, als blicke er in die Vergangenheit. Die brünette Frau hatte auf einem Strohballen Platz genommen und dem Landwirt das Mikro in die Hand gedrückt.

„Ich hab sie angesprochen. Jeden Morgen lief sie an mir vorbei, ohne mich zu bemerken. Irgendwann hab ich allen Mut zusammengenommen und sie gefragt, ob ich ihr ein Eis spendieren darf."

„Und sie nahm an?"

„Nein, sie lachte mich aus und lief weiter. Ein paar Monate später allerdings kam sie auf mich zu. Ich hab damals im Konfektionshaus Ramelow gearbeitet. Sie stand plötzlich vor mir und fragte mich, ob ich sie heiraten will."

„Noch bevor Sie ihr ein Eis spendiert hatten?"

„Ja. Die Hochzeit fand wenige Wochen später statt. Ich hab mir geschworen, ich heirate nur einmal in meinem Leben. An Trennung hab ich nie gedacht, die ganzen Jahre nicht."

„Was hat Ihre Frau ..." Es klingelte. Artur stand auf und schlurfte wie ein Schlafwandler zur Tür. Eine vertraute Stimme, Mist!

„Ich geh mal kurz auf die Toilette", zirpte ich und verschwand mit Riesenschritten. Schloss die Tür hinter mir ab und durchsuchte schnell die Schränke nach Medikamentenverpackungen. Fehlanzeige. Und zu allem Unglück gab es kein Fenster in diesem Raum. Ich wäre lieber auf die Straße gesprungen, als Christa Schüddekopp in die Arme zu laufen.

„Ich wollt mal nach dem Rechten sehen, Ihr Besuch ist schon so lange da." Frau Schüddekopp befand sich im Wohnzimmer. Seufzend schloss ich die Tür wieder auf, und schon im nächsten Moment baute sie sich vor mir auf. Ihr Gesicht hatte vor Aufregung rote Flecken bekommen.

„Sie sagten doch, hier sind keine Bakterien!"

„Bakterien?" fragte Artur.

„Die Dame war gestern schon mal hier, allerdings ohne Brille. Sie hat in deiner Wohnung nach tödlichen Viren gesucht."

„Da müssen Sie was verwechseln", widersprach ich.

„Nach Viren in meiner Wohnung? Und ich weiß davon nichts?" Artur war vollends verwirrt.

„Sie sagte, sie käme von einem Institut und müsse dringend in deine Wohnung, weil hier gefährliche Viren sind, an denen Irmgard gestorben ist. Ich hab aufgeschlossen, und sie hat alles mit ihrem Gerät untersucht."

„Tatsächlich?" fragte er. Ich schüttelte energisch den Kopf.

„Da ist kein Zweifel möglich, ich hab das genau beobachtet", tönte die Nachbarin, noch bevor ich einen Piep von mir geben konnte. „Sie kam mit dem Fahrrad, einem rot-silbernen, das steht draußen vorm Haus. Die Handtasche ist genau dieselbe und die Schuhe auch. Das ist die Frau, nur dass sie sich heute eine Sonnenbrille zur Tarnung aufgesetzt hat."

Artur sah zwischen mir und seinem Wachhund hin und her. Gleich würde er meinen Ausweis sehen wollen oder etwas in der Art.

„Dann habe ich wohl eine Doppelgängerin", verkündete ich munter.

Die beiden machten einen unschlüssigen Eindruck. Artur war offensichtlich kein Mann der schnellen Entscheidungen, und Christa schien genau darauf zu warten. Ich nutzte den Moment, schlüpfte schnell durch die Wohnungstür und verschwand. Versteckte mein Fahrrad hinterm Wasserturm und stürmte in den Secondhandladen an der Georgstraße. Zehn Minuten später war ich wieder draußen. Hoffte, dass die Nachbarin mich in meinem neuen Outfit nicht wiedererkannte, wenn sie zufällig aus dem Fenster sah.

Geschlagene drei Stunden drückte ich mich herum, während derer ich Fischers Hauseingang nicht aus den Augen ließ. Erst setzte ich mich in ein Café und löffelte in Zeitlupentempo einen Schwarzwälder Eisbecher. Dann hielt ich mich noch eine Weile an einem Cappuccino fest. Als die Bedienung mir unaufgefordert die Rechnung brachte, fühlte ich mich genötigt, die Observierung an einen anderen Ort zu verlegen.

Ich rief Freds Handynummer an und sprach auf seine Mailbox. Dann versuchte ich, ihn über die Hotelrezeption zu erreichen, und hinterließ auch dort eine Nachricht.

Schräg gegenüber war eine Buchhandlung. Ich studierte die Auslagen. Erst von draußen und dann ging ich hinein. Gab vor, mich in ein Buch über Astrologie zu vertiefen und sah durch die Schaufensterscheibe hinüber zur anderen Straßenseite. Zweimal bot mir die Verkäuferin ihre Hilfe an.

Ich schlenderte die Straße auf und ab. Dann suchte ich Schutz in einem Supermarkt. Von hier aus konnte ich Arturs Haustür allerdings nur sehen, wenn ich meine Nase am Fenster der Leergutannahme plattdrückte.

Neben mir befand sich der Behälter für Einzelflaschen. Das Fließband ratterte, und die Maschine machte einen Höllenlärm beim Zerquetschen des Plastiks. Eine Kundin in hellem Kaschmirpullover leerte ihren Korb, drückte auf die Taste und zog einen Bon aus dem Automaten.

Weitere Kunden steuerten mit ihren Tüten und Körben den Behälter an, warfen die Pfandflaschen in die Maschine und bekamen ihre Quittung. Die Angestellte stapelte leere Getränkekisten auf.

Ich starrte auf Fischers Eingang und malte mir aus, was ich während dieser vergeudeten Zeit Sinnvolles tun könnte. Zehn Kilometer den Deich entlang joggen, ins Schwimmbad gehen oder die geliehenen Bücher zurück zur Stadtbibliothek bringen. Mich um fällige Rechnungen und überfällige Korrespondenz kümmern. Der Wohnung einen Frühjahrsputz gönnen. Ich hatte in meinem ganzen Leben noch keinen Frühjahrsputz veranstaltet, doch in meiner grenzenlosen Langeweile hätte ich liebend gern Fenster geputzt und Regale abgewischt. Das ging aber nicht, weil a) Irmgard in meiner Wohnung hockte und ich b) ihren Gatten wegen Mordes überführen musste. Mir fiel ein, dass ein Frühjahrsputz sowieso unangebracht war, solange Romeo bei mir hauste.

„Martha, was machst du denn hier?!" Die Stimme war glockenhell und so laut, dass alle zufällig Anwesenden unweigerlich darauf aufmerksam wurden und herübersahen. Die Angestellte glotzte mich mit offenem Mund an, als würde sie mich erst jetzt wahrnehmen. Ich brauchte mich gar nicht umzudrehen, denn ich hätte die Stimme unter Tausenden erkannt. Zumal mir bereits das Maiglöckchenparfum in die Nase stieg. Sie kicherte.

„Was treibst du hier beim Leergutautomaten? Hast du keine anderen Freunde?" Widerstrebend wandte ich mich um. Rosemaries Gesicht war eine sorgfältig geschminkte Maske, in die ein lachender Mund modelliert war. Ihre Augen unter den falschen Wimpern blitzten amüsiert. Zu ihrem maßgeschneiderten, hummerfarbenen Kostüm trug sie Schühchen mit stecknadeldünnen Absätzen. Ihre blonden Locken waren zu einem Eifelturm-ähnlichen Gebilde aufgetürmt.

„Wahnsinnig schicke Brille! Ich muss schon sagen, du hast Stil!" prustete sie los. „Und deine Klamotten erst! Sollen das verwelkte Blumen sein auf deiner Schlabberhose? Oder fliegende Untertassen? Ach, und wie passend dazu: ein Holzfällerhemd! Und der Hut! Trägt man diese albernen Schlapphüte nicht zum Münchener Oktoberfest?"

Mir lagen eine Menge passender Entgegnungen auf der Zunge, doch ich kriegte kein Wort raus. Meine Aufmerksamkeit wurde nämlich von einem gutaussehenden, dunkelhaarigen Mann abgelenkt, der zwischen den hoch aufgestapelten Kisten auftauchte.

„Hast du eine Altkleidertonne geplündert? Oder mit einem Penner gepokert und seine Klamotten gewonnen?" fuhr Rosemarie mit dem Piesacken fort.

Dunkelbraune Augen blickten mich fragend an. Die weichen Lippen kräuselten sich amüsiert, wodurch sich das Grübchen in seinem stoppelbärtigen Kinn noch ausgeprägte. Er trug eine verwaschene, hellblaue Jeans, die wie alles an ihm perfekt saß. Dazu ein weißes Rippshirt, das seine dunkle Hautfarbe noch betonte. Mir wurde ein wenig schwindelig.

Rosemarie, sehr wohl bemerkend, dass sie momentan nicht im Mittelpunkt stand, trat vor Elvis und durchschnitt damit unseren Blickkontakt.

„Hättest du sie erkannt? So ganz inkognito? Also, die Martha ist doch immer für eine Überraschung gut, nicht wahr, mein Liebling?" zirpte sie.

Wortlos schob sich Elvis an seiner ersten Exfrau vorbei und trat dicht vor mich hin. Ich roch seinen unverwechselbaren Elvis-Duft. Malte mir aus, ihm die Klamotten vom Leib zu reißen und es jetzt gleich mit ihm auf den Colakisten zu tun. Hoffte, dass er die gleiche Idee hatte, und Rosemarie sich in Luft auflöste.

Sanft hob er mit dem Zeigefinger mein Kinn und fragte dunkel: „Welches Schwein war das?" Er hatte den Grund für meine Kostümierung sofort erfasst.

„Och, halb so schlimm. Glaub mir, er sieht nicht besser aus", erwiderte ich leichthin.

Rosemarie hatte die Hände in die Taille gestemmt und stieß unwillige, wenig damenhafte Schnaubgeräusche aus. Niemand beachtete sie.

„Ich bring ihn um", stieß Elvis hervor. Der Mann trug die Gene eines Paten in sich.

„Nicht nötig", wehrte ich ab. Kümmel war momentan mit der Kopfverletzung ganz gut bedient. Eventuell würde später ich auf Elvis' Angebot zurückgreifen.

Jetzt wurde es Rosemarie zu bunt. Mit einem Satz sprang sie dazwischen und landete mit einem spitzen Absatz auf Elvis' Schuh.

„Danke übrigens für die hübschen Miederwaren, die du in unserem Kleiderschrank deponiert hast. Elvis hat alles anprobiert. Die BHs waren nicht ganz seine Größe, aber die Slips passten ihm tadellos", zwitscherte sie. Ohne mich aus den Augen zu lassen, fuhr sie mit ihren maniküten Fingern federleicht an seinem Hosenbund entlang und streifte seinen flachen Bauch, um die territorialen Machtverhältnisse klarzustellen und mich auf meinen Platz zu verweisen. Mir drehte sich der Magen um. Am liebsten hätte ich ihr eine der Glasflaschen aus den Getränkekisten über den Schädel gezogen und ihr beim Verbluten zugeguckt.

Elvis schien ihr Gefummel gar nicht zu bemerken, er sah an ihr vorbei und grinste mich schief an. Als Rosemarie die Fundstücke in seinem Schrank erwähnte, lachte er laut auf.

„Welcher Bewohnerin hast du die heißen Höschen denn abgeluchst? Na, das war vielleicht ein Spaß! Martha, du bist nicht zu übertreffen!" Er kriegte sich gar nicht wieder ein vor lauter Lachen.

Rosemarie hörte das überhaupt nicht gern. Und ihren Ex in meiner Gegenwart so fröhlich zu sehen, gefiel ihr auch nicht. „Hast du wirklich angenommen, ich würde dir den Unsinn mit der Frauenwäsche abkaufen?

Puuuh, bist du tief gesunken! Du musst ja wahnsinnig eifersüchtig sein!"
Ich winkte ab. „Amüsiert euch nur, ihr beiden", erklärte ich großmütig. Ich schaffte es noch, ihnen ein breites Lächeln zu schenken, bevor ich mich auf dem Absatz umdrehte und stolzen Schrittes aus der Leergutabteilung marschierte. Durch Rosemaries Auftauchen hatte ich dummerweise Arturs Hauseingang aus den Augen gelassen. Nun konnte ich die Beobachtung an den Nagel hängen. Hatte Stunden vergeudet für nichts und wieder nichts.

Böse vor mich hinfluchend überquerte ich den Parkplatz des Supermarkts. Wünschte allen Rosemaries, Elvis', Irmgards und Kümmels auf dieser Welt die Pest an den Hals. Ein Auto hielt mit kreischenden Bremsen, der Fahrer ließ die Scheibe runter und drohte mir mit der geballten Faust.

„Sind Sie blind, oder was?" schrie er mich an. Vertieft in meine hässlichen Gedanken war ich zwischen den parkenden Autos hervorgekommen und um ein Haar unter seine Räder geraten. Erst jetzt nahm er meine dunkle Brille wahr, und sein Gesichtsausdruck wechselte augenblicklich von Wut zu Scham. Er fuhr die Scheibe wieder hoch und verließ im Schritttempo den Parkplatz.

Der Beinah-Unfall hatte eine Extradosis Adrenalin durch meinen Körper gejagt, und dieses schaffte Klarheit in meinem Kopf. Es kommt ja immer auf die eigene Einstellung an, sagte ich mir. Bei allem, was wir tun. Man kann auch eine noch so bescheuerte Aufgabe eifrig, ernst und mit vollem Einsatz erledigen, wenn man ihr die absolute Aufmerksamkeit widmet und sich keine Gedanken um Sinn oder Unsinn der Tätigkeit macht, sondern einfach voll und ganz bei der Sache ist. Das fördert die eigene Zufriedenheit, und meistens stellt sich sogar ein ungeahnter Erfolg ein.

Meine Theorie schien sich sofort zu bestätigen. Als ich mich nämlich in Höhe des Buchladens befand, öffnete sich die Edelstahltür schräg gegenüber, und Artur trat heraus. Er trug eine französische Schirmmütze, einen dunklen Mantel und hatte eine Aktentasche dabei. Guten Mutes heftete ich mich an seine Fersen.

Im Beschatten bin ich spitze. Ich verschwinde rechtzeitig in Hauseingängen, wenn sich die Zielperson umdreht, und ich verliere sie nicht aus den Augen. Meistens.

Artur ging zielstrebig am Wasserturm vorbei und überquerte den Neumarkt. Heute am Tag des Wochenmarkts war der ganze Platz mit

Buden und Ständen vollgestellt. Hausfrauen füllten ihre Körbe mit frischem Obst und Gemüse, Familien schlenderten von einem Stand zum nächsten, und Rentner kauften Eier, Wurst und Fleisch aus artgerechter Tierhaltung von Landwirten aus der Region.

Ich war mir hundertprozentig sicher, dass Artur nichts ahnte. Umso unerklärlicher erschien mir seine Eile. Er flitzte geradezu durch die Gänge, bog plötzlich rechts und kurz danach wieder links ab, wich einem Zwillingskinderwagen aus und verschwand hinter dem Stand eines Blumenhändlers. Ich beeilte mich, ihn einzuholen, er war jetzt meinem Blickfeld entschwunden. Drängelte mich zwischen einem bummelnden Pärchen und einer drallen Hausfrau hindurch, der ich unbeabsichtigt einen Stoß versetzte, so dass ihr das Portemonnaie aus der Hand fiel. Kleingeld rollte über die Pflastersteine, die Frau rief mir einen unflätigen Ausdruck hinterher, bückte sich und sammelte ihre Barschaften wieder ein.

Endlich bog ich hinter dem Blumenstand ab, sah mich hektisch um und stöhnte verzweifelt auf. Artur war verschwunden, er hatte mich abgehängt. Abgehängt? Sollte er tatsächlich bemerkt haben ... Unfassbar!

Ich drehte mich ein paarmal um die eigene Achse. Nichts! Sah die dicke Hausfrau mit zornrotem Gesicht nahen und befand, dass es besser war zu verschwinden.

Mein Fahrrad war nach wie vor am Ständer neben dem Wasserturm angeschlossen. Gerade als ich den Schlüssel in das Schloss steckte, tippte mir jemand auf die Schulter.

„Sie dachten wohl, ich würd Sie nicht erkennen in Ihrer Kostümierung. Was wollen Sie von Herrn Fischer? Los – raus mit der Sprache!"

„Sie phantasieren", gab ich zurück.

„Ich will wissen, was Sie von Artur wollen!" keifte Christa Schüddekopp.

„Kümmern Sie sich um Ihren eigenen Kram", entgegnete ich und bugsierte mein Rad aus dem Ständer.

„Sie verdammtes Luder! Erst schleichen Sie in seiner Wohnung umher, und dann halten Sie Händchen mit ihm. Was wollen Sie? Sind Sie scharf auf sein Geld?"

In manchen Situationen ist es besser, den Mund zu halten. Wozu mich mit der verblödeten Nachbarin auseinandersetzen? Stoisch schob ich mein Rad über den Fußweg, doch ich kam nicht dazu, mich auf den Sattel zu schwingen. Ohne Vorwarnung ergriff die Frau den Lenker und entriss mir das Fahrrad. Es fiel scheppernd auf die Erde.

Eine Gruppe Teenager schlenderte heran. Sie blieben stehen und umrundeten das Schauspiel. Lachend stießen sie sich gegenseitig in die Seiten. „Die Alte tickt nicht richtig. Los, knall ihr eine!" feuerte mich ein dunkelhaariges Mädchen an. Sie trug schwarze Klamotten und einen auffallenden silbernen Nasenring.

„Das schöne Fahrrad!" heizte ein hochaufgeschossener Junge die Situation an. „Die Dicke hat ne Abreibung verdient!"

Nichts lag mir ferner, als mich am helllichten Tag auf dem Bürgersteig mit einer Frau zu prügeln. Deshalb sammelte ich schweigend mein Fahrrad von der Erde und schob es zwischen den Jugendlichen hindurch. Doch erneut hatte ich die Rechnung ohne Christa Schüddekopp gemacht. Sie sprang mir hinterher und zerrte wie eine Verrückte am Gepäckträger. Mit aller Kraft hielt ich den Lenker fest und versuchte, das Rad weiterzuschieben.

Warum die Sympathie der Jugendlichen auf meiner Seite war, weiß ich nicht. Jedenfalls griffen sie in das Geschehen ein, indem sie die Schüddekopp von allen Seiten traktierten. Die Mädchen kitzelten und kniffen, die Jungen zogen an ihren Ohren und an ihrer Kleidung. Die lilafarbene Schmetterlingsbrille landete auf dem Gehweg, eines der Gläser bekam einen Sprung. Endlich blieb ihr nichts anderes übrig, als mein Rad loszulassen und sich der Angriffe zu erwehren.

Ich trat schleunigst in die Pedale. Als ich mich an der Kreuzung umwandte, sah ich, dass die Jugendlichen die Frau wie einen Feind umzingelt hatten, und grinste in mich hinein.

Der Marktplatz wird an allen vier Seiten von Straßen eingerahmt. Ohne mir große Hoffnungen zu machen, radelte ich die Grashoffstraße entlang. Dort halten die Busse, es gibt Läden und Cafés. Vor der Bäckerei Ecke Schillerstraße wendete ich mein Rad. Ich warf einen Blick in das alteingesessene Lederwarengeschäft und den Verkaufsraum des Fachhandels für Süßwaren. Keine Spur von Artur. Ich radelte quer über die Straße – und erblickte ihn in der Sparkasse. Mein Herz schlug schneller.

Ich zog meinen Seppelhut tief in die Stirn, beugte die Schultern und schlurfte wie eine Gehbehinderte in den Geschäftsraum. Im Gegensatz zu einigen anderen Kunden nahm Artur mich gar nicht wahr. Sein Blick war stur auf eine Angestellte gerichtet, die den Kunden vor ihm, ein im Nacken tätowierter Lederjackentyp, bediente. Ich schlug einen kleinen Bogen und erreichte die Kinderecke, eine Berieselungs- und Aufbewahrungszone für Nachkommen, deren Eltern bei der Abwicklung ihrer Finanzangelegenheiten lieber ungestört bleiben wollen. Ein Bildschirm blinkte in bunten Farben und quäkte: „Berühr mich!" Ich setzte mich auf die winzige, mit Teppichboden bespannte Bank, sah den Monitor an und konzentrierte mich auf das, was sich schräg hinter mir abspielte.

Die Angestellte verabschiedete den Tätowierten, jetzt war Artur an der Reihe.

„Womit kann ich Ihnen behilflich sein?" zwitscherte sie.

„Berühr mich!" quäkte der Monitor vor mir. Deswegen verpasste ich den Anfang von dem, was Artur antwortete.

„... ist höchst sonderbar. In Ihrem Haus ist ein Buchungsfehler passiert. Das darf doch nicht vorkommen, so was! Die entgangenen Zinsen ersetzen Sie mir, und eine Entschädigung erwarte ich ebenfalls! Ich bin seit dreiundvierzig Jahren Kunde Ihres Unternehmens ..."

„Berühr mich!" Ich haute mit der flachen Hand auf den Bildschirm, damit er endlich Ruhe gab.

„... hole Ihnen Herrn Schnakenberg, den Geschäftsstellenleiter. Aber wie ich Ihnen schon mitgeteilt habe: Die Auszahlung hat Ihre Frau veranlasst, sehen Sie, hier hat sie unterschrieben."

„Wähle eine Farbe! Willst du gelb, rot, blau oder grün?" forderte mich der Monitor auf.

„... ist verstorben. Wann soll sie denn das ganze Geld abgeholt haben? Das kann doch gar nicht sein!" Er keuchte.

„Wähle eine Farbe!" Ich tippte auf einen blauen Punkt.

„Du hast Blau gewählt! Jetzt wähle eine Figur. Willst du einen Kreis, ein Dreieck, ein Rechteck oder ein Quadrat?"

Dank des Plärrkastens hatte ich die Ankunft vom Geschäftsstellenleiter verpasst. Und auch seine Aufforderung, ihm bitte in die hinteren Büros zu folgen. Ich sah Artur gesenkten Hauptes, die Aktentasche an seinen Bauch gepresst, hinter einem hochgewachsenen Mann durch eine getönte Glastür verschwinden.

Ich wählte ein Quadrat. Dann schlenderte ich durch den Verkaufsraum zur Sitzecke neben den Büros. Eine Angestellte mit unzähligen Perlenketten um den Hals eilte herbei.

„Haben Sie einen Termin mit einem unserer Mitarbeiter?" fragte sie freundlich.

„Nein, nein. Machen Sie sich keine Umstände." Ich tat, als würde ich mich in ein Börsenmagazin vertiefen, nachdem ich mich in das tiefe Polster der Sitzgruppe gleich neben der Tür zu Herrn Schnakenbergs Büro gesetzt hatte. Die Bankkauffrau stand noch einen Augenblick unschlüssig da, dann ging sie zurück zu einem der Schalter und tippte auf der Tastatur herum.

Aus dem Büro drang kein Laut. Schalldichte Wände und Türen. Trotzdem wartete ich, denn oftmals ist das Gespräch mit Öffnen der Tür noch nicht beendet. Und genauso kam es. Die Glastür schwang auf, Schnakenberg schüttelte Artur die Hand.

„Ich bin sicher, dass sich alles aufklären wird", tönte der Sparkassenmann.

„Die Wertpapiere, sämtliche Ersparnisse, das Erbe von meinen Eltern, die halbe Million aus dem Hausverkauf, sogar das Girokonto ... da ist absolut gar nichts mehr", krächzte Artur. Er sah aus, als sei er um zwanzig Jahre gealtert. Seine Gesichtshaut war grau geworden, die Augen tief in ihren Höhlen versunken. Er verließ, ohne nach rechts oder links zu schauen, mit dem buckeligen, schlurfenden Gang eines Geprügelten die Sparkasse.

Sieh mal einer an, dachte ich bei mir, da hat die liebe Irmgard doch kurz vor ihrem Scheintod die Konten geplündert. Und wo befand sich das Geld jetzt?

5

Bertold Biermann wohnte noch immer bei seinen Eltern. Das Haus war eines dieser typischen, schlichten Einfamilienhäuser aus den fünfziger Jahren. Im Flachdachanbau aus gelbem Klinkerstein hatte der Sohn ein eigenes Reich erhalten, als er flügge geworden war.

Das Herbstlaub hatte sich unter den Büschen verfangen und bedeckte als matschige, dunkle Platten den Rasen. Verwitterte Rosenspaliere, zerbrochene Beeteinfassungen aus gewelltem Kunststoff und eine verrostete Hollywoodschaukel waren Zeugen einer besseren Zeit.

Ich umrundete einen perlmuttweißen BMW 750i und drückte auf Bertolds Klingel. Zwei steinalte Gesichter tauchten neben mir unter einer Gardine auf, gleichzeitig schwang die Tür auf.

„Sie wünschen?" fragte Bertold.

Ich nahm den bayrischen Schlapphut ab und stopfte ihn in meine Handtasche.

„Ach du bist's, Martha. Gehst du zum Fasching?" erkundigte er sich.

„Nee, ich suche Irmgard Fischers Sohn. Wohnt er tatsächlich in deiner Nachbarschaft? Ich hab ihn im Telefonbuch nicht gefunden."

Hinter der Fensterscheibe verzog Biermann senior die Lippen zu einem zahnlosen Grinsen, seine Frau schaute trübe vor sich hin.

„Kein Wunder, dass der nicht drinsteht. Jede Wette, dass der gar kein Telefon hat. Das ist'n Einsiedler. Versteckt sich vor der Welt, wenn du mich fragst."

„Hast du ne Ahnung, warum?" Die meisten Klatschgeschichten und Mutmaßungen enthalten zumindest einen Funken Wahrheit.

Bertold kratzte sich den behaarten Bauch. Er war der Typ Jogginghosenträger, denen man nicht abkauft, dass sie irgendeinem Sport nachgehen. Sein T-Shirt hatte beim Waschen die ursprüngliche Form eingebüßt und war sehr breit und sehr kurz.

„Angeblich will er Dichter werden. Was sollen das für Gedichte werden, wenn er nicht vor die Tür geht und nix erlebt?"

„Wohnt er schon länger in der Straße?"

„Ein paar Jahre. Zusammen mit seiner Kommunitonin oder wie das heißt. Die beiden ham aber nix miteinander, is bloß ne WG. Dämlich, der Junge! Wenn ich er wäre, hätt ich se längst vernascht. Willst du reinkommen?"

Einladend öffnete er die Tür und gab damit den Blick auf eine Ansammlung gelber Müllsäcke frei. Ich lehnte dankend ab und erkundigte mich erneut nach der Adresse.

„Was willste denn von dem? Warum hast du überhaupt plötzlich so'n Interesse an Irmgard?"

„Die Adresse!" erinnerte ich ihn.

„Drei Häuser weiter, Nummer vierzehn. Ich glaub nicht, dass du ein Wort aus ihm rauskriegst, der kriegt die Zähne nicht auseinander."

Ich dankte Bertold und folgte den schiefen Gehwegplatten zurück zur Straße.

„Erzähl mir, wie's gelaufen ist", rief er mir hinterher.

Das Haus glich dem der Biermanns, nur der Anbau fehlte. Eine Frau in losen Batikkleidern und Jesuslatschen öffnete die Tür. Ihre glatten Haare reichten bis zu den Ellenbogen.

„Sie sehen ja lustig aus!" kicherte sie und entblößte beim Lachen ein Zungenpiercing. Ich holte den Seppelhut aus der Tasche und winkte ihr damit zu.

„Noch ein halbes Jahr, dann ist's modern. Ein extravagantes, superbequemes Ensemble – für die Dame von Welt", imitierte ich einen Sprecher am Laufsteg.

Die Frau grinste. „Und was treibt sie von Paris nach Bremerhaven?"

„Ich möchte zu Herrn Fischer", sagte ich und stopfte den albernen Hut wieder in die Handtasche.

Sie wurde ernst. „Hartmut geht's heute nicht gut, ich glaube nicht, dass er Besuch haben möchte."

„Seine Mutter ist gestorben, das wissen Sie sicher. Ich bin hier, um mit ihm über die Trauerfeier zu sprechen."

Mein Gegenüber nickte zögernd. „Dann ... kommen Sie rein. Versuchen Sie Ihr Glück."

Ich folgte ihr durch den Flur, wich ein paar Kübeln mit Grünpflanzen aus und gelangte zu einer geschlossenen Zimmertür. Zaghaft klopfte meine Begleiterin an. Drinnen regte sich nichts. Sie drückte die Klinke runter und steckte den Kopf durch den Türspalt.

„Hartmut?" flüsterte sie. „Hier ist eine Dame, die mit dir über die Trauerfeier sprechen möchte." Stille.

Die Mitbewohnerin sah mich mit einem hilflosen Achselzucken an, öffnete die Tür ganz und zog sich zurück.

Hartmut Fischer war ein untersetzter Mann Ende vierzig mit zurückweichendem Haar. Sein Gesicht wirkte gedrungen mit rundem, vorspringenden Kinn, Knubbelnase und einer Stirn mit wulstigen Querfurchen. Die Brille sah aus, als sei sie zu klein. Das silberne Gestell presste sich stramm in sein Gesicht.

Regale voller Bücher reichten bis unter die Zimmerdecke, auf dem Fußboden stapelten sich dicke Wälzer, und der Schreibtisch, an dem er saß, stemmte sich gegen das Gewicht der aufgetürmten Werke. Hartmut saß mit dem Rücken zur Tür und wandte sich nicht um. Er hielt eine Schreibfeder in der Hand, vor ihm stand ein Tintenfass, auf dem freien Stück Tischplatte lag ein weißes Blatt Papier.

Ich räusperte mich und trat näher.

„Herr Fischer?"

Er stieß einen hohen Laut aus, schwenkte auf seinem Stuhl herum und blickte mich an wie ein Wesen aus anderen Sphären.

„Mein Name ist Martha Millers. Haben Sie wohl einen Augenblick Zeit für mich?"

Regungsloses Schweigen.

„Ich bin Mitarbeiterin im Bestattungsinstitut Gellermann und möchte mit Ihnen über die Trauerfeier sprechen."

Schweigen. Die Augen hinter den Brillengläsern sahen ausdruckslos durch mich hindurch.

Ich zog einen Holzstuhl heran und setzte mich. „Es wäre doch eine schöne Idee, wenn Sie ein Gedicht vortragen würden. Eines von", ich ließ meinen Blick über die Regale streifen, „Hölderlin beispielsweise oder Eichendorff. Oder Sie könnten selbst eines verfassen."

„Ich leide unter einer Schreibblockade", erwiderte Hartmut krächzend. Er wandte sich um und starrte auf das leere Blatt vor ihm.

„Macht nichts", lenkte ich ein, „war ja bloß eine Idee. Auf jeden Fall wäre ich dankbar, wenn Sie mit mir den Ablauf der Trauerfeier besprechen würden."

„Dankbarkeit ist nicht nur die größte aller Tugenden, sondern auch die Mutter von allen."

„Ganz recht. Sprechen wir über Ihre Mutter."

„Meine Mutter ist mir egal. Die Trauerfeier ist mir egal. Sie sind mir egal. Verschwinden Sie." Er sprach ohne Nachdruck.

„Sie hatten keinen Kontakt? Auch nicht zu Ihrem Vater?"

„Den kenne ich nicht." Hartmuts Blick weilte auf dem weißen Blatt, seine Stimme klang so monoton wie die eines Kassenautomaten.

„Artur ist nicht Ihr Vater?"
„Nein. Mein Vater ist ein amerikanischer Soldat. Name unbekannt. Was geht Sie das überhaupt an? Verschwinden Sie."
„Verstehen Sie sich gut mit Artur?"
Schweigen. Okay, andere Fragestellung.
„Mögen Sie Ihren Stiefvater?"
„Ein kleiner, preußischer Wicht. Welche Gefühle hegen die Menschen für einen Niemand?"
„Beschreiben Sie Ihre Mutter."
„Die vertrocknete Enttäuschung eines unerfüllten Phantasiegebildes."
„Und was war ihr Traum?"
„Sie wollte leben, doch sie war schon tot."
„Wann ist das passiert?"
„Während ihrer Flucht aus Westpreußen. Plünderungen, Vergewaltigungen, Mord. Sie hat alles mit angesehen. Und nun verschwinden Sie endlich."
Ich schluckte.
Hartmut steckte die Feder in einen dafür vorgesehenen Halter und schraubte das Tintenfass zu.
„Artur hat sie geliebt, die beiden waren unzertrennlich, nicht wahr?"
Hartmuts Kopf flog herum.
„Artur? Sie verwechseln Liebe mit Klammern. Meine Mutter verachtete ihn für seine Schwäche. Der äußere Schein blieb gewahrt, doch sie sehnte sich danach, zu leben. Diese Sehnsucht verblasste Jahr um Jahr, bis sie zu einem Schimmern am Horizont der grauen Eintönigkeit wurde."
„Warum blieb Ihre Mutter bei Artur?"
„Sie hat ihre Seele verkauft. Für die Macht des Geldes."
„Wie viel Geld?" fragte ich. Arturs graues Gesicht tauchte vor meinem inneren Auge auf.
„Zu viel. Meine Mutter hat es gehortet, vom Geiz zerfressen. Artur musste betteln, wenn er eine neue Krawatte brauchte."
„Hatte Irmgard Freunde? Menschen, die wir in die Trauerfeier einbeziehen können?"
„Sie verstehen nicht! Sie war tot, lange bevor sie starb", schnauzte er.
„Wie wird Artur zurechtkommen?" fragte ich.
„Entweder erwacht er oder er hängt sich auf."
„Wissen Sie, ob er Tabletten nimmt? Herztabletten?" Äußerst ungewöhnliche Frage für die Planung einer Trauerfeier.

Wenn Hartmut der Verlauf des Gesprächs merkwürdig vorkam, dann zeigte er es nicht. Tonlos antwortete er: „Wen würde es wundern? Wer keine Freude empfindet, dem krankt das Herz."

„Trauen Sie ihm eine Straftat zu?" tastete ich mich an mein eigentliches Anliegen heran.

„Sind die Täter nicht immer die Verzweifelten?"

Ich rang mit mir, bevor ich die nächste Frage stellte.

„Könnte Artur Irmgard, ähem ... ermordet haben? Mit seinen Tabletten?" Hartmut sah mich wortlos an, plötzlich verschwamm sein Blick, kehrte sich nach innen. Er schloss für einen Moment die Augen. Stieß laut den Atem aus und wandte sich abrupt seinem Schreibtisch zu. Meine Anwesenheit blendete er aus, ich war nicht mehr existent.

Mit fliegenden Händen schraubte er das Tintenfass auf, ergriff das altmodische Schreibgerät und tauchte es in die schwarze Tinte. Die Feder machte ein leise kratzendes Geräusch, als er auf das Blatt in großen Buchstaben die Worte „Philharmonie der Hurensöhne" schrieb. Ich tappte geräuschlos aus dem Zimmer.

„Hartmut leidet unter Depressionen. Er ist in Behandlung. An manchen Tagen geht es ihm gut, an anderen hab ich echt Angst um ihn", erklärte die Mitbewohnerin, während sie sich die Hände an einem Geschirrhandtuch abtrocknete.

„Kennen Sie seine Eltern?" fragte ich.

„Hab sie ein paarmal gesehen, ist aber schon lange her. Seine Mutter führte das große Wort, und sein Vater kriegte den Mund nicht auf."

Es dämmerte, als ich im Seniorenwohnheim ankam. Die Eingangshalle war leer – Abendbrotzeit. Schweren Schrittes stapfte ich die Stufen hinauf. Ich hatte versagt! Nichts erreicht, absolut gar nichts. Heiderose war tot, und ich hatte keine Zeit, nach ihrem Mörder zu suchen, weil Irmgard lebte und ich ihren Mörder überführen musste. In meiner Wohnung hausten ein stinkender Vogel und eine durchgeknallte Scheintote. Sex kannte ich nur noch vom Hörensagen, denn der attraktivste Mann auf diesem Kontinent hatte sich kürzlich mit meiner Erzfeindin verlobt.

Heideroses Tür war angelehnt. Ich blieb davor stehen und lauschte. Hörte jemanden drinnen rumoren und stieß die Tür auf. Steven Petzold, der junge Aushilfspfleger, war damit beschäftigt, Heideroses Schränke zu durchwühlen. Er ließ vor Schreck eine Kaffeekanne fallen, als ich mich vor ihm aufbaute. Sie landete auf dem Teppich und blieb heil.

„Was zum Teufel machen Sie da?" wollte ich wissen.

„Das Gleiche könnte ich Sie fragen!" schimpfte er. Offensichtlich hatte er sich schon wieder gefangen, denn sein erschrockener, wenn nicht gar schuldbewusster Gesichtsausdruck war im Sekundenbruchteil dem üblichen Pokerface gewichen. Seine dunklen Augen schienen mich zu durchbohren. Ich hielt seinem Blick stand, wenn auch nur mit meinem einen Auge hinter den dunklen Gläsern. Irgendwann fühlte er sich wohl genötigt, eine Erklärung abzugeben.

„Ich soll den ganzen Kram aus dieser Bude in Kartons packen. Da gibt's Leute auf der Warteliste, die sind scharf drauf, hier einzuziehen. Wenn alles raus ist, kann der Nächste rein."

Steven drehte mir den Rücken zu, öffnete eine Schublade, entnahm ihr einen akkurat gefalteten Stapel Tischdecken und warf diese achtlos in einen Umzugskarton.

„Was ist mit den Angehörigen? Wollen die sich dieser Aufgabe nicht annehmen?" fragte ich den dunklen Zopf.

„Wie schlau sind Sie denn? Wenn das jemand anderes machen wollte, was hätte ich dann hier verloren?" Er öffnete die nächste Schublade, sie enthielt aus feiner Spitze angefertigte Serviettenringe und schmale Tischläufer. Die Sachen landeten mit Schwung im Karton.

„Wie wär's, wenn ich Ihnen bei der Arbeit zur Hand gehe?" bot ich freundlich an.

Steven antwortete nicht. In einer weiteren Schublade befand sich eine Sammlung Kuchengabeln, Tortenheber, Sahnelöffel und anderes Besteck. Die Schublade ließ sich nicht herausnehmen, also schaufelte der Junge das Besteck mit den Händen in den Karton. Es landete im Durcheinander der Tischdecken.

In einem Klappfach befand sich eine unüberschaubare Zahl Kerzenständer. Steven seufzte hörbar auf.

„Das würden Sie machen?" fragte er nun, allerdings ohne sich umzudrehen.

„Jawohl. Ich hab sowieso gerade Langeweile, und bevor ich den Abend vorm Fernseher verbringe, packe ich lieber mit an. Viele Hände bereiten der Arbeit ein schnelles Ende, das sagte schon meine Oma."

Steven stand auf und sah mich emotionslos an. „Dann machen Sie mal weiter. Ich geh eine rauchen."

Sobald er aus der Tür war, startete ich eine Durchsuchungsaktion im Schnelldurchlauf. Doch auf diese Idee war schon jemand anderes vor mir gekommen. Heideroses Kleiderschrank war durchwühlt worden. Ich erinnerte mich genau, wie akkurat sie ihre Sachen gestapelt hatte. Schnell öffnete ich weitere Fächer und Klappen – überall das gleiche Spiel. Wäre Heiderose nicht so pedantisch ordentlich gewesen, dann wäre mir möglicherweise gar nichts aufgefallen. Doch nun stellte sich mir die Frage: Wessen Werk war das, und was hatte derjenige gesucht?

In Windeseile durchstöberte ich den Nachtschrank, sah unterm Bett nach und rollte den Teppichläufer auf.

Das Badezimmer war blitzsauber. Auf den Regalen standen Parfumflakons und Cremetöpfchen ausgerichtet in einer Reihe. In einem dekorativen, mit Samt ausgeschlagenen Holzkästchen befand sich Heideroses Schmuck: ein schlichter Ehering, ein paar Halsketten, Ohrringe, Broschen und Armreifen. Der Fußboden war mit weichen, elfenbeinfarbenen Frotteematten belegt. Ich fand keine Medikamente und nichts, was in irgendeiner Weise merkwürdig wirkte.

Wenig später erhielt ich endlich einen Hinweis. Ich schob Mehl, Zucker und Gewürze in den Schränken der Einbauküche hin und her, durchsuchte eine Schublade mit Plastikbeuteln und ein Regal mit Kochbüchern. Guckte in den Backofen und den Kühlschrank. Hier fand ich stapelweise verschiedene Sorten abgepackte Wurst – mehr als ich in einem Vierteljahr essen würde. Heideroses Geschirr befand sich in ordentlichen Stapeln im Hängeschrank, die Tassen standen wie Soldaten zum Appell in einer geraden Reihe.

Ich sah in der Glasvitrine des Wohnzimmerschranks nach, wo Heiderose ihre guten Gläser aufbewahrte. Die feingeschliffenen Kristallgläser standen so exakt vor- und nebeneinander, als wäre ihr Zwischenraum mit einem Lineal vermessen worden. Ein guter Schütze hätte durch die Reihen schießen können, ohne ein einziges Glas zu treffen. Sektkelche, Weingläser, Cognacschwenker, Schnapsgläser und Likörgläser. Doch halt! Zwei Likörgläser hatten ein bis zwei Zentimeter mehr Abstand zu den übrigen. Sie standen auch nicht ganz genau in der Flucht mit den anderen. Zwei Gläser.

Mit den Fingerspitzen nahm ich behutsam eines der Gläser aus dem Schrank und hielt es ins Licht. Es war nicht auf Hochglanz poliert, sondern wies diese typischen Schlieren auf, die entstehen, wenn man Gläser einfach nur abwäscht. Wenn dieser Mordfall kriminalpolizeilich untersucht worden wäre, hätte man garantiert DNS-Spuren finden können. Jeder hinterlässt irgendetwas: Fingerabdrücke, Fusseln, Haare ... Doch die Polizei verschwendete wegen des Mordes an einer alten Dame ja keine Mühen!

Jemand hatte mit Heiderose vor ihrem Tod Likör getrunken, anschließend die Gläser abgewaschen und sie zurück in den Schrank gestellt. Irgendwann, vermutlich nachdem Knuth Heiderose abgeholt hatte, hatte dieselbe Person ihre Schränke durchsucht. Dieser Jemand war Heideroses Mörder oder hatte zumindest mit ihrem Tod zu tun. Warum sonst wollte er unentdeckt bleiben? Mir drängte sich ein unangenehmer Gedanke auf: Hatte einer der Hausbewohner Heiderose ermordet? Vergiftet, indem er ihr präparierten Likör einschenkte? Um Anhaltspunkte zu bekommen, musste ich so tun, als hätte ich keinen Zweifel an Heideroses natürlichem Tod, und die Bewohner so ganz nebenbei aushorchen.

Steven kam, eingehüllt in Qualmgeruch, zurück.

„Sie haben ja überhaupt nichts geschafft", warf er mir vor und wies auf den Haufen leerer Kartons, die sich gefaltet in der Zimmerecke auf dem Fußboden stapelten.

„Ich wusste nicht so recht, wo ich anfangen sollte", entgegnete ich und warf in einer hilflosen Geste die Hände in die Höhe.

Steven murrte etwas Unverständliches und hockte sich wieder vor das Fach mit den Kerzenständern. Schon landeten die Leuchter im Karton.

Mein Blick fiel auf den Wohnzimmertisch und das Sofa. Dort lagen in säuberlichen Häufchen die Handarbeiten, die Heiderose für den Basar angefertigt hatte. Sie hätte gewiss gewollt, dass die Stücke ihrem Bestimmungszweck zugeführt wurden.

„Die Sachen da drüben hat Heiderose für den Basar gebastelt", erklärte ich Stevens breitem Kreuz. Er wandte kurz den Kopf, sein Blick streifte die Handarbeiten.

„Nehmen Sie das Zeugs mit. Sie wollten ja sowieso gerade gehen", entgegnete er unfreundlich.

Ich lud meine Handtasche voll, klemmte die restlichen Sachen unter den Arm und zog eine Tür weiter.

Irmgard hatte es sich auf dem Sofa bequem gemacht. Eingerollt in meine flauschige Wolldecke, mein Lieblingskissen im Rücken, verfolgte sie zwei gelbe, viereckige Zeichentrickgestalten, die sich gegenseitig mit Baseballschlägern die Köpfe einschlugen. Sämtliche Schranktüren und Schubladen waren geöffnet, mein Hab und Gut lag durcheinander auf dem Fußboden.

Auf dem Wohnzimmertisch hatte Irmgard ein Büffet aus meinen Vorräten aufgebaut. Mayonnaise- und Ketchupflecken zierten den Tisch und den Teppich, gepaart mit Zwiebackkrümeln, einem angenagten Apfel und einer Fertigpizza, von der drei- oder viermal abgebissen worden war. Mein Gast hob, ohne den Blick vom Flimmerkasten abzuwenden, zum Gruß die fettglänzende Fernbedienung, fischte eine Essiggurke aus dem Glas und biss hinein. Die Flüssigkeit tropfte auf die Wolldecke. Der Teddy saß am Kopfende des Sofas mit Blick auf den Zeichentrickfilm.

Ich ging geradewegs zum Fernseher und schaltete ihn aus.

„Hast du was zu essen mitgebracht?" erkundigte sie sich zwischen zwei Bissen.

„Verrate du mir lieber, wo du die ganze Kohle gelassen hast. Ist doch merkwürdig, oder? Einen Tag bevor du stirbst räumst du sämtliche Konten leer." Ich baute mich vor ihr auf und betrachtete wütend das Schlachtfeld.

Irmgard kaute konzentriert.

„Und was noch merkwürdiger ist: Dein lieber Artur nimmt überhaupt keine Tabletten, weder Herztabletten noch sonst irgendwelche. Woran bist du denn nun wirklich gestorben, hä?" keifte ich. Schlafentzug führt zu Erschöpfung, weiterer Schlafentzug zu Überreizung der Nerven, und das kann böse Folgen haben.

Irmgard hielt meinem Blick stand und zeigte mit der abgebissenen Gurke auf mich. „Ich dachte, du bist die tolle Detektivin", gab sie zurück. „Der Fall ist doch sonnenklar: Artur hat dafür gesorgt, dass keine Barschaften da sind, wenn er mich ins Jenseits befördert. Wer nichts hat, braucht auch nichts zu vererben."

„So so. Und er hat natürlich die gleiche Unterschrift wie du."

„Kein Problem, wenn man lange genug übt. Und was die Tabletten angeht: Für wie doof hältst du ihn denn? Meinst du, er lässt sie offen rumliegen, solange ich noch nicht unter der Erde bin?"

„Artur ist seit Jahren nicht beim Arzt gewesen", rechtfertigte ich mich und fügte hinzu: „Sagt er."

„Und ich bin die Schwester von Queen Elizabeth. Du musst die Wohnung durchsuchen, und zwar jeden Winkel! Vergiss den Safe hinterm Cutty-Sark-Gemälde nicht." Konzentriert knabberte sie an der Gurke. Plötzlich hielt sie inne. „Was ist mit Christa Schüddekopp? Hast du dir die schon vorgeknöpft?"

„Vorgeknöpft würde ich das nicht gerade nennen", meinte ich und dachte an das Intermezzo am Neumarkt, bevor die Jugendlichen mir zur Hilfe geeilt waren. Irmgard öffnete gerade den Mund, entweder um zu antworten oder um ihre Gurke aufzuessen, da klingelte das Telefon.

„Martha, endlich! Ich versuche schon den ganzen Tag, dich zu erreichen. Wo treibst du dich herum? Lässt du Romeo etwa allein? Er braucht Gesellschaft, sonst vereinsamt er und reißt sich alle Federn raus. Du hast versprochen, nur kurz zum Einkaufen die Wohnung zu verlassen, die übrige Zeit wolltest du bei ihm bleiben. Ich hab hier keine ruhige Minute mehr!" Ruths Stimme war zwei Oktaven höher als gewöhnlich. Ich meinte, im Hintergrund Bernds Brummen zu hören.

„Oh – äh, Ruth", stammelte ich, denn just in diesem Moment wurde mir klar, dass etwas nicht stimmte. Es war so ruhig in meiner Wohnung. Ich sah mich suchend um. Romeos Käfig war fort! Der Koffer lag geöffnet am Boden, sein Inhalt war ein einziges Durcheinander. Ruth würde sich einer stationären psychiatrischen Behandlung unterziehen müssen, wenn sie von dem Verlust erfuhr. Meine Gedanken überschlugen sich.

„Mein Telefon war kaputt", versuchte ich eine Ausrede.

„Du kannst dir nicht vorstellen, welche Sehnsucht ich nach meinem Schätzchen habe. Ich muss ihn unbedingt hören, meinen Liebling", jammerte Ruth.

Der Schweiß brach mir aus. Dann fiel mir das Diktiergerät ein. Schnell fischte ich es aus der Handtasche und betätigte die Rückspultaste.

„Nun, er schläft gerade, und ich will ihn nicht wecken. Wir haben uns die ganze Nacht unterhalten. Kein Wunder, dass er jetzt ein kleines Nickerchen macht."

„Du bist die ganze Nacht aufgeblieben und hast mit Romeo gesprochen?" fragte Ruth erstaunt. Jetzt war ich mir sicher, dass es Bernd war, der im Hintergrund brummte. Ich hörte Worte wie „bekloppt", „Schramme" und „Ich hol mir 'n Drink". Das Murmeln verklang.

„Der Urlaub scheint euch beiden gut zu tun. Ihr habt es euch wirklich verdient, mal auszuspannen, den ganzen Tag in der Sonne zu liegen, euch verwöhnen zu lassen", faselte ich, während ich das digitale Zählwerk beim Rückwärtslaufen beobachtete.

„Hör bloß auf!" flüsterte Ruth. „Das ist der reinste Horror. Ich bin froh, wenn die Woche vorbei ist."

„Schmeckt euch das Essen nicht?" fragte ich.

„Das Essen ist das einzige Highlight des Tages", stöhnte sie. „Ansonsten ist's sterbenslangweilig. Bernd sitzt entweder vorm Fernseher oder an der Hotelbar. Ich vertreibe mir die Zeit, indem ich an den Veranstaltungen des Animationsteams teilnehme. Heute habe ich einen Gürtel aus Bast geflochten und eine Stunde lang Dartpfeile geworfen. Gleich gehe ich zum Bingo."

„Das ist doch toll", erwiderte ich geistesabwesend und betätigte die Stopptaste. Anschließend drückte ich auf „Wiedergabe" und verspürte dabei ein Gefühl der Erleichterung. Mit dem Gekrächze auf dem Band würde ich Ruth beruhigen und zumindest an dieser Front Ruhe haben.

„Welcher Bewohnerin hast du die heißen Höschen denn abgeluchst? Na, das war vielleicht ein Spaß! Martha, du bist ..." Elvis' Gelächter in voller Lautstärke. Hastig drückte ich wieder auf Stop.

„Was war denn das? Hast du Besuch? Und was machst du mit deinem Besuch? Muss Romeo etwa dabei zusehen?" kreischte Ruth.

„Das Diktiergerät spinnt. Es muss wohl die Funkwellen eines anderen Senders empfangen haben", redete ich mich heraus. „Ich wollte dir eigentlich Romeos Sprachfortschritte vorspielen, aber das Band braucht eine Ewigkeit, um zurückzuspulen."

„Unsinn. Du drückst die Pause-Taste, gibst zweimal die Null ein und drückst dann auf ‚Zurück'. Damit setzt du die Aufnahme zurück zum Anfang. Dann drückst du auf ‚Play'."

Konzentriert tat ich, wie mir geheißen. Das Gerät lief, gab aber keinen Ton von sich.

„Und nun drückst du ‚T'. So spart man sich die Phasen, wenn Romeo nichts sagt."

Ich drückte auf „T", und siehe da: Der Vogel meldete sich mit einem zaghaften Piepsen. Stille in der Telefonleitung, dann ein ersticktes Schluchzen. Die leisen Töne des Beos steigerten sich und gipfelten in ohrenbetäubendem Geschrei.

„Er vermisst mich. Er hat ‚Mama' gerufen, hast du gehört?" heulte Ruth.

„Nein, das heißt Mallorca. Wir haben neue Wörter geübt, und Mallorca kann er am besten", sagte ich. Wiederum Funkstille im Hörer bei gleichzeitigem Geschrei aus dem Diktiergerät. Ich ließ Romeo noch ein paar Sekunden krähen, dann drückte ich auf Pause.

„Du gibst dir solche Mühe mit meinem Schätzchen!" schniefte Ruth. „Hast du ihm noch mehr Wörter beigebracht?"

„Bundeskanzlerin kriegt er noch nicht richtig hin. Wir trainieren jede freie Minute."

„Das ist aber auch ein sehr schwieriges Wort. Zwei, höchstens drei Silben, sonst überforderst du das arme Tier."

„Das war nicht meine Idee. Er hat das im Fernsehen aufgeschnappt und übt seitdem wie besessen."

„Hat er denn auch genug Appetit?" fragte Ruth besorgt.

„Aber ja. Er frisst für drei."

Ruth atmete hörbar auf. „Tausend Dank, Martha, da bin ich ja beruhigt. Ich hätte ehrlich gesagt nicht gedacht, dass du dich so rührend um Romeo kümmerst. Aber Bernd kennt dich besser: Er war überzeugt, dass ihr beiden wunderbar miteinander auskommt."

Sie nahm mir das Versprechen ab, ihrem Allerliebsten einen Kuss von ihr zu geben und ihm zu erklären, dass es nicht mehr lange bis zu ihrer Rückkehr dauern würde. Dann war das Gespräch endlich beendet.

„Wo ist der Vogel?" schnauzte ich Irmgard an, die mit einer angebrochenen Dose Erdnüsse und einer Flasche Vitaminsaft an mir vorbeizog. Sie trug mein Lieblings-Fan-Shirt, auf dessen Rückseite zwölf Unterschriften der Spieler dieser Saison prangten, und meine nagelneue stahlblaue Jogginghose, die ich bisher geschont und im Schrank aufbewahrt hatte.

„Hab ich nach draußen verfrachtet. Wollte in Ruhe fernsehen", erklärte sie und wies mit dem Daumen Richtung Schlafzimmertür.

Ich rannte los, stolperte über am Boden liegende Bücher und Kleidungsstücke, riss das Fenster auf und sah hinunter. Romeos Käfig baumelte am Ziergitter. Er war mit einem bunten Wollschal an den Edelstahlstäben festgeknotet. Der Vogel saß regungslos auf seiner Stange, die Federn zu einer dicken Jacke aufgeplustert. Er sah hoch zu mir und machte mit einem leisen „Pffftt" sein Geschäft. Der Vogel lebte, dem Himmel sei Dank!

Ich packte den Schal und zog den Käfig hoch. Trug ihn vorsichtig zurück ins Wohnzimmer. Dann nahm ich die Schublade aus dem unteren Abteil, gab mir besondere Mühe bei der Säuberung und schüttete großzügig Vogelsand hinein. Öffnete eine Dose mit ekligem Inhalt, stellte sie ihm vor den Schnabel und überprüfte seinen Trinkwasservorrat. Es klingelte.

Ich öffnete die Tür nur so weit, dass mein Kopf durchpasste. Und bekam schlagartig feuchte Hände. Die Hitzewelle erfasste meinen Körper vom Unterleib aufwärts und endete in meinem Gesicht, das jetzt vermutlich knallrot und schweißglänzend war.

„Lässt du mich rein?" fragte Elvis mit scheelem Grinsen.

Ich schüttelte vehement den Kopf, unfähig, ein Wort rauszubringen. Nahm stattdessen das dunkle, volle Haar, die saubere Rasur und den unglaublichen Duft wahr. Mir schoss der Gedanke durch den Kopf, ihn am offenen Hemdkragen zu packen und geradewegs ins Schlafzimmer zu zerren. Doch mein momentaner Schockzustand und Irmgards Anwesenheit hinderten mich daran.

Er hielt mir einen prallgefüllten Stoffbeutel hin. „Da ist die Unterwäsche und das andere Zeugs drin. Damit du es der rechtmäßigen Besitzerin zurückgeben kannst."

„Die ist tot", krächzte ich.

„Was ist los? Bist du krank?" fragte er, und ich meinte, Besorgnis in seiner Stimme zu hören. Wiederum schüttelte ich den Kopf.

Elvis richtete die Augen zur Decke und stieß pfeifend den Atem aus. „Okay. Du willst mich nicht reinlassen, und mit mir sprechen willst du auch nicht." Jetzt sah er mich mit unbewegtem Gesicht an. „Dann ist's wohl besser, ich verschwinde." Ich nickte. Sah seiner schlanken, muskulösen Gestalt hinterher, wie er den Flur hinunter zum Treppenhaus ging. Sog noch ein paar Augenblicke seinen Geruch in mich ein, bevor auch dieser verschwand.

Ich warf den Beutel aufs Sofa und ging ins Schlafzimmer. Erst jetzt bemerkte ich, dass auch hier alles durcheinander war. Die Schranktüren standen offen, die Hälfte der Klamotten lag auf dem Teppich.

„Warum hast du meine Schränke ausgeräumt?" bellte ich. Irmgard richtete sich wieder auf dem Sofa ein und zog die Wolldecke bis unters Kinn.

„Das war ich nicht. Ich habe gebadet, mir die Haare geföhnt und die Nägel lackiert. Als ich damit fertig war, sah die Wohnung so aus wie jetzt. Ich dachte, du wärst in der Zwischenzeit hier gewesen und hättest was gesucht."

Ich glaubte ihr nicht. Diese penetrante, egoistische Person hatte sich garantiert einen Überblick über meine Habseligkeiten verschafft und anschließend keine Lust gehabt zum Aufräumen. Ich beobachtete den Beo, der ausnahmsweise den Schnabel hielt und mich aufmerksam beäugte. Hörte Heiner nebenan bellen und dachte an Ruth und dass es mir glücklicherweise gelungen war, sie mit dem Geschrei auf dem Diktiergerät vom Wohlergehen des Vogels zu überzeugen. Das brachte mich auf eine famose Idee. Plötzlich war mir das Durcheinander in meiner Bude einerlei. Ich schnappte mir das Diktiergerät, schaltete es ein und spulte zurück. Bemerkte, dass meine rechte Hand zitterte, als ich auf „Play" drückte.

„Wissen Sie was? Ihre dunkle Brille gefällt mir nicht", hörte ich Artur sagen. Irmgard warf den Kopf zu mir herum, stellte die Vitaminsaftflasche klirrend auf dem Tisch ab, sprang auf und war schon an meiner Seite.

„Das war ja Artur! Ich will jedes Wort hören, das der Schuft gesagt hat!"

Ich beachtete sie nicht, spulte zurück und dann wieder vor, als mir einfiel, dass ich Arturs Stimme erst nach dem Gekrächze des Vogels aufgenommen hatte. Ich drückte auf „Play", es herrschte Stille. Dann drückte ich „T".

Die Aufnahme war sehr undeutlich. Hin und wieder schrie der Vogel. Ich wollte gerade weiter vorspulen, als jemand „Heiderose" sagte. Die Stimme war weit weg, leise, wie verschluckt. Und doch ... Das Gerät hatte ein Gespräch aus der Nachbarwohnung aufgenommen.

Ich erinnerte mich an Heideroses Fernsehabende, wenn die Stimme des Nachrichtensprechers durch die Leichtbauwand in mein Wohnzimmer gedrungen war. Zeitlebens hatte sie sich gegen ein Hörgerät gewehrt, deshalb konnte man sich mit ihr nur unterhalten, wenn man sie anschrie. Jemand war drüben bei Heiderose gewesen, und Ruths hochsensibles Gerät hatte die Stimme aufgezeichnet!

Ich spulte ein Stück zurück, ließ das Band wieder laufen und stellte die Lautstärke auf maximal. Der Vogel schrie, dann wieder Stille.

„Was hat Artur gesagt? Spann mich doch nicht so auf die Folter", beschwerte sich Irmgard.

„Pschscht!" machte ich.

„Bitte schön, ... Heiderose", meinte ich zu hören. Wieder Vogelgeschrei. Pause.

„... gerne ..." Die gleiche Stimme. Das Gerät hatte sogar Heiners Gekläffe aus der anderen Nachbarwohnung aufgenommen.

Es folgte lange Zeit Stille, ich drückte „T" – wieder endloses Vogelgeschrei. Und plötzlich: „Heiderose, ... ist denn?" Ein scheppernedes Geräusch. Dann „Oh Gott, nein, das ... nicht!"

Durch die Wand und die Aufnahme war die Stimme leise und undeutlich. Ich konnte nicht mal sagen, ob es eine männliche oder weibliche war. Wen hatte Heiderose in die Wohnung gelassen? Sie kannten sich, hatten sich geduzt. Mein Magen krampfte sich zusammen. War der Mörder tatsächlich ein Bewohner aus dem Seniorenheim?

Irmgard fand das alles gar nicht lustig.

„Sieht aus, als wird's wohl so schnell nichts mit Arturs Verhaftung, wie?" giftete sie, stapfte ins Bad und warf die Tür hinter sich zu.

Ich beachtete sie nicht weiter, sondern durchforstete das Band. Spulte wieder zurück an den Anfang, hörte mir das Vogelgeschrei an und übersprang die Pausen. Schließlich langte ich bei meinem eigenen Auftritt in Heideroses Wohnung an. Auch meine Stimme war bis zur Unkenntlichkeit verzerrt, doch ich vernahm die Worte Kleidungsstücke, Basar, Schnittmuster und bald. Der Rest ging im Vogelgeschrei unter oder war einfach zu undeutlich.

Wiederum übersprang ich die Pausen, bis eine Stimme zu hören war. Ich schnappte nur Bruchstücke auf und hörte zwei Frauen lachen.

Als die Stimmen verstummten, sah ich auf die Uhr. Ließ das Band nun ohne Unterbrechung laufen. Wartete konzentriert auf das kleinste Geräusch, das nicht vom Vogel stammte. Eine halbe Stunde verging, dann Gemurmel und kurz darauf „Bitte schön ... Heiderose".

Erneut klingelte es an der Tür. Ich schaltete das Diktiergerät aus und öffnete.

„Trara, trara, Klaus-Jürgen ist da!" rief mein Nachbar. Er trug eine bügelfreie, dunkelgrüne Hose, ein violettes Hemd und ein schwarz-weiß kariertes Sakko mit einer roten Nelke im Knopfloch. Um seinem Erscheinungsbild sozusagen die Krone aufzusetzen, hatte er einen ledernen Cowboyhut auf dem Kopf.

„Was ist los?" fragte ich irritiert.

„Das Basartreffen beginnt gleich. Ich hatte doch versprochen, dich abzuholen. Uuuaaah, ich freu mich ja so, dass du mitkommst."

Seufzend wandte ich mich um. Ich wäre gern noch schnell zum Klo gegangen und rüttelte an der verschlossenen Tür. „Besetzt!" quakte Irmgard überflüssigerweise von drinnen. Im Durcheinander des Schlafzimmers tauschte ich das Second-Hand-Outfit gegen Jeans und ein signalrotes Shirt und fuhr mit den Fingern durch die Haare.

Beladen mit Heideroses Handarbeiten stieg ich neben Klaus-Jürgen die Treppe hinab. Wir durchquerten die Eingangshalle und traten ins Freie. Draußen schlug mir ein nasskalter Wind von der See ins Gesicht. Dunkle Wolken bedeckten den eisgrauen Himmel und türmten sich zu bizarren Gebilden, deren Ränder von einer verborgenen Sonne angestrahlt wurden. Wir folgten dem Plattenweg und gelangten zum Seniorentreffpunkt „Miteinander", einem Flachdachbau, der an das Pflegeheim anschloss.

Hier trafen sich die Bewohner zu geselligen Zusammenkünften wie Mensch-ärgere-dich-nicht-Turnieren oder Kniffel-Abenden. Vorträge, Tanztees, Entspannungs- und Fitness-Seminare wurden regelmäßig angeboten. In der Vorweihnachtszeit steuerte eine Invasion aus Vereinen,

Kindergärten und Schulen das Gebäude an, um die Senioren mit Gedichten, Liedern und Selbstgebasteltem zu beglücken.

Der Saal war taghell erleuchtet. Drinnen war es viel zu warm, und in der stickigen Luft hing der Geruch nach Essigreiniger. Gelächter und laute Stimmen kündeten von der Vorfreude auf den gemeinsamen Abend.

Der hellgraue Fußboden glänzte frisch gebohnert. Um die rechteckigen, orangefarbenen Resopaltische waren robuste Kunststoffstühle gruppiert. Der lange Tresen war vorn mit bunten Abziehbildern und gebastelten Papp-Gesichtern unterschiedlicher Kulturkreise beklebt. Ein schwerer, weinroter Vorhang verdeckte die kleine Bühne, auf der ein Landfrauenverein am vorigen Sonntag Sketche in Plattdeutsch vorgeführt hatte. Die Mobilés an der Decke und die Blumen aus Bastelkarton an den Fensterscheiben milderten nicht das Ambiente eines Speisesaals.

Eine doppelte Tür führte direkt ins Pflegeheim und ermöglichte, dass Betten und Rollstühle bequem hineingeschoben werden konnten. Heute waren keine Bettlägerigen dabei: Es tagte das Planungskomitee samt den fleißigen Helfern. Etwa dreißig Personen waren erschienen. Ich kannte zwar alle Gesichter, aber nicht alle Namen.

Klaus-Jürgen steuerte einen Tisch in der Nähe des Tresens an, rückte mir den Stuhl zurecht und schob ihn mit großem Gehabe unter meinen Hintern. Neben mir hockte ein grauhaariger Mann, der nur aus Bart zu bestehen schien. Die üppige, graue Wolle reichte ihm bis zur Brust. Mir gegenüber saß Albert. Seine klaren, blauen Augen beobachteten mich schelmisch, und sein glattes Kinn zuckte amüsiert.

Mein Begleiter haute erst dem Bärtigen und dann Albert auf die Schulter und stellte mir Ersteren als Eduard vor. Dieser reichte mir eine schwielige, gelbliche Pranke. Ich bemerkte, dass seine Fingernägel tiefe Rillen hatten und so lang waren, dass sie gekrümmt um die Fingerkuppen wuchsen. Klaus-Jürgen ließ sich zu meiner Linken nieder, nahm seinen Hut ab und hängte ihn am Lederband an seine Stuhllehne.

„Wo is'n Rudi? Wollt der nicht Nistkästen und Puppenhäuser beim Basar verscherbeln?" richtete Eduard das Wort an Klaus-Jürgen.

„Rudi ist nicht aufm Damm. Kommt vom Trichter nicht runter. Magen-Darm-Grippe", erklärte Klaus-Jürgen.

Am Nebentisch saßen Wilhelmine, Berta und Hannelore, allesamt in schwarz gekleidet, dicht nebeneinander. Ihnen gegenüber hatten Gunda Freier, Magda Pott und Angelika Unruh Platz genommen.

„Warum hast du eine Sonnenbrille auf, Martha?" rief Berta.

„Damit man ihre böse Verletzung am Auge nicht sieht", wurde sie umgehend von Wilhelmine aufgeklärt.

Angelika trug wie immer goldene Kettchen und Ringe auf ihrer gebräunten Haut. Sie hatte genügend Knöpfe des sandfarbenen Overalls aufgelassen, und die Männer in ihrer Nähe wendeten kaum den Blick vom appetitlich dargebotenen Busen. Angelika schenkte Klaus-Jürgen ein aufmunterndes Lächeln und winkte Albert neckisch mit zwei Fingern zu. Ich fragte mich, wo Hubert war, und ob er es für eine gute Idee hielt, seine Gattin allein auf die Konkurrenz loszulassen.

Ihre verdrießliche Miene war das Markenzeichen von Gunda Freier. Wenn es tatsächlich so etwas wie eine Aura gibt und diese uns wie ein zweiter Körper einhüllt, dann bestand Gundas Aura aus lupenreiner Negativität. Großzügig verteilte sie bissige und herabwürdigende Kommentare an ihre Mitmenschen.

„Was hast du denn hier verloren, Martha?" rief sie herüber. „Du kannst doch gar nicht handarbeiten. Und sonst willst du mit uns auch nie was zu tun haben." Sie stieß Angelika, die gerade mit einem gepflegten Mann ein paar Tische weiter Blickkontakt aufnahm, grob den Ellenbogen in die Seite.

„Ist doch wahr, oder, Geli? Martha kann nicht handarbeiten und hält sich für was Besseres", forderte sie Bestätigung.

Ich beachtete sie nicht weiter, sondern bestellte bei der Pflegerin, die heute zum Thekendienst verdonnert worden war, ein Bier.

Ritter Klaus-Jürgen wollte die beleidigenden Worte nicht im Raum stehen lassen, und so brüllte er zum Nachbartisch: „Ganz richtig, Gunda, Martha ist was Besseres. Sie hat nämlich Heideroses Basarsachen mitgebracht, die wären sonst zur Erbmasse geworden."

Als Heideroses Name fiel, wurde es schlagartig still im Saal. Alle blickten zu Boden, ich hörte jemanden schniefen. Einige Augenblicke später wurde ein Stuhl zurückgeschoben, und Ilse Runge, eine Bewohnerin des Nachbarblocks, ergriff mit klarer, lauter Stimme das Wort.

„Ich möchte unser heutiges Treffen einleiten, indem wir unserer lieben Freundin Heiderose gedenken. Jäh wurde sie in der vergangenen Nacht aus unserer Mitte gerissen und lässt uns fassungslos zurück. Sie war uns allen eine liebe, herzensgute und immer gutgelaunte Kameradin." Ilse legte eine Pause ein, sah schweigend auf die gesenkten Köpfe, räusperte sich und hob wieder an. „Wohl niemand hat sich so für unseren Basar eingesetzt wie sie. Ich wünschte, sie wäre noch bei uns, damit ich ihr für das großartige Engagement danken kann. Mit ihrer Herzenswärme und ihrem Enthusiasmus hat sie uns allen so gut getan. Ich bitte euch, denkt jetzt in einer Schweigeminute an unsere liebe Heiderose."

Sie setzte sich wieder auf ihren Stuhl. Alle schwiegen und starrten betrübt vor sich hin. Fast alle. Aus dem Winkel meines intakten Auges beobachtete ich, wie Gunda und Magda sich zuzwinkerten und Grimassen schnitten. Als die Minute vorbei war, kam Ilse Runge ohne Überleitung zum ersten Tagesordnungspunkt.

„Um eine Aufstellung zu machen, welche Vorbereitungen noch nötig sind, damit unser Fest am übernächsten Sonntag ein voller Erfolg wird, schlage ich vor, dass jeder einen kurzen Zwischenbericht gibt. Thea, würdest du bitte mitschreiben?"

Die adrette, schlanke Frau neben ihr nickte. Sie hatte kurzes, stahlgraues Haar, ein schmales Gesicht mit scharfgeschnittener Nase, saß kerzengerade auf ihrem Stuhl und hielt den Kugelschreiber einsatzbereit in der Hand.

Ich betrachtete die einzelnen Bewohner, wie sie sich nacheinander zu Wort meldeten und über ihre Aktivitäten berichteten. Prägte mir ihre Namen ein, um sie später unauffällig nach Heiderose zu befragen. Neben mir scharrte Klaus-Jürgen ungeduldig mit den Füßen, ihm dauerte der ganze Zinnober zu lange. Was war los mit ihm? Er war doch Stammgast bei diesen Treffen, also war der Ablauf keine Überraschung für ihn.

„Darf ich Ihnen noch etwas bringen?" Die Pflegerin, ein Tablett mit leeren Gläsern vor sich herbalancierend, war an unserem Tisch stehen geblieben.

„'N großes Bier!" antwortete Klaus-Jürgen prompt. Er trommelte mit den Fingern auf die Tischplatte.

„Ich habe fünfundzwanzig Teddys gebastelt. Einer knuffiger als der andere", verkündete eine sehr kleine, sehr dünne Frau mit erstaunlich kräftiger Stimme. Sie hielt in jeder Hand einen braunen Bären aus Plüsch. Bewunderungsrufe wurden laut. Ich gähnte.

„Und ich habe Toilettenrollenüberzüge gehäkelt. In allen Farben", meldete sich Evi Schirrmacher aus dem Nachbarblock zu Wort. Sie saß im Rollstuhl, ihr Schoß war mit besagter Häkelware bedeckt.

„Wer zum Teufel kauft denn heutzutage noch Klorollenbezüge?" motzte Gunda Freier.

Evi Schirrmacher senkte betroffen den Blick auf ihre Handarbeit.

„Was steuerst du denn zum Basar bei, Gunda?" fragte Ilse Runge liebenswürdig.

„Ich werde die Eintrittsgelder kassieren. Das muss ja schließlich auch jemand machen." Gunda guckte, die Mundwinkel in einem tiefen Abwärtsknick eingegraben, bestätigungsheischend in die Runde.

„Wenn Gunda die Besucher empfängt, können wir einpacken. Da hauen die Leute gleich wieder ab", murmelte der zugewachsene Eduard halblaut. Laut genug, um von der Betreffenden gehört zu werden. Ihre schwarzen Augen sprühten giftige Funken, und ich rechnete damit, dass sie gleich ihre langen Krallen in das Gesicht des Bärtigen rammen würde.

„Da muss ein Missverständnis vorliegen", warf Ilse ein. „Wir nehmen keinen Eintritt. Wir stellen unsere Werke aus und verkaufen sie."

Die Pflegerin kam mit dem Bier und stellte vor jeden der Männer eines hin. Eduard ergriff sein Glas und prostete Gunda grinsend zu. Diese lief dunkelrot an vor Zorn, ihre schmalen Lippen verzogen sich zu einer furchteinflößenden Grimasse. Ihr Blick streifte mich und hakte sich an mir fest.

„Martha, was hast du denn Hübsches für unseren Basar angefertigt?" fragte sie Galle spuckend. Alle Gesichter wandten sich mir zu.

„Ich habe Heideroses Handarbeiten mitgebracht. Steven Petzold hätte die Sachen sonst entsorgt", verkündete ich.

Entsetztes Raunen. Beifälliges Lob für meine Geistesgegenwart.

„Na super. Sich mit fremden Federn schmücken, um sich als Heldin feiern zu lassen", keifte Gunda.

„Martha beteiligt sich sehr wohl an den Basarvorbereitungen. Sie näht nämlich Miederwaren", nahm mich Wilhelmine kopfschüttelnd in Schutz.

„Sie näht ... was?" prustete Gunda los.

Auch die Herren an meinem Tisch fingen an zu lachen.

„Sie näht Schlüpfer, Hemdchen, na ihr wisst schon", sagte Wilhelmine ernst. „Das hat Heiderose mir erzählt. Gestern, nur wenige Stunden bevor sie starb." Beim letzten Satz versagte ihre Stimme.

„Nun, ich ...", begann ich.

„Zeig mal her, die Reizwäsche", fiel mir Rolf, ein Rollstuhlfahrer aus dem Block nebenan, glucksend ins Wort.

„Ich ...", setzte ich wiederum an, doch im Saal war es vor lauter Heiterkeit so laut geworden, dass ich ungehört blieb. Gunda spitzte zufrieden die Lippen und schenkte mir einen unschuldigen Augenaufschlag.

„Stimmt das, nähst du wirklich Unterhosen? Kann ich mir von dir gar nicht vorstellen", fragte mich Klaus-Jürgen über das allgemeine Gewieher hinweg. Sein gesundes Auge flackerte nervös.

„Natürlich nicht", erwiderte ich.

Ilse klopfte mit einem Löffel an ihr Glas und sorgte damit für allmählich einkehrende Ruhe.

„Wir müssen noch klären, wer die Plakate aufhängt. Und dann wollen wir darüber nachdenken, wofür wir die Einnahmen verwenden. Also bitte, wer noch nicht dran war, der stelle seinen Beitrag zum Basar nun vor, damit wir vorankommen."

Zu meiner Verwunderung sprang Klaus-Jürgen auf die Füße und stellte sich vorn im Saal an der Bühne so auf, dass ihn alle gut sehen konnten.

„Jetzt bin ich dran", rief er, während er von einem Bein aufs andere trat. Er wusste nicht wohin mit seinen Händen, verschränkte sie, steckte sie in die Hosentasche und faltete sie schließlich vorm Bauch. Alle Augen waren auf ihn gerichtet, der Bärtige neben mir stieß einen anerkennenden Pfiff aus.

„Er traut sich tatsächlich, alle Achtung! Das macht er nur für dich, Martha, also hör gut zu", riet er mir grinsend. Albert zwinkerte mir kichernd zu, er schien ebenfalls zu den Eingeweihten zu gehören.

Klaus-Jürgen sah mit flackerndem Blick in die Runde, nahm mich ins Visier und sagte, ohne mich aus den Augen zu lassen: „Meine lieben Freunde, ich bin schrecklich aufgeregt. Heute ist meine Premiere. Ich habe ein Lied komponiert. Für eine bestimmte Person in diesem Raum."

Alle Anwesenden folgten seinem Blick und sahen mich an. Ich merkte, dass mein Gesicht rot anlief. Am liebsten hätte ich mich in Luft aufgelöst.

„Meine Idee ist, dieses wunderbare Lied in einem Tonstudio aufzunehmen und die CDs beim Basar zu verkaufen. Aber nun hört selbst."

Klaus-Jürgen räusperte sich. Dann begann er mit der hohen Stimme eines Kirchenknabens zu singen:

„Ich träumte, ich wär nicht mehr allein,
ich träumte von dir, mein Sonnenschein.
Wann endlich wendest du dich mir zu,
du weißt, ich find ohne dich keine Ruh'.
Will alle schönen Dinge der Welt mit dir teilen,
und solltest du endlich an meiner Schulter verweilen,
dann werd ich ..."

Das Handy in meiner Handtasche klingelte. Unbekannte Nummer. Ich sprang auf und ging vor die Tür.

„Schade, dass du Elvis nicht reingebeten hast. Er wollte dir etwas

Wichtiges mitteilen." Rosemarie.

„Und deswegen rufst du mich an?"

„Ja, stell dir vor: Du sollst die Erste sein, die's erfährt: Elvis und ich heiraten in zwei Wochen. Auf dem Leuchtturm, ist das nicht furchtbar romantisch?"

„Furchtbar", bestätigte ich. „Und was hab ich damit zu tun? Willst du mich als Brautjungfer anheuern?"

Ich hatte den Finger bereits auf der Aus-Taste, unschlüssig, welches die geringere Qual war: Das Telefonat mit Rosemarie oder Klaus-Jürgens Minnegesang.

„Gott bewahre. Elvis und mir ist es sehr wichtig, vor unserer Eheschließung alle Liebschaften und Verhältnisse, und seien sie auch noch so bedeutungslos, für immer zu beenden. Altlasten über Bord werfen, sozusagen. Damit wir frei und rein füreinander sind."

Die Tür hinter mir ging auf, und das Stimmengewirr aus dem Saal schwappte heraus.

Klaus-Jürgen schob sich von hinten an mich heran.

„Du hast mein Lied gar nicht zu Ende angehört", beklagte er sich. „Ich hab's extra für dich komponiert."

Damit war mir die Entscheidung abgenommen. Ich legte auf.

„Was ist los, Martha? Bist du wegen der gehässigen Weiber vom Nachbartisch rausgelaufen? Denen werd ich's zeigen!"

„Wann hast du Heiderose zuletzt gesehen?" fragte ich ihn, mühsam den Gedanken an Elvis' bevorstehende Hochzeit verdrängend.

„Heiderose? Gestern beim Abendessen. Mitten in der Nacht war dann plötzlich Aufruhr im Haus, da war sie tot", antwortete Klaus-Jürgen. „Kommst du jetzt wieder mit rein? Ich sing das Lied noch mal für dich."

„Nicht nötig. Wenn du mir einen Gefallen tun willst, dann hör dich um, wer Näheres über Heideroses Tod weiß. Irgendjemand war in ihrer Wohnung, kurz bevor sie starb."

Klaus-Jürgen salutierte und knallte die Hacken seiner Stiefel aneinander. „Allzeit bereit und stets zu Diensten, Baby!"

Ich schubste die Tür zum Saal auf. Ilse Runges Ansprache verhallte ungehört, als ich mit Klaus-Jürgen im Schlepptau eintrat. Die Senioren steckten tuschelnd die Köpfe zusammen, grinsten und zeigten mit den Fingern auf Klaus-Jürgen und mich. Angelika Unruh formte aus Daumen und Zeigefingern ein Herz und gab ein schmatzendes Kussgeräusch von sich. Wir setzten uns.

„... waren wir uns doch einig, dass sämtliche Einnahmen einem guten Zweck zufließen sollen!" bemühte sich Ilse um Gehör.

„Wie wär's mit Brot für die Welt?" schlug jemand vor.

„Nee, nicht in ferne Länder mit unserem guten Geld. Ich finde, wir sollten es für unsere Wohnanlage einsetzen. Wir könnten ein Riesenschachspiel für den Garten bauen lassen", mischte sich Rolf ein.

„Das ist egoistisch", merkte die Teddy-Bastlerin an.

„Warum darf nicht einfach jeder das Geld behalten, das er mit seinen Sachen verdient?" fragte mein Sitznachbar Eduard laut und fügte hinzu: „Ich würd mir nämlich gern ein paar neue DVDs kaufen."

Albert nickte zustimmend, neue Filme würden Farbe in den grauen Wohnheimalltag bringen.

Eine hitzige Diskussion entbrannte. Aufgeregte Stimmen riefen durcheinander, Ilse konnte nichts dagegen tun.

„Meint Rudi auch. Er will mit seinen Holzarbeiten beim Basar Geld verdienen, und zwar für die eigene Tasche", unterstützte Klaus-Jürgen seinen Kumpel Eduard.

„Und was will er mit dem Geld anfangen? Hundefutter kaufen?" fragte Magda Pott und demonstrierte eine nahezu perfekte Kopie von Gundas gehässigem Gesichtsausdruck.

„Der hat ja ne richtige Produktion laufen", meinte Albert, „ich hab vor kurzem mal nen Blick in seine Bude geworfen – da stapeln sich die Vogelhäuser bis unter die Decke."

„Die Sachen sind nicht alle für den Basar. Rudi betreibt einen Internethandel für Holzhandwerk", erklärte Klaus-Jürgen.

„Tatsächlich? Dann macht er ja ordentlich Kohle nebenbei!" staunte Eduard. „Kriegt er nicht genug Rente, oder wofür braucht er das Geld?"

„Darüber darf ich nicht sprechen", sagte Klaus-Jürgen knapp. Er kniff die Lippen zusammen und setzte eine unnahbare Miene auf. Ich sah Eduard und auch Albert an, dass ihre Neugier jetzt erst recht geweckt war. Schon bestürmten sie Klaus-Jürgen mit Fragen, doch dieser hüllte sich eisern in Schweigen. Im Gegensatz zu den Herren am Tisch war mir vollkommen schnurz, ob mein Nachbar einen Nebenverdienst hatte oder nicht und wofür er das Geld ausgab.

„Und was machen wir mit den Erlösen aus dem Kaffee- und Kuchenverkauf? Die darf sich niemand in die Tasche stecken, das ist Gemeinschaftseigentum!" rief die stahlgraue Thea aufgebracht.

„Wir brauchen einen Vermögensverwalter, hab ich doch gleich gesagt.

159

Jemanden mit Köpfchen. Ich mach das", erklärte Gunda Freier geradeheraus.

„Die Summe, die aus den Verkäufen von Heideroses Bastel- und Häkelarbeiten zusammenkommt, sollten wir für ein Grabgesteck verwenden", schlug ich laut vor. Betretenes Schweigen folgte, hatten die Senioren doch für einen Moment nicht mehr an das Ableben ihrer Mitbewohnerin gedacht.

„Du hast recht, Martha", schaltete sich Wilhelmine mit brüchiger Stimme ein. „Sie war so stolz auf ihre Kunstwerke. Das waren die letzten Worte, die sie zu mir sagte."

„Um wie viel Uhr war denn das?" hakte ich nach.

Aus dem Augenwinkel sah ich, dass Gunda Freier mich mit stechendem Blick und angespanntem Kiefer fixierte. Ihre neue Freundin Magda Pott starrte konzentriert auf den eigenen Schoß.

„Das weiß ich nicht. Du warst gerade raus, nachdem du dir ihre Wäsche geborgt hattest. Sie wollte sich just die Haare föhnen."

„Habt ihr noch beisammengesessen?" fragte ich.

„Nee, ich war nur ganz kurz bei ihr drin. In der Werbepause von ‚Schlag den Raab'." Das Band hatte Gelächter aufgenommen. Gut möglich, dass es von Wilhelmine und Heiderose stammte.

„Hat noch jemand gestern Abend mit Heiderose gesprochen?" ergriff ich die Gelegenheit beim Schopf und fragte in die Runde.

„Was soll das werden, ein Verhör?" schoss Gunda einen Giftpfeil auf mich ab. Ich dankte ihr im Stillen, erinnerte sie mich doch mit ihrer Bemerkung daran, dass ich höllisch aufpassen musste, was ich sagte. Vielleicht saß Heideroses Mörder hier im Saal – er durfte keinen Verdacht schöpfen. Ich faltete die Hände und senkte das Haupt.

„Anteilnahme", sagte ich bedächtig, als spräche ich von der Kanzel zur Gemeinde. „Heiderose und ich wohnten Tür an Tür, Wand an Wand – wir waren wie Schwestern. Ist es da verwunderlich, dass ich wissen möchte, wie die letzten Stunden ihres Lebens verliefen?"

„Wie Schwestern!" mokierte sich Gunda und schnaubte verächtlich.

Ich gebe zu, ich trug wirklich ziemlich fett auf. Heiderose hatte mich bis gestern nicht weniger und nicht mehr interessiert als alle anderen Bewohner. Doch meine salbungsvollen Worte verfehlten nicht die Wirkung auf das Publikum. Ein paar Seniorinnen tupften sich die Augenwinkel, Wilhelmine fing hemmungslos an zu weinen. Albert und Klaus-Jürgen prosteten sich zu und leerten schweigend die Gläser, Eduard kratzte sich den üppigen Bart.

Hannelore meldete sich zu Wort. „Ich saß mit Heiderose und Wilhelmine zusammen am Abendbrottisch. Wir haben über einen Bericht in der Nordsee-Zeitung gesprochen, da ging es um das Auswandererhaus. Sie haben eine Amerikanerin interviewt, die hat sich dort über ihre Vorfahren informiert. Ihre Tante ist damals von Bremerhaven aus rüber nach Amerika, genau wie meine Schwester", plapperte sie. „Heiderose hatte einen gesunden Appetit, wie immer. Hat zwei Wurstbrote gegessen. Das war das letzte Mal, dass ich sie gesehen habe."

„So schnell kann das gehen", gab Rolf seinen Senf dazu. „Da beißte genüsslich in die Stulle, und im nächsten Moment biste tot."

Gunda und Magda zwinkerten sich zu.

„Ich habe mit Heiderose telefoniert, so gegen einundzwanzig Uhr", meldete sich Ilse zu Wort. „Sie rief mich an, um zu fragen, ob ich Hilfe bei der Organisation des heutigen Abends brauche. Ich hatte nicht den Eindruck, als würde ihr etwas fehlen, sie sprach ganz normal. Erzählte, dass sie den ganzen Abend an einem Tischdeckchen arbeitete, damit es noch rechtzeitig fertig würde."

„Sieht aus, als wenn ich die Letzte gewesen bin, die Heiderose lebend gesehen hat. Oh, wenn ich's nur geahnt hätte!" schluchzte Wilhelmine.

Niemand widersprach ihr. Wenn der Mörder hier in diesem Raum war, würde er sich wohl kaum freiwillig zu erkennen geben.

Die Tür schwang auf, und Rudi samt Dackel betrat den Saal. Rudi hatte seine ursprüngliche Gesichtsfarbe wiedergewonnen. Seine Augen suchten die Menge ab und blieben an unserem Tisch hängen.

„Ich denk, du hast Dünnpfiff", begrüßte Eduard den Neuankömmling. Dieser ließ sich neben Albert auf den letzten freien Stuhl nieder und nahm den Dackel auf den Schoß.

„Da bin ich mit durch." Er winkte der Pflegerin zu. „Ein Bier und nen Kümmerling", rief er.

„Frag mal Rudi. Vielleicht hat der mit Heiderose gesprochen, als er gestern Abend mit Heiner Gassi gegangen ist", riet mir Klaus-Jürgen. Rudi hatte gerade zwei Schluck getrunken, hielt inne und stellte das Bierglas auf dem Tisch ab. Ein Bart aus Schaum zierte seine Oberlippe.

„Nee, hab ich nicht", erwiderte er und fuhr mit schnellen Strichen über Heiners raues Fell. Dieser rollte sich mit einem Seufzer zusammen und schloss die Augen.

Ilse lenkte die Aufmerksamkeit des Publikums zurück zu den Finanzen und startete damit einen neuerlichen regen Wortwechsel.

„Stimmt es, dass du Miederwaren für den Basar nähst?" erkundigte sich Rudi über die Tischplatte hinweg bei mir. Die Diskussion rundherum war so laut, dass ich ihn kaum verstehen konnte. Er grinste seine Kumpels beifallheischend an.

„Wieso fragst du, möchtest du eine Bestellung aufgeben?" gab ich zurück.

Die Männer wieherten.

„Du hast ja nur Damenwäsche im Angebot. Oder hat Heiderose dir auch Muster für Herrenbekleidung ausgeliehen?"

Gunda machte einen langen Hals. „Hast du schon daran gedacht, Heideroses Sachen zurückzugeben, oder willst du sie dir klammheimlich untern Nagel reißen?" zischte sie.

„Das geht doch sowieso alles in den Müll", kam mir Klaus-Jürgen zuvor.

„Und wenn schon. Was Martha da macht, ist Diebstahl", regte Gunda sich auf.

„Heideroses Miederwaren liegen hoch und trocken in meiner Wohnung. Wenn jemand sie haben möchte, dann braucht er mir nur Bescheid zu geben. Und so lange das nicht der Fall ist", ich lächelte sie liebreizend an, „verwende ich sie weiterhin als Muster." Die Männer grölten vor Lachen und prosteten sich ausgelassen zu.

Etwa eine halbe Stunde später löste sich die Versammlung auf. Die offene Abstimmung hatte ergeben, dass die Erlöse für die Verschönerung unserer Wohnanlage eingesetzt werden sollten. Den genauen Verwendungszweck wollten die Teilnehmer in der folgenden Sitzung festlegen. In dem Durcheinander des Stimmengewirrs der aufbrechenden Menschen, dem Scharren der über den Fußbodenbelag zurückgeschobenen Stühle und dem Türenschlagen tauchte plötzlich Wilhelmine an meiner Seite auf, Berta und Hannelore im Gefolge.

„Ich finde es ganz lieb von dir, dass du dir solche Gedanken um Heiderose machst", sagte sie kopfschüttelnd. Ihre Tränen waren versiegt, doch ihre Lider rot und geschwollen. „Die ganze Zeit überlege ich, was sie zu mir gesagt hat. Da war noch was, ich weiß bloß nicht mehr, was."

„Das fällt dir bestimmt noch ein", beruhigte Berta die Freundin. Gemessenen Schrittes gingen wir hinüber ins Wohnheim.

„Hatte Heiderose eigentlich Angehörige?" wollte ich wissen.

„Nein, nur ein paar Anverwandte", klärte mich Hannelore auf. „Heideroses Mann Willi ist vor zehn Jahren gestorben, ihr Sohn Harald hatte einen tödlichen Motorradunfall, das ist noch länger her. Ihre Geschwister sind auch schon tot. Tja, so ist das in unserem Alter, da sterben alle Bekannten und Verwandten rundherum, bis man selbst an der Reihe ist", seufzte sie.

„Zu erben gibt's da nichts", erklärte Berta frei heraus. „Heiderose hat ihren ganzen Besitz dem Krankenhaus vermacht, in dem ihr Sohn im Koma lag, bevor er starb." Die anderen beiden nickten zustimmend.

„Ha!" rief Wilhelmine plötzlich und blieb mitten in der Eingangshalle unseres Hauses stehen. „Jetzt fällt's mir wieder ein. Weil wir gerade über Geld sprechen. Ich weiß wieder, was Heiderose zu mir gesagt hat!"

„Und was?" fragte Berta aufgeregt. „Was war's?"

„Sie hat mir erzählt, dass die Lottozahlen erst sehr spät übertragen werden. Wegen des Fußball-Länderspiels, das sie davor gezeigt haben", erwiderte Wilhelmine mit hörbarem Stolz auf ihr intaktes Erinnerungsvermögen. Ich unterdrückte einen Seufzer.

Klaus-Jürgen, Rudi und Heiner betraten die Eingangshalle. Der Hund schüttelte sich und ließ einen Furz fahren.

„Heiderose hat seit fünfundzwanzig Jahren Lotto gespielt. Jeden Samstag, immer dieselben Zahlen. Den Schein hat sie versteckt, da war sie richtig abergläubisch. Sie hätte so gern gewonnen und wollte alles spenden", berichtete Hannelore.

„Da wirste eher vom Blitz erschlagen, als dass du im Lotto gewinnst", ließ sich Klaus-Jürgen vernehmen.

Ich ging zum Treppenhaus und schleppte mich die Stufen hinauf, den Rest der Truppe wie eine Gänseherde hinter mir. Kurz vor meiner Wohnungstür überholte mich Klaus-Jürgen und versperrte mir den Weg.

„Woll'n wir deinen neuen Fall besprechen?" schlug er unternehmungslustig vor.

„Welchen Fall denn?" fragte Rudi und reckte den Hals.

„Pschschscht, geheim!" bedeutete ihm Klaus-Jürgen und legte den Zeigefinger auf die Lippen. Ich ließ die beiden stehen und schloss gähnend meine Wohnungstür auf. Ein Königreich für ein Bett! Oder zumindest eine bis zwei Stunden Schlaf. Doch mir waren nicht mal zehn Minuten vergönnt: Ich hatte eine Mission zu erfüllen, und jetzt war der beste Zeitpunkt dafür.

6

Es war eine dieser kalten, feuchten Frühlingsnächte, die mehr an Winter erinnern als an den bevorstehenden Sommer. Wie so oft war ich viel zu dünn angezogen. Eisige Tentakel krochen unter mein Shirt und stachen schmerzhaft in meine Haut. Ich trat noch fester in die Pedale, biss die Zähne aufeinander und sah stur geradeaus. Damit mich niemand bemerkte, hatte ich mein Fahrradlicht nicht eingeschaltet. Hier und da warfen Straßenlaternen einen Lichtkegel auf den Asphalt, doch dazwischen herrschte nachtschwarze Dunkelheit. Statt die beleuchtete Weserstraße zu benutzen, fuhr ich den Schleichweg über den Wulsdorfer Bahnhof, streifte Surheide und Grünhöfe und näherte mich Arturs Haus aus südwestlicher Richtung. Ich war von Kopf bis Fuß schwarz gekleidet. Wenn die Scheinwerfer eines Autos auftauchten, schlug ich mich in die Büsche.

Hundertfünfzig Meter von meinem Ziel entfernt stellte ich mein Fahrrad an der Hauswand einer Eckkneipe ab und ließ das Schloss zuschnappen. Gedämpfte Schlagermusik drang durch eine Fensterscheibe, die zu schmutzig zum Hindurchsehen war. Die Häuser lagen dunkel da, wie ausgestorben. Es war die Zeit, während der sogar der Busverkehr ruhte.

Bevor ich mich in Bewegung setzte, betete ich. Jawohl, ich bete. Das tue ich nur selten, aber in jener Nacht konnte ich jede nur erdenkliche Unterstützung gebrauchen. Ich hatte einen Höllenschiss. Trotzdem nahm ich mein Handy aus der Handtasche und wählte die 112. Gab die Adresse an und legte schnell auf.

Ein Mann kam mir taumelnd auf dem Bürgersteig entgegen. Ich schlug einen Bogen und wich auf die Straße aus, um nicht in seine Schusslinie zu geraten. Als ich fast auf seiner Höhe war, öffnete er den Reißverschluss seiner Hose und pinkelte gegen eine Laterne.

„Soll ich se gleich auflassen? Haste Bock?" rief er mir zu. Mir lag ein passender Kommentar auf der Zunge, doch ich ging schweigend weiter. Arturs Haus kam jetzt in Sichtweite. Mein Herz klopfte bis zum Hals. Ich verlangsamte meinen Schritt. Zählte von zwanzig an rückwärts. Und noch mal von dreißig. In der Ferne waren Sirenen zu hören, sie kamen näher.

Ich verbarg mich im Eingang des Nachbarhauses. Spähte um die Ecke und sah das Blaulicht surreale Lichtspiele in den Nachthimmel werfen. Ein Löschzug brauste heran, hielt, die Mannschaft sprang heraus. Ein paar Meter neben mir wurde ein Fenster geöffnet.

"Feuer!" schrie ich so laut ich konnte und noch mal: "Es brennt!" Weitere Fenster gingen auf. Ich hörte Schreie. "Hilfe! Helfen Sie mir!" rief jemand von oben. "Mein Mann ist gehbehindert, helfen Sie mir!"

Panik brach aus. Türen wurden aufgerissen, Menschen strömten auf den Gehweg. Dazwischen die Feuerwehrleute auf der Suche nach dem Brandherd. Während die Bewohner aus Arturs Haus ins Freie strömten, drängten sich ein paar Feuerwehrmänner hinein. In dem Getümmel fiel ich in meiner schwarzen Kleidung überhaupt nicht auf. Ich entdeckte Artur in Schlafanzug und Pantoffeln. Christa Schüddekopp rannte wie Batman in wehendem Bademantel hin und her. Jetzt war der richtige Zeitpunkt, hineinzugehen.

Ich tauchte ein in die Menschenschar vor Arturs Haus und verließ sie genauso unbemerkt. Der Feuerwehrmann, der eben noch den Eingang blockiert hatte, wurde von einer jungen Frau abgelenkt, die hysterisch schrie. In geduckter Haltung hechtete ich ins Gebäude, hörte die Feuerwehrmänner auf den Treppenstufen in den oberen Stockwerken, und gelangte unbemerkt bis zur Wohnungstür. Sie stand offen. Schnell schlüpfte ich hinein und verriegelte sie von innen. Wie immer bei Durchsuchungen ging ich zügig und systematisch vor. Der Safe hinter dem Segelschiff-Gemälde war eine einfache Ausführung mit Schließzylinder. Den passenden Schlüssel hielt ich bereits wenige Minuten später in der Hand. Doch in dem Moment, als ich das Fach öffnete, machte sich jemand an der Wohnungstür zu schaffen.

Ich warf die Papiere aus dem Safe in meine Handtasche, drehte den Schlüssel um und ließ ihn ebenfalls in der Tasche verschwinden. Hängte das Bild wieder an seinen Platz und schlich zur Tür.

"Jemand muss sie versehentlich zugeworfen haben", sagte eine fremde Stimme.

"Und nun? Ich hab keinen Schlüssel dabei", beschwerte sich Artur.

"Was wärst du nur ohne mich!" rief Christa Schüddekopp. So geräuschlos wie möglich schob ich den Riegel beiseite, damit Artur keinen Verdacht schöpfte. Rannte zurück und überlegte fieberhaft, wo ich mich verstecken könnte. So hatte ich mir das Unternehmen ganz und gar nicht vorgestellt! Ein Riesenaufwand für ein paar lumpige Minuten. Warum gaben die Feuerwehrmänner so schnell Entwarnung? Erledigte denn kein Mensch in diesem Land seinen Job gewissenhaft? In meiner kopflosen Eile entschied ich mich für den halben Meter zwischen Sofa und Heizkörper, zwängte mich in die Lücke und wartete. In dieser unbequemen

Haltung würde ich es allerhöchstens zehn Minuten aushalten. Schon jetzt tat mir das linke Bein von der Hüfte abwärts weh, außerdem schmerzte mein Rücken.

Die Tür wurde aufgeschlossen, ich vernahm Arturs Stimme. „Blinder Alarm!" schimpfte er. „Wer so was macht, gehört eingesperrt."

„Das mein ich aber auch. Wie viel Geld mag so ein unnötiger Einsatz kosten, und wer bezahlt den wohl?"

„Da bleibt die Feuerwehr drauf sitzen, es sei denn, sie ermitteln den Anrufer."

„Wie wär's, wollen wir jetzt, da wir ja sowieso wach sind, ein kleines Betthupferl miteinander trinken? Auf den Schrecken?" säuselte die lästige Schüddekopp. Ich wünschte mir ganz fest, dass Artur entweder ablehnte, oder, was noch besser wäre, sich zum Nachttrunk in der Nachbarwohnung einfand. Leider entschied er sich für Möglichkeit drei.

„Ich hab aber nur Jägermeister und klaren Korn im Haus", meinte er.

„Jägermeister ist wunderbar. Beruhigt die Nerven und sorgt für die nötige Bettschwere."

Schranktüren wurden geöffnet und geschlossen, Gläser auf den Tisch gestellt und eingeschenkt.

„Setz dich doch", forderte Artur seinen Besuch auf.

Prompt ließ Christa sich auf dem Sofa nieder und zwar mit solcher Wucht, dass das Möbelstück einige Zentimeter zurückrutschte und mich sozusagen in die Zange nahm. Ich biss mir auf die Lippen vor Schmerz, der Rippenheizkörper in meinem Rücken nahm mir den Atem.

Gläser klirrten.

„Ich glaub ja, das war der Zander von oben. Seitdem der bei der Bundeswehr ist, muss jeder nach seiner Pfeife tanzen", erklärte die Nachbarin.

„Deshalb ruft er noch lange nicht grundlos die Feuerwehr", widersprach Artur. „Das war niemand aus unserem Haus, hier wohnen nur unbescholtene Leute. Ich tippe auf Grottenmeier von nebenan, die ganze Familie ist zum Fürchten. Oder das war Detlef Detels aus Nummer 13."

„Detels? Ach Artur, was bist du doch für ein kluger Mann. Natürlich! Warum bin ich nicht darauf gekommen? Der hat so viel Dreck am Stecken, da liegt es ja geradezu auf der Hand. Wirst du ihn anzeigen?"

Erneutes Gläserklirren.

„Ich hab momentan ganz andere Sorgen."

Christa rutschte auf dem Sofa herum, wahrscheinlich, um dichter bei ihrem Nachbarn zu sein.

„Wenn ich dir irgendwie helfen kann ...", schnurrte sie.
„Nein, mir kann niemand helfen."
Ich war dem Erstickungstod nahe in dem engen Verschlag.
„Du wirst es schaffen, Artur! Du musst nicht den Rest deines Lebens trauern, da kommen noch wunderschöne Zeiten auf dich zu, du wirst sehen."
Erneutes Gläserklirren.
„Ohne Geld? Das kann ich mir beim besten Willen nicht vorstellen", erwiderte Artur mit schwerer Zunge.
„G... G... Geld?"
„Das ganze Geld ist weg. Ich hab gar nichts mehr, nur noch meine Rente."
„Aber ihr habt doch das Haus verkauft und, ähem ...", sie räusperte sich. „Also ich hab da was Läuten hören, dass es über eine halbe Million Euro gebracht hat. Hattet ihr so viele Schulden?"
„Nee, im Gegenteil."
„Und wieso ist das Geld dann weg?"
„Ach verdammt, ich wollte überhaupt nicht darüber reden. Mit niemandem. Verfluchter Jägermeister und verfluchter Detlef Detels!" lallte Artur. Er schien keinen Alkohol gewohnt zu sein, wenn er so schnell einen im Kahn hatte.
„Du musst reden, Artur. Das ist wichtig, damit du alles verarbeiten kannst. Und dein Geld – das muss doch irgendwo sein."
„Vor Wochen schon hat sie Verträge gekündigt, die wir jahrzehntelang bespart haben. Es ist alles futsch. Auf ganz vielen verschiedenen ausländischen Konten verteilt. Es wird lange Zeit dauern, sagt der Mann von der Bank, das alles zurückzuverfolgen." Arturs Stimme klang undeutlich, weinerlich.
„Sie hat dir nichts davon gesagt?"
„Gar nichts. Bestimmt hätte sie mit mir drüber gesprochen, wenn sie ... wenn sie nicht gestorben wäre." Er schluchzte.
„Es muss Belege über die Vorgänge geben. Und die wird Irmgard irgendwo in der Wohnung deponiert haben. Wenn du möchtest, helfe ich dir beim Suchen."
„Wo ist sie? Und was führt sie im Schilde?" nuschelte er.
Jetzt weinte Artur tatsächlich. Er kriegte einen Hustenanfall und putzte sich kurz darauf lautstark die Nase. Ich spürte meine Beine nicht mehr und hatte Stiche in der Brust.

„Ist's nun besser?" flüsterte Christa liebevoll. Artur schniefte und räusperte sich.

„Tut mir leid. Ich ... äh ... hab Unsinn geredet. Das ... das ist mir sehr peinlich."

„Aber, aber! Das muss dir überhaupt nicht peinlich sein. Wir sind doch unter uns."

Artur stand auf. „Ich geh jetzt ins Bett." Seine Schritte entfernten sich. Dann öffnete er die Wohnungstür.

Auch Christa erhob sich, ihre Stimme klang belegt. „Nun, ich ... ich wünschte ..." Sie sprach nicht weiter, vermutlich weil Artur abwartend in der Tür stand.

„Gute Nacht, Christa", sagte er.

„Ja ... dann ..., schlaf gut, Artur. Und wenn du etwas brauchst, egal was und um welche Uhrzeit, du weißt ja, wo du mich findest!"

Die Wohnungstür fiel ins Schloss. Artur verschwand im Bad, ich hörte die Geräusche seines Toilettenganges. Kurz darauf ging er hinüber zum Schlafzimmer. Löschte das Licht und warf die Tür hinter sich zu. Ich zwang mich, noch ein paar Minuten auszuharren. Versuchte, die Zehen zu bewegen. Stemmte mich gegen das Sofa, um mir ein paar Zentimeter mehr Luft zu verschaffen.

Als ich endlich freie Bahn hatte, konnte ich nicht auf die Füße kommen, sie versagten den Dienst. Meine Beine waren aus Knetgummi. Mir war schwindelig, hinter meiner Stirn ein zermürbendes, monotones Hämmern. In Millimeter-Etappen krabbelte ich durch die Dunkelheit über den Teppich, meine Schädeldecke stand vor dem Zerbersten. Ich wusste nicht wo oben und unten war, stieß mit dem Kopf gegen das zweite Sofa, zog mich mit letzter Kraft daran hoch und legte mich mit einem unterdrückten Stöhnen darauf. Spürte die harten Körperteile der Puppen im Rücken und atmete flach und stoßweise. Meine Lider fielen zu und ließen sich nicht mehr öffnen. Das Hämmern hinter der Stirn verklang, ich wurde schwerelos und tat einen Seufzer. Mit anmutiger Leichtigkeit entschwand ich in eine andere Welt. Von meinen Schmerzen spürte ich nichts mehr.

Ich wusste nicht, wo ich mich befand. Tastete nach der Sonnenbrille und nahm sie ab. Es war dunkel, doch ich erkannte schemenhafte Umrisse. Nahm den schwachen Geruch nach Reinigungsmitteln wahr. Hörte das sonore Ticken einer Wanduhr; irgendwo schnarchte jemand. Harte Ge-

genstände stachen mir in die Rippen, die Handtasche lag auf meinem Bauch. Der Schnarcher hatte einen Atemaussetzer und stieß einen Doppel-schnarchlaut aus. Jetzt kam die Erinnerung zurück.

Ich fand die Taschenlampe und ließ den Lichtkegel durch das Zimmer gleiten. Vorbei an Segelschiffgemälden, Setzkästen und Sammeltellern. Er stoppte am Wohnzimmerschrank. Die Gelegenheit war günstig, ich konnte beenden, was ich bei der Feuerwehraktion begonnen hatte. Ich schlich hinüber zum Schrank und öffnete die erste Schublade. Sie gab ein Geräusch von sich, das entsteht, wenn Metall und Holz aufeinanderreiben. Ich klemmte das Ende der Taschenlampe zwischen meine Lippen, damit ich beide Hände freihatte, und registrierte, dass Artur weiterschnarchte.

Ich suchte nach Geld oder dem Hinweis auf dessen Verbleib, und ich suchte nach Tabletten. Und nebenbei suchte ich nach allem, was mir bei der Aufklärung des unseligen Möchtegern-Verbrechens helfen konnte. Sah in jede Schublade, in jedes Fach, jedes Regal, unter den Teppichläufern und in den Ritzen der Sofas nach. Ich ging sogar soweit, den Deckel des Toilettenspülkastens abzunehmen. Während meiner peinlich genauen Suche lauschte ich zur Schlafzimmertür.

Die einzigen Tabletten, die ich fand, waren Vitamintabletten, die man in jedem Discounter kaufen kann. An Bargeld fielen mir knapp hundert Euro aus den beiden Portemonnaies der Fischers in die Hände. Diese lagen in einer Küchenlade. Arturs Geldbörse enthielt neben einem Einkaufschip ein paar Plastikkarten für Bank, Krankenkasse, ADAC und zwei Kundenkarten von Einkaufsläden noch seinen Personalausweis und den Führerschein. Auch in Irmgards Börse gab's nichts Aufregendes zu entdecken. Außer vielleicht dem winzigen Adressbüchlein, das in einem Seitenfach steckte. Ich warf es in meine Handtasche, schob die Schublade wieder zu und plötzlich hielt ich inne. Wieso, fragte ich mich, führt Artur seine Krankenversicherungskarte in seinem Portemonnaie spazieren, wenn er denn niemals zum Arzt geht? Seit angeblich fünfzehn Jahren nicht mehr? Ich fuhr seit Ewigkeiten kein Auto mehr und hatte demzufolge auch keinen Führerschein dabei. Entlarvter Lügner! jubelte die übereifrige Detektivin in mir. Umgehend schaltete sich jedoch die mahnende Stimme des Verstandes ein. Sie riet mir zur Zurückhaltung. Die Plastikkarte ist besser als gar nichts, sagte sie, aber auch nicht mehr.

Mit einem nagend unbefriedigten Gefühl verließ ich die Wohnung. Zwar hatte ich ein paar Dinge in meiner Handtasche gesammelt, die ich daheim einer genauen Sichtung unterziehen würde, aber der große

Durchbruch war mir nicht gelungen. Vermutlich waren sämtliche Objekte meiner Begierde im Schlafzimmer verborgen. Leider hatte mir der Mut gefehlt, mit der Taschenlampe im Mund um den schnarchenden Artur herumzuschleichen und seine Nachtschränke zu durchwühlen.

Als ich draußen die feucht-kalte Nachtluft einatmete, fasste ich einen Entschluss: Ich würde jetzt nach Hause radeln und schlafen. Ausgeruht und mit einem randvollen Tank frischer Energie würde ich morgen sowohl Heideroses Mörder als auch Artur zur Strecke bringen. Ganz sicher. Doch jetzt wollte ich mich ausnahmsweise um mich selbst kümmern. Mich behaglich in meinem Bett ausstrecken oder, wenn das besetzt sein sollte, zumindest auf dem Sofa. Niemand würde mich an meinem wohlverdienten Schlaf hindern, auch Irmgard nicht. Dachte ich.

Den Heimweg schaffte ich dank der Aussicht auf Erholung in respektabler Geschwindigkeit. Ich stellte mein Fahrrad im grünen Schuppen ab und betrat das Wohnheim.

Oben angekommen, zog ich leise die Wohnungstür hinter mir zu. Der Fernseher lief. Er tauchte den ansonsten dunklen Raum in bläuliches Licht. Ein Sprecher erklärte mit Hilfe einer Grafik die Hintergründe der jüngsten Wirtschaftskrise. Ich sah Irmgard auf dem Sofa liegen und stimmte einen innerlichen Jubelgesang an. Sie war eingeschlafen, und das bedeutete: Mein Bett war frei. Um mein Glück nicht aufs Spiel zu setzen und Irmgard nicht zu wecken, verzichtete ich darauf, das Licht einzuschalten. Wäre ich nicht so furchtbar müde gewesen, dann hätte ich es gerochen, und mir wäre ein furchtbarer Schreck erspart geblieben. Doch statt meine Sinneswahrnehmungen zu registrieren stellte ich gähnend die Tasche auf den Stubentisch und schleppte mich ins Bad. Erledigte das Notwendigste und schlurfte zurück ins Wohnzimmer.

Romeos Käfig war unter einem Badehandtuch verborgen. Ich lupfte einen Zipfel und entdeckte den Vogel, der mit geschlossenen Augen ganz entspannt auf einer Stange hockte. Sorgfältig deckte ich den Käfig wieder zu. Ich war schon fast im Schlafzimmer angelangt, als mir meine Handtasche einfiel. Da waren die Sachen aus Arturs Wohnung drin, und die durften auf keinen Fall Irmgard in die Hände fallen. Also ging ich zurück zum Stubentisch, dabei streifte mein Blick das Gesicht der Schlafenden. Und dann geschah es: Urplötzlich stellten sich die Härchen an meinen Unterarmen auf, über meinen Rücken krabbelte eine Gänsehaut. Ich erstarrte. Mein Verstand weigerte sich hartnäckig, doch tief in meinem Innern flammte die Erkenntnis auf. Jetzt nahm ich auch diesen untrüglichen Geruch in meiner Nase wahr. Trotzdem hoffte ich auf eine harmlose Erklärung, als ich atemlos zum Lichtschalter hechtete. Die Beleuchtung ging an, und ich schrie auf vor Entsetzen: Auf meinem Sofa lag Irmgard – tot. Ihre hellbraunen, leicht lockigen Haare umrahmten ihr bleiches Gesicht, die blicklosen Augen waren weit geöffnet.

Normalerweise bin ich im Umgang mit Leichen wirklich cool. Bernd tut diese mir eigene Gelassenheit als rohe Kaltschnäuzigkeit ab, und meine Bekannten finden dafür Adjektive, die von bewundernswert bis abstoßend reichen. Ich war froh über diese gute Gabe, war sie mir doch schon viele Male von großem Nutzen gewesen. Sicherlich, meine Vorgehensweise in Mordfällen war recht unkonventionell und deckte sich selten mit dem Gesetz. Doch durch meine Fähigkeit, mir das betreffende Opfer genau anzuschauen und sämtliche Umstände ihrer Umgebung in meinem Gehirn sozusagen fotografisch zu speichern, hatte ich bisher jeden Fall erfolgreich gelöst.

Hier in meinem Wohnzimmer war es allerdings mit der gewohnten Gelassenheit vorbei. Auf meinem weichen Lieblingskissen, bis unters Kinn zugedeckt mit meiner kuscheligen Wolldecke lag meine ehemalige Schulkameradin, die vorgestern gestorben und gestern auferstanden war. Und nun war sie wieder tot. Richtig tot. Meine Hände zitterten, mein Atem ging asthmatisch keuchend. Ich schlich um mein Sofa herum, wie eine geistig Verwirrte auf der Suche nach etwas, von dem ich nicht wusste, was es war. Schließlich nahm ich all meinen Mut zusammen, zog die Wolldecke beiseite und untersuchte die Verstorbene mit bebenden Händen. Hinter den Ohren und im Nacken entdeckte ich Totenflecken, auf den aufliegenden Bereichen am Rücken fand ich keine. Die Körperoberfläche wie Bauch und Rücken waren noch warm, aber das Gesicht war glatt und kühl. Noch etwas anderes fiel mir auf, jetzt, wo ich ihr Gesicht genauer betrachtete. Die Hautpartien der Nasenspitze, Kinn, Augenbrauen und Wangen waren weiß, die restliche Gesichtshaut war etwas dunkler.

Zunächst fand ich an ihrem Körper keine Spuren von Gewaltanwendung. Die bläuliche Verfärbung ihres Gesichts konnte jedoch ein Hinweis auf Sauerstoffmangel im Blut sein. Und die weißen Partien? Sie könnten entstanden sein, weil auf diese Bereiche Druck ausgeübt worden war, überlegte ich. Beispielsweise mit einem Kissen. Das Blut in den hervorstehenden Gesichtsteilen war weggedrückt worden. Hatte jemand Irmgard erstickt? Womöglich mit meinem Lieblingskopfkissen! Das einzige, was ich sicher wusste, war, dass Irmgard diesmal wirklich tot war.

Wie eine Gefangene in der Zelle tigerte ich in meinem Wohnzimmer auf und ab. Ich vermied den Blick auf die tote Frau, fühlte mich andererseits aber außerstande, den Raum zu verlassen. Unbewusst kreuzte ich Zeige- und Mittelfinger, wie ich es immer tue, wenn ich mich konzentriere, während ich nach Antworten auf meine Fragen suchte. Ich kapierte überhaupt nichts mehr. Alles war absurd, nichts ergab einen Sinn, ich drehte mich im Kreis. Zähneklappernd schlang ich die Arme um meinen Oberkörper.

Keine Frage, Irmgard musste dorthin zurück, wo sie hergekommen war: In Knuths Bestattungsinstitut. Das einzig Positive an dieser verrückten Situation war, dass Knuth die verschwundene Leiche zurückbekam und sie rechtzeitig ordnungsgemäß begraben konnte. Doch schon tauchte das nächste Problem auf. Wie sollte ich Irmgard ins Institut schaffen?

Ich warf einen Blick auf die Uhr. In zwei Stunden wurde es draußen hell. Wenn ich diese Angelegenheit schnell und ohne Aufhebens erledigen wollte, dann jetzt sofort! Andernfalls musste die Tote bis zur kommenden Nacht in meiner Wohnung bleiben, und mit diesem Gedanken konnte ich mich überhaupt nicht anfreunden.

Die einfachste Variante, nämlich dass Knuth mit seinem Leichenwagen vorfuhr, um Irmgard zu holen, war undenkbar. Wenn in der Nähe unserer Seniorenwohnanlage das Auto eines Bestatters gesichtet wurde, löste das so lange die wildesten Spekulationen aus, bis die Bewohner das Rätsel gelöst hatten. Aus naheliegenden Gründen war es zudem viel zu riskant, Irmgard mit einer Bahre durchs Haus zu tragen. Zwar war ich eben beim Heimkommen niemandem begegnet, aber das wollte nichts heißen. Wilhelmine Germascheck litt unter Schlafstörungen und vertrieb sich deshalb nachts gern die Zeit mit Treppensteigen.

Fieberhaft ging ich in Gedanken sämtliche Bekannten durch, die einen Wagen besaßen. Wenig später hakte ich diese Idee ab: Zwar kannte ich einige Leute mit Auto, aber niemand kam in Frage, diese doch sehr ungewöhnliche Aufgabe zu übernehmen. Hätten Elvis und ich uns derzeit in einer unserer vergangenen Hochphasen befunden, dann hätte ich ihn eventuell gefragt. Eventuell. Da ihm meine Tätigkeit bei Knuth aber ein Dorn im Auge war, hätte ich es vermutlich doch bleiben lassen. Von Hochphase konnte ja ohnehin keine Rede sein. Ich dachte kurz an Fred, verwarf den Gedanken aber schnell wieder. Fred hatte mich letzte Nacht aus einem Sarg befreit und sezierte meine Nachbarin. Da wollte ich ihm nicht noch eine Tote in den Kofferraum laden.

Ich war also auf mich allein gestellt. Hatte niemanden, der mir helfen würde, Irmgard unbemerkt aus dem Haus und hoffentlich noch vor Einbruch der Morgendämmerung ins Institut zu schaffen. Die Zeit saß wie eine böse, kalte Faust in meinem Nacken.

Schnell lief ich zum Schlafzimmerschrank und nahm den erstbesten Bettbezug aus dem Regal. Es handelte sich um einen nagelneuen flauschigen Biber-Bezug in Braun- und Rottönen. Ich hatte die Garnitur bei einem Versandhaus bestellt und nicht im Traum daran gedacht, dass ich sie als Leichensack gebrauchen würde. Ich holte tief Luft, beugte mich runter zur Verstorbenen auf dem Sofa, fasste unter ihre Schultern und machte mich an die schwierige Aufgabe, die Leiche in den Bettbezug zu stopfen. Sie war noch warm und biegsam, aber nichtsdestotrotz schwer und unhandlich. Mit zitternden Fingern schloss ich nach vollbrachter Arbeit die Knopfleiste.

Ich öffnete das Fenster, lehnte mich hinaus und sah mich um. Die Rasenfläche lag im Dunkeln, der Gehweg wurde hier und da in den trüben Schein der Gaslaternen-Imitate getaucht. Hoffentlich lagen alle Senioren in den Federn, so dass mich niemand beobachtete! In vereinzelten Fenstern der Wohnanlage brannte das Licht hinter zugezogenen Vorhängen. Busen-Ursels Wohnung gegenüber lag dunkel da. Ich wertete das als gutes Omen.

Die Luft war feucht und schwer. In der Ferne jaulte das Martinshorn eines Feuerwehr- oder Krankenwagens, das Geräusch schwoll an und entfernte sich wieder. In die nun folgende Stille hinein hörte ich einen Frosch am wohnheimeigenen Zierteich quaken. Ich lauschte noch einen Moment und beschloss, dass der Zeitpunkt günstig war. Wenn es für eine solche Aktion überhaupt einen günstigen Zeitpunkt gab.

Ich fasste vorn und hinten unter die vom Bettbezug verhüllte Irmgard, schleifte sie mehr zum Fenster, als dass ich sie trug und bemühte mich schnaufend, sie auf die Fensterbank zu wuchten. Als ein Teil des Pakets obendrauf lag, packte ich von unten an und schob. Es war ein wirklich unangenehmer Moment, als das Bündel so weit aus dem Fenster hing, dass es Übergewicht bekam. Es sauste hinab und schlug kurz darauf dumpf auf der Erde auf. Das Geräusch ging mir durch Mark und Bein, und ich befürchtete, dass ich es mein Lebtag nicht wieder vergessen würde.

Grellweiße, zackige Blitze und kleine Punkte tanzten vor meinem Blickfeld, Übelkeit stieg in mir auf. Ich lehnte mich gegen die Tapete und bemühte mich ruhig zu atmen, bis der Schwindelanfall vorüber war. Hielt die Augen geschlossen und stellte mir einen sonnigen Tag am Weserstrand vor, mit Möwengeschrei, sandigen Füßen und träge schwappenden Wellen. Doch überall tauchte die tote Irmgard mit ihren starren, weitaufgerissenen Augen auf. Sie hing über der Reling einer schippernden Jolle, kugelte leblos den Deich hinunter und machte sich in meinem Strandkorb breit. Mir war noch immer schwindelig, als ich meine Handtasche ergriff, so leise wie möglich die Wohnungstür hinter mir zuzog und zum Treppenhaus schlich. Kein Laut war zu hören, ich atmete erleichtert auf. Bitte, lieber Gott, mach, dass ich diese grauenhafte Angelegenheit schnell und komplikationslos hinter mich bringe, betete ich still.

Doch mein Flehen ward ungehört. Als ich den Treppenabsatz im ersten Stockwerk erreichte, tauchte plötzlich wie aus dem Nichts Wilhelmine vor mir auf. Mein Herz blieb stehen. Kam sie etwa von draußen? Zuweilen verband sie nämlich ihr nächtliches Treppensteigen damit, vor der Tür frische Luft zu schnappen. Was, wenn sie heute eine Runde um den Wohnblock gedreht hatte und ihr dabei der Bettbezug aufgefallen war?

Die kleine, weißgelockte Frau hatte geschwollene Lider, gerötete Augen und fleckige Wangen vom Weinen. Sie trug einen altmodischen Hausanzug aus bügelfreiem, violetten Stoff, der vorn mit einem Reißverschluss versehen war. Ihre schneeweißen, blaugeäderten Füße steckten in Schafwoll-Hausschuhen. Wie immer schüttelte sie den Kopf. Als sie mich sah, schrie sie auf, und schon im nächsten Augenblick umklammerte sie mich wie eine Ertrinkende.

„Was ist das für eine grausame Welt, in der wir leben?" jammerte sie. Ihr Klagelied hallte durchs ganze Treppenhaus. „Pschscht!" machte ich eindringlich, doch sie schien mich gar nicht zu hören.

„Die gute, gute Heiderose. Sie hat niemandem was zuleide getan, niemals hat sie ein böses Wort gesagt, ihr ganzes Leben lang war sie fleißig – und dann? Muss sie sterben, so kurz vor ihrem großen Tag."

„Ihrem Geburtstag?" hakte ich nach, während ich mich von Wilhelmine befreite und fieberhaft überlegte, wie ich sie schnell und unauffällig loswurde.

Unter Tränen schüttelte sie den Kopf.

„Der Basar. Heiderose hat sich seit Monaten so auf den Basar gefreut. Und nun kann sie nicht dabei sein."

Ich nahm kaum wahr, was sie sagte. Was sollte ich bloß machen? Wenn man Wilhelmine am Hals hatte, wurde man sie so schnell nicht wieder los. Sie teilte sich liebend gern mit, und angesichts der frühen Stunde und dem Mangel an weiteren Genossen bot ich die willkommene Abwechslung vom einsamen Treppensteigen. Stundenlang würde sie mich belagern. Sie würde sich an meine Fersen heften, wo auch immer ich hinging. Vor meinem inneren Auge erschien der gefüllte Stoffsack, der in etwa einer Stunde für sämtliche Bewohner sichtbar im Garten lag, und ich unterdrückte mühsam die in mir aufsteigende Panik.

„Heiderose war ein ganz besonderer Mensch. So gutherzig ..."

Wilhelmine schluchzte erneut herzzerreißend auf. Ich hätte schreien können vor Anspannung. Wir bewegten uns Schritt für Schritt die Treppe hinunter und auf die Eingangshalle zu. Wilhelmine klebte an mir wie ein siamesischer Zwilling.

Sämtliche Stühle waren unbesetzt, im Dämmerlicht der Notbeleuchtung herrschte eine geisterhafte Leere. Auch das gläserne Kabuff unseres Hausmeisters Richard Knülle, in dem er gelegentlich seine Pförtnerdienste verrichtete, lag verlassen da. Allerdings stand die Tür offen. Das brachte mich auf eine Idee. Ich hoffte, dass Knülle, antriebslos wie es seinem Wesen entsprach, noch nicht auf die Idee gekommen war, das defekte Schnappschloss zu reparieren. Ich lenkte meine und somit auch Wilhelmines Schritte zur Pförtnerbude.

„Wilhelmine, bist du bereit für eine gute Tat?" fragte ich feierlich.

Sie sah mich kopfschüttelnd mit großen Augen an. „Jederzeit. Worum geht's?"

„Na, dann mal los – rein in die gute Stube", sagte ich munter und schob sie in den kleinen Raum.

Wilhelmine leistete geringen Widerstand, doch letztlich überwog ihre Neugier. Wir Senioren hatten in der Hausmeisterbude nichts verloren, angeblich befanden sich dort wichtige elektrische Schalter und noch wichtigere Unterlagen. Man hatte uns oft genug eingeschärft, niemals den Fuß über diese heilige Schwelle zu setzen. Die Warnung war eigentlich überflüssig, denn normalerweise war das Kabuff verschlossen oder Knülle hockte drinnen.

An einer Säule in der Ecke des Raumes gab es tatsächlich einige Schalter; zwei Sicherungskästen waren in die einzige fensterlose Wand eingebaut. Die Armlehnen von Knülles abgewetztem Drehstuhl klemmten unter dem breiten Schreibtisch. Auf der Schreibtischplatte befanden sich ein Telefon, ein kleiner Fernsehapparat und ein Stapel Zeitschriften.

„Setz dich doch", lud ich Wilhelmine mit schmeichelnder Stimme ein, während ich ihr den Stuhl unter den Hintern rollte. Ihr Gesäß passte knapp auf die Sitzfläche, die Füße hingen in der Luft. Schon rollte ich die kleine Frau vor den Schreibtisch. Verunsichert sah sie hoch zu mir, ihre weißen Löckchen flogen hin und her.

„Es geht um Richard Knülle", begann ich feierlich.

„Was ist mit ihm, hat er was angestellt?"

„Und ob. Knülle ist wegen Steuerhinterziehung und mmh ...", ich stockte einen Augenblick, „Menschenhandel aufgeflogen", faselte ich. Steuerhinterziehung und Menschenhandel – was Bescheuerteres war mir in der Eile nicht eingefallen. Wilhelmine war sprachlos und sah mich wie ein verschrecktes Kaninchen an. Sie kapierte überhaupt nichts. Eindringlich fuhr ich fort: „Du musst nach Beweisen suchen, aber du darfst niemandem etwas verraten. Schaffst du das? Eigentlich sollte ich diese Arbeit erledigen, aber ich muss schnell ..." Ja, wohin? Wilhelmine schüttelte ihre weißen Löckchen vor lauter Aufregung so heftig wie noch nie zuvor.

„Zur Polizeiwache. Knülle identifizieren." Was für ein Schwachsinn!

„Oh mein Gott, das ist ja furchtbar!" kreischte Wilhelmine auf. „Steuern und Menschen ... Unser Knülle? Bei der Polizei?"

Ich warf ihr den Stapel Illustrierte in den Schoß. Damit lenkte ich ihre Aufmerksamkeit auf ein spärlich bekleidetes Mädchen.

„Die hat ja fast nichts an! Das hätte ich von Knülle aber nicht gedacht", stieß sie aufgebracht hervor. Tapfer blätterte sie um und erblickte eine weitere vollbusige Frau.

„Ich soll das alles angucken?" fragte sie unbehaglich.

„Ja. Sieh auch in den Schubladen nach und im Schrank. Alles, was dem Schurken den Garaus macht, ist wichtig für die Polizei."

„Wenn ich's mir recht überlege, war mir Knülle noch nie so ganz geheuer. Er guckt immer so grimmig", überlegte sie laut. Sie blätterte jetzt deutlich entschlossener um.

„Ich bin ganz sicher, dass du von der Polizei eine Auszeichnung für deine Arbeit bekommen wirst, wenn der Fall abgeschlossen ist", sagte ich.

„Wirklich?" Wilhelmines Augen leuchteten wie die eines Kindes. Augenblicklich fing sie Feuer, ihr Tatendurst war geweckt. Sie schnappte sich die Schere aus dem mit Kugelschreibern gefüllten Kaffeebecher und machte sich eifrig daran, das anstößige Titelbild auszuschneiden. Wilhelmine hatte vor Jahren wegen ihrer langjährigen Mitgliedschaft im Deutschen Roten Kreuz eine Urkunde nebst Ansteckenadel erhalten und prahlte damit nahezu täglich vor den Bewohnern.

„Sicherheitshalber mache ich die Tür zu. Könnte ja sein, dass einer seiner Komplizen vorbeikommt, um das belastende Material beiseite zu schaffen", sagte ich leichthin. Wilhelmine sollte bloß nicht auf die Idee kommen, ich würde sie einsperren. Das defekte Schnappschloss ließ sich nämlich weder von innen noch von außen öffnen, aber das hatte die frischgebackene Gesetzeshüterin überhaupt nicht auf dem Sender.

„Die sollen nur kommen!" drohte sie dem imaginären Menschenhändlerring mit erhobener Schere. „Ich hab keine Angst vor Spitzbuben!" Ich zog die Tür zu und winkte Wilhelmine im Vorbeilaufen durch die Glasscheibe fröhlich zu, aber sie war schon mit dem Ausschneiden des nächsten Models beschäftigt. Hoffentlich würde sie noch eine ganze Weile so vertieft in ihre Tätigkeit sein und sich ihrer misslichen Lage erst bewusst werden, wenn die Senioren auf dem Weg zum Frühstücksraum an ihr vorüberzogen. Dann musste jemand einen Schlüsseldienst beauftragen.

Draußen war es kalt und nach wie vor finster. Allerdings sah ich am Horizont einen hellen Streifen schimmern. Ich stürmte zu den grünen Geräteschuppen und fahndete nach dem Bollerwagen, der irgendwo in einer der Buden rumstehen musste. In wenigen Augenblicken, so malte ich mir aus, würde ich das Bettwäschebündel auf ebenjenen Handwagen laden und mit meiner Fracht durch die frühmorgendlichen Straßen Wulsdorfs sausen. Wenn ab jetzt alles gutging, würde Irmgard in einer halben Stunde wieder auf der rostfreien Rollbahre liegen.

Unglücklicherweise gab es in den Schuppen kein Licht, weil niemand nachts einen Ersatzrollstuhl oder -rollator benötigte. Und schon passierte es: Ich stolperte über irgendetwas, das auf dem Boden herumlag, schlug lang hin und stieß mir dabei schmerzhaft das Schienbein. Geistesgegenwärtig fing ich meinen Sturz mit den Händen auf der Erde ab. Hinter meiner Stirn drehte sich alles, es rauschte in meinen Ohren, und mein Magen krampfte sich vor Übelkeit zusammen. Stöhnend rollte ich mich zur Seite, bis ich auf dem Hintern saß, und schluckte tapfer die aufsteigende Magensäure hinunter. Martha, beschwor ich mich, du darfst jetzt nicht schlappmachen! Knuths Existenz hängt von dir ab und letztlich auch deine eigene. Knuth macht dicht, und du wanderst in den Knast. Mit geschlossenen Augen zählte ich langsam bis zehn, ertastete meine Handtasche und rappelte mich keuchend auf die Füße.

Vorsichtig bahnte ich mir einen Weg durch den Geräteschuppen und fand endlich den Bollerwagen. Er war beladen mit unzähligen Plastikbällen, Kunststoff-Golfschlägern und einer Wolldecke. Ich schleuderte den

Kram hastig beiseite und zog an der Deichsel. Das Ding ließ sich kaum vorwärtsbewegen, und als ich es endlich aus dem Schuppen in die schummrige Beleuchtung des Gartenwegs gezerrt hatte, sah ich, dass ihm ein Rad fehlte. Fassungslos starrte ich auf das glatte Holz oberhalb der Achse, wo sich eigentlich das vierte Rad befinden sollte. Im gleichen Moment stieg die Wut der Verzweiflung in mir auf und gab meinen völlig überreizten Nerven den Rest. Mein Verstand setzte aus. Mit dem inbrünstigen Schrei eines verwundeten Kriegers und ohne Gedanken an den Lärm, den ich dabei verursachte, trat ich gegen den hölzernen Wagen. Einmal, zweimal und noch ein drittes Mal. Ich war dermaßen in Rage, dass ich das nutzlose Gefährt kurz und klein treten wollte. Es würde mir eine Genugtuung sein, das Holz unter meinen Turnschuhen wie unter einer Axt splittern zu hören, und ich würde nicht eher aufhören, bevor der Karren mit einem letzten Seufzer in sich zusammenfiel.

Leider waren meine Basketballschuhe nicht mit Stahlkappen ausgerüstet, so dass mir nach dem vierten Tritt der rechte Fuß höllisch wehtat. Ich hielt kurz inne und rollte vorsichtig mit den lädierten Zehen, während mein Blick das Innere des Schuppens streifte. An dessen Rückwand zeichneten sich im Halbdunkeln die Umrisse eines Rollstuhls ab. Ich hielt in der Bewegung inne. Warum war ich nicht gleich darauf gekommen? Sicher, ein Rollstuhl war nicht die erste Wahl, aber immer noch besser, als wenn Irmgard bei Tagesanbruch von den Hausbewohnern im Garten gefunden wurde.

Der erste Rollstuhl, den ich zu fassen bekam, war ein einfaches, zusammenklappbares Ding zum Schieben. Seine Reifen schienen intakt, wenn auch nicht prall mit Luft gefüllt. Kurzentschlossen fasste ich das Ding bei den Griffen, schnappte mir im Vorbeigehen das Fahrradgummi vom Gepäckträger meines Fahrrads und schob los. Um auf die rückwärtige Seite des Gebäudes zu gelangen, dort, wo Irmgard lag, musste ich am hell erleuchteten Eingang vorbei. Ich verdrückte mich so weit wie möglich auf die dunkle Rasenfläche und warf im Vorbeigehen einen Blick zum Fenster der Pförtnerbude. Wilhelmine saß nach wie vor mit gesenktem Haupt am Schreibtisch und schnitt nackte Frauen aus. Gut so.

Ich umrundete das Haus und stieß erleichtert die Luft aus, als ich sah, dass sich der leblose Haufen einsam vom Erdboden abhob. Niemand schien etwas bemerkt zu haben. Ich betätigte die Feststellbremse des Rollstuhls, fasste an einem Ende des Bettbezugs an und mühte mich ab, die verhüllte Leiche auf den Rollstuhl zu wuchten. Plötzlich hielt ich inne. Ein

Mensch im Bettbezug, der mit dem Rollstuhl durch die Straßen geschoben wurde, war viel zu auffällig. Jeder, und sei es nur ein vorbeiziehender Autofahrer, musste bei diesem Anblick misstrauisch werden. Viel ratsamer war es, Irmgard wieder auszupacken und sie ohne Bezug zu transportieren.

Gesagt, getan. Ich schälte den Stoff hinunter, warf ihn beiseite, hob Irmgard an und wuchtete sie in den Rollstuhl. Spannte mein Fahrradgummi um ihre Taille, damit sie nicht aus dem Sitz rutschte und schob mit Volldampf los. Schoss zu schnell um die Hausecke, so dass ihr Oberkörper zur Seite kippte und sich über der rechten Armlehne hängend gefährlich dem Erdboden näherte. Schnell brachte ich sie wieder in Position und setzte die Fahrt fort. Auf gerader Strecke gab ich Gas und rannte so schnell ich konnte, den Rollstuhl vor mir herschiebend. Nach ein paar hundert Metern war ich völlig fertig. Bedrohlich leuchtete der anbrechende Tag am Horizont und vertrieb die dunklen Schwaden der Nacht. Mein T-Shirt klebte an meinem schweißnassen Rücken, hinter meiner Stirn war ein Presslufthammer in Gange, und der Bereich um mein lädiertes Auge schmerzte wie verrückt.

In den Küchenfenstern mancher Häuser ging das Licht an. Ein Auto zog an mir vorbei, Kohlendioxidnebel hing in der Luft. Im Eingangsbereich einer Kneipe an der Lindenallee hatte jemand seine Mülltonne ausgeleert oder eine wilde Party gefeiert. Ich lehnte mich schwer atmend gegen die Scheibe.

Das noch vor mir liegende Wegstück war eigentlich ein Klacks, doch in meinem Zustand meinte ich, diese Strecke nie im Leben bewältigen zu können. Ich taumelte mehr, als dass ich ging, mit letzter Kraft den Rollstuhl vor mir herschiebend. Irmgards Körper rutschte zur Seite, sie saß jetzt schräg, ihr Kopf lag auf der Schulter. Ich überquerte die Lindenallee. Plötzlich schoss ein Wagen mit quietschenden Reifen aus einer Hofeinfahrt und raste haarscharf an mir vorbei. Mein Herz überschlug sich, mein Adrenalinpegel schnellte in die Höhe und verschaffte mir kurzzeitig neuen Antrieb. Die nächsten Meter schaffte ich ohne Pause.

Im Schein der Straßenlaternen sah ich einen Mann auf mich zukommen. Er trug Hut und Mantel. Sein Spazierstock machte bei jedem Schritt ein klackendes Geräusch auf dem Bürgersteig. Fieberhaft suchte ich nach einer Möglichkeit abzutauchen, aber hier gab es nur glatte Hauswände, deren Eingänge direkt auf den Bürgersteig gingen. Unauffällig versuchte ich, Irmgard in eine aufrechte Position zu rücken, indem ich an ihrer Kleidung zerrte. Der Mann schritt weit voran und war nur noch wenige Meter entfernt. Sein Gesicht lag im Schatten seiner Hutkrempe. Und plötzlich, er stand schon fast vor mir, konnte ich es erkennen. Mein Atem setzte aus. Es hätte nicht schlimmer kommen können. Von allen Menschen, die mir an diesem frühen Morgen begegnen konnten, musste es ausgerechnet dieser sein! Ich stand Auge in Auge mit der Quasseltasche der Nation, dem pensionierten Friseur Theo Grantig. Ich war geliefert.

Sein ehemaliger Salon hatte einer Videothek Platz gemacht. Wo vor einigen Jahren noch uralte, braune Friseurstühle und zwei zerkratzte Keramikwaschbecken beheimatet waren, füllten jetzt Action- und Pornofilme weiße Kunststoffregale. Theo war ein Friseur alten Schlages mit einem begrenzten Leistungsangebot. Männer kriegten die Haare mit einer Schermaschine abrasiert, und Frauen bekamen krause Dauerwellen. Generationen von Müttern hatten ihre Kinder in seinen Laden geschleppt, weil Theo die Ponys auf Vorrat kurz schnitt und der Familie damit beim Geldsparen half. Theo Grantig kannte unzählige Menschen und wusste über deren Privatangelegenheiten besser Bescheid als sie selbst.

Er rammte seine Hacken ins Pflaster und baute sich wie eine Mauer vor dem Rollstuhl auf. Ich sah seine kleinen, mausartigen Knopfaugen vor Neugier blinken und seinen gewaltigen Schnauzbart zittern, als er erst mir und dann meiner Begleiterin forschend ins Gesicht sah. Meine Hände bebten, schmerzhaft krampfte sich mein Magen zusammen. Irgendeine üble Flüssigkeit stieg sauer in meiner Speiseröhre auf, und ich bekam einen grausamen Schluckauf.

„Na, das nenn ich eine Überraschung! So früh am Tag schon unterwegs?" rief Theo Grantig mit der Überschwänglichkeit eines Staubsaugervertreters.

„Hicks!" machte ich statt einer Antwort.

„Und wen haben wir denn da? Kennen wir uns?" flötete er, beugte sich zu Irmgard hinab und tätschelte ihre Schulter.

„Lassen Sie das!" schimpfte ich und zerrte ihn grob beiseite. „Meine Freundin schläft!"

„Aber nein, sie hat die Augen auf", belehrte mich der Friseur.

„Das hat nichts zu bedeuten. Sie vergisst sie zuzumachen, wenn sie müde ist", erklärte ich. Hicks!

Grantigs Aufmerksamkeit richtete sich nun auf mich. „Ihr Gesicht sieht ja schlimm aus, wie ist denn das passiert? Hatten Sie einen Unfall?" Bohrender Blick, seine Gier nach Neuigkeiten war förmlich greifbar. Ich beschloss, ihm welche zu liefern und ließ meiner Phantasie freien Lauf.

„Gut, dass ich Sie treffe!" rief ich aus, kämpfte wiederum mit dem Schluckauf und fuhr fort: „Seit Wochen schon nehme ich mir vor, Sie wegen der Freitagabende zu fragen. Nur, um Missverständnissen vorzubeugen ... Hicks!"

Grantig zog die Augenbrauen hoch, sie wurden zu einem auf dem Kopf stehenden V.

„Ich verstehe nicht. Was passiert denn Freitagabends?" fragte er in der offenkundigen Erwartung, ich würde ihn gleich in ein streng gehütetes Geheimnis einweihen. Gebannt blinkten mich seine kleinen Mausaugen an, er spitzte die Lippen. Fehlte nur noch, dass ihm ein Speichelfaden aus dem Mundwinkel lief.

„Bestimmt gibt es dafür eine ganz harmlose Erklärung", begann ich und senkte die Stimme. „Sie wissen sicher, dass ich jeden Abend eine Runde jogge und dabei an Ihrem Haus vorbeikomme? Anfangs habe ich mir wirklich überhaupt nichts dabei gedacht. Doch seit einigen Wochen kommt es mir etwas komisch vor. Warum, frage ich mich, kommt Sie wohl jeden Freitagabend derselbe adrette Herr besuchen? Hicks!"

Ich beobachtete, dass sich Grantigs gespannter Gesichtsausdruck veränderte. Blanke Sensationsgier verwandelte sich in Ungläubigkeit und wurde dann zu Betroffenheit, die er erfolglos zu verbergen suchte. Seine Kiefermuskeln erschlafften, der Mund stand ihm offen. Ich plapperte munter weiter: „Und wissen Sie, was ich am vergangenen Freitag besonders merkwürdig fand? Dieser Mann und Ihre Frau stiegen aus einem Auto, dessen Scheiben von innen so beschlagen waren, dass man gar nicht hineinsehen konnte. Ob sie so geschwitzt haben, hab ich mich gefragt. Hicks! Glückliche Fügung, dass ich Sie treffe, Sie können mein kleines Rätsel bestimmt aufklären."

„S-s-sind Sie s-s-sicher?" stammelte Theo, um Haltung bemüht. Ich hatte mal irgendwo aufgeschnappt, dass er sich jeden Freitag mit seinen Kumpels, einem pensionierten Orthopädieschuhmachermeister und einem ehemaligen Offizier der Bundeswehr, zum Skatspielen im Deutschen Haus traf.

Er schwankte benommen. „Geht es Ihnen nicht gut?" fragte ich, Besorgnis heuchelnd. Seine Frau war eine aufgedonnerte Trulla, die tonnenweise mit Schmuck beladen und immer nach der neusten Teenagermode gekleidet war, als wolle sie mit diesen Äußerlichkeiten über ihre fünfundsechzig Lebensjahre hinwegtäuschen. Man munkelte, dass Theo Grantig

181

krankhaft eifersüchtig war.

„Vielleicht fällt Ihnen doch noch ein, wer dieser ominöse Herr ist und was es mit seinen Besuchen auf sich hat", meinte ich. „Und wenn nicht, dann fragen Sie doch einfach Ihre Frau." Ich winkte dem sprachlosen Barbier zu und umrundete ihn in einem flotten Bogen. Irmgards Oberkörper kippte dabei schwungvoll zur Seite und knallte auf die Lehne. Davon kriegte Theo zum Glück nichts mit, weil er mit einem großen, karierten Taschentuch den Schweiß von seiner Stirn wischte. Ich rückte Irmgard wieder zurecht und setzte eilig meinen Weg fort.

Ich konnte mir ein Grinsen nicht verkneifen. Da hatte ich voll ins Schwarze getroffen! Ich war mir sicher, dass Theo Grantig an diesem Morgen ganz andere Sorgen hatte, als dass er sich über mich und die Dame im Rollstuhl weitere Gedanken machte. Leider dauerte es nur wenige Schritte, bis ich erneut an Schwung verlor und wieder matt vorankroch. Der Rollstuhl ließ sich immer schwerer schieben, seine Reifen hatten kaum noch Luft. Dass ich es letztlich bis zu Knuths Institut schaffte, war der Verdienst eines räudigen Köters.

Das Tier hatte die Größe eines Schäferhundes und sah aus wie ein grau-brauner Wischmopp. Zumindest der Kopf sah so aus, auf dem Rücken hatte der Hund großflächige kahle, schuppige Stellen. Er sprang ohne Vorwarnung aus einer Hecke und stürzte sich mit einem quietschenden Geräusch gierig auf mich. Ich machte mir fast in die Hose vor Angst und versuchte, den Rollstuhl zwischen mich und das wildgewordene Vieh zu bringen. Doch leider nahm der Hund von Irmgard keine Notiz und ließ sich durch die Rollstuhlbarriere nicht von seinem Ansinnen abbringen. Er hatte es allein auf mich abgesehen. Zäher Geifer tropfte aus seinem Maul, ich erblickte grässlich spitze Zähne, die mindestens dreimal so lang wie die von Heiner waren. Ich sah schon die Schlagzeile in der Zeitung, die gleichzeitig meine Todesanzeige werden würde: „Rentnerin von tollwütigem Hund zerfleischt".

Wie überrascht war ich, als mir dämmerte, dass er mich gar nicht beißen wollte. Ganz im Gegenteil: er freute sich über mein Erscheinen. Dieses Erlebnis als unangenehm zu bezeichnen, ist stark untertrieben.

Er brachte mich beinah zu Fall beim ersten Mal. Aus vollem Lauf sprang er an mir hoch, und ich strauchelte, während seine nasse Zunge durch mein Gesicht wischte. Sein Atem roch nach Verwesung. Mühsam hielt ich mich an den Griffen des Rollstuhls aufrecht und schrie den Hund mit der wenigen mir noch zur Verfügung stehenden Energie an. Dadurch gelang es mir, ihn kurzfristig abzuschütteln, doch die Freude über meine Anwesenheit trieb ihn wieder voran.

Bis vor Knuths Institut klebte der Köter an mir, als hätte ich Honig am Hintern. Ungezählte Male sprang er mich an und versuchte, mein Gesicht abzulecken. Zweimal hatte er Glück und erwischte meine Wange. Meine Klamotten sahen aus, als hätte ich mich im Schweinestall gewälzt, und meine rechte Gesichtshälfte war von einer getrockneten Speichelschicht überzogen. Immerhin schaffte der Hund es, dass ich meine körperlichen Beeinträchtigungen so weit verdrängte, die verbliebene Strecke in Rekordtempo zu bewältigen. Trotzdem war es beinah taghell, als ich die Auffahrt des Bestattungsinstituts hinunterschob. Ich parkte Irmgard vor dem hinteren Tor und machte mich auf die Suche nach Knuth. Der Hund trank aus einer Pfütze, schüttelte sich und trabte davon.

7

Das Schlafzimmer war eine rosa Wolke aus Plüsch und Seide. Ich lag inmitten unzähliger Kissen auf einer weichen, breiten Matratze. An den Bettpfosten, die bis unter die Decke reichten, hing ein seidiger Himmel, der in weichen Wellen bis auf den samtenen, fliederfarbenen Teppich fiel. Die Bettpfosten waren aus massivem, dunklem Holz gefertigt, und bei näherem Hinsehen fielen mir die feinen, kunstvollen Schnitzereien darin auf. Und ich sah noch etwas: Handschellen. An jedem Bettpfosten war ein Paar solider, silbern-glänzender Handschellen befestigt.

Ein ungutes Gefühl beschlich mich. Das war nicht mein Schlafzimmer. Und die Handschellen gehörten mir auch nicht. Plötzlich spürte ich, dass ich nicht allein war im Bett.

Es raschelte zwischen den Kissen. Und dann beugte sich jemand langsam über mich. Strich mir mit bleichen Fingern das Haar aus dem Gesicht. Ich sah große Zähne und roch Pfefferminz – Traugott Kümmel. Schlimm genug, dass ich mit ihm in einem Bett lag. Noch schlimmer war, dass er nichts anhatte.

Ich erwachte mit einem erstickten Schrei auf den Lippen. Konnte nur ein Auge öffnen, das andere war noch immer zugeschwollen. Mein Kopf fühlte sich an, als wäre er mit Watte gefüllt, aber zumindest hatte ich nicht mehr diese furchtbaren Schmerzen. Durch verblichene braune Vorhänge fiel Tageslicht in den Raum. Ich lag tatsächlich in einem Bett, allerdings auf einer dreiteiligen Rosshaarmatratze in einem Doppelbett aus rustikaler Eiche unter einer voluminösen Daunendecke. In diesem Bett war Knuth sowohl gezeugt als auch geboren worden und seine Mutter Jahrzehnte später gestorben. Der ehemals weiße Bezug aus steifem Leinen war an den Rändern gelb geworden und roch nach Mottenpulver. Auf dem Nachttisch tickte ein altmodischer Wecker mit bronzefarbenen Schellen, mir gegenüber an der Wand hing Jesus am Kreuz. Kein Kümmel weit und breit, ich atmete erleichtert auf.

Mit einem Satz war ich aus dem Bett. Und schüttelte mich entsetzt, als ich an mir hinabsah. Ich trug ein hochgeschlossenes, beinah bodenlanges Nachthemd, Grundfarbe lila, mit großen rosafarbenen Rosen bedruckt. Hatte Knuth mir das Ding angezogen? Ich konnte mich nicht mehr erinnern. Geräuschlos öffnete sich die Tür einen Spalt, Knuths Nase und Brille schauten herein. „Ich hab schon befürchtet, du wachst überhaupt nicht mehr auf. Wie geht es dir?" wollte er wissen.

„Was ist mit Irmgard?" fragte ich.

„Alles wunderbar. Eben gerade hab ich sie schick gemacht. Nun kann Herr Fischer gerne vorbeikommen und sie anschauen, wenn er will." Er zögerte, dann trat er einen Schritt näher und machte eine hilflose Geste.

„Martha, ich weiß gar nicht, wie ich dir danken soll. Du bist schwer verletzt und gehörst eigentlich ins Krankenhaus. Mit letzter Kraft hast du dich hierher geschleppt – um Irmgard zurückzubringen ..."

Ich winkte ab.

„Der Rollstuhl ließ sich ja kaum schieben, so platt waren die Reifen, wie hast du das nur geschafft? Und deine Kleidung sah aus, als hättest du an einem Rugby-Spiel teilgenommen."

„Apropos Kleidung – wo ist sie?"

„Im Bad über der Heizung. Ich hab alles gewaschen, und sie müsste mittlerweile trocken sein. Alfons hat mir geholfen, dir das Nachthemd anzuziehen. Ich wollte nicht, dass du frierst."

„Alfons und du, ihr beide habt mich ausgezogen?" Mich schauderte.

„Ja, das ging ganz gut, wir sind ja ein eingespieltes Team. Glücklicherweise hatte ich noch das Nachthemd von meiner Mutter im Schrank, es passt dir wie angegossen."

Ich verdrängte den Gedanken, dass Knuth mit Alfons Hilfe meinen nackten, wehrlosen Körper in das scheußliche Nachthemd gesteckt hatte und verlegte mich stattdessen auf Dankbarkeit. Knuth wusste von meiner Krankenhausphobie und hatte mich nicht an einen Mediziner abgegeben.

Ich tappte ins Bad, das mit seinen moosgrünen Fliesen und der spärlichen Beleuchtung auch bei kerngesunden Menschen Depressionen auslösen konnte. Aus dem Duschkopf kam ein Rinnsal kalten Wassers, ich schaltete den Warmwasserboiler ein und wartete. Probierte vorm Spiegel, mein lädiertes Auge zumindest ein wenig zu öffnen, aber es blieb hartnäckig geschlossen. Rundherum hatte meine Gesichtshaut die absonderlichsten Färbungen angenommen.

Ich stellte mich unter die Dusche und wusch Körper und Haare mit Kernseife, andere Pflegemittel gab es hier nicht. Anschließend nahm ich meine Sachen von den Heizkörperrippen und zog mich an. In Ermangelung eines Föhns trat ich mit nassen Haaren aus dem Badezimmer. Aus der Küche stieg mir Kaffeeduft in die Nase, Knuth hatte Brote geschmiert und Spiegeleier gebraten. Ich hockte mich ihm gegenüber und langte zu.

„Ist Fred fertig mit Heiderose?" fragte ich zwischen zwei Bissen. Ich konnte kaum noch stillsitzen, so neugierig war ich auf Heideroses Todesursache.

Knuth sah mich verwundert an. „Fred?"

„Ist er etwa noch nicht da?" fragte ich verwundert und warf das angebissene Brot auf den Teller. „Er müsste längst hier sein. Wie spät ist es eigentlich?" Ich wandte mich zur Küchenuhr um. „Halb sechs?"

„Ja. Du hast den ganzen Tag geschlafen. Das war wohl dringend notwendig, nach dem, was du ..."

„Halb sechs Uhr abends? Und Fred war immer noch nicht hier?" Ich stellte meinen Kaffeebecher heftig auf dem Tisch ab und sprang auf.

„Wer ist Fred?" wiederholte Knuth geduldig.

„Du hast ihn in Heideroses Wohnung gesehen. Er ist Pathologe und will sie aufmachen."

„Hier in meinem Institut?" Seinem ungläubigen Tonfall fehlte jegliche Begeisterung. „Das soll wohl ein Witz sein. Als du mir von der Sektion erzählt hast, dachte ich selbstverständlich an die Gerichtsmedizin."

Ich kramte in meiner Handtasche nach dem Handy und schaltete es ein. Drei Anrufe in Abwesenheit, eine Textnachricht. „Kann nicht laufen, Schuld ist der Dackel, melde mich wieder, Fred." Ich stöhnte auf. Drückte die Wahlwiederholung, und nach mehrmaligem Klingeln ging Fred an den Apparat. Seine Stimme klang heiser.

„Fred, wo steckst du? Du wolltest dich längst über Heiderose hermachen!" Meine Stimme überschlug sich. Knuth warf mir einen Blick zu, als sei ich nicht ganz richtig im Kopf.

„Der verdammte Köter hat mich aus dem Verkehr gezogen. Ich kann kaum einen Schritt vor den anderen setzen. Der Unfallarzt, bei dem ich war, hat gesagt ..." Sein Tonfall verlangte Mitleid für sein Elend. Ich hasse wehleidige Kerle.

„Wann bist du hier?" fiel ich ihm erbarmungslos ins Wort.

„Ich kann nirgends hin. Komm her zu mir und sei meine Krankenschwester."

„Du wurdest von einem Dackel gezwickt", erinnerte ich ihn. Obwohl ich ahnte, dass ich mit meinen Überzeugungsversuchen keinen Erfolg haben würde, probierte ich es auf die Ich-bin-eine-Frau-und-brauchedeine-starke-männliche-Hilfe-Tour.

„Fred", säuselte ich mit schmeichelnder Stimme, „ich komme ohne dich nicht zurecht. Du musst dich einfach zum Laufen zwingen, dann funktioniert es auch. Steh auf, setz dich in deinen Wagen und komm in

Gellermanns Institut. BITTE!"

„Warum sollte ich meine Gesundheit für eine Leiche aufs Spiel setzen?" entgegnete Fred und fügte, nachdem ich hartnäckig weiterbettelte, hinzu: „Dein Engagement in allen Ehren, Martha, aber mal ganz ehrlich: Ist es nicht letztlich völlig gleichgültig, woran deine Nachbarin gestorben ist? Tot ist sie doch sowieso."

„Das sagt jemand, der jahrzehntelang sein Geld mit der Erforschung von Todesursachen verdient hat?!" fuhr ich ihn an. Die Enttäuschung ließ mich wie eine Schlenkerpuppe zusammensinken, Tränen der Wut traten in meine Augen. Wie konnte ein Mensch nur seine eigenen kleinen Wehwehchen über die Ermittlung in einem Mordfall stellen? Unbegreiflich!

„Kommst du her? Ich hab ne prallgefüllte Minibar, wir bestellen uns was Leckeres zum Essen und genießen den herrlichen Ausblick." Er hatte überhaupt nichts kapiert. Ich stieß eine unfeine Verwünschung aus, die ich hier nicht wiederholen möchte, und legte auf. Vor lauter Wut schmiss ich mein Telefon gegen die Wand. Es blieb heil, und ich wäre draufgesprungen und hätte es zertreten, wenn Knuth mich nicht gebremst hätte.

„Martha, was ist los? So kenne ich dich ja gar nicht. Egal, was es ist, das dich so wütend macht: Dein Handy kann nichts dafür." Er legte das Telefon in die Handtasche, hakte mich unter und führte mich zurück in die Küche. Willenlos ließ ich mich auf einen Stuhl fallen, und Knuth schenkte frischen Kaffee ein.

Ich starrte stumm auf die gestreifte Tischdecke. Warum war ich in letzter Zeit bloß so aggressiv? Ich hatte auf den Bollerwagen eingetreten und beinah mein Handy verschrottet. Irgendwas stimmte nicht mit mir. Vielleicht sollte ich mal meine Blutwerte checken lassen, oder einen Neurologen aufsuchen. Oder Rosemarie erschießen.

„Ich helfe dir", unterbrach Knuth mein Schweigen, stand auf und stellte seine Tasse ins Spülbecken.

„Zwar kann ich keine Leiche obduzieren, aber wir beide werden uns deine liebe Nachbarin ganz gründlich ansehen. Wenn da jemand nachgeholfen haben sollte, dann finden wir bestimmt einen Anhaltspunkt dafür", meinte er.

„Es sei denn, sie wurde vergiftet", entgegnete ich mutlos.

„Nun komm schon! Du wirst doch wohl wegen eines wehleidigen Doktors nicht den Kopf in den Sand stecken."

Knuth hatte recht. Es gab keine andere Möglichkeit.

Im Versorgungsraum warf ich einen Blick in die linke Seite des Metallschranks. Und tatsächlich: In meinem Fach befand sich fremde Damenkleidung. Ein dunkelblauer Rock mit feinen Silbersteifen, eine himmelblaue Bluse und ein grauer Pullunder mit V-Ausschnitt. Alles von C & A. Ich nahm die Sachen raus und drückte sie Knuth in die Hand.

„Gehören die Kleidungsstücke etwa Irmgard Fischer? Wie um alles in der Welt kommen die in diesen Schrank?" Nachdenklich kratzte er sich den fransigen Kinnbart.

Statt einer Antwort warf ich mir den Kittel über, knöpfte ihn zu und zog Einweghandschuhe über. Dann öffnete ich die Tür zum Aufbewahrungsraum. Erst nach kurzem Zögern traute ich mich, den Lichtschalter zu betätigen. Mit einem Gefühl böser Vorahnung rüstete ich mich für den Schock, erneut eine leere Rollbahre vorzufinden. Doch das große Tor war zu, und Heiderose war da, wo sie sein sollte. Ich schob die Bahre in den Versorgungsraum und schloss die Tür. Knuth hatte sich inzwischen ebenfalls Kittel und Handschuhe angezogen, nahm das Leinentuch an sich und faltete es zusammen. In gewohntem, schweigendem Einvernehmen zogen wir der Verstorbenen den Bademantel und die Unterwäsche aus. Ich war den Anblick unbekleideter Leichen gewohnt, trotzdem hatte ich einen dicken Kloß im Hals, als ich Heiderose so verletzlich nackt vor mir hatte. Ich sah sie leibhaftig vor mir stehen und mit leicht schräg gelegtem Kopf pauschal „Waaas?" fragen.

„Heiderose war eine gute Seele, sie wollte es anderen immer recht machen", murmelte ich und lehnte mich gegen die gemauerte Wand. Mein Blick ging in die Ferne. „Wenn im Seniorenzentrum was kaputtging, hieß es grundsätzlich: ‚Das war Heiderose.'"

„Und sie hat den Schaden anstandslos beglichen?" fragte Knuth, faltete sorgfältig den Bademantel und legte ihn beiseite.

„Sie fragte ein paarmal ‚Waaas?', und dann bezahlte sie das defekte Mensch-ärgere-dich-nicht-Brett oder die zerschellte Teekanne. Zu Weihnachten hat sie jedem im Haus ein kleines Geschenk gemacht – ich habe einen gehäkelten Eierwärmer bekommen. Und was hat sie gekriegt? Eine Topfblume und ne Packung Kekse, und darüber hat sie sich gefreut wie sonst was."

„Tja ...", machte Knuth und warf mir einen besorgten Blick zu.

„Wer schnell irgendwas brauchte – einschließlich Geld –, der ging zu Heiderose. Ich selbst bin ja auch zu ihr gelaufen, als ich die Unterwäsche brauchte."

„Unterwäsche?"
Ich kam zurück in die Gegenwart. „Das ist ne ganz andere Geschichte", winkte ich ab.
„Du solltest dich ausruhen, Martha. Ich kann das hier auch allein übernehmen."
„Keine Sorge, ich helfe dir. Drei Augen sehen mehr als zwei", versuchte ich einen Scherz.
Wir betrachteten eingehend Heideroses Körper. Öffneten ihren Mund und sahen in den Rachen, inspizierten ihre Fingernägel und suchten nach verdächtigen Blutergüssen oder Verletzungen. Doch wir fanden nichts.
„Das gibt's doch nicht!" schimpfte ich. „Sie wurde ermordet, und wir finden nicht eine einzige, klitzekleine Spur?"
Ich streifte die Handschuhe ab und warf sie in den Müll. Schlüpfte aus dem Kittel und ging zum Waschbecken.
„Was hast du jetzt vor?" fragte mich Knuth zaghaft.
„Ich fahre nach Hause und finde raus, wer mit Heiderose in der Todesnacht Likör getrunken, die Gläser gereinigt und ihre Wohnung durchsucht hat", stieß ich hervor.
Doch es kam anders. In der ansonsten menschenleeren Eingangshalle fing mich Richard Knülle ab. Er kochte vor Wut.
„Sind Sie plem-plem, oder was?" schnauzte er und wies auf die Pförtnerbude. Dort lag ein wüster Haufen zerfledderter Magazine neben einem Stapel säuberlich ausgeschnittener Damen. Der Schrank war leer, der Inhalt lag verstreut auf dem Fußboden. Knülles Gesicht befand sich dicht vor meinem, sein Atem roch nach Kaffee. Er war so zornig, dass er sogar seine bescheuerte seniorengerecht-langsame Sprechweise vergaß.
„Sämtliche Bewohner sind jetzt der Meinung, ich sei ein Zuhälter. Die Frauen haben Angst vor mir und trauen sich nicht mehr, mit mir zu sprechen. Einer der Männer hat mir Schläge angedroht. Die Polizei war hier ... Das ist alles Ihre Schuld!" Er stach mit dem Finger nach mir.
„Ich weiß nicht, wovon Sie reden", entgegnete ich ruhig.
„Wilhelmine Germascheck hat gesagt, Sie hätten ihr weisgemacht ...", spie er, doch ich fiel ihm ins Wort: „Und das glauben Sie? Wilhelmine weiß manchmal nicht, was sie tut, oder ist Ihnen das neu?" Ich wies auf mein lädiertes Auge. „Sehen Sie mich an, Knülle: Ich hatte einen schweren Unfall. Meinen Sie nicht, dass ich andere Sorgen habe, als Ihnen Geschichten anzudichten?"
Ich ließ ihn stehen und ging zum Treppenhaus.

„Ich weiß genau, dass Sie dahinterstecken!" brüllte er mir hinterher. In meinem Wohnzimmer bekam ich Beklemmungen. In der Luft hing ein eigentümlicher Geruch. Mein Lieblingskissen lag auf dem Sofa, und ich meinte, darauf den Abdruck eines Kopfes zu sehen. Irmgards Kopf.

Ich öffnete das Fenster und lehnte mich hinaus. Sah am Block gegenüber vorbei in die Ferne, atmete tief die kühle Seeluft ein und vertrieb damit die schauderhaften Bilder. Es dämmerte bereits, in den Wohnungen wurde das Licht eingeschaltet. Ich nahm noch einen Atemzug, stieß mich vom Fensterbrett ab und richtete mich auf, da hörte ich es draußen klingeln. Der Klingelton hörte sich an wie ein aufdringlicher Wecker und wurde zunehmend lauter. Ich sah hinunter, im Garten war niemand. Wo kam dann dieses Klingeln her? Aus einem geöffneten Fenster? Nein, entschied ich, es kam definitiv aus dem Garten. Ich sah einen undefinierbaren Haufen im Gras liegen. Der Bettbezug! Und plötzlich beschlich mich eine Ahnung. Erst war es nur ein kurzer Gedanke – völlig abwegig –, aber dennoch beschloss ich, dieser Möglichkeit nachzugehen. Ich rannte aus der Wohnung, warf die Tür hinter mir zu und flitzte nach unten. In der Eingangshalle war kaum ein Durchkommen, die Senioren standen in Gruppen beisammen und schnatterten aufgeregt durcheinander. Das Abendbrot war beendet, und nun plante man den Rest des Tages. Ich bahnte mir einen Weg durch die Menschenmenge und trat nach draußen. Tappte den Gehweg entlang und durch das taufeuchte Gras zum Bettbezug, der dort einsam herumlag. Nahm den Stoff vom Erdboden und hörte ein leises „Plopp". Ich bückte mich und fand: Ein Handy! Es musste Irmgard beim Sturz aus dem Fenster aus der Tasche der Jogginghose gefallen und dann im Bettbezug gelandet sein. Ich atmete erleichtert auf. Nicht auszudenken, dass jemand aus dem Haus das Gerät entdeckt und herausgefunden hätte, wem es gehörte. Das hätte jede Menge Fragen aufgeworfen.

Ich ließ das Handy in meiner Handtasche verschwinden und warf den Bettbezug in einen der großen Müllkübel, die hinterm Haus herumstanden. Umrundete den Wohnblock, indem ich dem Plattenweg folgte, als plötzlich Gunda, die Hexe vom Eichengrund, wenige Meter vorm Hauseingang aus dem Schatten eines Lebensbaums trat.

„Was treibst du hier draußen, Miss Möchtegern-Detektivin? Spionierst du mir etwa hinterher?" zischte sie. Ihre Augen glühten wie Kohlen, und ihr hageres Profil hob sich scharf gegen die Dämmerung ab. Ich fing den Ball auf.

„Du weißt doch bestimmt, wer als Letzter in Heideroses Wohnung war und mit ihr Likör getrunken hat", behauptete ich.

„Bin ich etwa allwissend? Und deshalb beschattest du mich?"

Litt Gunda neben ihrer Boshaftigkeit auch unter Verfolgungswahn?

„Hab doch gleich gewusst, dass du nur zum Basar-Treffen gegangen bist, um uns auszuhorchen. Weil du glaubst, dass Heiderose umgebracht wurde. Du setzt deine bescheuerten Phantasien in die Welt, bringst das ganze Wohnheim in Aufruhr und stehst wieder mal im Mittelpunkt. Gratuliere."

Ein Wecker klingelte. Nein – ein Handy, und das Klingeln kam aus meiner Handtasche. Auf dem Display erschien „unbekannter Anrufer". Mein Herz klopfte wild vor Aufregung. Ich entfernte mich aus Gundas Dunstkreis und nahm das Gespräch an.

„Endlich! Ich habe mir solche Sorgen gemacht. Wo bist du?" rief eine fremde Stimme mit einem rollenden R.

Ich zögerte mit einer Antwort, war neugierig, wer sich da wohl um Irmgard sorgte.

„Bitte Irmi, ich kann nichts dafür. Ich hatte einen Unfall. Auf dem Nachhauseweg. Deshalb konnte ich dich nicht holen. Wo versteckst du dich? Niemand darf dich sehen, das weißt du doch, oder? Sonst sind all unsere schönen Pläne dahin."

„Findest du es nicht ziemlich unhöflich, mitten in unserem Gespräch zu telefonieren?" drang Gundas beißende Stimme an mein Ohr.

„Verflixt!" fluchte der Anrufer und legte auf.

Ich starrte auf Irmgards Handy und versuchte mir einen Reim auf das eben Gehörte zu machen. Ließ Gunda, die mir Verwünschungen hinterher rief, stehen und ging zur Eingangstür. Der warme Mief hüllte mich ein wie ein alter Armeemantel. Wilhelmine trat an meine Seite.

„Der Knülle, der ist reif!" vermeldete sie stolz.

Meine Gedanken rasten: Ein Mann machte sich Sorgen um Irmgard, von der er annahm, dass sie lebte und sich versteckte. Weil sie gemeinsame Pläne hatten. Wer mochte das sein? Artur? Nein, entschied ich. Das war nicht seine Stimme, und außerdem rollte er das R nicht, so wie der Mann am Telefon. Ein Liebhaber? Hatte Irmgard sich mit einem Liebhaber verabredet?

„Ich frag mich nur, warum die Polizei ihn wieder laufen gelassen hat. Du bist doch dort gewesen und hast ihn identifiziert."

War er ihr Komplize? Hatten sie den Plan, Irmgards Tod vorzutäuschen, zusammen ausgeheckt? Aber warum? Um den gemeinsamen Lebensabend auf einer Südsee-Insel zu verbringen und sich die Sonne auf den Bauch scheinen zu lassen? Für diese Theorie sprach, dass sie sich kurz vor ihrem „Tod" das komplette Vermögen unter den Nagel gerissen hatte. Wenn alles nach Plan verlaufen wäre, hätte ihr Liebster sie bei Knuth abgeholt, und die zwei wären längst über alle Berge.

„Der gehört eingesperrt. Weißt du, was ich in seinem Schrank gefunden habe? Blondes Frauenhaar, einen halben Meter lang! Auf eine Garnrolle gewickelt, versteckt zwischen Schrauben und Werkzeug. Ich kann es nicht fassen: Unser Hausmeister hat eine Frau skalpiert, und die Polizei lässt ihn laufen."

Alles war schiefgegangen. Der Komplize hatte einen Unfall. Und jetzt war Irmgard wirklich tot. Warum war sie gestorben und vor allem: Warum in meinem Wohnzimmer?

„Also, ich für meinen Teil möchte Knülle nicht mehr im Dunkeln begegnen. Im Hellen eigentlich auch nicht, wenn ich's recht bedenke."

Ihr Liebhaber hatte sie nicht wie vereinbart abgeholt. Auf der Suche nach einer Lösung für ihre missliche Lage hatte Irmgard den grauen Metallschrank im Bestattungsinstitut durchsucht und meine Kleidungsstücke darin gefunden. Sie ließ ihre eigenen Klamotten zurück, setzte die Kapuze meines Sweatshirts auf und tauchte unerkannt in die Dunkelheit ein.

Berta und Hannelore gesellten sich zu uns.

„Knülle steht das schlechte Gewissen im Gesicht geschrieben", meinte Berta.

„Du hast recht, aber weißt du was? Ich wäre heilfroh, wenn wir ganz schnell einen anderen Hausmeister bekämen. Der Knülle, der macht mir Angst. Was, wenn er es auch auf meinen Skalp abgesehen hat?" Hannelore strich über ihr schwarzes Kunsthaar.

Irmgard hatte ihren vermeintlichen Tod vorgetäuscht. Hatte sie vielleicht ein Medikament eingenommen, das sie sozusagen in einen scheintoten Zustand versetzte? Und war sie jetzt an späten Nebenwirkungen dieses Medikaments gestorben? Sehr unwahrscheinlich.

„Wenn ich's recht bedenke, hatte ich vom ersten Tag an Angst vor ihm. Immer wenn er mich ansieht, denke ich, er will mir ans Leder", plapperte Berta.

Das Märchen von Artur und dem Giftmord hatte Irmgard sich ausgedacht, um Zeit zu gewinnen und mich abzulenken. Geschickt hatte sie mich erpresst und an der Nase herumgeführt.

„Martha, nun sag doch endlich was! Du stehst nur da und starrst die Wand an." Wilhelmine zog wie ein Kind an meinem Ärmel. Damit beförderte sie mich zurück in die Gegenwart und zu meinem vordringlichen Plan, Licht ins Dunkel um Heideroses Tod zu bringen.

Im Treppenhaus kam uns Richard Knülle entgegen. Als meine drei Begleiterinnen ihn erblickten, fingen sie an zu schreien.

„Hilfe! Polizei!" kreischte Hannelore, machte auf dem Absatz kehrt und stieg so schnell sie konnte die Treppe wieder hinab. Wilhelmine und Berta taten es ihr nach. Ihr Spektakel hallte durch das Treppenhaus.

„Da – hören Sie, was Sie angerichtet haben? Ich werde meinen Job verlieren, wenn das so weitergeht!" schnauzte Knülle mich an.

„Sittenstrolch!" schimpfte Werner Wollschlägel empört in Richtung Hausmeister, hakte seine Frau unter und verschwand schnell mit ihr im Fahrstuhl.

„Sie werden diesen Unsinn aus der Welt schaffen! Das sind keine Frauenhaare, das ist Hanf zum Abdichten von Wasserleitungen", tobte Knülle und funkelte mich bedrohlich an. „Weiß der Geier, warum Sie sich diesen Scheiß über mich ausgedacht haben, aber Sie werden den Bewohnern verflucht noch mal erklären, dass nichts davon wahr ist. Wenn nicht, können Sie sich auf was gefasst machen."

„Wollen Sie mir drohen?" fragte ich.

„Jawohl", spie er, just in dem Moment, als Klaus-Jürgen um die Ecke kam. Der fackelte nicht lange und verpasste Knülle einen Kinnhaken. Aufstöhnend sank das Opfer zu Boden, Klaus-Jürgen rieb sich stolz die Rechte.

„Ist zwar schon einige Jährchen her, aber da sitzt immer noch ganz schön Wumm dahinter", meinte er.

„Das wäre wirklich nicht nötig gewesen", seufzte ich angesichts seines Übereifers. Jetzt hatte Knülle erst recht Grund, wütend auf mich zu sein.

„Und so lautet mein Gebot:
Ich steh dir bei in größter Not.
Bin dein Held zu jeder Stund,
drum gib mir jetzt einen Kuss auf den Mund!"

Klaus-Jürgen schloss die Augen, spitzte die Lippen und wartete.

„Niemals", entgegnete ich, „ich dachte, das hätten wir längst geklärt."

Derweil rappelte sich Knülle umständlich auf die Füße und betastete sein Kinn. Sofort war Klaus-Jürgen zur Stelle. „Woll'n Sie noch eine?" fragte er kampflustig. „Sie brauchen's nur zu sagen, ich gebe gern. Ich warne Sie, lassen Sie die Finger von Martha!"

„Sie hat meinen Ruf ruiniert. Ich werde meinen Job los!" beschwerte sich Knülle.

„Bringen Sie Ihre Angelegenheiten selbst in Ordnung. Am besten fangen Sie in Ihrem Büro an. Da muss dringend aufgeräumt werden", gab Klaus-Jürgen zurück, legte den Arm besitzergreifend um meine Schulter und wandte sich zum Gehen. Ich schüttelte ihn ab und marschierte neben ihm die Treppe hinauf.

„Na, wie hab ich das gemacht?" strahlte Klaus-Jürgen.

„Prima", entgegnete ich trotz des Schuldbewusstseins, das sich durch meine Magenwände bohrte. Es war gewiss nicht meine Absicht gewesen, dem Hausmeister zu schaden. Aber wenn ich Wilhelmine nicht losgeworden wäre, hätte das ganze Wohnheim von Irmgard erfahren. Helle Aufregung wäre die Folge gewesen. Womöglich hätte jemand einen Herzinfarkt erlitten! Ich hatte ein gutes Werk getan, redete ich mir ein. Knülle war deutlich jünger als die Bewohner und hatte gewiss einen stabileren Kreislauf. Als ich vor meiner Wohnung anlangte, hatten mich meine Argumente überzeugt.

„Woll'n wir zusammen fernsehen?" fragte Klaus-Jürgen.

„Wir haben noch nie zusammen ferngesehen", erwiderte ich.

„Darum ja!" sagte er lachend.

Die Tür der Nachbarwohnung öffnete sich, Rudi steckte den Kopf raus. Und dann plötzlich, in dem Moment, als er mich sah, änderte sich schlagartig seine Gesichtsfarbe. Seine Miene gefror zu einer starren, wächsernen Maske. Gleichzeitig stürmte Heiner hinaus und lief kläffend zum Treppenhaus.

„Rudi, alte Hütte, wo warst du denn den ganzen Tag? Hey, was ist los, du bist ja leichenblass. Hast du schon wieder flotten Otto?" polterte Klaus-Jürgen. Rudis Hand am Türrahmen zitterte. Seine Augen lagen in tiefen, dunklen Höhlen. Sie konnten den Blick nicht von mir abwenden.

Heiner kam zurück und lenkte die Aufmerksamkeit auf sich, indem er sich böse knurrend auf die Fußmatte vor Heideroses Tür stürzte und versuchte, Stücke herauszureißen. Schließlich ließ er von dem wehrlosen Objekt ab, hockte sich hin und pinkelte mitten auf die Matte.

Klaus-Jürgen brach in wieherndes Gelächter aus. „Ich denk, das ist'n Kerl, wieso pisst er dann im Sitzen?"

„Er ist durcheinander. Kann das mit Heiderose nicht verarbeiten", stammelte Rudi heiser. Heiner schlüpfte zurück ins heimische Reich, und schon schloss sich die Tür.

Ich betrat meine Wohnung und wurde von dem Gestank fast erschlagen.

„Puh", machte Klaus-Jürgen, sprang drei Meter zurück und fächelte sich Luft zu. „Bei dir stinkt's schlimmer als auf'm Bahnhofsklo." Auf einmal hatte er es sehr eilig, kein Wort mehr vom gemeinsamen Fernsehabend.

Ich hielt die Luft an, sprintete durch die Wohnung und öffnete alle Fenster. Sofort herrschte Durchzug, und die Küchentür knallte zu. Romeo, der eben noch still dagesessen hatte, erschrak, schlug mit den Flügeln und stimmte ein mörderisches Geschrei an. Mir kam der abscheuliche Gedanke, den Käfig samt Inhalt an der nächsten Bushaltestelle abzustellen, in der Hoffnung, dass ein Tierfreund sich erbarmte und den Vogel adoptierte. Aber dann hätte ich auf ewig Krach mit Ruth, und das wollte ich nun auch wieder nicht.

Also reinigte ich sorgfältig die Käfigschublade. Deponierte ein paar Knabberstangen und zwei Plastikdosen im Käfig und wünschte Romeo guten Appetit. Er wandte mir den Rücken zu und hielt den Schnabel. Auch gut.

Ich knotete den Beutel mit dem dreckigen Vogelsand zu und stolperte auf dem Weg zum Müllschlucker über einen Turnschuh. Nun passte ich besser auf und lief im Slalom um Bücher, Fotoalben, Handtücher und Deko-Krimskram herum. Meine Wohnung stank nicht nur wie ein Pumakäfig, sie sah aus, als sei ein Tornado durchgefegt.

Moment mal. Als ich Irmgard das letzte Mal lebend gesehen hatte, sah es hier noch nicht ganz so verheerend aus! Was hatte sie eigentlich dazu bewegt, meine Schränke auszuräumen? Hatte sie etwas gesucht? Und wenn ja, was?

Vor mich hingrübelnd stellte ich die Bücher zurück in die Regale, stapelte Tischdecken und Kissenbezüge im Schrankfach und legte die Mappe mit Renten- und Versicherungsunterlagen wieder hinein. Merkwürdig war, dass die übersichtlichen Flächen wie beispielsweise das Regal mit den Kosmetikutensilien im Bad unberührt waren. In der Küche ebenso: Das Fach mit Geschirrhandtüchern und Reinigungsmitteln war leergefegt, die Teller- und Tassen-Regale unangetastet.

Auf einmal hatte ich Irmgards Stimme im Ohr. „Das war ich nicht. Ich war im Bad ..." Jetzt war sie tot und die Wohnung noch schlimmer durcheinander. Ich war ganz sicher, dass die Frotteehandtücher gestern noch im

Badregal gelegen hatten. Wer, wenn nicht Irmgard, hatte das getan? Mein Herz klopfte bis zum Hals.

Ich plumpste auf den Sessel. Saß auf etwas Hartem, rutschte zur Seite, griff nach hinten. Irmgards Teddy. Ich musste ihn mitnehmen zu Knuth, damit er ihn in den Sarg legte. Der braune, abgegriffene Bär schien mich vorwurfsvoll anzusehen. Ich setzte ihn auf die Erde, in Gedanken bei dem, was vermutlich in meiner Wohnung passiert war. Okay, ganz ruhig, sagte ich mir. Mal angenommen, sie war zweimal von einem Fremden durchsucht worden. Wie war er reingekommen? Irmgard hätte ihn wohl kaum reingelassen, schließlich wollte sie unentdeckt bleiben. Er war eingebrochen, hatte das Türschloss geknackt, zu einem Zeitpunkt an dem er annahm, dass ich nicht zu Hause war. Irmgard war im Bad – er erschrak, als er das Wasser rauschen hörte. Glaubte, ich sei doch daheim. Brach die Suche erfolglos ab.

Dann kam er noch mal. Er hatte beim ersten Mal nicht gefunden, wonach er suchte. Dieser Gegenstand, oder was auch immer es war, musste so wichtig sein, dass ... Moment mal! Wann war das? Im Laufe des heutigen Tages, als ich Irmgard weggeschafft und bei Knuth den Dornröschenschlaf gehalten hatte? Ich stand regungslos, vergaß sogar, zu atmen. Schloss die Augen und ging wie unter Hypnose zurück zur letzten Nacht, als ich Irmgard fand. Spielte die ganze Szenerie durch, bis ich die Idee mit dem Bettbezug hatte. Ich flitzte los, holte schnell den erstbesten Bettbezug aus dem Schlafzimmer ... Die Frotteehandtücher lagen auf dem Boden. Ganz sicher. Sie bedeckten den Boden vor dem Badezimmer. Ich riss die Augen wieder auf. Das bedeutete, der Einbrecher war auf Irmgard getroffen.

Ich stand auf, lief zum Fenster und zurück und wieder zum Fenster. Schlug fröstelnd die Arme um meinen Körper und biss auf meine bebende Unterlippe. Der Einbrecher hatte Irmgard getötet. In der Annahme, sie wäre ich. Der hellbraune Lockenkranz im schummrigen Fernsehlicht. Niemand hätte Grund gehabt anzunehmen, dass nicht ich es war, die da auf dem Sofa schlummerte. Der Einbrecher hatte sie mit einem der Sofakissen erstickt oder sogar mit meinem schönen Lieblingskissen. Damit sie seiner Suche nicht im Wege stand. Aber was um Himmels willen hatte dieser Mensch gesucht?

Ich gab meinen Händen einfache Aufgaben zu tun, während mein Hirn angestrengt arbeitete. Ich sammelte die Handtücher auf, faltete sie und trug den Stapel zurück an seinen Platz. Hob auch den übrigen Kram vom Fußboden auf und schaltete den Staubsauger ein. Der Bereich rund um Romeos Käfig hatte es dringend nötig. Jaulend saugte die Maschine Vogelsand, Körner, Federn und alles, was Vögel so aus ihren Käfigen werfen, ein. Der Teppich war wieder sauber, aber ich entdeckte unterhalb des Käfigs einen dunklen, feuchten Fleck. Vermutlich Wasser aus Romeos Vorratsbehälter.

Ich ging ins Schlafzimmer. Nahm ein paar Sachen vom Teppich und legte sie zurück in den Schrank. Grübelte konzentriert, während meine Hände die Kleidungsstücke falteten und zu Stapeln türmten. Die leichten Sommerblusen, Shorts und Baumwolltops legte ich griffbereit ins mittlere Fach. Meine dicken Winterpullover hingegen, vor wenigen Wochen unentbehrliche Kleidungsstücke, deponierte ich jetzt im Schrank nach unten hinter die auf Bügeln an der Kleiderstange befindlichen Mäntel, Jacken und Kleider. So ähnlich, wie ich Heideroses Miederwaren hinter Elvis' Skihosen verstaut hatte.

Ich nahm den Bezug und das Laken von meinem Bett und warf die Sachen zusammen mit der Wolldecke und meinem Schmusekissen in die Waschmaschine. Hatte ich jetzt alle Spuren von Irmgard beseitigt? Ich kehrte ins Wohnzimmer zurück und entdeckte auf dem Sofa einen Stofffetzen. Als ich näher trat, entpuppte er sich als Damenunterhose. Mit spitzen Fingern nahm ich den feinen Stoff auf. Das Höschen war sauber – und kam mir seltsam bekannt vor ... Es gehörte Heiderose.

Der Leinenbeutel mit den Miederwaren fiel mir ein. Wo hatte ich ihn bloß gelassen? Elvis' unverhofftes Erscheinen hatte mich total aus der Bahn geworfen. Auf dem Tisch, auf einem Sessel, auf dem Sofa? Im Schlafzimmer? Ich konnte mich nicht erinnern. Warum lag hier eine einzelne Unterhose, war sie aus dem vollen Beutel gefallen? Und wo war der Rest von Heideroses Sachen?

Ich konnte mir überhaupt keinen Reim auf die ganze Angelegenheit machen, dennoch startete ich eine fieberhafte Suche nach dem Wäschebeutel. Und fand ihn nicht. Er war tatsächlich verschwunden! Jemand hatte Irmgard erstickt, um an Heideroses Unterwäsche zu kommen. Unglaublich.

Gunda Freier hatte mich vor den Bewohnern eine Diebin genannt. Doch weder fiel mir für sie noch für irgendjemanden sonst ein Grund ein, der zwei Einbrüche und einen Mord wegen gebrauchter Damenunterwäsche plausibel erscheinen ließ. Es konnte jeder gewesen sein oder keiner – alle im Wohnheim wussten, dass ich Heideroses Kleidungsstücke beherbergte, schließlich war ich deshalb zum Lacher des Basarvorbereitungsabends geworden.

Welcher Bewohner war in der Lage, ein Wohnungstürschloss zu knacken? Ich kannte nur einen: Klaus-Jürgen. Aber der würde mich niemals umbringen.

Und wenn der- oder diejenige einen Schlüssel für meine Wohnung besaß? Oder sich einen beschafft hatte? Den Generalschlüssel, der für alle Schließzylinder im Haus passte? Jetzt kamen nicht nur die Bewohner in Betracht, sondern auch das Pflegepersonal. Steven Petzold. Margot Lamar. Oder Richard Knülle. Vermutlich hatte ich den Leinenbeutel aufs Sofa geworfen, und Irmgard hatte ihn sich beim Fernsehen als zusätzliches Kissen in den Rücken gestopft. Der Einbrecher ermordete sie, durchsuchte meine Wohnung und fand den Beutel schließlich unter der Toten.

Ein Mord oder zwei? War Heiderose womöglich dem gleichen Täter zum Opfer gefallen? Auch ihre Schränke waren durchsucht worden. Der Täter hatte es auf ihre Unterwäsche abgesehen, doch er fand sie nicht, weil ich sie mir kurz zuvor geborgt hatte. Ich stöhnte verzweifelt auf. Die Geschichte war so weit hergeholt, dass sie auch mit ganz viel naivem Wohlwollen noch immer total bescheuert klang.

Ich schüttete den Inhalt meiner Handtasche auf dem Wohnzimmertisch aus. Die Papiere aus dem Safe waren eine Enttäuschung. Es handelte sich um langweilige Schriftwechsel mit einer Hausverwaltungsgesellschaft und verschiedenen Versicherungen. Ich vermutete, dass alles Wichtige vor meinem Besuch aus dem Safe entfernt worden war. Irmgards Mini-Adressbuch enthielt ein paar Namen und Telefonnummern. Ich glich die Einträge mit den gespeicherten Kontakten auf ihrem Handy ab und fand alle Namen und Nummern im Handy – bis auf eine. Es war eine Mobilfunknummer, als Name stand nur ein „P" daneben. Ich rief die ominöse Person von Irmgards Handy an und ließ es mehrmals klingeln. Dann wurde abgenommen.

„Irmi?" flüsterte jemand. Wenn mich nicht alles täuschte, war das der unbekannte Anrufer. Ich spürte ein Kribbeln auf meinen Armen.

„Ja", wisperte ich.

„Endlich!" stieß er hervor. „Wo bist du?"

Ich hoffte, er würde die Täuschung nicht bemerken, und flüsterte: „Ich verstecke mich. Aber wo bist du?"

„Irmi? Du hörst dich anders an."

„Ich bin erkältet", krächzte ich leise.

„Auch das noch! Ich liege verflixt noch mal flach, komplizierter Beckenbruch, das kann Wochen dauern. Verflixter Autounfall. Wir waren so kurz davor. Was sollen wir nur machen?"

„Und das Geld?" flüsterte ich.

„Das Geld? Ich kann verflixt noch mal nichts für den Unfall! Der Bestatter hat nichts gemerkt, und Artur hab ich auch bei Laune gehalten, alles ist gutgegangen. Ich hab das geregelt mit deinen Papieren. Und das Haus in Ko Samui besorgt." Seine Stimme überschlug sich, er vergaß den Flüsterton. „Du hältst dich an unsere Abmachung, nicht wahr, Irmi?" Er lachte bitter auf. „Du musst dich an unsere Abmachung halten, ich hab deinen Ausweis. Hast du ihn schon vermisst?"

Ich wollte ihn beruhigen. „Keine Sorge", säuselte ich, und das war mein Fehler.

„Keine Sorge?" wiederholte er langsam. „Du hast noch nie ‚keine Sorge' gesagt. Wer bist du, verflixt noch mal? Du bist nicht Irmi!"

Ich rang mit mir – zu lange. Mein Gesprächspartner rief „Verflixt!" und legte auf.

Ich war ein gutes Stück vorangekommen. Irmgards Komplize hatte einen Autounfall und lag mit einem Beckenbruch im Krankenhaus. Deshalb hatte er Irmgard nicht nach Plan bei Knuth abgeholt. Das Geld hatte sie nicht ihrem Kompagnon anvertraut, sondern es selbst irgendwo verwahrt. Und besagter Kompagnon traute ihr nicht, deshalb hatte er ihren Ausweis geklaut.

Um herauszufinden, wer Irmgards Komplize war, bräuchte ich nur die Krankenhäuser abzuklappern. Ein Kinderspiel für Menschen ohne Krankenhausphobie. Ich bekam allein beim Gedanken an Krankenhäuser schon Herzrasen. Logisch, dass ich niemals freiwillig einen Fuß hineinsetzte.

Ich machte das Licht aus und versuchte zu schlafen. Wälzte mich hin und her und fand keine bequeme Lage. Knipste das Licht wieder an und wartete.

8

Hinter den Vorhängen wurde es hell, ein neuer Tag begann. Er vertrieb für ein paar Stunden das Grauen der Nacht, doch die Angst blieb. Sie hieb ihre Krallen in meinen Nacken wie eine unsichtbare Bestie, und ihr teuflisches Kichern hallte in meinen Ohren wider. Heiderose war gestorben und kurz danach Irmgard. Ich befürchtete, die Nächste zu sein.

Elvis' Bistro öffnete um neun. Ich war der erste Gast, schüttelte die Regentropfen aus meinen Haaren und setzte mich auf meinen Lieblingsplatz am Fenster. Aus der Küche drangen Geräusche, wenig später klapperte die Bistrotür, und Danilo erschien. Er balancierte ein Silbertablett mit Tomate-Mozzarella und Basilikumblättern, sowie ein mit frischen Krabben gefülltes bauchiges Glas. Mit seinen dunklen Haaren, den braunen Augen und den langen Wimpern sah er seinem Vater erstaunlich ähnlich. Doch der Junge hatte weiche Gesichtszüge und einen grazilen Körperbau.

„Tante M.!" rief er aus, stellte die Speisen vorsichtig auf dem L-förmigen Büffettisch ab und kam freudestrahlend an meinen Platz. „Ich hab dich erst auf den zweiten Blick erkannt wegen deiner dunklen Brille. Hast du die zur Tarnung auf? Steckst du wieder mitten in einem Mordfall?" Seine Augen leuchteten gespannt, gleichzeitig rieb er fröstelnd seine dünnen Arme.

„Schön wär's", log ich und bemühte mich um ein munteres Lächeln. „Die bösen Buben benehmen sich momentan leider mustergültig."

„Oder sie sitzen im Gefängnis", sagte Danilo lachend. Er ließ sich neben mir nieder. Sein Gesicht verfinsterte sich.

„Weißt du schon ...", begann er stockend.

„Dass Rosemarie und dein Vater heiraten wollen?" vervollständigte ich den Satz.

„Wenn er das tatsächlich macht, hau ich ab. Hab nen guten Bekannten bei Nordsee, da kann ich jederzeit anfangen", entgegnete er trotzig.

„Du kennst sie doch noch gar nicht richtig."

„Muss ich auch nicht, mir reicht's so schon. Die Frau ist hinterhältig."

„Sie ist eine Giftschlange", bestätigte ich.

Die Saloontür klapperte erneut. „Danilo? Wo steckst du?"

Mein Herz machte einen kleinen Satz. Sofort und sehr streng befahl ich ihm, sich vom Anblick eines Grübchens unter einem Schatten dunkler

Bartstoppeln nicht aus der Ruhe bringen zu lassen. Danilo sprang auf. „Mist, ich hab die Rühreier ganz vergessen", rief er und flitzte nach hinten zur Küche.

„Büffetessen oder nach Karte?" mimte Elvis den eifrigen Kellner. Er trug einen verkniffenen Gesichtsausdruck zur Schau und sah an mir vorbei aus dem Fenster.

„Elvis, ich muss dich was fragen", entgegnete ich.

„Hat das mit dem Tagesgericht zu tun?" schnappte er.

„Nein. Mit der Unterwäsche, die du mir zurückgegeben hast."

Er warf den Kopf herum und sah mich überrascht an. Die Andeutung eines Lächelns umspielte seine Lippen.

„Na los, frag schon!" Er verschränkte die muskulösen Unterarme vorm Brustkasten.

Ich holte tief Luft. „Ist dir an den Sachen was aufgefallen?"

„Nun", entgegnete er mit einem scheelen Grinsen, „das waren echt heiße Fummel. Bin voll drauf abgefahren."

Mir war gar nicht zum Lachen zumute.

„Nee, ernsthaft: Könntest du dir irgendeinen Grund vorstellen, weshalb jemand auf die Klamotten so scharf ist, dass er dafür mordet?"

„Nö", entgegnete er wie aus der Pistole geschossen, „höchstens ein perverser Omawäsche-Fetischist."

„Und dir ist wirklich nichts daran aufgefallen?" fragte ich verzweifelt.

„Nein. Ich hab den Kram in den Wäschebeutel gestopft und dir zurückgegeben. Rosemarie hat sich furchtbar aufgeregt, als sie die Sachen in meinem Schrank fand. Sie ist ohnehin nicht gut auf dich zu sprechen."

„Nein? Verstehe ich gar nicht." Ich erhob mich. „Tut mir leid, dass ich dich gestört habe, aber die Frage war mir wirklich wichtig." Ich ging zur Tür. Elvis zögerte, dann kam er hinter mir her und hielt mich am Arm fest. Ich spürte den harten Griff seiner Finger an meinem Handgelenk und bemühte mich um eine gelassene Miene. Er zog mich ein paar Zentimeter zu sich heran, ich nahm die Wärme seines Körpers wahr. Roch seinen unbeschreiblichen Duft, und in meinem Innern entbrannte ein bewaffneter Kampf der Pro-und-Contra-Elvis-Parteien.

„Was ist los? Steckst du in Schwierigkeiten?" fragte er ernst. Seine Augen blickten besorgt.

Die Sehnsucht nach einer starken Schulter übermannte mich. Drei Tage voller Gewalt, Leichen, Einbrüche und Särge forderten ihren Tribut. Und so ließ ich es geschehen. Lehnte mich an seinen harten Brustkorb und schloss die Augen. Vernahm wie aus weiter Ferne das Klappern der Saloontür.

„Ach, wie herzallerliebst, ihr beiden Turteltäubchen!" fauchte Rosemarie. Ihre Absätze klapperten hart über die Fliesen. Ich löste mich so schnell von Elvis, als hätte ich einen Stromschlag bekommen. Mir war überhaupt nicht nach einer weiteren Auseinandersetzung zumute, weder mit Rosemarie noch mit irgendeinem anderen Menschen. Schon stand ich auf dem Bürgersteig – inmitten einer Reisegesellschaft, die dichtgedrängt unter Regenschirmen kauerten und die Speisekarten im Fenster studierten.

Die Eingangstür flog auf. Der Reiseleiter, ein Mann mit Klemmbrett und Kugelschreibern in der Brusttasche, der gerade im Begriff gewesen war, die Gruppe ins Bistro zu lotsen, sprang erschreckt zurück, stolperte dabei rücklings über die Eingangsstufe und stürzte auf ein winziges, asiatisch aussehendes Männlein. Die Frauen schrien hysterisch auf.

Rosemarie, gefangen in ihrer Rage, bemerkte von alledem nichts. „Lass dich hier nie wieder blicken, du verlogene Schnepfe!" schrie sie über das Tohuwabohu hinweg.

„Ich glaube, es ist keine so gute Idee, hier zu frühstücken", stöhnte der Reiseleiter und klopfte sich, so gut es ging, den Schmutz von der Hose. Ich stieg auf mein Fahrrad, radelte die Weserstraße entlang und fragte mich betrübt, warum in meinem Leben vieles so kolossal schieflief. Fand keine Antwort und wurde kurzzeitig durch ein Plakat in einem Schaufenster abgelenkt. In dem früheren Spielwarenladen wechselte schon wieder der Inhaber.

Die Weserstraße und die daran anschließende Georgstraße starben einen langsamen Tod. Immer mehr Läden standen leer, es fanden sich keine neuen Pächter. Wohnungen wurden zu Spottpreisen angeboten. Täglich bewegten sich wahre Automassen auf dieser Durchfahrstraße; nur wenige hielten an, die meisten waren unterwegs in gefragtere Gegenden.

Vor einem Blumengeschäft traf ich auf Hartmut Fischers Wohnungsgenossin. Sie begrüßte mich mit einem glucksenden Lachen.

„Sie tragen die Sonnenbrille wohl bei jedem Wetter", stellte sie kichernd fest. Ich schob mein Rad unter die Markise. Der Regen floss in feinen Bächen über das gestreifte Dach auf den Bürgersteig.

„Suchen Sie nach Blumenschmuck für die Beerdigung?" fragte ich. Die junge Frau nickte, ihr Blick verdunkelte sich.

„Hartmut ist's egal, was ich nehme. Er will fünfzig Euro ausgeben."

„Wie geht es ihm?" fragte ich.

„So la la. Artur war gestern Abend bei ihm. Sie haben über die Beerdigung gesprochen. Als er weg war, weinte Hartmut. Und dann bekam er einen Schreibflash, der hielt die ganze Nacht an bis heute Morgen." Unschlüssig ließ sie ihren Blick durch die Schaufensterscheibe in das Ladeninnere schweifen.

„Es muss merkwürdig für ihn gewesen sein, seinen Stiefvater nach so langer Zeit wiederzusehen", meinte ich und beobachtete, wie der Regen außerhalb der Markise immer stärker wurde.

„Nein", antwortete sie gedehnt, „wie kommen Sie denn darauf? So lange ist das gar nicht her, seit er das letzte Mal da war. Ich sehe ihn allerdings nur selten, weil ich ja tagsüber arbeite."

„Tatsächlich?" entgegnete ich erstaunt. Sie nickte, nach wie vor die Blumen betrachtend.

„Ich glaube, ich nehme die weißen Rosen. Dazu jede Menge Schleierkraut. Das macht ordentlich was her und würde Irmgard gefallen."

„Dann hab ich das wohl verwechselt. Hartmut hat seine Mutter lange Zeit nicht gesehen, nicht wahr?"

„Zuletzt vor ein paar Tagen", erwiderte sie.

„Aber er sagte, er hätte schon jahrelang keinen Kontakt."

„Wahrscheinlich sagt er das nur, damit Sie ihm keine Fragen stellen", entgegnete sie lächelnd, winkte mir über die Schulter zu und verschwand im Laden. Mein Handy klingelte, just als ich losgeradelt war. Ich suchte Schutz unter dem Vordach eines Schnellimbisses und nahm das Gespräch an.

„Ich dachte, das würde dich interessieren", begrüßte mich Knuth. „Alfons hat mir eben erzählt, dass Kümmel einen Schädelbruch hat. Er muss nicht operiert werden, es soll von allein wieder zusammenwachsen. Aber er bleibt ne Weile im Krankenhaus. Alfons hat das von seinem Übernachbarn, dessen Frau arbeitet im Radio- und Fernsehgeschäft neben Kümmels Laden."

„Das ist ja toll!" freute ich mich.

„Hhmm, also freuen kann ich mich nicht darüber. Im Gegenteil: Ich habe solche Gewissensbisse! Aber ich musste dir doch helfen! Warum hab ich bloß den Kerzenständer genommen? Ich hätte ihm doch auch ein Bein stellen können."

„Mach dir keine Gedanken darüber. Kümmel hat das gekriegt, was er verdient hat."

Knuth schwieg einen Moment, als müsse er verdauen, was ich gesagt hatte. Dann hob er an: „Noch etwas ist passiert, etwas wirklich Merkwürdiges: Gestern Abend war Artur Fischer hier, um den Ablauf der Trauerfeier zu besprechen. Ich hab ihn zum offenen Sarg geführt ..., weil ich so stolz war auf mein Werk und weil ich dachte ..., nun ich dachte, er wolle seine Frau sehen, und da ist er zusammengebrochen. Er war völlig von Sinnen und schrie so etwas wie: ‚Das kann nicht wahr sein, sie ist nicht tot!‘."

„So so", machte ich nachdenklich.

„Ist doch sonderbar, oder? Ich meine, erst will er, dass sie so schnell wie möglich beerdigt wird und dann ..."

Trotz des Regens fuhr ich weiter in die Stadt hinein. Ich wollte den Mann kennenlernen, der Irmgard für tot befunden hatte und gleichzeitig ihr Hausarzt gewesen war: Dr. Schimanno. Seine Praxis für Allgemeinmedizin befand sich nahe dem Bürgerpark in einer gehobenen Wohngegend. Das villenartige Gebäude verfügte über hohe Fenster mit dunklen Rahmen, die cremefarbenen Außenwände waren mit schnörkeligen Verzierungen aus Stuck versehen. Ich warf mein Rad gegen den Zaun und flitzte durch den immer stärker werdenden Regen zur Eingangstür. Es handelte sich um eine schwere Eichentür, und sie knarrte beim Öffnen. Ich betrat eine kühle, aus schwarz-weißem Mosaik gefliese Diele mit hoher Decke und riesigen doppelflügeligen Türen. An der rückwärtigen Seite des Gebäudes mündete die Diele in einen großzügigen Wintergarten. Schwere, gepolsterte Stühle standen in Gruppen beieinander, Zeitschriften lagen auf niedrigen Tischen bereit.

„Hallo?" vernahm ich eine weibliche Stimme aus einem Nebenraum. Ich wandte mich um und entdeckte eine angelehnte Tür, auf der in altdeutschen Lettern „Anmeldung" stand.

„Sie wünschen?" fragte eine dunkelhaarige Frau, die ich für eine Thailänderin hielt.

„Ich möchte zu Dr. Schimanno."

„Tut mir leid, wir haben keine Sprechstunde zurzeit. Haben Sie das Schild draußen am Zaun nicht gesehen?"

Nein, hatte ich nicht.

„Wann könnte ich den Doktor wohl sprechen? Es ist dringend."

Die kleine Frau machte ein bedauerndes Gesicht. „Dr. Schimanno ist krank, wir wissen nicht, wie lange es dauern wird. Die Praxis ist bis auf weiteres geschlossen. Ich bin nur hier, um die Quartalsabrechnung vorzubereiten."

„Der arme Doktor hat doch wohl keinen Krebs?" fragte ich.
Die Angestellte sah mich mit traurigen Augen an. „Nein, das nicht. Aber er hatte einen schweren Unfall. Niemand weiß, ob er je wieder laufen kann."
„Einen Autounfall?" hakte ich nach, obwohl ich die Antwort schon ahnte. Die Frau nickte langsam. Sie beugte den Kopf hinunter zu ihrem dicken Aktenordner als Signal, dass das Gespräch für sie beendet war. Silberne Haare entsprangen ihrem akkurat gezogenen Scheitel. Ich blieb einfach stehen, denn ich hatte noch zwei Fragen. Auch auf die Gefahr hin, dass sie der Angestellten komisch vorkamen.
„Ist Ihr Chef verheiratet?"
Die Frau klappte den Ordner zu und sah mich mit tränenblinden Augen an. „Ja", antwortete sie, „und zwar mit mir."
Sie schluchzte, stand auf und ging zum Nachbarschreibtisch, zog ein Papiertaschentuch aus einer Spenderbox und schnäuzte sich die Nase. Ich räusperte mich und fragte beiläufig: „Kennen Sie Irmgard Fischer?"
Die Frau hörte einen Moment auf zu atmen.
„Nie gehört!" stieß sie hervor.
Bevor ich mich aufs Rad setzte, warf ich einen Blick auf das Schild, das rechts neben der schmiedeeisernen Eingangspforte am Zaun angeschraubt war: Dr. Paul Schimanno, Arzt für Allgemeinmedizin. Soviel zum „P" in Irmgards Telefonbüchlein.

Die Eingangshalle summte wie ein Bienenstock. Es war kurz vor zwölf. Die Senioren versammelten sich vor den Türen zum Speisesaal wie eine Vorschulklasse am Wandertag. Das aufgeregte Geschnatter, laute Gelächter und unverständliche Gemurmel steigerte sich mit jeder vorrückenden Minute. Außenstehende hätten vermutet, dass ein ganz besonderes Ereignis anstand. Der Besuch des Papstes beispielsweise, der Anstich eines Fasses Freibier oder die Miss Germany-Wahl. Aus einem knappen Jahr Seniorenwohnheim-Erfahrung wusste ich jedoch, dass lediglich das Mittagessen bevorstand.
Bereits das Geräusch des Schlüssels im Türschloss veranlasste die Schar, sich in Bewegung zu setzen. Von hinten wurde geschoben und von vorn gedrückt. Auf diese Art sind bei Volksfesten schon Massenpaniken entstanden, mit totgetrampelten Teilnehmern als Folge.
Steven Petzold war neu in unserer Residenz, und niemand hatte ihn vorbereitet. Er wusste nicht, was auf ihn zukam, als er die augenscheinlich

simple Aufgabe übernahm, den Speisesaal aufzuschließen. Deshalb war er nicht schnell genug. Die erste von zwei Schiebetüren klemmte, und das schon seit Wochen, und er mühte sich verzweifelt ab, sie trotzdem aufzuschieben. Er wurde von der hereindrängenden Menge umgerissen, strauchelte, fing seinen Sturz mit den Händen ab und rettete sich durch einen beherzten Sprung zur Seite. Seine Zigarettenschachtel war aus der Kitteltasche gefallen und wurde nun von unzähligen Füßen plattgetreten.

Außer mir nahmen alle Bewohner am täglichen gemeinsamen Mittagessen teil. Erwartungsvoll saßen sie jetzt an den Tischen und klapperten mit ihren Löffeln gegen die Teller, obwohl das Essen noch gar nicht auf den Tischen stand. Steven und zwei Auszubildende hatten die Aufgabe, die Mahlzeiten zu verteilen. Die drei flitzten so schnell hin und her, als wären sie Teilnehmer eines Staffellaufes, doch den hungrigen Gästen dauerte das viel zu lange. Einige drohten, sich bei der Heimleitung zu beschweren, andere riefen wie Zuschauer bei Sportveranstaltungen im Chor: „Schneller, schneller, schneller!" Gunda Freier und Magda Pott benahmen sich, als seien sie Urlaubsgäste in einem 5-Sterne-Hotel und übertrumpften sich gegenseitig im Erteilen von Kommandos.

Ähnlich ging es bei Waltraud und Werner Wollschlägel zu. Sie saßen mit Hubert und Angelika Unruh am Tisch und riefen so laut nach Essen, als hätten sie seit Wochen nichts in den Magen bekommen. Ernst, Albert, Klaus-Jürgen und Rudi füllten ihre Bäuche derweil mit Bier, das sie in Apfelschorle-Flaschen in den Speisesaal geschmuggelt hatten.

Als auch der letzte Bewohner einen gefüllten Teller vor der Nase hatte, kehrte Ruhe ein. Der perfekte Zeitpunkt für mein Anliegen. Ich kam hinter der klemmenden Tür hervor, durchschritt den Raum in Richtung Durchreiche zur Küche und stellte mich so hin, dass mich alle gut sehen konnten.

„Liebe Freunde", begann ich laut, „ich möchte euch um eure Hilfe bitten."

„Wir essen. Lass uns in Ruhe!" motzte Gunda.

„Du störst!" quakte Magda und sah ihre Freundin bestätigungsheischend an.

„Ich habe Beweise, dass Heiderose ermordet wurde."

Mehrere Löffel plumpsten auf die Teller, ein Raunen ging durch den Raum. Die meisten Bewohner dachten jetzt nicht mehr ans Essen, nur ein paar besonders Hungrige schaufelten unverdrossen weiter. Ich bemühte mich, einen Blick auf jedes Gesicht zu erhaschen. Saß der Täter im Speisesaal?

„Heideroses Mörder hat bei mir eingebrochen und ihre Unterwäsche aus meiner Wohnung gestohlen."

Jetzt brach das Spektakel los. Die Versammelten riefen durcheinander, Heiner fing an zu bellen, ein paar Frauen schrien. Wer nicht zum Basarvor-bereitungsteam gehörte, wurde über die Hintergründe der Wäschever-leihaktion aufgeklärt. Die Gesichter der Bewohner spiegelten eine bunte Palette von Angst, Skepsis über Unglauben bis hin zu Heiterkeit wider. Rudi bemühte sich vergeblich, seinen Dackel zum Schweigen zu bringen, doch der kläffte sich in Rage. Bis Albert die Kochwurst aus seinem Eintopf fischte und sie dem Hund in den Rachen warf. Heiner erstickte fast daran, so gierig verschlang er sie.

„Hat irgendeiner von euch eine Beobachtung gemacht? Weiß jemand, wo sich Heideroses Sachen jetzt befinden?" wollte ich wissen. Ich sah in die Runde und studierte die Mienen der Anwesenden, doch mir fiel nichts auf.

„Du willst dich doch nur wieder wichtig machen", behauptete Gunda Freier. „Heiderose hatte einen Herzinfarkt, sagt der Arzt. Aber du bist natürlich schlauer als er."

„Du spinnst ja! Wer klaut denn Damenunterwäsche?" keifte ihre neue Busenfreundin.

„Jetzt hau ab, verschwinde endlich", verlangte Gunda und ergriff ihren Löffel.

„Ich guck mir gleich mal deine Tür an. Ob da 'n Profi am Werk war oder 'n Stümper", versprach Klaus-Jürgen, der Einbruch-Experte.

„Vielleicht hatte derjenige ja einen Schlüssel", schlug Rudi vor. Sein Hund würgte und schmierte mit der fettigen Wurst den Fußboden voll.

„Knülle!" schrie Wilhelmine auf. „Das war bestimmt Knülle! Der hat einen Schlüssel!"

„Oh wie furchtbar", stieß Hannelore schluchzend hervor. „Unser Hausmeister handelt mit Frauen, nimmt ihre Skalps und benutzt seinen Schlüssel, um Schlüpfer zu stehlen."

„Aber was will er mit Heideroses Wäsche?" rätselte Berta.

„Jede Wette, dass er sich dran scharfmacht", meinte Wilhelmine. „Du hast doch gesehen, was er in seinem Pförtnerzimmer gesammelt hat."

Die drei Angestellten schickten sich an, die Teller einzusammeln. Zum Nachtisch gab es grünen Wackelpudding, und der wartete bereits auf der Anrichte.

„Knülle – gut und schön. Aber was ist mit dem Kriminellen hier? Kinderleicht für ihn, sich einen Schlüssel zu besorgen und in fremde Wohnungen einzudringen", meinte der dicke Ernst zwischen zwei Bissen. Er war bereits beim dritten Teller Eintopf angelangt und zeigte mit dem Finger auf Steven, der mit einem Tablett an ihm vorbeizog.

„Der braucht keinen Schlüssel, um ne Tür zu knacken", setzte Rolf einen drauf, „in seinen Kreisen lernt man das noch vor dem Einmaleins."

Steven stellte das Tablett auf dem nächstbesten Tisch ab und wandte sich langsam um. Seine schwarzen Augen loderten vor Zorn, ich sah einen Muskel an seinem Kiefer zucken. Seine Fäuste öffneten und schlossen sich, ich hörte seine Fingergelenke knacken.

„Sei froh, dass du im Rollstuhl hockst, Opa. Sonst würd ich dir einen Tritt in deine verschrumpelten Eier verpassen, dass du bis an dein Lebensende ‚Alle meine Entchen singst'", zischte er.

Rolf legte unwillkürlich die Hände in den Schoß und schwieg. Ernst grinste sich einen und stieß einen lauten Rülpser aus.

Ich hätte mir denken können, dass die Bewohner sich in wilden Phantasien ergingen, anstatt konkrete Hinweise zu geben. Auch meine Hoffnung, in einem der Gesichter Schuldbewusstsein zu entdecken, wurde nicht erfüllt. Ich startete einen letzten Versuch, während der Pudding die Runde machte.

„Also Leute, wer hat was beobachtet?" rief ich laut wie ein Auktionator kurz vorm Zuschlag. Gedämpftes Getuschel, niemand meldete sich zu Wort.

„So, Madame, dein Auftritt ist beendet. Abmarsch!" befahl Gunda und machte eine wischende Handbewegung.

„Raus jetzt!" Magda zeigte mit dem Finger auf die Tür. Da platzte Klaus-Jürgen der Kragen.

„Woll'n mal sehen, wer hier rausfliegt", meinte er, packte Gundas Stuhl an den Armlehnen, hob ihn in einer fließenden Bewegung in die Höhe, als wöge die ganze Angelegenheit nicht mehr als eine Kiste Bier, und trug ihn aus dem Raum. Gunda hielt sich schreiend an der Sitzfläche des schaukelnden Gefährts fest und belegte Klaus-Jürgen mit bösen Flüchen. Magda starrte ihrer davonschwebenden Freundin mit offenem Mund hinterher.

Schweren Schrittes kehrte Klaus-Jürgen zurück. „Du bist neu hier, Magda, deshalb hast du Schonfrist. Denk drüber nach, ob du dir die richtige Freundin ausgesucht hast."

Er hakte mich unter, setzte sich in Bewegung und sagte: „Komm mit, Schätzchen."

Die Anwesenden reagierten mit beifälligen „Holla-holla"-Rufen, jemand stimmte eine Hochzeitsmelodie an.

Ich machte mich energisch von ihm los und ging zum Treppenhaus. Klaus-Jürgen folgte mir wie mein Schatten.

Zielstrebig steuerte er meine Wohnungstür an, ließ sich auf die Knie nieder und untersuchte fachmännisch Türdrücker und Schließzylinder.

„Nix zu sehen, Goldstückchen. Mach mal auf."

„Ich bin weder dein Schätzchen noch ein Goldstückchen", erinnerte ich ihn streng.

Kommentarlos nahm mir Klaus-Jürgen den Schlüssel ab und steckte ihn ins Schloss, die Tür schwang auf. Er warf einen Blick auf das Schließblech. Romeo erwachte aus dem Mittagsschlaf und stimmte spontan ein Konzert an. Er übte sich an den ganz hohen Tönen.

„Das war einer, der sich auskennt. Oder er hatte tatsächlich nen Schlüssel", übertönte mein Übernachbar das Stimmbildungstraining.

„Ich bin zwar ein guter Tischler, aber mit Metall hab ich nichts am Hut", bekannte Rudi, der uns gefolgt war. Heiner klemmte unter seinem Arm und streckte die Zunge raus.

„Diese Türen kriegst auch du auf. Brauchst nur ne Scheckkarte und ne ruhige Hand", erklärte Kumpel Klaus-Jürgen.

„Schreib das doch auf ein Plakat und häng's unten im Eingang auf. Dann können wir uns alle das Abschließen sparen", schlug ich vor.

„Die Hausverwaltung sollte die Schlösser umrüsten, wenn sie so leicht zu knacken sind", regte Rudi ernsthaft an.

„Ganz deiner Meinung. Ich bin mir nur nicht sicher, ob Knülle der richtige Mann für so ein Projekt ist", entgegnete ich.

Rudi kramte mit der freien Hand in seiner Hosentasche und schloss kurz darauf seine eigene Wohnungstür auf. Im gleichen Moment sprang Heiner von seinem Arm und schoss wie eine Bodenlenkrakete in das heimische Reich. Die Tür flog auf und knallte innen gegen die Wand.

Ich hatte bis zu diesem Moment noch nie einen Blick in Rudis Bude geworfen. Warum auch?

Obwohl ich ihn ja ständig hämmern und sägen hörte, war ich doch überrascht, eine komplette Tischlerwerkstatt zu sehen. Statt Sessel, Stubenschrank und Fernseher stand dort eine Werkbank mit Schraubstock. Diverse Werkzeuge lagen in stabilen Regalen und hingen an den Haken eines Lochblechs. Ich sah Plastikbehälter voller Schrauben und Nägel neben elektrischen Sägen, Hobel und Schwingschleifer. In der Zimmerecke, die eigentlich für die Essgruppe vorgesehen war, stapelten sich Vogel- und Puppenhäuser aus Nadelholz bis unter die Decke.

Was mich aber wirklich sprachlos machte, war nicht die Werkstatteinrichtung. Es waren die unzähligen Fotografien an den Wänden. Das Zimmer war tapeziert mit Fotos. Mit Fotos von Heiner.

Der Dackel in allen Lebenslagen. Mit wachem Blick, heraushängender Zunge oder friedlich schlafend. Beim Fressen, Sonnenbaden, auf einer Blumenwiese, am Strand im Sonnenuntergang, auf dem Sofa, in der Badewanne und im Bett. Überall Heiner. Ich kam zu dem Schluss, dass sein Besitzer nicht alle Latten am Zaun hatte.

Klaus-Jürgen war schon oft in den Räumen seines Kumpels gewesen, und so hatte er sich längst an die Dackel-Bilder gewöhnt. Er registrierte amüsiert mein sprachloses Staunen.

„Du solltest mal Heiners Hochbett sehen. Das hat Rudi selbst gebaut. Da wäre jedes Kind neidisch drauf", sagte er lachend.

Rudi winkte ab. „Das können nur Menschen verstehen, die ein Haustier haben", meinte er. Ich dachte an Ruth und ihren Vogel und nickte.

Abrupt wechselte er das Thema. „Du scheinst ja überzeugt davon zu sein, dass Heiderose ermordet wurde. Wie kommst du bloß darauf? Hast du Beweise?" wollte er wissen. Ich folgte seinem Blick zur Wohnungstür meiner verstorbenen Nachbarin und blieb an dem dunklen Fleck auf ihrer Fußmatte hängen.

Klaus-Jürgen warf sich in die Brust. „Martha riecht einen Mord aus kilometerweiter Entfernung", erklärte er stolz. „Und ich bin ihr Partner in besonders kniffeligen Fällen."

„Meinst du, das war jemand aus dem Wohnheim?" wandte sich Rudi an mich. Seine Augenlider flatterten.

„Da bin ich mir ziemlich sicher. Derjenige hat nämlich nicht nur Heiderose auf dem Gewissen, sondern auch ...", ich bremste meinen Redeschwall gerade noch rechtzeitig. „Sondern ist in meine Wohnung eingebrochen, hat alles durcheinandergebracht und Heideroses Wäsche gestohlen", vollendete ich den Satz.

Klaus-Jürgen stieß seinem Freund in die Seite. „Du musst davon doch was mitgekriegt haben! Die Wände sind dünn wie Papier. Wenn jemand in der Nachbarwohnung wilde Sau spielt, hört man das."

Rudi sah betreten zu Boden. „Tut mir leid, aber ich hab wirklich nichts bemerkt. In der Nacht als Heiderose starb kam ich vom Klo nicht runter, tags darauf genauso. Erst am Abend ging's mir wieder etwas besser, da bin ich dann zum Basartreffen gegangen."

„Tja, schade." Ich wandte mich ab und schubste meine Tür auf.

„Woll'n wir Skat kloppen oder 'n Film gucken?" ging Klaus-Jürgen zum Nachmittagsprogramm über. Ich bekam nicht mehr mit, wofür Rudi sich entschied.

Seufzend ließ ich mich aufs Sofa fallen. Irmgards tote Augen lagen in den dunklen Höhlen ihres wächsernen Gesichts und starrten mich an. Ich sprang auf. Nahm auf dem Sessel Platz und überlegte, wie ich weiterleben sollte, ohne verrückt zu werden.

Ich musste den Mörder fangen, bevor er mich erledigte. Alle Bewohner wussten jetzt über meinen Verdacht Bescheid, da würde er nicht mehr lange auf sich warten lassen. Er oder ich – das war die Frage. Er – ein Mann? Oder suchte ich nach einer Mörderin? Es gab nichts, was ich Gunda Freier nicht zutraute. Aber aus welchem Grund sollte sie Heiderose ermordet haben? Und was wollte sie mit der Wäsche?

Meine Beine zuckten unruhig, als stünde ich an der Startlinie des Bremerhaven-Marathons. Ich dachte an meinen Sieg im vergangenen Jahr und an das erhebende Gefühl, unter tosendem Applaus aufs Treppchen zu steigen und den Pokal in Empfang zu nehmen. Der markerschütternde Schrei des Vogels holte mich zurück in die Gegenwart. Gleichzeitig klingelte es an der Tür.

„Romeo!" schluchzte Ruth, drängelte mich beiseite und stürzte in die Wohnung. Ich sah den Flur hinunter und entdeckte Bernds Haarschopf im Treppenhaus. Mit schwerem Schritt und hängenden Schultern bewältigte er die letzten Stufen. Als er mich erblickte, hob er matt die Hand.

„Ihr seid wieder da", stellte ich fest.

„Sie wollte nach Hause", entgegnete Bernd müde.

„Mami ist zurück, gucke mal", trällerte Ruth. „Hat der kleine Schatz pupsi-pupsi gemacht?"

Bernd legte sich lang aufs Sofa. Er sah blass aus. Ich setzte mich ihm gegenüber auf den Sessel.

„Warum in die Ferne reisen – zu Hause ist's immer noch am schönsten", versuchte ich, ihn aufzumuntern.

„Nie wieder", stöhnte Bernd. Er blinzelte. „Was ist mit deinem Gesicht passiert? Nimm mal die Brille ab."

Ruth klebte am Käfig, als befände sie sich in einer anderen Welt. Sie gab unverständliche Laute von sich, sagte zehnmal hintereinander Romeo und Mami, schließlich sang sie Kinderlieder.

„Ruth, das geht zu weit", unterbrach ich den Zirkus, weil Bernd nichts tat, außer sich die Ohren zuzuhalten. Ruth zog einen beleidigte Flunsch und drehte uns den Rücken zu.

„Gut, dass du wieder da bist. Ich habe Arbeit für dich", verkündete ich.

Bernd guckte skeptisch. „Dabei geht es nicht um deine Nachbarin", meinte er hoffnungsvoll.

„Im weitesten Sinne schon", gab ich zu.

„Sieht dein Gesicht deshalb so ramponiert aus?" fragte er.

„Das hat damit zu tun."

Er stöhnte laut auf. „Und ich dachte schon, du wärest unter einen Radlader geraten." Seine Stimme troff vor Sarkasmus.

Ich beugte mich nach vorn und rutschte bis an die Kante der Sitzfläche. Bernd wich unwillkürlich zurück.

„Bernd, da ist ne große Sache im Gange", sagte ich eindringlich. Er verzog die Lippen zur Andeutung eines ironischen Lächelns. „Klingt nach Verschwörung."

„Zwei Morde sind passiert – eigentlich nur einer, aber in Wirklichkeit sind's zwei."

Bernd schloss die Augen und schüttelte den Kopf.

„Es geht um einen Haufen Geld, einen getürkten Totenschein und gestohlene Damenunterwäsche", fuhr ich fort.

„Vermutlich die Unterwäsche deiner fünfundsiebzigjährigen Nachbarin", meinte Bernd

„Ganz genau", bestätigte ich und registrierte verwundert, dass Bernd laut losprustete.

„Das ist nicht lustig! Jedenfalls nicht, wenn jemand deswegen einen Mord begeht", stellte ich klar. Bernd kriegte sich gar nicht wieder ein.

„Du musst sofort Heideroses Sektion anordnen. Und am besten Irmgards ebenfalls, sie wurde erstickt, nehme ich an. Das mit Irmgard solltest du streng geheim halten. Sie war nämlich eigentlich schon tot."

Bernds Lachen erstarb. „Die meisten älteren Menschen bekommen irgendwelche Krankheiten. Alzheimer zum Beispiel. Wenn du Alzheimer hättest, würdest du mich bei jeder Begegnung fragen, wie ich heiße. Und weißt du was? Ich wäre froh, wenn du Alzheimer hättest. Ich würde mir ein Namensschild an den Pullover heften, in großen Buchstaben ‚Bernd' draufschreiben und wüsste, dass du eine ganz normale ältere Dame bist." Er stand auf.

„Bernd! Halt! Du glaubst nicht, in welchem Schlamassel ich stecke. Ich habe Angst um mein Leben", flehte ich ihn um Unterstützung an.

Bernd kniete sich hin, räumte schweigend den Schrankkoffer ein und zog die Verschlüsse zu. Ruth bereitete indes ihren Vogel mental auf die Abreise vor, indem sie ein beruhigendes Tri-Tra-Trullala summte. Plötzlich hielt Bernd in der Bewegung inne und drehte den Kopf. Er betrachtete seine Frau, als sehe er sie zum ersten Mal. Studierte ihr Treiben mit unbewegtem Gesichtsausdruck. Anschließend sah er mich mit dem gleichen, unheimlichen Blick an. Dann wandte er sich wieder dem Zubehörkoffer zu.

„Was hab ich bloß verbrochen? Womit hab ich das verdient?" murmelte er verzweifelt. Unnötig heftig schloss er die letzte Schnalle am Koffer und hievte ihn vom Erdboden.

„Jeder Mensch sucht sich vor seiner Geburt das Leben aus, das er führen möchte. Du hast dir dieses ausgesucht, nun sei auch zufrieden damit", beschied ihn Ruth und hob den Käfig an.

„Deine Theorie kann nicht stimmen. Denn hätte ich das vorher gewusst, dann hätte ich garantiert nicht teilgenommen."

Ruth lief rot an vor Zorn. „Siehst du", beschwerte sie sich bei mir, „er fängt schon wieder an. Ewig dieses Gemecker, das ist nicht zum Aushalten."

Ich verzichtete darauf, sie daran zu erinnern, dass sie sich vor der Reise über Bernds ewigen Gleichmut beschwert hatte. Mir schien, als wäre sie ihrem Wunsch, bei ihrem Ehemann Wutanfälle zu provozieren, einen großen Schritt näher gekommen. Den Käfig wie eine heilige Porzellankiste vor sich herbalancierend verließ sie die Wohnung.

Ich schloss die Tür hinter den beiden. Holte Reinigungsutensilien und säuberte den Platz, auf dem Romeos Behausung die vergangenen drei Tage gestanden hatte. Nahm den Staubsauger zur Hand und entfernte alle Körner vom Fußboden. Der Wasserfleck war dunkler geworden. Ich hockte mich hin und fühlte mit den Fingerspitzen: Er war trocken. War das wirklich Wasser? Ich beugte mich hinab und roch an dem Fleck. Und roch noch mal. Das war kein Wasser, das war Urin!

Bewaffnet mit Fleckentferner, Waschmittel, heißem Wasser und Schwamm machte ich mich über den Teppich her. Rubbelte ihn anschließend mit Wegwerftüchern trocken und gab großzügig Duftspray darauf.

Öffnete das Fenster und sah Busen-Ursel auf ihrem Beobachtungsposten. Können Vögel pinkeln? Wohl eher nicht. Ob Irmgard unter Blasenschwäche gelitten hatte? Ich kannte nur ein Individuum, das auf Teppiche strullte: Heiner.

Ich richtete mich auf und sah das Diktiergerät auf der Anrichte liegen. Ruth hatte vergessen, es mitzunehmen. Ich nahm das Gerät in die Hand und spielte gedankenverloren daran herum. Plötzlich ertönte Vogelgeschrei. Davon habe ich in den vergangenen Tagen genug genossen, dachte ich bei mir und wollte gerade die Stopp-Taste drücken, da erstarb das Geschrei. Schließlich das altbekannte „Bitte schön ... Heiderose". Noch ein paar abgehackte Wörter, dann fing der Dackel an zu bellen. Er machte ein Heidenspektakel. Falls nebenan noch etwas zu hören gewesen wäre, so ging es im Gekläffe unter.

Hunde haben ein sehr gutes Gehör, ein vielfach besseres als Menschen. Bestimmt hatte Heiner mitgekriegt, was bei Heiderose passiert war. Außer dem Mörder war er der Einzige, der wusste, wer sie umgebracht hatte.

9

Knuth saß mit Helga Radder am Küchentisch. Helga wohnte ein paar Häuser weiter, war Ende sechzig und mit Leib und Seele Hausfrau. Seitdem ihr Mann vor einigen Jahren gestorben war, beglückte sie Knuth regelmäßig mit eingekochtem Gemüse und selbstgemachter Marmelade. Heute hatte sie mit Hagelzucker bestreute Kekse mitgebracht. Jedes einzelne Plätzchen sah genauso gestochen akkurat aus wie das andere. Helga klapperte mit Stricknadeln, an denen ein grün-rosa-gestreiftes Projekt aus Wolle entstand, und führte dabei das große Wort. Knuth stippte schweigend einen Keks in seine Tasse mit dampfendem Kaffee und nickte dann und wann bestätigend. Seine Miene hellte sich auf, als ich eintrat.

„Ich bin wirklich dafür, dass wir einen Nachbarschaftsverein gründen", ereiferte sich Helga. Zum Gruß hob sie kurz die rechte Stricknadel, ohne den Redefluss zu unterbrechen. „In der Satzung muss ganz klar geregelt sein, wie die Anlieger ihr Grundstück gestalten dürfen. Damit so eine Scheußlichkeit wie nebenan gnadenlos unterbunden wird."

„Von welcher Scheußlichkeit sprichst du?" hakte ich nach und nahm einen Keks vom Teller. Knuth besorgte eine weitere Tasse und schenkte Kaffee ein. Das Gebäck schmeckte nach Zimt und Anis und zerrann im Mund zu einer köstlich süßen, fluffigen Masse. Ich griff gleich noch mal zu.

„Hast du das Denkmal noch nicht gesehen?" fragte Knuth grinsend.

„Denkmal?" schnaubte Helga, „Das ist ein Schandfleck!"

„Familie Grundmann hat eine lebensgroße Figur im Vorgarten. Das soll Jimi Hendrix sein", klärte Knuth mich auf.

„Der Typ krümmt sich, als hätte er Bauchschmerzen, und sein Gesicht sieht furchterregender aus als diese Zombiemasken an Halloween", wetterte Helga.

„Nun, Jimi Hendrix war drogenabhängig", gab ich zu bedenken.

„Und so was steht in unserer Straße! Wir müssen etwas dagegen unternehmen, Knuth. Das dürfen wir uns nicht gefallen lassen!"

Knuth machte ein unglückliches Gesicht. Vermutlich überlegte er, was schwerer wog: sich an der Vereinsgründung zu beteiligen oder auf die hausgemachten Leckereien zu verzichten.

„In unseren Statuten werden wir alles regeln: Rasenmähen, Laubharken, Bürgersteigreinigung und so weiter. Und wenn jemand sein Grundstück so verkommen lässt wie Heinz Heimeier, dann kriegt er satte Strafen aufgebrummt."

„Du könntest erster Vorsitzender werden", schlug ich Knuth vor. Der schüttelte vehement den Kopf und hob abwehrend die Hände.

„Knuth wird Kassenwart. Er ist schließlich Geschäftsmann. Ich übernehme den Vorsitz, und Roswitha Zittlau wird Schriftführerin. Sie war ja Lehrerin, da kann sie gut schreiben."

„Dann ist das ja schon mal geregelt", meinte ich lachend angesichts Knuths entsetzten Gesichtsausdrucks.

„Irmgard Fischer wird morgen Mittag beerdigt. Und deine Nachbarin übermorgen", wechselte Knuth das Thema.

„Irmgard Fischer, die Frau von Artur Fischer aus Geestemünde? Bei dem hat mein lieber Oswald immer seine Oberhemden gekauft", schaltete sich Helga ein.

„Kanntest du Irmgard auch?" fragte ich sie.

„Wir haben denselben Hausarzt. Dr. Schimanno in der Frühlingstraße. Saßen öfter zusammen im Wartezimmer, aber die werte Frau Fischer war nicht sonderlich gesprächig", berichtete sie. „Ich hab ja den Verdacht, dass sie privatversichert war. Sie musste nie so lange warten wie ich."

„Hast du sie in den vergangenen Wochen auch in der Praxis getroffen?" hakte ich nach.

„Und ob. Ich musste ein paarmal hin wegen verschiedener Bluttests, EKGs und so weiter und traf dauernd auf Irmgard Fischer. Ich glaub, das war eine von diesen Simulanten, die sich einbilden, krank zu sein, aber gar nicht wirklich krank sind. Und wenn man sich ne Krankheit einbildet, dann kriegt man sie irgendwann auch." Helga senkte ausnahmsweise den Blick auf ihr Strickzeug, zählte ein paar Maschen und klapperte dann verdrossen weiter.

„Ist Schimanno ein guter Arzt?" fragte ich. „Ich muss mir einen neuen suchen, Dr. Witzhaus ist ja nun im Ruhestand."

„Er ist ein wunderbarer Arzt. Nimmt sich viel Zeit und ist sehr gründlich." Sie stöhnte gequält auf. „Aber vor ein paar Tagen hatte er einen ganz schlimmen Autounfall, niemand weiß, ob und wann er wieder praktizieren kann."

„Sein Haus ist in der Zwangsversteigerung", wusste Knuth zu berichten. Ich horchte auf.

„Das hab ich auch gehört. Den großen Wagen fährt er schon länger nicht mehr, sondern teilt sich mit seiner Frau den kleinen. Und der ist jetzt bestimmt Totalschaden. Irgendwas scheint bei denen finanziell nicht zu stimmen. Das ändert aber nichts daran, dass Dr. Schimanno ein sehr guter Arzt ist", meinte Helga.

„Seine Frau ist die Dunkelhaarige an der Rezeption, nicht wahr?" fragte ich.

„Ja, sie sind noch gar nicht so lange verheiratet. Zwei Jahre, schätze ich. „Sumalee kommt aus Thailand, wohnt aber schon länger in Deutschland. Vielleicht hat der Doktor ihretwegen kein Geld mehr."

„Wieso das denn?"

„Weil sie ihre Familie in der Heimat versorgt. Das machen die doch alle so: Heiraten in Deutschland einen reichen Mann und transferieren sein Geld nach Hause. Nichts gegen Sumalee persönlich, sie ist nett. Aber wenn man eine Thailänderin heiratet, muss man wirklich auf seine Ersparnisse achten." Helga ließ das Strickzeug sinken und nahm einen Schluck Kaffee.

Ich fragte mich, warum ein Mann, der erst seit zwei Jahren verheiratet ist, mit einer Patientin durchbrennen will.

„Ich habe gehört, dass er einen Haufen Geld bei Pferdewetten verloren hat", schaltete Knuth sich ein, vermutlich weil er merkte, dass ich mich für das Schicksal des Doktors interessierte. Für gewöhnlich hatte er mit Klatschgeschichten nichts am Hut.

„Wie dem auch sei, ich hoffe, ich muss mir nicht auch einen neuen Arzt suchen", meinte Helga, legte ihre Handarbeit auf dem Tisch ab und schob den Stuhl zurück. Sie verschwand zur Toilette. Endlich! Ich hatte mich schon gefragt, wie ich Knuth von ihr loseisen sollte.

„Hast du bei Irmgard einen Schlüssel gefunden? Ein Papier oder irgendetwas?" flüsterte ich.

Knuth schaute mich fragend an. „Nein, wieso?"

„Hast du genau geguckt? Sie muss etwas bei sich gehabt haben."

„Wieso bist du so sicher? Sie könnte das, was du suchst, überall verwahrt haben. Ihr Tod kam doch sehr überraschend", wandte er ein.

„Ganz und gar nicht", murmelte ich. „Vielleicht befand es sich in den Kleidungsstücken, die sie auf dem Weg hierher trug, bevor sie ..."

Er räusperte sich. „Die Sachen habe ich Artur mitgegeben. Jetzt trägt sie ein Kostüm im Pepitamuster."

„So'n Mist", fluchte ich leise. „Irmgard hat vor ihrem Tod jede Menge Geld beiseite geschafft, und ich muss wissen, wo es geblieben ist. Vielleicht liegt es in irgendeinem Schließfach, und niemand ahnt davon."

„Artur hat doch bestimmt ...", wandte Knuth ein.

„Nein, er weiß nichts", unterbrach ich ihn.

„Das ist doch alles sehr mysteriös", raunte er, während er die WC-Tür im Blick behielt. „Nicht nur, dass Irmgard als Tote verschwunden ist und diese Sache mit dem Geld. Und das merkwürdige Verhalten ihres Mannes." Er holte tief Luft und flüsterte aufgeregt: „Martha, ich habe den Verdacht, dass sie erstickt wurde! Diese leichten Verfärbungen in ihrem Gesicht ... Du glaubst gar nicht, wie mich das quält. Ich denke fast jede Minute daran. Normalerweise hätte ich längst die Polizei gerufen, aber das kann ich doch in diesem Fall nicht!"

„Nee, das lass mal schön bleiben. Sonst kriegen wir beide mächtig viele Schwierigkeiten", sagte ich.

„Zumal sie noch gar nicht so lange tot war, wie sie eigentlich sein sollte", fügte er leise hinzu.

„Richtig", antwortete ich.

Knuth sah mich mit unglücklichem Gesichtsausdruck aus großen Augen an. „Bitte, Martha, sag mir, dass wir nichts Unrechtes getan haben."

„Wir haben nichts Unrechtes getan", beruhigte ich ihn und stand auf. Die Toilettenspülung rauschte.

„Du willst schon wieder los?" fragte Helga, nahm Platz und griff ihre Handarbeit wieder auf. „Nun, wir beide bleiben noch schön sitzen und machen's uns gemütlich, nicht wahr, Knuth? Was will man auch sonst machen an so einem verregneten Tag?"

Knuth rutschte unbehaglich auf seinem Stuhl herum. „Hhmm, ich müsste mich dann auch bald wieder ums Geschäft kümmern."

„Das hat doch Zeit", meinte Helga. Knuth schenkte seufzend Kaffee nach und setzte sich wieder hin. Ich winkte den beiden zum Abschied zu und verließ das Gebäude. Um einen Blick auf die Figur im Garten der Nachbarn werfen zu können, fuhr ich extra einen kleinen Umweg. Auf dem Grundstück stand ein schwarzer Mann aus Kunststoff. Er war vorn übergebeugt, hatte eine Gitarre dabei und guckte gequält unter seinem Afrolook hervor. Ich bezweifelte, dass diese Figur den Aufwand einer Vereinsgründung rechtfertigte.

Auf mein Klingeln tat sich nichts. Ich umrundete das Haus, um zum rückwärtigen Fenster zu gelangen, hinter dem sich Hartmuts Schreibstube befand. Und tatsächlich: Hartmut saß genauso an seinem Schreibtisch, wie ich ihn vorgestern zurückgelassen hatte. Er kritzelte mit seiner Feder übers Papier, tauchte ins Tintenfass und kritzelte wieder. Ich klopfte an die Scheibe. Nichts geschah – der Mann schrieb und schrieb. Jeder andere Mensch hätte aufgeschaut, sich vielleicht sogar erschreckt. Ich klopfte noch mal, warf die Arme in die Höhe und rief laut seinen Namen – Fehlanzeige.

Der Garten war lang und schmal. Die Wäscheleine an grünen Metallpfählen reichte vom Haus bis zur hinteren Grundstücksgrenze; schwere tropfnasse Handtücher waren mit Wäscheklammern daran befestigt. An einem knorrigen Apfelbaum hing ein Nistkasten für Vögel. Die Regentonne war voll, das Wasser lief in einem Rinnsal die Hauswand hinunter und endete in einer Pfütze vor der Nebeneingangstür. Unter dem Dachüberstand stand eine lila gestrichene Gartenbank, darauf lag zusammengerollt eine schlafende schwarz-weiße Katze.

Ich ging zur rückwärtigen Tür, an deren porösem Holz die Farbe abblätterte. Drückte die Klinke hinunter – die Tür war unverschlossen. Dahinter befand sich eine ehemalige Waschküche mit einem alten Waschzuber, der unten eine Luke zum Befeuern besaß. Ein Paar grüner Gummistiefel stand auf den dunklen Fliesen, in Regalen waren Getränkekisten, ein Sack Kartoffeln und unzählige Blumentöpfe untergebracht. Ich schloss die Tür geräuschvoll hinter mir und machte durch lautes Hallo-Rufen auf mich aufmerksam. Weil von Hartmut noch immer nichts zu hören war, ging ich weiter. Gelangte in den schmalen Hausflur und schließlich zu Hartmuts Dichterzimmer.

„Herr Fischer? Sind Sie da?" rief ich laut. Ich klopfte an und trat ein. Hartmut schrieb. Er hatte sein Haupt so tief über das Papier gebeugt, als sei er stark kurzsichtig.

„Entschuldigen Sie, dass ich hier so reinplatze ..." Ich ging zu seinem Schreibtisch.

„Im Donnerhall der fernen Krieger, verdammt sollst du sein, du blutrünstiger ...", murmelte er. Ich tippte auf seine Schulter, das Schreibgerät fiel ihm aus der Hand, und auf dem Blatt breitete sich ein schwarzer Fleck aus. Hartmut starrte wie hypnotisiert auf seine Hand, als suche er seine Feder. Dann entdeckte er sie auf der Schreibtischplatte und betrachtete sie. Schließlich blieb sein Blick auf dem Tintenklecks hängen.

„Hartmut!" holte ich ihn zurück ins Hier und Jetzt. Meine Stimme war lauter als beabsichtigt. Der untersetzte Mann stieß einen spitzen Schrei aus und wirbelte in seinem Stuhl herum. Ich wich einen Meter zurück.

„Maria, heilige Mutter, was wollen Sie?" stieß er hervor. Seine Augen hinter den Brillengläsern schimmerten fiebrig, die Wangen waren gerötet, und die horizontal gefurchte Stirn glänzte vor Schweiß.

Bis vor zwei Sekunden hatte ich noch vorgehabt, ihn wegen meines Eindringens um Verzeihung zu bitten und den Grund für meine Anwesenheit zu erklären. Doch bei seinem Anblick wurde mir klar, dass ich mich lieber kurzfassen sollte. Der Mann sah aus wie ein Drogenabhängiger auf Entzug.

„Sie haben Ihre Mutter vor ein paar Tagen gesehen", sagte ich.

„Meine Mutter ist tot", spie er, Speicheltröpfchen ausstoßend.

„Ihre Mutter hat vor ihrem Tod das gesamte Vermögen versteckt. Wo ist es?"

„Woher soll ich das wissen? Wieso fragen Sie?" Ich sah, dass seine fleischigen Hände zu Fäusten geballt waren, um das Zittern zu unterdrücken.

„Weil Ihr Stiefvater die Beerdigung nicht bezahlen kann, deshalb", erklärte ich.

Hartmut öffnete die Fäuste und legte die Handflächen in den Schoß. Er lehnte sich zurück.

„Asche zu Asche."

Es war dieser seltsame, in sich gekehrte Blick, der mich im Sekundenbruchteil zur Überzeugung brachte, dass Hartmut ein Eingeweihter in diesem Spiel war. Warum kam ich erst jetzt auf die Idee? Welche Mutter machte ihr einziges Kind glauben, sie sei tot und ließ sich am Grab beweinen? Sicher hatte Irmgard Hartmut vor ihrer Inszenierung reinen Wein über ihre Pläne eingeschenkt.

„Wo ist das Geld?" fragte ich eindringlich. „Sie wissen es!"

„Hüten Sie Ihre spitze Zunge. Und jetzt gehen Sie!"

„Meinen Sie, ich stelle zu viele Fragen?" rief ich aufgebracht. „Ihre Mutter hat sich von Ihnen verabschiedet, denn sie wollte verschwinden. Hat sich von ihrem Lieblingsdoktor dopen und für tot erklären lassen. Sie wollte sich mit dem ganzen Geld ein schönes Leben in Thailand machen. Leider ging der Plan nicht auf: Sie ist jetzt wirklich tot. Ihre Mutter wurde ermordet!"

Sein Kinn zitterte, aber nur ganz kurz. Dann sprang er, für seine Leibesfülle recht behende, vom Stuhl auf und packte mich bei den Schultern.

„Hinaus und kein Wort mehr!"

Er schob mich in den Flur zur Haustür. Das Erste, was mir draußen ins Auge fiel, war Bertold Biermanns unförmige Gestalt ein paar Häuser weiter, und ich fühlte mich in Sicherheit. Hartmut gab mir einen kleinen

Schubs, als solle ich für den Gehweg zur Gartenpforte Fahrt aufnehmen. Ich rammte die Füße in die Erde und drehte mich um.

„Hat sie das Geld hier versteckt? Dann sind Sie jetzt ein reicher Mann", verkündete ich. „Ihre Mutter kommt nicht mehr zurück. Aber das hat Ihr Stiefvater Ihnen sicherlich gestern Abend mitgeteilt, nicht wahr?"

Ich beobachtete Hartmuts aschfahles Gesicht, es zeigte keine Regung. Seine unförmigen Arme hingen schlaff an gebeugten Schultern.

Es nieselte. Ich wischte den Fahrradsattel mit dem Ärmel trocken und radelte los. Bertold suchte unterm Haustürvordach seiner Eltern Schutz vor dem Regen. Er wartete ganz offensichtlich auf mich.

„Na, watt sacht der Dichter?" rief er mir zu. Ich hielt am Straßenrand an. Bertold trug einen grau-melierten Jogginganzug aus Sweatshirt-Stoff, die Knie waren ausgebeult und das Oberteil zu kurz. Seine nackten Füße steckten in geschlossenen Gesundheitslatschen mit Korksohle. Sie machten klatschende Geräusche, als er herbeieilte.

„Hast du Irmgard manchmal gesehen, wenn sie ihren Sohn besuchte?" wollte ich wissen.

„Schietwetter!" schimpfte er und blinzelte mit zusammengekniffenen Augen in den grau verhangenen Himmel. „In Malaga ham se jetzt fünfunddreißig Grad, und bei uns is mal wieder nur Kacke."

„Irmgard!" erinnerte ich ihn.

„Watt hast du bloß für'n Interesse an der ollen Pflaume? Das frag ich mich schon die ganze Zeit. Der Dichter hat dich ja sogar zur Tür gebracht. Den seh ich sonst nie an der Tür."

„Irmgards Beerdigung ist morgen, und ich versuche ihren Sohn zu überreden, ein Gedicht vorzutragen", stillte ich seine Neugier.

„Deshalb kommst du her? Ich dachte, du schminkst die Toten und ziehst ihnen die Klamotten an. Ist mir neu, dass du dich auch um die Feierlichkeiten kümmerst."

„Nur ausnahmsweise. Also was ist nun? War Irmgard oft zu Besuch da drüben?"

„Hin und wieder. Mein Wohnzimmer geht zum Garten raus, da krieg ich nicht viel mit. Wenn du's genau wissen willst, dann frag meine Eltern."

Mir fielen die verhutzelten Gesichter hinter der Scheibe ein, und ich sah zu den Fenstern hinüber. Unten rechts war die Gardine zur Seite geschoben. Zwischen den Blumentöpfen auf der Fensterbank entdeckte ich zwei Köpfe.

„Die beiden führen Buch über alles, was in dieser Straße passiert. Auch übers Wetter. Sie schreiben auf, wann der Briefträger kommt, welcher Nachbar Besuch kriegt und wer um wie viel Uhr seine Mülltonne rausstellt."

„Das ist ja hochinteressant!" rief ich aus und stellte mein Rad am Zaun ab. Schon steuerte ich Bertolds Elternhaus an. Bertold griff tief in die Tasche seiner ausgeleierten Jogginghose, zog ein benutztes Papiertaschentuch und einen Schlüssel heraus, stopfte das Taschentuch zurück in die Hose und schloss auf. Im Haus roch es nach feuchtem Mauerwerk und Rheumasalbe. An der vergilbten Tapete hingen einige Zinnteller mit Jagdmotiven und ein Holzbrett, in das jemand mit einem Lötkolben den Satz „Im Himmel gibt's kein Bier, drum trinken wir es hier" gebrannt hatte.

Bertold führte mich in ein halbdunkles Kabuff. Schrankwand in Eiche rustikal, beige Hochlehngarnitur, höhenverstellbarer Couchtisch mit dunkelgrünen Kacheln. Die beiden Alten saßen auf tiefen Sesseln vor dem Fenster. Um nach draußen sehen zu können, mussten sie einen langen Hals machen.

„Martha interessiert sich für euer Buch", machte Bertold mich mit seinen Erzeugern bekannt. Vater Biermann zeigte mir seine nahezu zahnlose Mundhöhle, und Mutter Biermann sah auf meine Schuhe.

„Jau, jau, jau", machte der alte Mann geschäftig, kicherte wie Rumpelstilzchen, nahm eine Kladde vom Fensterbrett und legte sie sich in den Schoß. „Worum geiht?" fragte er.

„Haben Sie das Haus Nummer vierzehn im Blick? Es geht um die Mutter des Hausbewohners. Sie ist Mitte sechzig, hellbraune, lockige Haare ..."

„Yoo, Yoo. De wör all öffter heer", meinte er, ohne in seine Unterlagen zu sehen.

„Sie war öfter hier? Wann haben Sie sie denn das letzte Mal gesehen?" wollte ich wissen.

„Moment." Er blätterte zurück. Die Seiten waren eng in kleiner Schrift beschrieben, als wolle man auf keinen Fall Platz verschwenden. Er fuhr mit dem Zeigefinger die Zeilen hinunter.

„Dor hebbt wi'd! Toletz an'n Freedooch, letze week. Um dree Uhr tweundtwintich. Is mit'n Audo koom, mit'n roden Volvo." Bertolds Vater sah von seinem Schoß auf. „Kennzeichen HB-F 9786." Er ließ erneut sein Kichern hören. Seine Frau wandte den Blick nicht von meinen Schuhen.

„Letzten Freitag um zweiundzwanzig Minuten nach drei mit einem roten Volvo", übersetzte Bertold, weil er meinen ratlosen Gesichtsausdruck bemerkt hatte.

„Sie wissen das Kennzeichen auswendig? Dann war die Dame wohl öfter hier?" hakte ich nach.

„Yoo. Tomindest eenmol inne week. De blüfft jümmers so ne halbe Stunn."

„Einmal pro Woche mindestens, für etwa eine halbe Stunde", dolmetschte Bertold brav.

„War auch ein Mann dabei? Oder kam sie immer allein?"

„De wör ok mol dorbi. Ober gans selten. Ober güstern, dor wör de Mann dor", er blätterte ein paar Seiten vor und suchte die Zeilen ab, „um tein noh acht obends. Alleen." Er grinste stolz.

„Gestern?" wandte ich mich an Bertold.

„Um zehn nach acht abends, allein", bestätigte er. „Martha, wen interessiert's denn, wer den bekloppten Dichter besucht? Ich versteh das nicht."

„Ich verstehe das auch noch nicht", erwiderte ich.

„De deern de kööpt in, de mookt den goorn und geiht orbeeten. Un he mokt nix", regte sich der Alte auf.

„Das Mädchen kauft ein, kümmert sich um den Garten und geht arbeiten. Er macht nichts", wiederholte Bertold geduldig.

„Middeweeken kricht he besöök. Dor kumm jümmers so'n blassen Kerl", berichtete sein Vater weiter.

„Mittwochs kriegt er Besuch von einem blassen Typen."

„De brüngt bökers met un popeer. Un blivt stunnenlang."

„Er bringt Bücher mit und Papier. Vaddern meint, der bleibt stundenlang bei dem Nichtsnutz."

Vermutlich ein gleichgesinnter Dichter.

„Danke. Sie haben mir wirklich sehr geholfen", verabschiedete ich mich und ging zur Tür. Die alte Frau starrte auf den Fußboden an die Stelle, wo eben noch meine Schuhe waren. Ihr Mann winkte mit seinen Aufzeichnungen und präsentierte seinen Mundraum.

Bertold rang mir das Versprechen ab, ihn „auf dem Laufenden zu halten", was immer das bedeuten sollte. Ich trat nach draußen. Der Regen war stärker geworden, außerdem hatte der Wind aufgefrischt. Bertold blieb unterm Dachüberstand und kratzte seinen Bauch, als ich aufs Rad stieg. Ich fuhr die kleine Anhöhe der Allersstraße hinunter und holte damit Schwung für die nächsten zweihundert Meter. Der Regen klatschte

223

mir eiskalt ins Gesicht, in meinem Nacken formierte sich ein Rinnsal und lief den Rücken hinunter. Mein Shirt wurde somit gleichmäßig von unten und oben durchnässt. In schätzungsweise drei Minuten würde es klitschnass sein. Die Straßenlaternen gingen an, in den Wohnungen wurde das Licht eingeschaltet. Durch die Sonnenbrille war eine gefahrlose Teilnahme am Straßenverkehr nicht mehr möglich, ich war so gut wie blind. Ich warf sie in meine Handtasche und spürte den kalten Regen auf meinem lädierten Auge. Im Vorbeifahren sah ich durch die Fenster den bläulichrechteckigen Schein von Fernsehgeräten und regungslose Gestalten, die davor hockten. Außer ein paar vorbeibrausenden Autos war niemand unterwegs.

Ich fühlte mich seltsam ausgeschlossen. Gehörte nicht zu den Menschen, die in friedlicher Gemeinschaft in ihren Häusern lebten. Ich war eine Einzelgängerin. Einzelkämpferin. Und wofür kämpfte ich? Gegen das Böse. Und für die Gerechtigkeit.

Irmgard hatte ihren Ehemann ausgetrickst. Den Menschen, mit dem sie den größten Teil ihres Lebens zusammengelebt hatte. Der ihr sein Herz und ein warmes Heim schenkte, obwohl sie das Kind eines anderen bekam. Sie hatte ihn um die Ersparnisse gebracht, weil sie sich mit einem anderen Mann auf und davon machen wollte.

Statt den Weg zur Wohnanlage einzuschlagen, radelte ich weiter. Ein Auto raste an mir vorbei durch eine Pfütze, das Wasser spritzte bis unter mein Kinn. Ich passierte eine Bushaltestelle samt Wartehäuschen. Darin stand ein junges Paar engumschlungen und küsste sich hingebungsvoll. Meine Hose klebte wie die kalte Haut einer Schlange an mir, meine Haare glichen tropfnassen Spaghetti. Ich hätte den Fall Irmgard zu den Akten legen können. Wen kümmerte es, wo sie das Geld deponiert hatte? Wen kümmerte das Schicksal eines pensionierten Hemdenverkäufers?

Ich war die Ritterin der Gerechtigkeit. Ich würde Artur erzählen, was Irmgard getan hatte, und wo sein Geld war. Ich brauchte mich nicht mehr zu verstecken, ich kam in freundschaftlicher Absicht. Artur musste zwar die bitteren Tatsachen verdauen, aber er würde mir dankbar für meine Hilfe sein. Und ich konnte mir stolz auf die Schulter klopfen, denn ich hatte meinen Job pflichtbewusst erledigt.

Ich stellte mein Fahrrad an die Hauswand und drückte mit vor Kälte steifen Fingern auf den Klingelknopf. Der Summer erklang, und ich patschte in den Hausflur. Im Vorbeigehen warf ich einen Blick auf Christa Schüdde-kopps Wohnungstür. Sie war geschlossen, registrierte ich gleichmütig. Sollte sie nur kommen! Ich hatte nichts zu verbergen, ich sprach die reine Wahrheit. Da konnte die Nachbarin meinetwegen gern dabei sein. Artur schob seinen Kopf durch den Türspalt. Ich sah in seine unsteten, durchsichtigen Fischaugen und empfand tiefes Mitleid für sein Schicksal.

„Herr Fischer, ich habe Neuigkeiten für Sie. Ich weiß, wo Ihr Geld ist", sagte ich sanft.

Ich hörte Artur nach Luft schnappen, sein Blick flatterte. Wortlos öffnete er die Tür und ließ mich eintreten. Vor seiner Wohnungstür war eine Pfütze entstanden.

Ich entschloss mich, auf der Schmutzfangmatte vor der Garderobe stehenzubleiben, um nicht die Auslegware zu versauen.

„Machen wir's kurz", begann ich. Arturs Blick wanderte von der Decke zu meinen Lippen. Hing an ihnen, als würden sie gleich das Evangelium verkünden. Sein Kinn zitterte.

„Ihre Frau hat vor ihrem Tod Bargeld und die Daten der Auslandskonten bei Ihrem Sohn deponiert. Rücken Sie ihm auf den Pelz", sagte ich eindringlich.

„Aber ... warum hat sie das getan ... und ... woher wissen Sie ...?" stammelte er. Ich sah, dass ihm der Schweiß ausbrach. Seine Stirn glänzte, und seine Wangen färbten sich rot.

„Warum Irmgard das getan hat? Sie hat ihren Tod vorgetäuscht. Mit Hilfe von Dr. Schimanno, der auch den Totenschein ausgestellt hat. Mit dem Geld wollte sie sich in Thailand ein schönes Leben machen."

„Thailand?" hauchte er und fügte kaum hörbar hinzu: „Wir wollten nach Bali."

Ich entschloss mich, dem Witwer zu verschweigen, dass Irmgard mit Schimanno durchbrennen wollte. Dass der Arzt seinem Schuldenberg und Irmgard ihrem eintönigen Eheleben entfliehen wollte. Warum den armen Mann quälen? Er hatte schon genug zu erleiden.

„Aber sie ist tot! Das Spiel ist aus! Ich habe sie mit eigenen Augen im Bestattungsinstitut gesehen. Sie ist tot!" schrie er auf wie ein verwundetes Tier.

Ich wusste genau, was er empfand: Unglauben, Abwehr und Zorn. Der Gedanke an das, was seine Frau getan hatte, war so scheußlich, dass er ihn lieber leugnete als ihn zu akzeptieren.

„Ja, Sie haben leider recht. Nun ist sie tatsächlich gestorben", erklärte ich und fuhr nach kurzem Zögern fort: „Morgen findet ihre Beerdigung statt, wie geplant." Obwohl ich mich bemüht hatte, ihm die Fakten schonend beizubringen, fühlte ich mich ziemlich mies. Arturs blasse Augen waren blutunterlaufen, er biss die Zähne so fest aufeinander, dass ein Muskel an seinem Kiefer zuckte.

„Es tut mir sehr leid", murmelte ich und wandte mich zum Gehen. Ich hatte getan, was ich konnte, meine Mission war beendet.

Meine Hose hatte sich an meine nackten Beine geklebt, die beiden waren eine Symbiose eingegangen. Der erste Schritt war wirklich unangenehm. Ungefähr so musste das Häuten vonstattengehen. Unwillkürlich sah ich hinunter zu meinen Beinen – und dieser Moment der Unaufmerksamkeit wurde mir zum Verhängnis. Weder spürte noch sah ich ihn kommen. Stattdessen vollführte ich eine halbe Drehung und prallte mit der Wucht seines Gewichts gegen die Garderobe. Die Jacken dämpften meinen Aufprall, mein Gesicht steckte in einem Trenchcoat. Im nächsten Moment wurde mein Hals von hinten kräftig umklammert. Ich wand mich, schlug mit den Händen um mich und trat mit den Füßen, aber ich erreichte den Mann hinter mir nicht. Meine Fingernägel bohrten sich in seine Hände. Arturs Finger waren erstaunlich stark, und was noch schlimmer war, sie wussten genau, wo sie zupacken und pressen mussten. An beiden Seiten des Halses, nah dem Schlüsselbein. Dort, wo die Halsschlagadern nach oben abzweigen.

„Warum ist sie tot?" schrie er. „Warum?"

Ich erinnerte mich wirr an irgendeinen Erste-Hilfe-Kurs. Druck auf einer Halsschlagader stoppt Blutungen aus einer Kopfwunde, aber Druck auf beide unterbindet sofort die Blutzufuhr zum Gehirn.

„Warum ist sie tot? Wo ist das Geld? Wir wollten nach Bali. Weißt du, wie wunderschön es auf Bali ist? Du hast sie umgebracht! Und jetzt willst du auch noch die ganze Kohle einstreichen, wie? Von wegen Hartmut! Wer dem einen Cent gibt, ist bekloppt!" brüllte er und drückte noch fester zu. Der Mann war völlig übergeschnappt. Es würde nicht mehr lange dauern, bis mich eine rauschende Dunkelheit davontrug. Hilflos ruderte ich mit den Armen. Meine rechte Hand bekam etwas zu fassen. Umschloss einen harten Griff. Den Griff eines Regenschirms. Langsam verlagerte ich mein Gewicht, meine Sehnen spannten sich. Spürte das Adrenalin in meinen Kreislauf fluten. Ich umklammerte den Griff, riss ihn aus der Halterung und stieß mit dem Schirm schräg hinter mich. Setzte all meine verbliebene Kraft in diesen Stoß. Ich traf seine Eingeweide unterhalb seiner Rippen. Artur stöhnte auf, sein Griff lockerte sich augenblicklich. Mit jeder Faser meines Körpers konzentrierte ich mich, stieß noch einmal zu, schaffte es, mich aus den Klammern seiner starken Finger zu winden und rammte die Metallspitze des Schirms erneut in seinen Leib. Artur schrie auf und warf die Hände auf seinen Bauch. Im Bruchteil einer Sekunde war ich an der Tür, riss sie auf und stürzte in den Hausflur. Stürmte keuchend nach draußen und mühte mich ab, mit fliegenden Händen das Fahrradschloss zu öffnen. Behielt die Haustür dabei im Auge, während mein Herzschlag in meinen Ohren dröhnte. Endlich das ersehnte Klicken, ich sprang aufs Rad und fuhr so schnell ich nur konnte die Straße hinunter. Als ich die Georgstraße mit ihrem stetigen Verkehrsstrom erreichte, brach ich in Tränen aus. Vorbei an dem Sex-Shop im dunkelrot gestrichenen Gebäude, einigen unbelebten Hauseingängen und einer leerstehenden Ladenzeile. Ich hielt schließlich vor dem erleuchteten Schaufenster einer Videothek und rang schluchzend nach Atem, spuckte aus, keuchte, spürte noch immer den harten Griff an meinem Hals.

Es dauerte eine gefühlte Ewigkeit, bis ich wieder halbwegs klar denken konnte. Was hatte dieser Angriff zu bedeuten? Artur hätte mich beinah erwürgt in seinem Zorn. Aber warum war er so zornig? Ich wollte ihm doch nur helfen. Meine Tränen versiegten, aber mein Atem ging immer noch stoßweise.

Mit zitternden Fingern kramte ich in meiner Handtasche nach dem Handy. Ich war kaum in der Lage, es an mein Ohr zu halten. Es klingelte viermal, fünfmal, dann endlich nahm Bernd ab.

„Bernd", keuchte ich.

„Mama! Was ist los? Ich hab schon geschlafen", schimpfte er.

„Hilfe! Ich ... ich ...", begann ich. Dann wurde mir klar, dass Bernd mir nicht helfen konnte. Was sollte ich ihm sagen? Der Ehemann von der toten Frau, die ich aus meinem Fenster geworfen habe, hat mich beinah erwürgt? Ich schluckte schwer und legte auf.

Zwei dunkelhaarige, mit Goldketten behängte Männer in schwarzen Lederjacken traten aus der Videothek. Sie glotzten mich an, als hätte ich zwei Köpfe. Ich setzte mich aufs Rad und fuhr die steile Rampe hinauf. Schaffte es mit allerletzter Kraft nach oben. Schwer atmend hielt ich an, suchte Halt am Eisengeländer und sah über das weite Lichtermeer des Fischereihafens und der Schichau-Seebeckwerft, ohne tatsächlich irgendetwas wahrzunehmen.

Erst Minuten später wurde mir bewusst, dass es immer noch in Strömen regnete. Es störte mich überhaupt nicht. Es war mir egal.

„Sie ist tot. Das Spiel ist aus! Du hast sie umgebracht! Wir wollten nach Bali", hörte ich Arturs Stimme in meinem Kopf. Wieder und wieder. Die Autos rasten mit eingeschalteten Scheinwerfern an mir vorbei, Wasserfontänen spritzten hoch. Die Ampelanlage sprang auf Rot, und die Autoschlange kam zum Stehen.

Artur hatte vom Scheintod gewusst. Er war gar nicht das leidtragende Opfer, sondern ein Eingeweihter in dem Spiel! Hatte alle zum Narren gehalten: Knuth, seine Nachbarin und nicht zuletzt mich. Warum? Was hatten die beiden geplant? Einen gemeinsamen Lebensabend auf Bali? Und der Doktor? Was war mit dem Geld?

„Stell die richtige Frage, und du hast die Antwort", hörte ich meinen verstorbenen Fast-Ehemann Jonny raunen.

Was nützte einem der Tod des Ehegatten?

Warum täuschte man ihn gemeinsam vor?

Was konnte man durch einen vorgetäuschten Tod erreichen? Oder bekommen?

Erneut holte ich mein Handy hervor, ließ mit dem Daumen die gespeicherten Nummern durchs Display laufen und stoppte bei meinem alten Freund Harry, dem Filialleiter der Sparkasse Bremerhaven. Er hatte mir schon öfter aus der Klemme geholfen, wenn auch nur äußerst widerwillig. Beim dritten Klingeln nahm er ab.

„Martha? Ich wollte erst gar nicht drangehen. Entschuldige, dass ich das so frei heraus sage, aber wenn du mich anrufst, dann bedeutet das für mich jedes Mal eine Menge Unannehmlichkeiten."

„Ich möchte Sophie gern am Dienstag zum Nordic Walking abholen", sagte ich unschuldig. Harry seufzte erleichtert.

„Das ist wunderbar! Allein geht sie ja kaum vor die Tür. Toll, Martha, danke! Das wird sie auf andere Gedanken bringen. Ich werd's ihr gleich morgen früh sagen, sie schläft schon."

„Ein kleines Anliegen hätte ich da noch", gestand ich. Harry holte zischend Luft und atmete mit einem gestöhnten „Hab ich's doch gewusst" wieder aus.

„Es geht um Artur Fischer." Ich nannte Geburtsdatum und Adresse. „Seine Frau ist vor kurzem gestorben. Schau nach, ob's da eine Lebensversicherung gibt, die Fischer bekommt, oder ob er anderweitige Vorteile vom Tod seiner Gattin hat."

„Das sind keine Bank- sondern Versicherungsdaten. Wie soll ich das denn machen? Du musst auf die Testamenteröffnung warten", regte er sich auf.

„Das dauert viel zu lange. Und dann muss ich wissen, was mit dem vielen Geld passiert ist, das die beiden bei deiner Bank angelegt haben. Bis wann hast du das Ergebnis?"

„Ich kann nichts versprechen", brummte Harry und legte auf.

Ich drückte mit meinem nahezu gefühllosem Zeigefinger auf die Aus-Taste – und da passierte es: Das Telefon rutschte mir aus der kalten, nassen Hand, schlug kurz auf der Betonkante der Brücke auf und fiel etwa acht Meter in die Tiefe. Ich stieß einen derben Fluch aus. Der Wert eines Handys bestand nicht in den paar Euro Kaufpreis. Auch nicht in den paar Euro Guthaben auf der Karte. Den eigentlichen Wert stellten die vielen Rufnummern dar, die ich nun neuerlich mühselig eintippen und speichern musste.

Statt einen Bogen um Elvis' Bistro zu schlagen, was sicherlich vernünftig gewesen wäre, entschied ich mich für puren Masochismus. Ich fuhr direkt an seinen Fenstern vorbei, hielt an und stieg ab. Elvis war nirgends zu sehen, wohl aber Danilo. Er flitzte mit einem vollbeladenen Tablett durchs Bistro. Ich schob mein Rad am Gebäude vorbei nach hinten, um einen Blick in die Wohnung zu werfen.

Das Wohnzimmerfenster war erleuchtet, die Vorhänge nicht zugezogen. Ich formte mit der Hand ein Dach über meinen Augenbrauen und presste mein Gesicht gegen die Scheibe. Der Fernseher lief, ein dreckverschmierter Automechaniker und eine brünette, langbeinige Schönheit begutachteten den Motor eines japanischen Familienwagens. Eines der Sofas stand mit dem Rücken zum Fenster, ich konnte nicht sehen, ob jemand darauf lag. Auf dem anderen Sofa räkelte sich Rosemarie. Sie hatte nicht viel an – einen enganliegenden Body und ein knappes Höschen. Ihre blonde Mähne war zu einem kunstvollen Knoten geschlungen. Es musste sie viel Mühe gekostet haben, die Frisur gleichermaßen elegant und romantisch-verspielt aussehen zu lassen.

Das Fernsehprogramm war wohl nicht besonders spannend, denn sie betrachtete ihre Fingernägel. Bestimmt lag Elvis auf dem anderen Sofa und plante, mit einer Gästeliste bewaffnet, die Menüfolge der Hochzeitsfeier. Mein Magen krampfte sich schmerzhaft zusammen. Ich hatte genug gesehen. Seufzend löste ich mich von der Fensterscheibe und wendete mein Rad.

„Du solltest Regensachen anziehen, wenn du bei diesem Wetter eine Radtour machst", hörte ich eine raue Stimme. Ich erschrak, fühlte mich ertappt und sah mich suchend um. Elvis' Statur hob sich schemenhaft vor dem unbeleuchteten Hintereingang ab.

„Was fällt dir ein, mich so zu erschrecken?!" machte ich meinem schlechten Gewissen Luft.

„Ganz im Gegenteil, du hast mir einen Schrecken eingejagt. Ich dachte schon, da schleicht ein Einbrecher ums Haus", erwiderte er sarkastisch.

„Nun, ich ... äh ... muss jetzt weiter", stammelte ich. Was Schlaueres fiel mir so schnell nicht ein, um die peinliche Situation in ein besseres Licht zu rücken. Ich sprang aufs Rad, und im gleichen Moment umschloss eine Hand meinen rechten Unterarm. Trotz des strömenden Regens nahm ich Elvis' umwerfenden Duft wahr. Meine Knie zitterten.

„Warum guckst du in meine Fenster? Hast du etwa Sehnsucht nach mir?" schnurrte er wie ein vollgefressener Kater. Die Luft schien sich statisch aufzuladen. Ich konnte keinen klaren Gedanken mehr fassen. Mein rechter Arm stand in Flammen.

„Du solltest bei Rosemarie sein, statt hier draußen im strömenden Regen rumzustehen", meinte ich betont gleichmütig.

„Wollen wir ein heißes Bad nehmen? Mit ganz viel Schaum. Wir trocknen uns gegenseitig ganz sanft ab, und dann ..." Ich ließ ihn nicht ausreden.

„Was soll das, Elvis? Du stehst kurz vor der Hochzeit mit deiner ersten Exfrau und willst mit mir baden? Oder wollen wir etwa zu dritt in die Wanne?" fauchte ich. Ich fühlte mich verletzt und gedemütigt. Der Gedanke an die sich lasziv auf dem Sofa räkelnde Rosemarie fraß sich wie ein Wurm durch meinen Kopf.

Plötzlich lagen Elvis Lippen auf meinen. Er packte meinen triefenden Körper, presste ihn hart an seinen warmen Brustkorb und gab mir den Kuss des Jahrhunderts. Das Fahrrad kippte um und knallte aufs Pflaster. Ich wurde weich in seinen Armen und schwebte ins Paradies.

Der Wurm katapultierte mich zurück in die Realität. Keuchend wand ich mich aus der Umarmung. Im Film hätte die Heldin dem Helden jetzt eine Ohrfeige verpasst und so etwas in der Art wie „Du Schuft!" gerufen. Oder sie wäre auf direktem Wege mit ihm ins Schlafzimmer verschwunden. Ich dagegen, allzeit die Beherrschung in Person, straffte die Schultern, nahm mein Fahrrad vom Erdboden und sagte: „Du konntest schon mal besser küssen."

„Martha, ich heirate Rosemarie nicht", erwiderte er.

„Aha", machte ich.

„Sie hat ihre Sachen gepackt und geht", erklärte er.

Ich setzte mich auf den Sattel und fuhr an. „Dann sollte sie den Koffer schnell wieder aufmachen und sich was überziehen. Oder will sie im Babydoll auf Reisen gehen?"

„Ihr Zug fährt ..." Der Rest des Satzes ging im Fahrtwind unter. Ich radelte so schnell ich konnte davon. Wünschte Elvis einen Freiflug zum Mond ohne Rückflugticket. Schwor mir, mich niemals wieder küssen zu lassen. Niemals. Nicht von ihm und auch nicht von irgendeinem anderen Kerl. Bis ans Ende meiner Tage würde ich mir selbst genügen. Jawohl. Und eine Menge Spaß dabei haben. Männer waren einzig und allein deshalb auf der Welt, um Unheil über uns Frauen zu bringen!

Auf der Zufahrtstraße zur Wohnanlage kam mir jemand auf dem Bürgersteig entgegen. Im Vorbeisausen registrierte ich, dass es Rudi war, der seinen Hund spazieren führte. Er hatte einen Schirm von der Größe eines Partyzelts dabei. Heiner trottete lustlos durch die Dunkelheit und schlug einen Bogen um die Pfützen. Ich hörte Rudi irgendetwas rufen, warf mein Fahrrad in den grünen Schuppen und ging mit steifen Schritten zur Eingangstür.

„Hast du einen Augenblick Zeit? Ich muss dir unbedingt was erzählen", rief Rudi, während er im Dauerlauf näher kam. Heiner klemmte jetzt unter seinem Arm, sein Kopf wippte bei jedem Schritt hoch und runter.

„Morgen, wenn ich ausgeschlafen habe", murmelte ich und trat in die bullenwarme Eingangshalle. Jeder Schritt erforderte höchste Konzentration. Die meisten Bereiche meines Körpers waren taub vor Kälte und dort, wo ich noch etwas spürte, fühlte sich meine Haut unter den nassen Sachen wund an.

Es war schon spät, die Stuhlreihe war leer. Das Treppenhaus im schummrigen Licht ragte wie der Kilimandscharo vor mir auf. Ich hörte Rudi durch die Tür treten, er hantierte mit seinem Schirm herum. Schon tauchte er neben mir auf.

„Es ist wichtig, Martha", raunte er und sah sich nach allen Seiten um, als fürchte er, belauscht zu werden. Ich setzte einen Fuß auf die erste Treppenstufe und unterdrückte ein Stöhnen.

„Ich weiß, wer Heiderose ermordet hat."

Ich blieb stehen und sah ihn von der Seite an. Rudi zwinkerte nervös, strich mit schnellen Handbewegungen über Heiners nasses Fell, und fuhr sich mit der Zungenspitze über die Lippen.

„Und wer?" fragte ich.

„Pschscht, nicht hier", wisperte er und machte eine Kopfbewegung hin zum offenen Treppenhaus. „Zu gefährlich!"

Ich nahm die nächste Stufe in Angriff. Alles in mir schrie nach warmem Badewasser, trockenen Klamotten und erholsamem Schlaf. Doch natürlich überwog meine Neugier. Ich überwand die nächste Stufe. Zog mich mit aller Kraft am Geländer hoch und schaffte den nächsten Schritt. Rudi tappte schweigend neben mir her. Kaute auf seiner Unterlippe und streichelte mit fahrigen Bewegungen den Dackel, der träge in seinem Arm hing. Endlich erreichten wir meine Wohnung. Mit roten, klammen Fingern fahndete ich in meiner Handtasche nach dem Schlüssel. Hilfsbereit nahm Rudi ihn mir ab und schloss schnell auf. Bevor er eintrat, sah er wie ein Dieb auf der Flucht den Flur hinunter und zog dann die Tür hinter uns zu. Ich schleppte mich zum Sofa und wickelte mich in meine Wolldecke. Meine Zähne schlugen klappernd aufeinander, mir war hundeelend.

Rudi setzte sich mir gegenüber, den Dackel auf dem Schoß. Seine Augenlider flatterten, als er zu sprechen begann.

„Was, meinst du, ist wohl drüben bei Heiderose passiert?" fragte er. Ich seufzte gequält auf.

„Rudi, du hast die Neuigkeiten, also schieß los. Ich bin fix und fertig und muss ins Bett."

„Es ist aber wichtig für mich zu wissen, was du weißt, damit ich weiß, ob ich richtig liege mit meinem Verdacht", beharrte er. Ich schloss die Augen und legte meinen Hinterkopf auf dem Polster ab. Sofort begann sich hinter meiner Stirn alles zu drehen.

„Heiderose hat Likör mit ihrem Mörder getrunken. Er war scharf auf ihre Unterwäsche. Doch sie starb umsonst – die Sachen hatte ich", berichtete ich mit schwerer Zunge und geschlossenen Augen.

„Wie bist du darauf gekommen?" wollte Rudi wissen.

„Das Diktiergerät hat's aufgenommen", erwiderte ich kraftlos.

„Diktiergerät?" rief er aus. Ich meinte, Panik in seiner Stimme zu hören, öffnete die Augen und hob den Kopf vom Polster. Rudi sah sich hektisch um, er suchte meine Wohnung mit den Augen ab. Heiner wurde es zu bunt und sprang auf die Erde. Versenkte seine Nase in den Teppich und folgte gemächlich einer imaginären Spur durchs Wohnzimmer.

„Geht's dir nicht gut?" fragte ich Rudi. Er kam mir merkwürdig konfus vor. Seine Augen waren geweitet, sämtliche Farbe war aus seinem Gesicht gewichen.

„Der Vogel ist weg. Wo ist das Diktiergerät?" stieß er atemlos hervor.

„Etwa bei deinem Sohn?"

Nun beging ich einen folgenschweren Fehler. Weil ich so unglaublich müde war und überhaupt nicht mehr klar denken konnte.

„Ruth hat's vergessen. Es liegt da drüben in der ersten Schublade." Mit einem matten Kopfnicken wies ich zum Schrank. Ich konnte die Augen nicht mehr offen halten. Meine Glieder waren so schwer ...

Rudi sprang auf, ich hörte, wie er die Schublade aufzog und einen erleichterten Seufzer ausstieß.

„Was weißt du sonst noch? Zum Beispiel über das, was hier in deiner Wohnung passiert ist?" fragte er. Seine Stimme klang jetzt nicht mehr verzweifelt und panisch wie gerade eben noch, sondern fordernd. Selbstbewusst, klar, stark, fast trotzig. Irgendwas stimmte hier nicht. Ich hatte ein kribbelndes Gefühl in der Magengegend und spürte einen Schauer über meine Haut ziehen, der nichts mit meinen nassen Klamotten zu tun hatte. Es waren nur Sekunden, in denen ich mich bemühte, meine Gedanken zu sortieren, um eine Antwort zu finden, während der Dackel den Teppich unterhalb des Platzes, an dem Romeos Käfig gestanden hatte, beschnüffelte. Und plötzlich – ich traute meinen Augen kaum – hockte Heiner sich hin und pinkelte auf den dunklen Fleck. In diesem Moment wurde mir endlich alles klar. Ich wusste jetzt, wer Heiderose und Irmgard getötet hatte. Rudi folgte meinem Blick und sah, was ich sah. Er musterte mich schweigend, als versuche er, in meinem Gesicht zu lesen. Er wirkte irgendwie verändert. Verhärtet. Aus glanzlosen Augen starrte er mich an, seine Kiefermuskeln waren angespannt, ich sah eine Ader an seiner Schläfe pochen.

Mein Herz klopfte mir bis zum Hals. Nur wenige Schritte lagen zwischen mir und dem Mörder. Ich war so doof gewesen, ihn mit in meine Wohnung zu nehmen. Zwei Frauen hatte er schon umgebracht, ich war die dritte. Er würde mich umlegen, weil ich zu viel wusste. Ich saß in der Falle.

Ich war in der Wolldecke wie in einer Zwangsjacke gefangen. Jetzt begann ich, mich in zeitlupenartigen Bewegungen herauszuschälen. Ich musste Rudi ablenken und mir Zeit verschaffen.

„Du willst wissen, was hier in meiner Wohnung passiert ist? Nun", begann ich. Meine Arme waren befreit. „Der Täter durchsuchte meine Wohnung nach Heideroses Wäsche. Doch er fand sie nicht."

Rudi stand still da, mit undurchdringlicher Miene hörte er mir zu. In der Hand hielt er das Diktiergerät. Ich hatte furchtbare Angst vor dem

Moment, wenn er sich bewegte.

„Deshalb knackte er meine Tür noch ein zweites Mal. Er war sicher, dass ich nicht zu Hause war, doch auf dem Sofa lag eine Frau. Sie war zu Besuch bei mir, und das hatte er nicht gewusst. Im schwachen Licht des Fernsehers sah sie mir verblüffend ähnlich mit ihren hellbraunen Locken. Sie richtete sich auf dem Sofa auf, er war ertappt. In seiner Angst vor Entdeckung brachte er sie zum Schweigen, indem er sie mit dem Kissen erstickte."

Die Wolldecke befand sich zwar noch auf meinem Körper, aber darunter war ich frei.

Bis zur Wohnungstür waren es fünf Meter, vielleicht etwas mehr. Rudi war etwa drei Meter davon entfernt. Ich musste den günstigsten Moment erwischen, um aufzuspringen und wie ein Footballspieler loszustürmen. Ich würde die Tür aufreißen und schreiend ins Treppenhaus stürzen. Dort war ich in Sicherheit. Aufgeschreckte Bewohner würden mich in Heerscharen umgeben.

„Aber warum? Was wollte der Typ mit der Wäsche?" flüsterte Rudi. Seine Augen verengten sich. Er ließ das Diktiergerät in seine Jackentasche fallen und kam langsam auf mich zu. Schritt für Schritt. Er ließ mich keine Sekunde aus den Augen.

„Das ist mir leider immer noch ein Rätsel", entgegnete ich. Mein Herz klopfte so laut, dass es in meinen Ohren widerhallte. Sämtliche Muskeln in meinem Körper spannten sich an. Ich war wie eine Raubkatze zum Sprung bereit. Wann war der richtige Moment? Rudi kam quälend langsam näher, als wolle er sichtbare Bewegungen vermeiden.

„Es geht um Geld. Um den Lottoschein, wenn du's genau wissen willst", sagte er und sah plötzlich seltsam traurig aus.

„Lottoschein?" entgegnete ich perplex und vergaß sogar für einen Augenblick meine Fluchtpläne.

„Heiderose hatte letzten Samstag sechs Richtige im Lotto. Seit Ewigkeiten hat sie immer die gleichen Zahlen getippt. Sie riss die Tür auf, völlig außer sich, um allen Bewohnern von ihrem Glück zu erzählen. Ich wollte gerade mit Heiner die Abendrunde drehen."

„Du bist zu ihr in die Wohnung gegangen und hast mit ihr angestoßen?"

„So ein Gewinn will doch gefeiert werden. Dann schlug ich vor, sie solle ihren Lottoschein holen und die Zahlen vergleichen. Den Schein hat sie im BH aufbewahrt."

„Im BH?" echote ich. Rudi hatte das Sofa fast erreicht. Unsere Chancen, die Tür zu erreichen, standen nun in etwa gleich, wenn man davon absah, dass ich saß und er stand und meine Glieder steif von der Kälte waren. Trotzdem: Jetzt oder nie!

„Ein besonderer BH aus weinrotem Samt, mit kleinen Steinchen und Perlen besetzt. Den hatte ihr Mann von einer Reise nach Indien mitgebracht, und statt ihn zu tragen, hielt Heiderose ihn in Ehren, indem sie ein kleines Täschchen hineinnähte und darin ihren Lottoschein ..."

Ich ließ mich nach vorn fallen, sprang auf die Füße und war bereits Augenblicke später an der Tür. Rudi hatte mich nicht erwischt, ich war ihm entkommen! Stattdessen stürzte Heiner kläffend hinter mir her und nahm Kurs auf meine Wade. Ich spürte, wie seine scharfen Zähne den Stoff meiner Hose durchdrangen und meine Haut durchbohrten. Nur noch einen Wimpernschlag, und ich war draußen. Mit beiden Händen drückte ich die Klinke hinunter, riss an der Tür, doch: Sie war verschlossen. Abgeschlossen – und der Schlüssel verschwunden. Ich rüttelte wie eine Verrückte an der Klinke, aber die verdammte Tür blieb zu. Mein panischer Blick fiel auf Rudi. Er kam auf mich zu, diesmal mit langen, energischen Schritten, wedelte mit dem Schlüssel und ließ ihn wieder in der Jackentasche verschwinden. Ich schrie. Schrie aus Leibeskräften um Hilfe und hämmerte wie eine Besessene gegen die Tür. Vielleicht geisterte Wilhelmine gerade durchs Treppenhaus. Oder Klaus-Jürgen hatte einen leichten Schlaf und kam mir zur Hilfe.

Heiner drehte durch, er bellte, knurrte und rammte seine Zähne in meinen Turnschuh. Ich schrie so laut ich konnte und schlug gegen die Tür. Irgendwer musste mich doch hören! Plötzlich war Rudi neben mir, packte meine Haare mit seiner Pranke und riss meinen Kopf nach hinten. Ich brüllte vor Schmerz. Aus dem Augenwinkel nahm ich wahr, dass er seine andere Hand in die Hosentasche steckte und sie schnell wieder herauszog. Mit einem scharfen Klicken klappte ein blankes Messer vor meinen Augen auf. Ich starrte es an und war wie gelähmt beim Gedanken an die fürchterlichen Wunden, die mir die hässliche Klinge zufügen konnte. Im nächsten Moment spürte ich das kalte Metall an meinem Hals. Die Messerspitze piekte in die empfindlich dünne Haut über der Halsschlagader. Rudi würde mir die Kehle durchschneiden. Ich war dem Tode geweiht.

„Klappe halten", zischte er, und ich verstummte. Stand stocksteif, mochte mich nicht einen Millimeter bewegen aus Angst, dass seine Hand abrutschen und er zustechen würde. Mein Blick hing am Gemälde der Schlacht von Waterloo, ich sah die gefallenen Soldaten, den blutroten Himmel und das reiterlose Pferd. Ich würde sterben, hier in meiner Wohnung. Rudi hatte zwei Frauen wegen eines Lottogewinns umgebracht, und ich war die einzige Person, die das wusste.

Wenn ich bisher über das Sterben nachgedacht hatte, dann hatte ich mir vorgestellt, es würde an einem fernen Ort passieren. Im Urlaub am Mittelmeer oder während eines Besuchs bei meiner Freundin Hildegard in Berlin. Vielleicht auch bei einer Joggingrunde am Deich. Aber nicht hier in meiner Wohnung. Ich hatte gedacht, dass es schnell und schmerzlos vonstattengehen würde. Herzstillstand, umkippen, Feierabend. Niemals hätte ich gedacht, dass ich an hässlichen Messerstichen sterben würde. Eine quälend lange Zeit überstehen musste, bis genügend Blut aus meinem Körper geflossen war, damit ich die Besinnung verlor. Den Schmerz zu spüren, mit dem die Klinge meine Organe verletzte, meine Blutgefäße öffnete. Es gab Opfer, auf die sechzig Mal eingestochen worden war. Oder noch öfter. Nach wie vielen Messerstichen war der Zeitpunkt gekommen, an dem man bewusstlos wurde? Nach zehn, zwanzig oder dreißig Stichen? Ich merkte, dass meine Knie zu flattern begannen. Sah in Rudis grausam verzerrtes Gesicht. In seinen Augen lag erbarmungslose Entschlossenheit.

„Aufs Sofa!" befahl er und dirigierte mich zurück zur Sitzgruppe. Ich gehorchte. Schlich mit gleichmäßigem Schritt voran, Rudis massige Gestalt dicht hinter mir. Er hatte immer noch mein Haar gepackt, mit der anderen Hand hielt er das Messer an meinen Hals. Heiner hing knurrend an meiner Hose. Ein erfahrener Selbstverteidigungskämpfer hätte sich vermutlich aus dieser Situation befreien können. Ich nicht. Ich kannte Karate nur vom Hörensagen, und ich hatte fürchterliche Angst vor der Klinge an meiner Halsschlagader. Warum machte er nicht auf der Stelle kurzen Prozess mit mir? Warum zögerte er noch?

Vor dem Sofa versetzte Rudi mir einen Stoß, ich fiel lang hin, und landete auf dem Bauch. Im gleichen Moment warf Rudi seine drei Zentner Gewicht auf meinen Rücken. Heiner hörte nicht auf zu kläffen, sprang am Kopfende hoch und schnappte nach meinem Gesicht. Er bekam ein Büschel Haare zu fassen, zerrte daran und riss es raus. Ich schrie auf vor Schmerz.

Rudi stieß sein Knie in meinen Rücken und drückte mich damit noch tiefer ins Polster. Die Klinge legte sich wieder kalt an meinen Hals. Warum stach er nicht endlich zu?

Ich sollte bald wissen, warum. Er wollte mich ersticken, genau wie Irmgard. Das gab wenige bis gar keine Spuren, der Nachweis war schwierig. Die Erstickungsopfer sahen meistens aus, als seien sie einfach plötzlich gestorben. Rudi zog mein Lieblingskissen heran, riss meinen Kopf an den Haaren hoch und schob es mir gleichzeitig unters Gesicht. Es roch frisch, irgendwie fruchtig, nach meinem neuen Weichspüler. Das Kissen war groß, weich und sehr dick. Mein Lieblingskissen eben. Ideal, um jemanden zu ersticken. Ich wusste, dass es sehr qualvoll werden würde. Einige Minuten konnte es dauern, bis ich tot war. Die Minuten würden mir vorkommen wie Stunden.

Ich versuchte, dem Unvermeidlichen zu entgehen, drehte meinen Kopf ein winziges Stück zur Seite und sah in ein freundliches Gesicht mit braunen Glasaugen. Der Bär trug selbstgestrickte Kleidung über seinem prallen Leib. Ich hatte eine Menge Staub aufgewirbelt, obwohl die Lösung die ganze Zeit direkt vor der Nase gewesen war.

Bäuchlings liegend, das Schwergewicht meines bewaffneten Peinigers auf dem Rücken und die Klinge am Hals war ich praktisch bewegungslos.

„Du hast selbst Schuld. Mischt dich in Dinge ein, die dich nichts angehen."

Mein Blick verschwamm. Jetzt packte er meinen Hinterkopf und drückte ihn brutal ins Kissen. Wiederum stieg der Duft des Weichspülers in meine Nase, es war noch genug Luft in meinen Lungen. Ich würde den Scheißkerl auf meinem Rücken austricksen, dachte ich, doch plötzlich bekam ich Atemnot. Und Panik. Fürchterliche Panik erfasste mich. Der Schweiß brach mir aus, ich schrie, wand mich, versuchte, um mich zu schlagen, zappelte mit den Füßen, dachte nicht mehr an das Messer. Wollte mein Gesicht freibekommen, endlich atmen, doch der eiserne Druck auf meinen Hinterkopf verlor nichts an seiner Intensität.

Ein merkwürdig leichtes Gefühl, ein Gefühl der Schwerelosigkeit und angenehmer Apathie übermannte mich. Ein Zustand himmlischer Glückseligkeit. Ich konnte nicht mehr klar denken und wollte auch gar nicht denken. Hörte in der Ferne Geräusche, während ich in eine andere Welt, in ein anderes Universum eintauchte.

In Nebel eingehüllt war mir, als verschwand das Gewicht auf meinem Rücken. Alles war leicht. Ich war leicht, so leicht, dass ich fliegen konnte. Ich schwebte durch Licht und Dunkel.

Mein Kopf lag auf der Seite, das Kissen war auf einmal nicht mehr da.

Was dann passierte, weiß ich nicht. Irgendwann bemerkte ich, dass ich eine Maske auf Nase und Mund hatte. Ich atmete. Als ich die Augen öffnete, sah ich in ein besorgtes Gesicht. Die Augenbrauen hatten sich zusammengeschoben, die Stirn lag in tiefen Falten. In den braunen Augen schimmerte es feucht, als würden sich dort Tränen sammeln. Das bildete ich mir aber wahrscheinlich nur ein.

Ich atmete noch eine Zeitlang den kostbaren Sauerstoff ein und ließ die Rettungsmannschaft sämtliche Körperfunktionen überprüfen. Als ich das Wort „Krankenhaus" aufschnappte, beschloss ich, dass es an der Zeit war, ihrem Treiben ein Ende zu setzen. Der Sanitäter stand, die Maske in der Hand, in Habachtstellung da, um sie mir bei Bedarf gleich wieder aufzusetzen. Auch sein Gehilfe beobachtete jede meiner Bewegungen. Im Hintergrund entdeckte ich Margot Lamar und Steven Petzold.

Das Gesicht schaute nicht mehr ganz so sorgenvoll drein, es befand sich auch nicht mehr dicht vor meinem, sondern der dazugehörige Mensch hatte sich auf die Füße gestellt und ragte nun in voller Größe über mir auf.

„Was hast du nur wieder angestellt, Mama?" sagte Bernd vorwurfsvoll, doch ich meinte, Erleichterung aus seiner Stimme herauszuhören.

Ich versuchte ein Lächeln. „Ich glaub, ich hab Alzheimer. Ich kann mich gar nicht mehr daran erinnern."

Bernd fand das gar nicht lustig.

„Du musst mir eine Menge erklären", sagte er streng.

„Guck mal in den Bauch vom Teddy", krächzte ich und nickte zu dem Stofftier hin, das auf dem Fußboden saß.

Bernd zögerte, nahm dann den Bären, drehte und wendete ihn, zog ihm die selbstgestrickten Sachen aus und entdeckte einen Reißverschluss am Rücken. Wenig später hielt er ein zusammengerolltes Bündel Scheine und ein paar Dokumente in der Hand. Das Flugticket für eine Person nach Mauritius war auch dabei. Mauritius?

10

Ich verbrachte den Rest der Nacht im Bett. Als am nächsten Morgen die Sonne in mein Fenster schien, räkelte ich mich wohlig und meinte, noch nie so gut geschlafen zu haben. Im Stockwerk über mir rumpelte es, ich hörte trampelnde Schritte, ein Möbelstück fiel um. Das waren Waltraud und Werner Wollschlägel bei der Jagd. Vor fünf Tagen hatte Werner meine Stubenlampe aus der Decke gerissen – so viel war seitdem passiert.

Heute war ein spannender Tag. Bernd würde nun endlich die Ermittlungen aufnehmen, und ich war neugierig, was dabei herauskam. Aus der Nachbarwohnung kamen keine Geräusche, alles war ruhig. Nie wieder Heimwerkerarbeiten und nie wieder Hundegebell, dachte ich und fühlte seltsamerweise so etwas wie Traurigkeit in mir aufsteigen.

Ich schwang die Beine über die Bettkante und blieb regungslos sitzen. Ich konnte wieder sehen – mit beiden Augen! Sah durchs Fenster auf die winzigen hellgrünen Blätter, die den Knospen der Bäume entsprangen. Die Sonne schien aus einem hellblauen Himmel, die weißen Wolken sahen aus wie von Kinderhand gemalt. Ich stand auf, öffnete das Fenster und lehnte mich hinaus. Zum ersten Mal in diesem Jahr roch ich den Duft des Frühlings. Ich hörte die Vögel singen und dankte Gott, dass ich am Leben war.

Ich versprach mir, in Zukunft keine allzu gefährlichen Verbrecher mehr zu jagen. Ich hatte solche Vorsätze schon öfter gefasst und mich nie daran gehalten. Warum ich mir auf diese Art meine Freizeit vertrieb, fragte ich mich längst nicht mehr. Es gab tausend andere Möglichkeiten, aber keine einzige war so aufregend.

Ich streckte mich gähnend und schloss zufrieden lächelnd das Fenster. Ging zur Tür, drückte die Klinke hinunter – sie schwang nach innen um –, und dann konnte ich nicht weiter. Direkt vor dem Türloch meines Schlafzimmers stand mein Sofa und darauf schlief Klaus-Jürgen. Sein Mund war offen, und er stieß unregelmäßige Schnarchlaute aus. Über dem Kragen seines grau-blau-gestreiften Pyjamas mit Knopfleiste wucherte ein Wald von grauen Haaren. Ich langte über die Lehne und rüttelte an seiner Schulter.

„Warum liegst du vor meiner Schlafzimmertür?" wollte ich wissen.

Klaus-Jürgen schlug die Augen auf und ließ einen letzten Schnarcher hören.

„Ich bin deine Leibwache", erklärte er und setzte sich auf.
„Meine Leibwache", wiederholte ich.
„Das sollten wir jetzt immer so machen", schlug er ernsthaft vor. „Wenn ich in deiner Nähe bin, passiert dir nichts. Ich hau nämlich jeden aus den Pantinen, der dir zu nahe kommt." Demonstrativ boxte er mit seiner geballten rechten Faust in die hohle linke Hand. „Da sitzt ordentlich Wumm dahinter!"
„Lass mich mal durch, ich muss zum Klo."
Klaus-Jürgen erhob sich und schob das Sofa beiseite. Ich tappte zum Badezimmer und sah als Erstes in den Spiegel. Gar nicht so übel, befand ich, wenn man die Turbulenzen der vergangenen Tage berücksichtigte. Mein linkes Auge war wieder vollständig funktionsfähig, rundherum war die Haut zwar dunkellila und gelb, aber das konnte ich prima mit Make-up kaschieren.
Ich drehte die Dusche auf und ließ abwechselnd kaltes und heißes Wasser über meinen Körper laufen. Wusch mir die Haare mit einem nach Kokosöl duftenden Shampoo und benutzte mein rosafarbenes Lieblingsduschgel. Putzte mir die Zähne, cremte meinen Körper von oben bis unten ein, föhnte meine Haare in sanfte Wellen und schminkte mich sorgfältig. Eingehüllt in den Bademantel ging ich zurück ins Schlafzimmer.
„Holla, die Waldfee!" rief mir Klaus-Jürgen bewundernd hinterher und pfiff durch die Zähne. Ich klappte die Tür hinter mir zu, zog Jeans und Shirt über und war bereit für die Abenteuer des Tages. Das Telefon klingelte.
„Warum gehst du nicht an dein Handy? Ich hab's schon tausendmal versucht. Hier ist Harry." Der Sparkassenmann klang gehetzt. „Kapitalbildende Lebensversicherung, gekündigt vor vier Wochen, ausgezahlte Summe: hundertzweitausend. Das Ehepaar besaß mit dem Erlös aus dem Verkauf des Hauses beinah eine dreiviertel Million. Fünfzigtausend hat die Betreffende in bar abgeholt, den Rest hat sie auf ausländische Konten transferiert. Das war's. Sophie freut sich auf dich." Er legte auf.
Ein herrlicher Duft lockte mich in die Küche. Klaus-Jürgen hatte den Tisch gedeckt, Weißbrot getoastet und schenkte Kaffee in die Tassen. Er trug noch immer seinen Schlafanzug und war barfuß. Seine Füße waren sehr groß, sehr weiß und sehr behaart.
„Warum gehst du nicht rüber und ziehst dich an?" wollte ich wissen.
„Ich bin deine Leibwache, schon vergessen? So lange hier jeder einfach reinschneien kann, weiche ich nicht von deiner Seite." Er wies zur Woh-

nungstür, die sich nach Bernds gewaltsamem Eindringen nicht mehr schließen ließ. Ich nahm einen Schluck Kaffee, biss in ein gebuttertes Toast und überlegte, wie ich meinen Nachbarn am schnellsten loswerden konnte.

Vor meiner Wohnungstür wurden Stimmen laut.

„Martha? Bist du wohlauf?" rief Wilhelmine vom Flur aus. Jemand stieß die Tür auf, und ich sah ungezählte Senioren, die sich vor meiner Wohnung drängten. Jeder versuchte, einen Blick in meine Räume zu erhaschen. Man schubste und drängelte, die allgemeine Neugier war förmlich greifbar. Wilhelmine schüttelte heftig den Kopf, Hannelore rückte nervös ihre Perücke zurecht, und ich sah, dass Berta nur einen Schuh anhatte. Gleich würden sich sämtliche Bewohner wie ein umgekippter Eimer Sirup in meine Räume ergießen und sich nur unter Androhung von Gewalt wieder vertreiben lassen. Wozu gibt es Leibwächter?

„Klaus-Jürgen, schick sie weg. Sag ihnen, ich erklär ihnen später alles", bat ich meinen Nachbarn. Schon sprang er auf, stapfte zur Tür und bewegte die Senioren mit erhobener Faust zum umgehenden Abmarsch. Mit einem breiten Siegerlächeln kehrte er zurück und stopfte zwei weitere Brotscheiben in den Toaster. Ich nahm noch einen Schluck Kaffee und lehnte mich zufrieden zurück.

„Wofür brauchte Rudi so viel Geld?" fragte ich, als Klaus-Jürgen sich wieder setzte. Sein Lächeln verschwand. Er machte ein zerknirschtes Gesicht.

„Herrje, ich hab mich so getäuscht!" brach es aus ihm heraus. „Ich hab gedacht, Rudi wär'n guter Kerl. Er war mein Kumpel. Hätt ich geahnt, dass er so was macht ..." Klaus-Jürgen raufte sich verzweifelt die grauen, ohnehin widerspenstigen Haare. Jetzt sahen sie aus, als seien sie starkem Sturm ausgesetzt gewesen.

„Was wollte er mit dem Geld?" wiederholte ich.

„Er brauchte es für Heiner. Das hat er mir anvertraut. Darum hab ich nichts gesagt. Er hat Tag und Nacht Nistkästen und Puppenhäuser gezimmert und sie im Internet versteigert."

„Für Heiner? Aber warum?" rätselte ich.

„Wenn ich es dir doch bloß erzählt hätte! Dann hättest du gewusst ..."

„Warum brauchte er so viel Geld für den Hund?" fragte ich noch mal.

„Fürs Klonen. Heiner sollte geklont werden, damit er weiterlebt, wenn er tot ist. Ich wusste gar nicht, dass das geht. Aber die machen das tatsächlich bei Haustieren, wenn man genug Geld hat. Einen Riesenhaufen Geld, besser gesagt." Klaus-Jürgen holte das Brot aus dem Toaster und schmierte messerrückendick Butter drauf. Ich kriegte einen Hustenanfall.

„Rudi wollte Heiner klonen lassen?" keuchte ich, als ich wieder zu Atem kam.

„Ja, und das sollte niemand wissen. Rudi hatte Angst, dass sich die anderen Bewohner lustig über ihn machen", sagte Klaus-Jürgen zwischen zwei Bissen.

„Darum wollte er unbedingt Heideroses Lottogewinn haben?" hauchte ich.

Klaus-Jürgen biss ins nächste Toast, es verschwand zur Hälfte in seinem Mund. Mit vollen Backen sprach er weiter: „Du hast ja seine Wohnung gesehen: Sie ist tapeziert mit Bildern von dem Hund. Ich hab mir darüber keine Gedanken gemacht ... Bis zur letzten Nacht."

„Er kam just in dem Moment an Heideroses Wohnung vorbei, als die Ziehung der Lottozahlen lief. Sie riss jubelnd die Tür auf, um allen Bewohnern von ihrem Glück zu erzählen. Erfahren hat's jedoch nur einer."

Rudi hatte sich mit Heiderose auf ein Gläschen Likör hingesetzt, um den Gewinn zu begießen. Dann schickte er sie los, den Tippzettel zu holen. Und was war dann geschehen? Das Diktiergerät fiel mir ein und die paar Worte von nebenan, überlagert vom Hundegebell. „... wollte ich nicht ..." Was hatte das zu bedeuten? Ich schnappte mir das tragbare Telefon, um Bernd anzurufen.

„Er hat Heiderose gar nicht umgebracht, richtig?" fragte ich statt einer Begrüßung.

„Wie's aussieht, war es ein Unfall", entgegnete Bernd. „Sie stürzte unglücklich, fiel mit dem Kopf auf die Tischkante und war sofort tot. Deckt sich auch mit dem, was dein Nachbar ausgesagt hat."

„Aber Irmgard hat er auf jeden Fall auf dem Gewissen. Erstickt hat er sie, genauso wie er es bei mir versucht hat."

„Der Fall ist etwas komplizierter. Mein Kollege war bei dem Arzt im Krankenhaus. Der hat sofort alles gestanden: Er brauchte dringend Geld und sollte achtzigtausend kriegen. Dafür, dass er der Frau etwas spritzt, das ihre Körperfunktionen stark beeinträchtigt. Und dafür, dass er den Totenschein ausstellt, sie vom Bestattungsinstitut abholt und zum Flughafen fährt, und für die Unterkunft in Thailand, die er ihr besorgt hat. Und für die gefälschten Papiere. Den Ausweis hatte er als Pfand, zur Sicherheit, wie er sagt. Sonst wäre Irmgard Fischer vermutlich längst über alle Berge."

„Er wollte gar nicht mit ihr durchbrennen?" rief ich.

„Nein. Davon hat er nichts gesagt. Seine Frau ist im dritten Monat schwanger, und er scheint froh darüber zu sein."

Mannomann, ich hatte mich wirklich nicht mit Ruhm bekleckert! Hatte ich bei Ermittlungen jemals so gründlich danebengelegen? Irmgard wollte das Ding ganz allein durchziehen. Hatte ihrem Sohn Good bye gesagt und ihren Mann von vorne bis hinten belogen. Hatte den Arzt als Gehilfen benutzt, ihm aber nicht getraut. Er ihr allerdings auch nicht. Geldgier macht einsam. Und macht unbescholtene Menschen zu Mördern.

„Ehrlich gesagt steige ich da noch nicht so ganz durch. Was hatte die Frau in deiner Wohnung zu suchen?"

„Das erkläre ich dir später. Komm vorbei, wenn du Zeit hast. Wir müssen auch noch über Traugott Kümmel sprechen."

„Den Bestattungsheini? Was hast du denn mit dem zu schaffen?"

„Frag mal deine Kollegen", entgegnete ich. Mir brannte noch etwas auf der Zunge. „Bernd?" begann ich.

„Was ist?" murrte er.

„Wieso warst du letzte Nacht hier?"

„Ich hab mir verdammt noch mal Sorgen gemacht, nachdem du einfach aufgelegt hast. Hatte das Gefühl, dass du in ernsten Schwierigkeiten steckst. Ich hab dich auf dem Handy zurückgerufen, und du bist nicht drangegangen. Da bin ich aus dem Bett geklettert und losgefahren", schimpfte er.

„Danke", sagte ich. Ein dicker Kloß in meinem Hals machte mir das Schlucken unmöglich.

„Bitte", erwiderte er unwirsch und legte auf.

Klaus-Jürgen lief schon eine ganze Weile in der Küche auf und ab. Seine nackten Fußsohlen hinterließen Abdrücke auf den Fliesen.

„Ist das wahr? Rudi hat deine Cousine ermordet? Ich hab niemandem erzählt, dass ich sie in deine Wohnung gelassen habe, auch ihm nicht. Ehrenwort."

„Schon gut. Sie schlief im Halbdunkeln auf dem Sofa, und er dachte, ich wäre das."

Klaus-Jürgen ließ sich auf den Stuhl fallen und stöhnte auf.

Aus dem Augenwinkel nahm ich eine Bewegung wahr. Die Wohnungstür wurde geöffnet. Ich behielt sie im Blick. Das Erste, was ich sah, war ein knackiger Hintern in einer maßgeschneiderten italienischen Jeans. Der dazugehörige Mann schloss die Tür so gut es eben ging und wandte mir sodann die vordere Seite seines Körpers zu. Ich beobachtete, wie er mit dem Gang eines Pumas meine Stube durchquerte und direkt das Schlafzimmer ansteuerte. Klaus-Jürgen sprang auf und stürzte aus der Küche.

„Halt, Klaus-Jürgen. Alles in Ordnung. Nicht hauen!" rief ich.

Klaus-Jürgen blieb stehen, guckte griesgrämig und boxte tatendurstig in die linke Hand.

„Wer sind Sie denn?" fragte Elvis überrascht. Sein Blick wanderte von Klaus-Jürgens nackten Füßen über das Schlafanzug-Outfit bis zu den zerzausten Haaren.

„Ich bin Marthas Leibwache!" verkündete Klaus-Jürgen.

Elvis konnte sich ein Grinsen nicht verkneifen.

„Was dagegen, wenn ich den Job jetzt übernehme?" fragte er.

Klaus-Jürgen sah mich an und wartete auf meine Antwort.

„Ich rufe dich, wenn er mir zu nahe kommt", versprach ich ihm. Klaus-Jürgen nickte, senkte den Kopf und tappte aus der Küche. Im Wohnzimmer drehte er sich noch mal um und rief: „Ich spring schnell unter die Dusche und zieh mir was an. Wie wär's, wenn wir nachher zusammen fernsehen?"

„Gute Idee", rief ich zurück. „Bis später dann."

Er zog die defekte Tür hinter sich zu.

„Du guckst mit dem Typen Fernsehen?" fragte Elvis.

„Das bin ich ihm schuldig", erwiderte ich.

Wortlos trat Elvis vor meinen Stuhl, fasste meine Hände und zog mich sanft hoch. Ich befand mich dicht vor ihm, und seine elektrisierende Aura setzte mich unter Starkstrom. Warme, starke Hände umfassten zärtlich mein Gesicht, seine dunklen Augen suchten meinen Blick. Ich war wie hypnotisiert, kaum noch in der Lage, zu sprechen. Doch ich schaffte es, das einzig wichtige Wort zu sagen.

„Rosemarie?"

„Sitzt im ICE nach Frankfurt. Ich hab sie weggeschickt. Deinetwegen", murmelte er.

Unsere Lippen näherten sich einander, als ob sich Magneten in ihnen befänden. Genieße den Augenblick, sagte ich mir. Genieße jeden Augenblick und mach dir keine Gedanken um das, was war, oder um das, was sein wird.

ÜBER KARIN KÖSTER

Karin Köster lebt in einem Holzhäuschen im Wald, wo sich die Eichhörnchen tummeln und zum Frühstück auch mal ein Reh durchs Fenster schaut. Als Tierheilpraktikerin und Pferdeliebhaberin hat sie mit ihrem Buch „Praktischer Ratgeber Sommerekzem – Ein Weg zur Heilung" bereits vielen Menschen und betroffenen Pferden geholfen. Lustige Frauenromane, Krimis und Geschichten sind weitere Ergebnisse ihrer unstillbaren Leidenschaft fürs Schreiben.

Neben Büchern schreibt sie Songtexte, die von Marcus Friedeberg vertont werden. Einige ihrer Songs sind auf Youtube zu finden. Regelmäßig veranstaltet sie Lesungen mit Begleitung der Musiker Joanna Scott-Douglas und Marcus Friedeberg.

Aktuelle Informationen gibt es auf:
http://www.karin-koester.de und
www.facebook.com/koester.karin

Doris schlittert von einer Katastrophe in die nächste. Um zumindest ihr Privatleben in den Griff zu kriegen, zieht sie in eine männerverachtende Frauen-Wohngemeinschaft auf dem Lande. Doch kaum hat sie den „Männer-unerwünscht-Schwur" geleistet, durchkreuzen Landwirt Björn und der amüsante Arzt Holger ihre Pläne. Obendrein muss sie einen heißblütigen Italiener beherbergen, ihr Chef droht mit Kündigung und ihre konservative Mutter taucht in der Wohngemeinschaft auf. Als sich ein fast vergessener Freund zurückmeldet, ist das Chaos perfekt – und Doris muss sich entscheiden…

Männer unerwünscht
440 Seiten
ISBN: 978-3-739-22004-8 – 12,99 Euro (D)

Doris' Leben ist ein Trümmerhaufen. Ein paar verkohlte Holzbalken und eine Damenstrumpfhose mit Zwickel sind alles, was ihr geblieben ist. Statt den Kopf in den Sand zu stecken, will sie den Schuldigen finden und zur Rechenschaft ziehen. Dafür muss sie auf dem Bauernhof ihres Ex-Freunds Björn einziehen, dessen Familie sogleich Hochzeitspläne schmiedet. Bei ihren Ermittlungen gerät Doris an ein männliches Unterwäsche-Model und nimmt es mit einem liebeshungrigen Feuerwehrmann auf. Obendrein gerät ihre Geschäftspartnerin auf Abwege und ihre beste Freundin Steff braucht dringend Hilfe. Der Tag der Abrechnung naht – wird Doris auch im größten Chaos die Kurve kriegen?

Lass beim Sex die Socken an
332 Seiten
ISBN: 978-3-739-21762-8 – 12,99 Euro (D)

Doris sitzt in der Falle. Ein Verlobungsring funkelt an ihrem Finger, dabei hatte sie sich geschworen, niemals zu heiraten. Mit ihrem Einzug in der furchtbar spießigen Siedlung ihres Zukünftigen beginnt ein haarsträubendes Abenteuer, das auch vor den versnobten Nachbarinnen nicht Halt macht. Als ein mysteriöser Fremder in der leerstehenden Villa nebenan auftaucht, erliegen sämtliche Damen seinem Charme und ihre Ehemänner laufen Sturm. Nur Doris weiß, wer der neue Nachbar wirklich ist, schließlich war sie einst höllisch in ihn verschossen. Doch statt ihn zu verraten, trifft sie eine folgenschwere Entscheidung.

Schnittenfänger
304 Seiten
ISBN: 978-3-739-22056-7 – 12,99 Euro (D)